Le temps des faussaires

Bettina Wohlfarth

Le temps des faussaires

Traduit de l'allemand
par Élisabeth Landes

Liana Levi

Traduit avec le concours du Centre national du livre

Cet ouvrage a été traduit grâce à une aide du Goethe-Institut

Titre original : *Wagfalls Erbe*

ISBN : 979-10-349-0765-6

www.lianalevi.fr

Pour Marie-Pierre

Ne fais jamais confiance à la mémoire car elle est toujours de notre côté; elle enjolive l'atrocité, adoucit l'amertume, met de la lumière là où régnaient les ombres. Elle a toujours une propension à la fiction.

Luis Sepúlveda, *L'ombre de ce que nous avons été*,
traduit de l'espagnol (Chili) par Bertille Hausberg,
Métailié, 2009.

Cahiers

Il ne reste aujourd'hui personne qui ait connu Isidor Schweig. Excepté moi, car c'est moi Viktor Emanuel Wagfall qui me nommais ainsi il y a bien longtemps. C'est donc à moi et moi seul qu'il incombe de raconter son histoire.

La fête des Isidor coïncide avec mon anniversaire, le 4 avril, c'est sans doute pourquoi ce nom curieux, qui frappe les esprits sous nos latitudes, m'a été familier dès l'enfance, si bien qu'un beau jour j'en ai fait mon pseudonyme. Quand je le prononçais à voix basse comme une formule magique : I-SI-DOR, j'étais aussitôt transporté dans un monde fantastique, un monde réservé, auquel nul n'avait accès. Dans la Grèce antique, Isidor signifiait « présent de la déesse Isis ». Beaucoup plus tard, deux Isidor, au moins, sont restés dans l'histoire. Isidoro de Sevilla qui vécut au VIIe siècle, un père de l'Église fort érudit à qui l'on doit des écoles, des bibliothèques et de savants ouvrages. Puis il y eut Isidore Ducasse qui, sous le nom de plume de Lautréamont, rédigea les infâmes et fervents *Chants de Maldoror*. Il mourut à l'âge précoce de vingt-quatre ans, dans des circonstances mystérieuses. C'était en 1870, les Prussiens assiégeaient Paris, et dans la Ville Lumière affamée, on n'avait plus à se mettre sous la dent que des rats, des corbeaux et les animaux du zoo.

Je suis né en 1914, peu avant que n'éclate la guerre suivante, où deux camps s'affrontaient : la Triple Alliance d'une part, avec l'Allemagne, l'Autriche-Hongrie et l'Italie, la Triple Entente de l'autre, qui réunissait la Russie, la Grande-Bretagne et la France. L'Italie comptait donc – mais pas pour longtemps – au nombre de nos alliés, pendant ces quelques mois tendus qui précédèrent le début effectif de la guerre. Ce préambule pour expliquer ce qui incita mes parents à me baptiser du nom de Viktor, le vainqueur (il y avait déjà de la guerre dans l'air), et Emanuel (d'après Vittorio Emanuele III qui régnait alors sur l'Italie). Une fois l'Italie passée à l'adversaire quelques mois plus tard, ce nom ne leur serait certainement plus venu à l'esprit. J'ai donc porté toute mon enfance et toute ma jeunesse le nom d'un roi ennemi jusqu'à ce que, l'Allemagne d'Hitler et l'Italie de Mussolini s'étant de nouveau rapprochées après 1933, ce prénom calamiteux redevînt acceptable.

Que mijotaient donc mes parents en m'affublant d'un tel prénom ? Sans doute me vouaient-ils à quelque glorieuse destinée. Quand mon père lançait chez nous, depuis le hall d'entrée : « Viktor Emanuel, descends immédiatement ! », et non « Viktor » ou « Vik », c'est que ça allait chauffer ou que nous avions de la visite. Ça rendait un son dur, incisif, qui en appelait à mon sens des responsabilités. Je jetais alors un coup d'œil dans la glace et crachais dans mes mains pour lisser une mèche rebelle, toujours la même. À cause de ce nom grandiloquent je me suis senti dès l'enfance investi d'une responsabilité – vis-à-vis de moi-même, de ma famille, et surtout des attentes qu'on avait placées en moi. Dès que j'entendais ce Viktor Emanuel retentir, j'aurais souhaité disparaître d'un coup de baguette magique ou me glisser dans la peau de quelqu'un d'autre. Pourquoi pas d'un Isidor ?

L'existence d'Isidor se concrétisa dans la sixième ou septième année de ma vie. La Première Guerre mondiale faisait partie du passé, on entamait une nouvelle décennie qui serait inévitablement meilleure que la précédente. Dès le début, Isidor fut passionné de dessin et de peinture. Autrement dit, j'ai délégué ma passion à cet alter ego, que, moitié par jeu moitié sérieusement, j'avais baptisé Isidor. C'est Isidor désormais qui se hâtait au petit bureau de bois constellé de rayures et de taches pour peindre ou dessiner. Il dessinait des maisons concrètes, des forêts abstraites, des automobiles, les contours de ses mains et de ses pieds, des bicyclettes dotées d'énormes roues, des oiseaux aux ailes fantastiques, des poissons, des dragons, et sa corpulente maman aux joues baignées de larmes, un détail fort mystérieux puisque, de sa vie, elle n'avait jamais pleuré devant ses enfants. Dès qu'il avait à portée de main un crayon, une feuille de papier ou une boîte de peintures, il sombrait corps et âme dans un monde coloré aux odeurs enivrantes. Les parfums de papier, d'ardoise, de craie, de fusain, de crayon de cire et de peinture à l'eau le transportaient dans de vastes espaces – ou dans les profondeurs de son moi, question de point de vue. L'odeur de la peinture à l'eau était particulièrement envoûtante, elle rappelait celle des étangs chatoyants de la forêt.

Dès qu'un tableau ou quelque nouvelle image faisait son apparition dans son entourage, Isidor l'étudiait minutieusement, puis il allait dans sa chambre, fermait la porte et s'employait à le copier. Non pas une, mais moult fois, et en différentes versions. Il y eut ainsi la période des vaches. Il avait déjà dix ou onze ans. Isidor devint bientôt expert en vaches tachetées. Car les murs de la maison familiale étaient ornés de paysages souabes aux couleurs vives avec collines, ruisseaux, prairies, chemins creux, paysans, masures et enfants, ainsi que, précisément, ces vaches à la robe tachetée. Il y avait aussi, au salon, des jeunes filles qui dansaient une ronde en costume traditionnel et une nature morte avec une coupe de fruits. Et dans la salle à manger un quatuor d'ancêtres raides et austères vous jaugeait sévèrement du haut de son mur. Quant aux couloirs et à la cage d'escalier, ils étaient décorés de gravures tellement hideuses qu'Isidor détournait pieusement les yeux quand il passait devant. À l'exception, toutefois, d'une remarquable série de chevaux due à un certain Johann Elias Ridinger. Chacune de ses gravures représentait un Lipizzan et son cavalier en train d'exécuter une figure de l'art équestre. Isidor s'exerça dans d'innombrables études à imiter au crayon la pointe du graveur, d'abord maladroitement, mais, le temps aidant, l'expression de ces chevaux fougueux s'affina, tout comme le dessin de leur altière musculature magnifiquement entraînée. Le cavalier, lui, l'intéressait peu, il se contentait de l'esquisser en quelques traits sur le papier.

Au prix d'un laborieux travail de persuasion, pour son douzième anniversaire il obtint enfin un grand coffret de bois qui contenait une palette avec un trou pour le pouce, un assortiment de pinceaux (brosses et pinceaux en poil de martre), des couteaux à peindre, de l'huile de lin et de l'essence de térébenthine, et surtout vingt-quatre sublimes tubes de peinture à l'huile. Ocre, terre d'ombre, carmin, bleu de cobalt, indigo, laque de garance, jaune de chrome, vert émeraude – noms magiques s'il en fut.

Isidor se mit à aimer passionnément l'odeur de la peinture à l'huile qui surpassait pour lui, et de loin, tous les parfums de sa mère. Car la peinture à l'huile était certes une affaire de vue, mais aussi d'odorat, et même de toucher. Quand il voulait tester la consistance d'un mélange de couleurs, il en déposait d'abord un peu sur son index qu'il frottait de son pouce, en éprouvait l'odeur en plaçant son doigt sous sa narine, avant d'examiner enfin la pigmentation. Cela n'avait rien d'indispensable, il aurait pu contrôler au pinceau la consistance du mélange, mais il retirait un plaisir sensuel de cet exercice. L'huile de lin servait de liant aux couleurs et les empêchait de sécher trop rapidement, l'essence de térébenthine les fluidifiait sans en altérer l'intensité. Et il se procura bientôt un médium à peindre composé de résines fortes qui conférait à la peinture plus d'empâtement. Tandis que le baume de Copaïba aux senteurs de poivre frais et de bois de cèdre lui donnait une consistance plus crémeuse et plus souple, idéale pour les transitions. Quand ses parents se furent assurés qu'il utilisait vraiment ses peintures à l'huile, Isidor reçut pour Noël le chevalet tant convoité, ainsi qu'une pile de châssis entoilés.

Isidor mena une existence parallèle à celle de Viktor Emanuel pendant de nombreuses années, il avait sa propre vie, bien remplie mais discrète. Je me souviens encore – après si longtemps – que ma perception changeait selon que j'étais dans la peau d'Isidor ou dans celle de Viktor. Extérieurement il n'y avait, bien entendu, qu'un seul et unique Viktor. Isidor était un second moi dissimulé dans un recoin caché de mon être ; je glissais de l'un à l'autre en douceur sans avoir à changer de costume. Isidor rêvait, Isidor lisait, Isidor scrutait les tableaux avec attention, et surtout, Isidor peignait. Exclusivement. Tout petit déjà, j'avais eu l'intuition que cet aspect de ma personnalité était indésirable, qu'il jurait dans mon milieu bourgeois et dépasserait les bornes de ce que mes parents étaient en mesure d'accepter s'il s'avisait de prendre plus de place qu'un passe-temps d'enfant.

Avec les années, Isidor acquit un certain professionnalisme, et l'enfant doué qui s'amusait à peindre se mua en un jeune talent prometteur. Commençant à entrevoir un avenir de peintre pour mon alter ego, je dotai alors Isidor d'un patronyme susceptible de lui conférer un minimum de sérieux. Je venais d'apprendre en cours de français un mot qui intimait aux gens de se taire ou d'écouter et qui me plaisait particulièrement : *Chut !* C'était un vocable à la douce sonorité qui suggérait même une certaine complicité. Après avoir confié un secret à un ami, on posait un index sur ses lèvres et on disait tout doucement : « Chut ! » Ou quand au cours d'une promenade, on apercevait un animal sauvage qu'il ne fallait pas effaroucher on murmurait « Chut ! » en retenant son compagnon d'un geste de la main. Je pensai donc d'abord à Isidor Chut ou plutôt Schüt pour obtenir l'équivalent sonore en allemand. Mais ça ne me satisfaisait pas. Et après avoir testé plusieurs variantes de graphies sur une feuille de papier, *Isidor Chut*, *Isidor Schütt*, *Isidor Chütt*, je trouvai la signature, elle aussi, peu convaincante. Tout à coup « Isidor Schweig » me vint à la bouche. « *Schweig* » qui veut dire : « Tais-toi. » Je testai *Schweig* sur le papier en traçant un *S* fougueux, un *w* énergiquement pointé, puis un *g* final qui s'envolait magistralement. *Schweig*, Isidor ! Tais-toi, Isidor ! Le nom m'allait, je l'adoptai.

Je n'en étais pas encore vraiment conscient à l'époque, mais la chance m'avait doté d'un physique plutôt flatteur. Aujourd'hui mes cheveux sont blancs et je me suis empâté, mais j'ai été un grand brun svelte aux cheveux drus, aux sourcils bien arqués et aux lèvres pleines peut-être un peu boudeuses, avec un nez ni trop long ni trop court ni trop gros qui ne déparait pas l'ensemble, et qui, même aujourd'hui, ne va pas mal. Les yeux, eux, sont brun-doré avec des nuances de vert, de roux et d'ocre. Isidor et la peinture passèrent d'ailleurs un temps à l'arrière-plan de mes préoccupations, lorsque je m'avisai de l'effet que je produisais sur nombre de jolies filles. Les années qui précédèrent le baccalauréat furent dures. Force me fut de compenser ma léthargie intellectuelle ou, disons, d'étranges moments d'absence en cours, en mettant les bouchées doubles à la maison, car il était formellement exclu d'échouer au bac, c'était inenvisageable. Pour tout arranger, le krach boursier de 1929 avait ruiné l'économie, et mon père dans la foulée, ce qui rendit notre vie difficile. Ma mère était constamment à bout de nerfs, mon père, rarement présent et sujet à d'insupportables sautes d'humeur. On congédia le jardinier puis la bonne, mais on ne put, en fin de compte, éviter la faillite : il fallut fermer la scierie familiale. Mon père, humilié de ce qu'il prenait pour un échec personnel, dut trouver de nouvelles sources de revenus. On loua un étage de la maison.

Le quotidien devint mesquin, étroit, difficile. Moi j'étais dans un état second, comme si Isidor m'avait abandonné et que cette perte eût compromis mon équilibre intérieur. À seize ou dix-sept ans, je ne pouvais tout de même pas poursuivre ce dialogue puéril avec mon alter ego. Ni non plus transiter entre Viktor et Isidor, selon que j'étais sur les bancs du lycée ou seul dans ma chambre. Isidor faisait encore confusément partie de moi, mais je ne savais plus comment frayer avec lui. Quand j'entamais une nouvelle toile, je me sentais parfois ridicule, dépourvu d'originalité et d'imagination. Le monde bourgeois rigide dans lequel j'avais grandi était ancré dans le siècle précédent, et il m'avait profondément marqué. Il se heurtait de plein fouet à l'avant-garde des années vingt que je découvrais dans des revues comme *Der Sturm* ou la *Gazette des Beaux-Arts* avec un étonnement ébloui et un léger réflexe de désapprobation. L'univers de Spitzweg, Menzel, Leibl et Thoma qui était celui du XIXe siècle n'avait plus rien à voir avec la dissolution des formes et des perspectives à l'œuvre chez Matisse et Picasso, pas plus qu'avec le fauvisme, l'expressionnisme, le cubisme, ou l'abstraction de Kandinsky et de Klee.

Plus l'Isidor de mon enfance s'estompait dans le lointain, plus ma nostalgie de lui grandissait. J'éprouvais par moment une irrésistible envie de tout bazarder – au diable mon costume, ma cravate, mon élégante serviette de cuir toute neuve – et de partir tenter ma chance en tant qu'artiste-peintre. À moi le vaste monde. À moi Paris. C'est à Paris que battait le cœur de l'art, c'était là et là seulement que se trouvait l'avant-garde européenne. Paris était *la* ville par excellence, Paris devint l'épicentre de mes pensées fiévreuses, l'objet de tous mes fantasmes de jeune provincial.

La peinture commença à m'intéresser d'une autre manière, qui reposait sur une curiosité encore mal dégrossie. J'empruntai à la bibliothèque des ouvrages de référence sur l'histoire de l'art et des monographies, et me mis à fréquenter la Staatsgalerie de Stuttgart. En train la ville était à moins d'une demi-heure. Les maîtres anciens des écoles italienne et française et les peintres du classicisme allemand y étaient exposés. J'y découvris l'étonnante *Bethsabée au bain* de Hans Memling qui, à chaque visite, ne laissait de me fasciner. Mais surtout, j'y rencontrai les élèves de l'académie wurtembergeoise des Beaux-Arts. Assis sur un petit trépied de bois devant un tableau, un dessin ou une sculpture, ils faisaient ce que j'avais fait, moi, depuis l'enfance devant les œuvres qui m'entouraient : ils en esquissaient des études, et certains équipés d'un chevalet, d'une palette et de peintures à l'huile, exécutaient même des copies plus ou moins fidèles des tableaux accrochés là.

Cela m'en imposait. Je regardais par-dessus leur épaule et apprenais ainsi des procédés et des techniques dont je ne soupçonnais pas l'existence. J'avais toujours réalisé très librement, en respectant approximativement les proportions, les études préalables à mes copies. Mon objectif n'était pas qu'elles soient absolument fidèles : je prenais juste plaisir à les faire et à essayer de saisir l'essence d'un tableau. Ce sont les élèves de l'académie qui m'initièrent à la technique du quadrillage. Ils me montrèrent comment décomposer l'image modèle en carrés dans une grille, pour transposer ensuite les carrés les uns après les autres sur la feuille ou sur la toile. Et je m'aperçus que je ne le leur cédais en rien en matière d'habileté et de savoir-faire.

Je discutais souvent avec certains d'entre eux, nous échangions nos expériences et parlions des peintres qui nous intéressaient. N'étant pas élève de l'académie, je n'étais pas autorisé à dessiner au musée, encore moins à m'asseoir devant une œuvre avec tout l'attirail du peintre. J'emportais donc discrètement un bloc et un crayon, et choisissais chaque fois un tableau différent que j'esquissais brièvement sans me faire remarquer, en prenant des notes sur ses couleurs, les singularités de son exécution et certains détails. De retour à la maison, je m'essayais alors à le reproduire. En général je l'offrais aussitôt à quelqu'un, et il n'y eut bientôt plus un ami ou un parent qui ne possédât un tableau de ma main. *Bethsabée au bain* rencontrant un succès notable, j'en fis plusieurs copies – et gratifiai mes amis d'une version de Bethsabée aux formes particulièrement plantureuses.

L'avènement de ce nouvel Isidor fut le résultat d'un long processus. Mais, un beau jour, il fut enfin là : Isidor Schweig, tu ne seras pas que peintre, tu seras peintre *et* copiste ! Copiste, pour ne pas encore dire faussaire – car je ne le devins que très progressivement, beaucoup plus tard. Isidor Schweig allait me permettre de faire le grand écart entre mon besoin de peindre et celui de me conformer à mon milieu. Je m'étais à présent décidé à mener sciemment une double vie. Viktor et Isidor n'étaient plus comme le yin et le yang dans leur rond, mais les deux têtes de Janus regardant dans une direction opposée. Au gré des situations dans lesquelles je me trouvais, je pouvais jouer de Viktor ou d'Isidor, j'avais en main deux atouts bien distincts.

Je crois que c'est la seule explication pertinente de... mon mensonge ? Mon omission manifeste d'une information de taille ? Durant toute une vie. Car force m'est à présent de l'écrire noir sur blanc, toute ma vie je me suis en quelque sorte amputé d'une part de moi-même – que j'ai dissimulée à mon entourage proche. Viktor et Isidor étaient deux personnages totalement séparés, un peu comme dans la Bible la main droite ignore ce que fait la gauche. Il n'empêche qu'à l'approche de la quarantaine – c'était au début des années cinquante – j'ai rejeté définitivement Isidor après une longue agonie, l'ai enfoui lors d'une malheureuse dernière mue dans le bourbier du souvenir, et sur ces fondations précaires j'ai bâti en tant que Viktor Emanuel Wagfall une vie nouvelle avec maison, carrière et famille.

C'est pourquoi nul ne connaît plus aujourd'hui Isidor Schweig. Il aurait pu devenir un faussaire œuvrant longtemps dans l'ombre avant d'être spectaculairement démasqué ou de se dévoiler lui-même tel un Han van Meeregen, un Eric Hebborn, un Edgar Mrugalla. Mais je suis devenu l'inspecteur principal Wagfall, un quidam fonctionnaire qui n'est personne ou qui est peut-être celui que j'étais vraiment : un citoyen lambda. Et quand je regarde sur l'étagère qui jouxte mon bureau les cadres avec leurs photos, en couleurs ou en noir et blanc, joyeuses ou sérieuses – moi Viktor au milieu de mes proches, les portraits des enfants, Lars, Alicia, Karolin, la grande réunion de famille sur la terrasse avec tous les Wagfall, Anna détendue pendant des vacances en Grèce – je me demande où j'étais vraiment quand je criais *Cheeeeese* et appuyais sur le déclencheur, ou quand je fixais l'appareil photo d'Anna avec un gentil sourire un peu triste et ce regard étrange qui me frappe soudain, et qui voulait s'excuser. D'être ici, d'avoir survécu dans ce monde, mais surtout de me trouver précisément parmi ces gens-là, ma famille. Comme si tout ça était un hasard un peu bête, un malentendu, et que je fasse juste semblant d'en faire partie. Comme si j'étais un imposteur, quelqu'un qui se serait glissé dans une photo de famille, mais sans vouloir vraiment s'imposer, sincèrement par mégarde. Quelqu'un d'autre aurait pu se trouver là entre Anna et les enfants, et moi qui manifestement y étais j'aurais aussi bien pu me trouver au milieu d'une autre famille. Avec exactement le même sourire. *Cheese.*

*

Hier, d'une phrase bien sentie, Anna a mis dans le mille. « En fin de compte, tu es quelqu'un de profondément mélancolique », a-t-elle lancé de but en blanc au petit déjeuner, rompant un long silence, en grattant à la cuiller les derniers restes de son œuf à la coque. Puis elle a ajouté : « Et c'est cette mélancolie tenace qui rend notre vie commune tellement insupportable. » Elle l'a dit sur un ton de reproche naturellement, car elle pensait – je la connais tellement bien – que sa fructueuse remarque allait induire une amélioration rapide de mon caractère. Anna a forcé mon estime au fil du temps, mais sa manière d'avoir raison à tout prix ou de formuler à des moments plutôt paisibles des vérités qu'on n'a pas la moindre envie d'entendre ne laisse de m'horripiler. J'abaissai donc mon journal, le repliai avec soin, le posai comme d'habitude à côté de mon couvert et me levai en disant bien poliment : « La mélancolie est l'amante la plus fidèle que j'aie connue, quoi d'étonnant à ce que je lui rende son amour », avant de monter dans mon bureau.

Cette idée de la mélancolie qui serait la plus fidèle des amantes, je la tenais de Kierkegaard, mais Anna ne pouvait le savoir, qui lisait ce qu'on appelle les belles lettres et non les philosophes. J'espérais que ma petite phrase avait fait mouche. En attendant, elle avait dissipé la tristesse qui, effectivement, m'affligeait, et je me sentais soudain d'humeur combative et même tout à fait gaillard. Le rapport n'est peut-être pas évident à première vue, mais c'est l'exclamation d'Anna qui m'a donné l'idée de parler enfin, tard, presque trop tard, d'Isidor Schweig, et de rédiger ces cahiers. Et si j'écrivais enfin cette partie de ma vie dont nul n'a la moindre idée parmi ceux qui me connaissent aujourd'hui, Anna y compris ?

C'est la pensée qui me traversa l'esprit, alors que j'arrivais au palier de l'étage. Jamais je n'y avais songé auparavant. J'avais autrefois, après mûres réflexions, résolument tiré un trait sur mon passé. Comme beaucoup de mes contemporains, je souhaitais reléguer les années de guerre dans les bas-fonds de ma mémoire, les enfouir jusqu'au moindre détail sous les couches de mes souvenirs. Le jeune homme que j'étais alors avait tellement changé au fil des ans que ce passé était devenu quelque chose d'abstrait. Quand je repensais à certaines personnes, certaines situations ou certains événements, ce passé me paraissait être celui d'un autre : comme si un autre moi disparu depuis longtemps avait vécu ma vie d'avant. D'ailleurs, du point de vue strictement biologique, à peu près tous les sept ans nous faisons entièrement peau neuve, c'est alors une autre chair qui recouvre notre ossature, un autre foie qui se coltine notre verre de vin, puisque nos cellules qui meurent constamment sont constamment remplacées par de nouvelles. Une pensée théoriquement rassurante. Ça fait donc belle lurette que je ne suis plus dans mon corps de 1945. Tous les sept ans, votre corps est comme neuf, et si vous avez jamais trompé votre femme autrefois, du point de vue purement biologique il y a assurément prescription. Pour ce qui est des cellules du corps, c'est quelqu'un d'autre qui s'est vautré dans des draps étrangers. Gageons toutefois qu'Anna ne se rendrait pas à de tels arguments.

C'est donc dans un corps d'octogénaire, déjà renouvelé une bonne douzaine de fois mais un peu rouillé, que je me suis installé à mon bureau ce matin-là, après cet échange d'amabilités, et me suis mis à gribouiller sur une page vierge. Les mots *Cahiers d'un faussaire* se retrouvèrent soudain sous ma plume. Puis j'y ajoutai dans un gracieux signe d'inclusion l'adjectif *mélancolique*. Le titre de ce projet conçu à l'instant m'agréait maintenant parfaitement. Poètes, penseurs, écrivains, peintres mélancoliques étaient légion, la liste était longue, mais à ma connaissance, elle ne comptait pas de faussaires, et si le diagnostic d'Anna était exact, je me trouvais en excellente compagnie avec mes états d'âme – évidemment toutes proportions gardées. Spontanément des noms me vinrent à l'esprit, que je couchai, eux aussi, sur le papier : Ovide, Dante, Michel-Ange, Dürer, Hamlet, Rousseau, Caspar David Friedrich, Büchner, Baudelaire, Munch, Hemingway…

Et bien évidemment, ma liste se devait de comporter celui de Bonnard ! J'allai chercher dans la bibliothèque vitrée, où je gardais mes précieux livres d'art à l'abri du reste de la famille, une grosse monographie de l'artiste. À l'exception d'Henri Matisse peut-être, tous les peintres qui avaient pris place dans mon panthéon personnel étaient de grands mélancoliques, Gustave Courbet y compris. Bonnard indéniablement. Mais encore fallait-il être un mélancolique pour s'en aviser. On le surnommait parfois « le peintre du bonheur » – c'est du moins ce qui était écrit dans le livre. Le genre de malentendu qui induit d'emblée les gens en erreur. Ce n'est pas parce que ses toiles sont plutôt colorées et qu'un vase de fleurs se glisse parfois sous son pinceau qu'on est aussitôt fondé à parler de bonheur ! Quand on observait ses tableaux avec acuité, on voyait bien que, chez lui, ce prétendu bonheur était depuis longtemps troublé, voire brisé. Ses peintures ne faisaient plus que suggérer l'existence d'un bonheur maintenant révolu. D'ailleurs sa palette de couleurs est plutôt froide, il utilise souvent des bleus et des turquoises avec un jaune vénéneux ou un vert morbide que, pour ma part, je surnommais le « vert-absinthe ». Ses sujets soi-disant chaleureux et intimes, on ne les voyait qu'à travers le filtre glacé de son regard, c'est-à-dire du choix de ses couleurs et de la touche de son pinceau.

Même quand la scène représentée fixait un moment théoriquement agréable – des baigneurs au bord de la mer ou des femmes sur une terrasse par exemple – et qu'elle se déroulait manifestement sous une chaleur estivale, le spectateur éprouvait l'envie bizarre d'enfiler un gilet, tant sa palette donnait à la toile une touche de froideur distante. Des corps nus gisaient dans les baignoires glacées de salles de bains carrelées comme dans un cercueil ou dans la morgue du souvenir. D'autres tableaux ne montraient que des détails de corps. Le monde de Bonnard avait quelque chose de fragmentaire. Et ses personnages – quand on les voyait en entier – n'y faisaient rien, ils s'abîmaient dans leurs pensées ou regardaient dans le vague. Leurs yeux étaient des taches sombres, leur regard introverti ne s'ouvrait pas sur le monde.

Pourquoi était-ce précisément cet album que je feuilletai, après qu'Anna eut prononcé cette phrase décisive « En fin de compte, tu es quelqu'un de profondément mélancolique ! » ? C'est ainsi que je l'aurais peinte à la table du petit déjeuner : dans les couleurs de Bonnard, entourée de vert-absinthe et de bleu, avec un orange virant au brun ou un violet recouvert d'un blanc qui lui ôtait franchise et chaleur. Je l'aurais peinte avec ces yeux vaguement esquissés qui n'ont pas de véritable regard. Avec cet amour dans lequel la fin est déjà inscrite. Avec ce regret attristé de la perte que je lis dans chaque toile de ce peintre. Avec cette distance indéfinissable au réel et le voile de l'irréversibilité.

Je restai longtemps à la fenêtre à contempler le printemps radieux, à sonder sa lumière presque indécente qui tombait, chatoyante, sur le vert intense des cimes. Une allégresse contagieuse. L'herbe bien trop haute aurait dû être coupée depuis longtemps. Chaque brin scintille au soleil. Les graminées somptueuses, les cardamines des prés et les premières renoncules s'offrent à la caresse du vent, voluptueusement, me semble-t-il. Trop longtemps j'ai fixé le jardin avec un sentiment d'angoisse chevillé au corps. Enfin les premières pages sont écrites, le premier obstacle franchi. Comment Isidor est-il né ? J'ai enfin sauté le pas, affronté le passé. Faut-il vraiment me retourner une dernière fois ?

J'ai trouvé la pile des vieux cahiers d'école des enfants dans une penderie de la chambre d'amis. Anna les a gardés, parce que seules quelques pages en étaient noircies et que les feuilles vierges pouvaient encore servir. Une séquelle pugnace des générations qui ont vécu la guerre : Anna ne jette rien. De la cave au grenier, les moindres recoins de la maison, les armoires, les commodes et les coffres regorgent d'objets divers et d'affaires de toutes sortes – Ça pourrait servir un jour, se dit ma femme. Et voici qu'en effet les vieux cahiers d'écolier des années soixante-soixante-dix avec leur couverture gris-bleu et leur étiquette blanche reprennent du service ! Une main enfantine y a écrit : *Lars Wagfall, CM1 C, Allemand, Karolin Wagfall, CM2 F, Religion, Alicia Wagfall, 5*e *B, Maths*, etc. J'ai commencé par celui du dessus de la pile, le cahier d'allemand de Lars. Quelques pages en ont été soigneusement découpées, celles que Lars avait noircies de ses griffonnages qui lui valaient de mauvaises notes en écriture. Le reste, en effet, est encore utilisable. En tout cas pour les notes que je veux y porter.

Naturellement, je me suis demandé à qui je désire m'adresser vraiment. La réponse m'a surpris moi-même : à mes souvenirs. Mon temps est quasiment révolu ; livré à son bon vouloir, je n'ai d'autre choix que d'être ma propre Shéhérazade, de me survivre en écrivant, page après page, jour après jour, et de surseoir aussi agréablement que possible à mon besoin que tout ça finisse – que le rideau tombe enfin. Remplir chaque jour quelques pages, méthodiquement, et surtout impitoyablement vis-à-vis de moi. Tant que je raconte mon histoire, la vie continue.

Photo 1

Au premier plan une table de travail (structure de bois et plan de verre) avec rien d'autre qu'un ordinateur portable fermé. Derrière, une large baie vitrée où l'on voit la ville et un bout de ciel : la fenêtre encadre la ville qui devient tableau, les rideaux rouge foncé de chaque côté en font une scène de théâtre.

Au petit matin, quand Karolin regardait par la fenêtre, sa tasse de café à la main, la ville émergeait, gris-blanc, de la brume hivernale. Un ciel d'acier surplombait un océan d'immeubles, vaste encastrement de dés, de cases et de barres. Çà et là dépassait le mas pointu d'un clocher. À ces heures de la matinée, le soleil levant projetait une lumière argentée. Le couchant, lui, était rose saumon, et sa balle rouge orangé disparaissait le soir à l'horizon derrière cette mer de cubes quelque part entre la tour Eiffel et la tour Montparnasse, baignant cette géométrie urbaine d'une lumière étonnamment douce. Puis, les défilés de rues dessinaient des lignes d'ombre, les contours ressortaient nettement, esquissant des corridors et des territoires. Juste devant la fenêtre, au cœur d'une vaste dépression se trouvait le centre. Au sud-est, à gauche, et aussi là-bas à l'ouest, se pressaient les tours d'immeubles et de bureaux de nouveaux quartiers qui faisaient encore partie de Paris intra-muros ou déjà de la banlieue. Vers l'est, se dressaient les immeubles des années soixante-dix, à l'ouest, sur sa droite, les tours de verre des années quatre-vingt-dix. Qui étaient blanches, grises et bleu-gris. Dans les quartiers anciens du centre, il n'y avait presque pas de bâtiments modernes, et selon l'angle de la lumière, le moment du jour ou la saison, la pierre de taille se teintait de tons grisés ou ocrés.

Cette fenêtre avec vue panoramique sur la ville se trouvait dans un immeuble du quartier de Belleville. Avec le temps, les mosaïques couleur coquille d'œuf qui recouvraient sa façade entre les baies vitrées et les longs balcons de plexiglas avaient pris un aspect un peu sale. C'était un bâtiment typique de ces années que Karolin appelait *l'époque intermédiaire*, ces décennies soixante et soixante-dix presque insouciantes, révolutionnaires à bien des égards, qui séparaient l'époque rigide de l'après-guerre de ces années quatre-vingt considérées alors comme l'apogée de la modernité.

C'est dans cette brèche heureuse qu'était née Karolin Wagfall, à une époque de rupture, d'inventivité et de liberté dans laquelle on avait cru un moment que le monde allait dans l'ensemble évoluer vers un mieux définissable. Une époque de confiance et d'allégresse, d'admirables années pendant lesquelles le passé qui semblait bel et bien passé ne risquait plus de nous rattraper et où le futur serait forcément plus radieux que le présent. Rétrospectivement on se dit que ces années ne pouvaient durer tant elles étaient optimistes avec leurs chevelures foisonnantes, leurs bus Volkswagen, la mini-jupe, le plein-emploi, l'éducation antiautoritaire et toutes ces variétés de plastique qui révolutionnaient les intérieurs. Pendant ce bref laps de temps tout avait été possible, y compris l'audacieuse construction de cités fonctionnelles, pour stimuler et absorber toutes les formes de la croissance.

C'étaient ces années juste avant que le monde cesse de devenir toujours plus moderne, quand on croyait encore au progrès et voyait, sinon en Dieu du moins dans la raison ou l'économie de marché, des principes efficaces, susceptibles de faire œuvre positive. Et tandis que le haut-modernisme arrogant des années quatre-vingt basculait dans le postmodernisme, et qu'aux concepts idéalistes et à la linéarité succédaient les nouvelles théories de l'hétérogène et du fractal, quelques contemporains proclamaient déjà la fin de l'Histoire, comme si, en passant du mouvement moderne au postmoderne, le cours des choses devait nécessairement se solder par une apothéose historique (que pourrait-il y avoir après le « post » !). Ne nous attendait rien de moins que l'effondrement des camps politiques aux « isme » antagonistes, communisme et capitalisme, et ainsi la fin de ce principe de lutte qui avait fait avancer l'Histoire pendant des décennies. Ce qui advint fut la chute du Mur. Elle scella effectivement la fin symbolique d'une époque, et avec elle la victoire d'un mode de vie sur l'autre. Mais l'espoir de la fin des dogmes antagonistes devait être de courte durée.

C'est à l'aube de cette ère nouvelle, peu après la chute du Mur, que Karolin vint s'installer à Paris. En débarquant à la gare de l'Est par l'Intercités avec bien trop de valises pour les trois mois prévus, elle ne savait pas encore qu'elle allait y rester.

Plus d'un quart de siècle s'était écoulé depuis lors. Au gré de liaisons à durée variable Karolin avait habité différents quartiers, et il s'était ensuivi une nette préférence pour la rive droite. Après avoir vécu près de sept ans avec un pianiste de jazz d'origine russe et ses deux fils, dans un ancien atelier de tôlier du quartier de la Bastille, elle était à nouveau seule. Les années avec Vadim avaient été si denses, si effrénées, si épuisantes à tous égards, que, du jour au lendemain, Karolin était partie. Un dimanche après-midi, alors que résonnait dans l'espace surdimensionné à poutrelles métalliques un brouhaha familier de voix, de rires et d'exclamations mêlé au bourdonnement sourd d'une contrebasse, elle avait – ce n'était pas la première fois ni sans doute la dernière – fourré quelques effets de première nécessité dans un sac de voyages. Du seuil de la cuisine, elle avait contemplé l'heureux désastre qui avait été sa vie pendant sept ans et su à cet instant précis qu'elle était incapable de continuer comme ça, ne serait-ce qu'un jour de plus.

Il s'avéra plus facile de prendre cette décision solitaire qui obéissait à une inexorable mécanique interne, une humeur étrangement obstinée, et d'emballer aussi sec quelques bricoles sans alerter Vadim et la joyeuse bande d'amis – vêtements et chaussures pour les jours suivants, ordinateur portable, appareils photos, objectifs, clés USB, etc. –, puis de sortir bravement de la maison sans se retourner, que d'expliquer pourquoi la séparation était définitive et de la sceller par quelques phrases posées. Sa décision soudaine ne devint réellement concrète que les jours et les semaines qui suivirent. Karolin devait au moins une explication à Vadim et aux garçons, mais c'était rien moins que simple à leur faire entendre. Il lui fallait aussi trouver d'urgence un appartement, ce qui, à Paris, n'était pas une mince affaire. Et enfin déménager les choses qui lui appartenaient en propre, ses livres, ses vêtements et ses quelques meubles. Après sept ans de sociabilité ininterrompue, elle ressentit sa solitude nouvelle comme un état bienfaisant et même susceptible de lui convenir à long terme.

Karolin ne souffrait pas d'un burn-out non diagnostiqué, elle n'était pas non plus héroïque ou, à l'inverse, déprimée. Elle se sentait *flotter*, elle ressentait le besoin impérieux de demeurer un temps – entre deux phases de sa vie – dans un état exempt d'émotions extrêmes. Peut-être pour différer encore un moment une phase inconnue, menaçante (celle de la femme *vieillissante*?), elle avait décidé ou quelque chose en elle avait décidé de rester dans cet état de flottement pour une période indéterminée, jusqu'à sentir à nouveau la terre bien ferme sous ses pieds. Ce ne serait pas la même terre que celle qui l'avait portée auparavant, et le moment serait alors venu de s'engager dans une voie nouvelle. C'était comme si elle avait senti que quelque chose allait lui arriver.

Pour le moment elle attendrait, et elle attendrait seule. C'est ce qu'elle avait tenté d'expliquer à Vadim quelques jours plus tard, et elle avait été sincèrement désolée de constater qu'il ne la comprenait pas. Non qu'il se fût refusé à comprendre Karolin par rage ou par dépit, mais il lui était impossible de se représenter que, pour certaines personnes, une histoire d'amour puisse se terminer aussi subitement, se rompre tel un fil trop ténu. Ce fil, pensait-il, Karolin l'avait simplement perdu, comme quelqu'un qui s'arrête en racontant une histoire, parce qu'il ne retrouve plus la suite. En quoi il n'avait pas tout à fait tort.

C'est justement parce qu'elle se sentait flotter dans sa vie que Karolin avait opté pour cet appartement au douzième et dernier étage d'un immeuble de Belleville : trois pièces, cuisine, salle de bains, murs blancs rectilignes, parquet et grandes baies vitrées avec vue plongeante sur la ville. Certains jours d'hiver ensoleillés, quelques mouettes se laissaient même porter là-haut par un coup de vent. Elles glapissaient à qui mieux mieux au-dessus des toits, et, dans la lumière pâle et froide, leur plumage blanc qui contrastait avec le gris des pigeons et le noir des corneilles donnait une impression d'élégance. Karolin avait pour ainsi dire la tête dans les nuages, ironiquement elle baptisa ce nouvel appartement sa tour d'ivoire. Pour la première fois de sa vie elle était seule parce qu'elle voulait l'être. Tout cela, la rupture avec Vadim et son déménagement, s'était produit pendant l'été. Moins de trois mois après son installation dans la tour d'ivoire elle reçut un appel d'Allemagne. Sa mère venait de mourir.

Cahiers

J'obtins finalement le baccalauréat avec une moyenne de trois plus. Un résultat qui passait pour être acceptable grâce au « plus ». En 1931, après la faillite de sa scierie, mon père avait ouvert une station-service avec un garage et une concession automobile, la première – et longtemps l'unique – de notre petite bourgade souabe. L'affaire démarrait lentement, son rapport était très inférieur à nos revenus habituels, mais mon père, rendons-lui cette justice, avait le sens des affaires et l'intuition des marchés prometteurs. L'automobile, comme on l'appelait alors, avait de l'avenir. En dépit de nos difficultés financières, on m'envoya à Stuttgart étudier l'économie. Nous étions en cette funeste année 1933.

Les études me rasaient, elles étaient trop théoriques, et surtout il y avait trop de mathématiques. Je les considérai d'emblée comme tout à fait secondaires et profitai de la liberté que m'offrait la chambre à Stuttgart pour me perfectionner en peinture. L'idée d'un Isidor Schweig copiste de célèbres tableaux avait fait son chemin, il s'agissait maintenant de jouer serré pour atteindre mon but lointain, Paris, évidemment. Dès le premier semestre je réussis à monter un commerce – pas excessivement lucratif mais qui, en fin de compte, marchait – de copies dans le style du réalisme allemand : Chambre avec balcon d'après Adolph Menzel, Scène de chasse d'après Wilhelm Leibl, etc. Il y avait de la demande, et avec l'aide d'un marchand d'objets d'art et d'antiquités de mes amis qui s'appelait Albert Schönit, je pus vendre incognito en six mois sous le pseudonyme d'Isidor Schweig une douzaine de copies ou d'imitations libres de peintres connus proposées très officiellement comme telles. Nous explorions un nouveau créneau, nous ne voulions tromper personne. D'honorables Souabes éprouvaient le désir d'orner leur intérieur d'une copie d'une scène de genre de Carl Spitzweg ou d'une nature morte à l'ancienne de Chardin. Pour les audacieux je réalisai quelque paysage impressionniste d'après Claude Monet ou une toile pâteuse avec jeune fille opulente à la Renoir, un grand nu rayonnant de joie de vivre et de sensualité tout droit sorti du jardin d'Éden.

La signature était essentielle, c'est ce qu'on regardait en premier. Quel visiteur demanderait peu courtoisement à mes clients si le Spitzweg de leur salon était une copie ou un original ? C'est toutefois en cela que résidait le « délit », car, du point de vue du droit, copier la signature – même si je la copiais sciemment de façon très approximative – était illicite. Nos acheteurs, eux, savaient à quoi s'en tenir. Albert Schönit indiquait toujours sur le certificat de vente qu'il s'agissait d'une copie réalisée par un certain Isidor Schweig, qui avait d'ailleurs l'honnêteté de signer de son nom au verso.

Or c'est précisément ce nom choisi avec tant de soin d'Isidor Schweig, mon compagnon intime depuis l'enfance qui, tout à coup, me donnait du fil à retordre. Certains clients refusaient catégoriquement d'acquérir une copie d'un Isidor Schweig. En 1934, l'hystérie antisémite avait depuis longtemps gagné tout le pays. Pour des raisons défiant toute logique, moult braves bourgeois souabes trouvaient à ce nom une sonorité juive. Ce n'était pas faux dans la mesure où le nom d'Isidor, en passant du grec à la Rome chrétienne, avait fini par intégrer aussi le répertoire des prénoms juifs, probablement à l'Antiquité tardive, quand, en Espagne, les cultures juive et catholique-romaine se heurtèrent brutalement l'une à l'autre. Mais surtout, il y avait sous la République de Weimar cette histoire du préfet de police juif de Berlin, Bernhard Weiss, dont Goebbels s'était fait l'ennemi juré. Dans une méchante campagne de dénigrement il l'avait affublé du surnom d'Isidor, censé sonner ridiculement juif. L'affaire me contrariait beaucoup. C'était comme si, du jour au lendemain, un prénom jusque-là innocent était devenu suspect. Possible qu'à l'époque il y ait eu plus de juifs que de chrétiens prénommés Isidor. Il n'empêche que je n'avais aucune envie de renoncer à ce nom bien-aimé, devenu pour moi une seconde peau. Encore moins à cause d'une telle absurdité.

Plusieurs acheteurs s'étant offusqués du nom de l'artiste, il fallut bien trouver une parade. Ce peintre était-il juif? demandait-on à mon associé Albert Schönit. Même l'inoffensif patronyme Schweig se vit soudain reprocher une possible judéité. Il y avait des Juifs qui s'appelaient Wagner tout comme des « Aryens » authentiquement allemands pouvaient s'appeler Salomon, ainsi en allait-il de Schweig. Mais le délire antisémite ne connaissait plus de limites. Je parlai donc à Schönit d'Isidoro de Sevilla qui fut archevêque entre 600 et 636 et sous l'égide duquel les Juifs de Séville, persécutés, étaient contraints à la conversion. Il avait même écrit un ouvrage intitulé *De Fide Catholica contra Judeos* soi-disant dédié à sa sœur Florentine, abbesse d'un cloître de Séville où, dit la légende, les enfants juifs arrachés à leur famille étaient éduqués dans la plus pure foi chrétienne. On ne pouvait mieux plaider la cause des Isidor catholiques-romains-aryens.

« Et si tu me peignais un portrait de cet Isidoro de Sevilla, suggéra Albert, une toile que j'accrocherais à la galerie et que je pourrais commenter pour les clients, au besoin? »

Je pensai tout de suite au magnifique peintre sévillan du baroque espagnol, Murillo, dont un tableau représente justement ce fameux Isidoro. Vêtu d'atours somptueux, le père de l'Église y trône sur un siège imposant, étonnamment détendu, peut-être un peu fatigué par les ans, la crosse épiscopale dans la main droite, la gauche maintenant un énorme livre en appui sur ses genoux. À côté de lui on distingue nettement deux de ses écrits. Il nous fallait une copie de ce Murillo, c'était la solution. Je passai donc des semaines à concocter minutieusement pour le magasin d'art de Schönit une splendide imitation grand format de ce tableau dont j'avais pu trouver des reproductions à la bibliothèque.

Dès lors, pas un client ne manqua d'interroger le galeriste sur cette toile exposée là bien en vue sur son mur. De qui était-elle ? Qui représentait-elle ? Devenu avec le temps grand spécialiste de Murillo et d'Isidoro de Sevilla, Albert ne se lassait pas de raconter son histoire ni de souligner dans la foulée l'étendue du talent de copiste d'Isidor Schweig. Soudain, le nom d'Isidor Schweig ne choquait plus personne, mes copies se vendaient comme des petits pains, à peine exposées au magasin, elles n'avaient parfois même pas le temps de finir de sécher. Ce qui ne dérangeait personne, puisqu'il ne s'agissait pas d'écouler des faux, mais de vendre simplement une belle copie ou un tableau « dans le style de ». Le contraire m'eût d'ailleurs coûté une peine infinie et forcé à recourir aux stratagèmes des faussaires, comme d'imiter ces petites fissures qui donnent aux toiles anciennes leur aspect craquelé. Toutes choses que j'appris bien plus tard. Je n'en avais pas moins toujours soigné la qualité de mon travail. Ainsi prenais-je grand soin de reproduire au blanc de céruse un fond qui puisse donner profondeur et lumière, même si ce genre de fond mettait un moment à sécher.

Je passais une bonne partie de mes loisirs – et de mon soi-disant temps d'études – à mon chevalet ou aux recherches nécessaires à l'élaboration de nouvelles copies ou imitations. Je hantais les bibliothèques, les musées, les magasins d'objets d'art de Stuttgart et poussais même parfois jusqu'à Munich dans l'automobile paternelle, pour examiner les collections de l'Ancienne Pinacothèque.

Au terme de cinq fastidieux semestres universitaires je décrochai tout de même un pré-diplôme d'économie. J'avais vingt-deux ans, j'étais majeur et théoriquement libre de décider de ma vie. Mon père s'était lassé de me prodiguer des conseils. Sans doute enviait-il même secrètement mon projet de passer un certain temps à Paris pour parfaire mon niveau de français et « voir le monde » – telle était ma version officielle.

Nous étions au début du printemps 1936, quand je mis mon plan à exécution. Tandis que la propagande allemande faisait bruyamment campagne pour les imminents Jeux de Berlin et que culminaient en Espagne les tensions qui allaient mener à la guerre civile et au putsch de Franco, l'atmosphère en France était relativement euphorique. Le front populaire avec Léon Blum avait imposé deux semaines de congés payés, en ce début d'été la moitié de la France les attendait fiévreusement. Une nuée de petits drapeaux rouges flottaient au gré du vent et, aux floralies de Paris, la rose symbolique du socialisme français avait été élue fleur de l'année. Même le Martini alors en vogue se découvrait une veine prolétarienne sur les célèbres colonnes Morris : *Une chaumière ! Un cœur ! Un Martini. Tous unis… autour du Martini !*

C'est dans la soirée du 1er juin 1936 à la gare de l'Est que, pour la première fois de ma vie, je foulai le sol parisien. Les voies étaient plongées dans la brume d'un épais nuage de vapeur, car, malgré l'heure tardive, plusieurs locomotives venaient d'arriver à quai. La gare grouillait de voyageurs, de porteurs, de marchands de journaux, de vendeurs à la sauvette, de types louches qui racolaient les voyageurs pour des hôtels et de chauffeurs qui tentaient de les attirer dans leur taxi. Je me laissai porter par ce flot humain à travers le hall immense et sortis avec une valise sur la place de la gare, derrière mon porteur qui avançait péniblement, chargé des deux autres.

Puis je pris place dans les coussins moelleux d'une Renault rouge foncé de la G7 à large marchepied et me fis promener dans la ville au gré du chauffeur, à qui j'avais lancé : « Allez où vous voulez, je veux voir Paris ! » La place de la République aurait pu se trouver à l'autre bout de la ville qu'elle n'en serait pas moins restée sa destination première. Par chance elle n'était qu'à un jet de pierres et sur le chemin du centre-ville : il nous suffit de descendre le boulevard Magenta pour parvenir à son immense rectangle. C'est là que se dressait sur un socle monumental la Marianne au bonnet phrygien. Brandissant un rameau d'olivier dans la main droite en signe de paix, elle tient dans la gauche la tablette des Droits de l'homme. Trois statues incarnant respectivement la Liberté, l'Égalité et la Fraternité entourent le haut piédestal de la République.

Les rues semblaient exploser d'une vie mal contenue, et j'étais dans un tel état d'exaltation que mon chauffeur, contaminé, commentait les curiosités de *sa* ville à grands gestes de plus en plus lyriques. Nous longeâmes les Grands Boulevards où les flâneurs savouraient la nuit de ce début d'été : couples bras dessus bras dessous, hommes à casquette ou en chapeau, une main dans la poche de pantalon, élégantes femmes minces en jupes cloches et vestes cintrées, juchées sur des talons hauts, qui arboraient de petits chapeaux sur leurs cheveux relevés. Les théâtres et les grands cinémas illuminés avec leurs réclames, les cafés et les restaurants gorgés de monde défilaient comme dans un rêve. Par la vitre baissée, je respirais pour la première fois l'air du Paris nocturne. Il était tiède et me parut joyeusement frémissant. C'est dans cet air-là que résidait mon avenir. Après l'inévitable crochet par la tour Eiffel, je priai le chauffeur de redescendre les Champs-Élysées pour regagner la place de la Concorde, mes yeux ne pouvant se rassasier de ces vastes avenues, ces lumières, ces monuments et ces perspectives généreuses.

Nous arrivâmes finalement au Châtelet par la rue de Rivoli en longeant le Louvre – car je passai ma première nuit parisienne dans un hôtel situé près de la place du Châtelet. Je m'endormis sûrement très vite, épuisé par ce long voyage et toutes ces impressions nouvelles. C'était la première fois que je m'éloignais tant de la maison, il n'y avait plus personne à qui rendre des comptes. Viktor Wagfall était resté derrière moi, je pouvais maintenant me glisser corps et âme dans la peau d'Isidor Schweig.

*

Mon humeur varie au gré des caprices de ce printemps lunatique. Mais aujourd'hui je me dis qu'il pourrait finalement être assez plaisant d'exhumer Isidor Schweig et sa vie parisienne de l'oubli où ils ont sombré. Ébaucher lentement son portrait, en esquisser les contours, tracer les premiers traits au pinceau et réfléchir aux couleurs. Confession générale. Le sentiment de culpabilité latente se manifeste de temps à autre. L'hiver dernier justement, à certains moments mon propre silence m'oppressait. Je croyais qu'il serait impossible de soulever une dernière fois la chape pesante du passé. Mais la mémoire peut être un labyrinthe fascinant, maintenant que je me suis risqué dans ses méandres, je suis curieux d'y pénétrer plus avant pour tenter de parvenir peu à peu au cœur de mes souvenirs.

Aujourd'hui, le printemps me fait un bien fou. Je reviens de promenade, suis à Paris en pensée et me sens d'humeur euphorique. Un parfum de nonchalance flotte dans l'air tiède. À propos de parfum et de Paris : peu avant le jeudi noir de 1929, je ne sais plus exactement quand, mon père avait offert à ma mère pour son anniversaire un flacon de N° 5 de Chanel. On ne s'imagine guère aujourd'hui combien ce parfum avait fait sensation à l'époque. En apparence ce n'était qu'un flacon carré tout à fait anodin, mais il recélait une conception totalement nouvelle du parfum, sa fragrance était un bouquet abstrait. Elle commençait sur une note de rose, de jasmin et de muguet, culminait dans des senteurs d'ylang ylang et de santal et se terminait sur un mélange sensuel de patchouli, de musc et de cannelle. Je voudrais déjà parler d'Adèle, là tout de suite, Adèle à Paris, d'où l'association des parfums printaniers avec le N° 5 de Chanel, car bien sûr je n'avais pu m'empêcher d'imiter mon père et d'en offrir un flacon à l'aimée. Patience. Force m'est toutefois de constater que, de ces plus de quatre-vingts années, je n'en ai réellement vécu que quelques-unes, quelques années intenses où j'étais en accord avec ce qui pourrait être « moi », avec ce que je désirais réellement. Outre mes années d'enfance, ce furent celles que j'ai passées à Paris. Si j'avais à les peindre, je choisirais des couleurs éclatantes, un rouge, un vert, un bleu et un jaune francs. Comme une toile de Matisse qui met en couleur l'expérience de l'intensité. Le reste de ma vie, l'avant et l'après, ne fut que le prélude et le long épilogue de ces années-là. Les années Viktor furent des années de devoir. Un interminable parcours du combattant. Ou l'expiation de quelque faute. Secrètement j'aurais voulu fuir cette vie-là, comme ces incompris qui vous disent un jour qu'ils sortent acheter des cigarettes et disparaissent à jamais.

Anna est partie en ville tout à l'heure, j'ai profité de son absence pour aller récupérer mes vieux agendas et mes cahiers d'esquisses au grenier. Depuis 1954 ils étaient restés tels quels dans un carton dissimulé derrière une grosse poutre tout au fond des combles sous la pente du toit. Une couche de poussière feutrée s'était formée sur le couvercle, à l'intérieur tous les petits cahiers, les blocs et une liasse de lettres étaient empilés, soigneusement classés. Chaque année je rachetais les mêmes agendas dans notre papeterie de Stuttgart, un petit carnet relié de cuir de pécari brun clair à tranche dorée. En les feuilletant rapidement, je vois qu'ils sont annotés très irrégulièrement. Certaines feuilles sont vierges. À la mi-juin 1936 j'avais reporté une citation d'Anatole France : *Comme je n'étudiais rien, j'apprenais beaucoup*[1]*. Ce bon mot était sans doute censé me conforter dans mon mode de vie hyperactif et curieux de tout, mais qui n'avait rien de celui d'un universitaire. Puis je lis : *18 heures, rendez-vous avec Hans.* Et quelques jours plus tard : *Dîner avec mademoiselle Valland.* C'était fin juin-début juillet 1936. Et c'est ainsi que tout a commencé.

1. Les termes en italique suivis d'un astérisque sont en français dans le texte.

Photo 2

Quatre fois trois soit douze vieux cahiers d'écoliers étalés sur le bureau comme un jeu de patience. Sur les étiquettes, un nom écrit d'une main d'enfant, avec la matière et la classe. Un treizième carnet Moleskine noir s'intercale entre eux.

Karolin ne pouvait plus s'imaginer ailleurs qu'à Paris. Avec les années, la métropole abstraite dont, au début, elle suivait du doigt les détails sur le plan lui était devenue familière. C'était *sa* ville. Elle savait que la ligne 7 était en rose sur les panneaux des couloirs de métro, la 1 en jaune, la 14 en violet et que la 8 c'était Balard-Créteil. Mais elle ne se doutait pas qu'il y avait, outre cette familiarité, des raisons plus anciennes et plus sérieuses qui faisaient que cette ville était devenue sa ville. Ce n'était pas seulement par habitude ou pour les jolies arrière-cours de Paris et cette belle lumière au-dessus de la Seine qu'elle était restée ici. Ni non plus à cause du son mélodieux que rendaient certains mots comme *aéronef, flagorneur, coquelicot, hasardeux**, ou pour le savoureux bœuf bourguignon du traiteur, qu'elle avait indéfiniment prolongé son séjour. Même l'amour n'expliquait plus vraiment qu'elle fût restée, tôt ou tard dans n'importe quelle ville l'amour venait à vous inéluctablement, ici, encore mieux qu'ailleurs, disait-on. Mais l'amour va et vient, surtout ici, et ça, personne ne vous le disait.

Karolin avait donc longtemps pensé qu'elle était venue dans cette ville fortuitement et y était restée pour des raisons de goût ou d'esthétique, attribuant le fait d'avoir débarqué ici avec son appareil photo et de rester à une impulsion, une idée presque frivole, alors que, finalement, c'était aussi un retour – dont elle avait hérité à son insu. Quelque chose dans son histoire familiale avait produit comme un trou noir de la conscience qui aurait englouti informations et significations. Un héritage matériel s'accepte ou se refuse, mais le legs insaisissable d'une histoire familiale passée sous silence, faite de drames intimes non résolus, de culpabilité refoulée et de mensonges inavoués agit sournoisement, en filigrane, on ne peut que le subir. On se le repasse en sous-main, pourrait-on dire, d'une génération à l'autre, jusqu'au moment où l'histoire, par quelque événement plus ou moins fortuit, remonte à la surface. Comme dans ces romans policiers où le coupable, ne tenant plus dans sa cachette, revient irrésistiblement sur les lieux du crime. Au fond, Karolin était venue à Paris parce qu'elle avait à son insu remis ses pas dans une trace très ancienne, parce que son père, plus de soixante-dix ou quatre-vingts ans plus tôt, avait laissé ici un morceau de son histoire, celle d'une vie déniée, jamais racontée.

Ce que son père n'avait pas vécu jusqu'à la fin, ce qu'il n'avait pas assumé, était, qu'elle le veuille ou non, devenu sa mission à elle. Les événements qu'il avait passés sous silence et peut-être voulu oublier en avançant dans la marche forcée du temps, quelqu'un d'autre devait s'en charger, ramasser le baluchon dont il s'était délesté. Sournoisement mais inéluctablement le poids en retombait sur le dos des enfants, de la génération d'après. L'un d'eux au moins devait se le coltiner, c'était inévitable. Les rues de Paris que son père avait parcourues autrefois, un héritier de son histoire devait les explorer à sa place. D'autres yeux devaient redécouvrir la ville qui lui était jadis familière, puisque quelque chose avait empêché Viktor Wagfall d'y revenir ou de témoigner.

Les années et les décennies passant, il lui avait été de plus en plus difficile de raconter l'histoire de ce lointain passé. Mais la perspective de l'emporter avec lui dans sa tombe avait dû être plus insupportable encore. Quelqu'un après sa mort devait plonger dans le cours obscur de son passé pour le sauver de l'oubli éternel. Il avait gardé son histoire si précieusement cachée au tréfonds de son être qu'il ne pouvait partir sans continuer à tirer les fils de son devenir. Et quel que soit celui ou celle qui tomberait sur sa cachette dans la vieille maison Wagfall, quelle que soit la personne qui irait fouiller dans ce tas de vieilles hardes et sentirait soudain sous ses doigts quelque chose de dur qu'elle extirperait pour se retrouver finalement avec un paquet de cahiers noircis d'une écriture serrée, ce trésor exhumé que deviendrait alors sa vie, la vie inconnue de Viktor, ne relèverait plus seulement de l'Histoire, elle serait elle-même une histoire, une aventure au-delà de toute notion de culpabilité et d'expiation.

Son calcul s'était révélé juste. Quand elle était revenue en Allemagne à l'automne après la mort de sa mère, en vidant la vieille maison familiale, Karolin avait trouvé dans un coffre au grenier le legs de son père disparu depuis longtemps déjà : un tableau dans un cadre et un paquet de douze cahiers d'écoliers datant de son enfance, dont celui du dessus portait en première page le titre de *Cahiers d'un faussaire mélancolique.* Elle avait reconnu tout de suite l'écriture de son père. Au grenier même elle avait commencé à lire.

C'était là au-dessous, dans cet océan de maisons devant sa fenêtre, qu'à la fin des années trente et pendant la guerre, s'était déroulée l'histoire de son père, jamais racontée.

Quand Karolin s'était installée à Paris au début des années quatre-vingt-dix, il vivait encore. Il l'avait donc observée quelques années de loin sans dire mot, il avait vu la vie de sa fille s'enraciner peu à peu dans la ville où il avait laissé une partie secrète de lui-même. Pourtant il n'avait jamais rien ajouté aux épisodes convenus et archiconnus d'une légende familiale sans grande épaisseur. Pas une fois il ne lui avait rendu visite. Quand Anna, la mère de Karolin, était venue la voir lors d'un long week-end, Viktor était resté dans la vieille maison. Il n'avait même pas invoqué de prétexte. Il n'était simplement pas venu. Karolin ne l'y avait jamais expressément convié non plus. Curieusement il ne lui avait jamais traversé l'esprit à l'époque d'inviter son père chez elle à Paris. Et voilà qu'il s'agissait maintenant de reprendre son histoire et de la terminer, de ramasser dans les rues de Paris le fil perdu de sa vie et de la relier à la sienne.

Cahiers

Dans les jours qui suivirent mon arrivée à Paris j'explorai systématiquement la ville. Les pages correspondantes de mon agenda sont donc vides, une seule annotation en date du 3 juin mentionne : *Hôtel Goudeau, Montmartre, place au-dessus d'Abbesses, à côté de rue Ravignan.* Un petit hôtel miteux à six étages sans ascenseur qui avait l'avantage de ne pas coûter cher et d'être en plein Montmartre. J'y avais pris une chambre donnant sur des marronniers et une place biscornue d'où la rue Ravignan grimpait en sinuant la pente abrupte qui menait au Sacré-Cœur. De ma fenêtre, je voyais le Bateau-Lavoir qui avait l'air d'une petite bâtisse de plain-pied côté rue, mais dont l'arrière adossé à la colline possédait un étage et, au rez-de-chaussée, d'autres ateliers d'artistes. C'est ici que Picasso avait peint avec ses *Demoiselles d'Avignon* en 1907 le premier tableau cubiste. De la fenêtre de mon hôtel je lui tirai mon chapeau.

Les peintres légendaires qui, peu après le début du siècle, avaient fait de cette drôle de baraque bancale le sanctuaire de l'art moderne s'étaient établis avec le temps et installés dans d'autres quartiers. À partir des années vingt, Montparnasse avait pris le relais. C'était devenu le nouveau quartier des artistes et des intellectuels. Tout aurait dû m'inciter à lui donner la préférence, mais le hasard, l'attrait de sa vie nocturne et sans doute une bonne part de nostalgie me poussaient vers Montmartre. J'étais tombé amoureux de ses petites rues escarpées, de ses escaliers, de sa basilique toute blanche et me sentais là au milieu des « vrais » Parisiens : les ouvriers, les lavandières, le boucher chevalin, le forgeron, la poissonnière, sans oublier les prostituées de Pigalle et les boîtes de nuit qui allaient avec. J'avais déniché rapidement un petit appartement rue Lepic, et, au bout de quelques jours, déménagé mes grosses valises pour m'y installer.

On entrait au 6 rue Lepic par une grande et lourde porte dotée d'épaisses vitres à croisillons en fer forgé, qui se trouvait entre la boutique d'un marchand de primeurs et celle d'un boucher. On ne pouvait s'engager dans l'escalier sans passer devant la loge où vaquait et demeurait Pauline Vignier qui, contrairement à l'image qu'on se fait de la concierge parisienne, n'était pas une grasse souillon bavarde, éventuellement portée sur la bouteille, mais une jeune femme mince et accorte. Toujours vêtue avec soin, mademoiselle Vignier ramassait son abondante chevelure sombre tout en haut du crâne en un charmant dispositif qui me faisait irrésistiblement penser à un nid d'oiseau. Il s'en échappait au fur et à mesure qu'avançait sa longue journée quelques boucles dont le joli fouillis venait le soir encadrer joyeusement son minois de chatte. Un petit nez pointu surplombait une bouche amusante aux coins gentiment retroussés. Tous les jours que Dieu fait, elle portait sur une simple jupe sombre et un chemisier blanc un tablier à carreaux bleu clair et blancs d'une propreté impeccable, dont la boucle dûment repassée et amidonnée oscillait sur un postérieur aimablement rebondi. J'avais visité plusieurs appartements dans le quartier et ne puis exclure formellement que ce fût Pauline Vignier qui me décida en fin de compte à louer celui du 6 rue Lepic. Je devais comprendre ensuite assez vite que dans l'intimité elle préférait le commerce des femmes à celui des hommes. Et je n'imaginais pas une seconde à l'époque que je louerais cet appartement des années (non sans regagner l'Allemagne dans l'intervalle) et serais donc témoin de la métamorphose de la juvénile Pauline en demoiselle Vignier un peu plus mûre.

Ma nouvelle demeure rue Lepic comportait deux pièces sommairement meublées ainsi qu'une cuisine, et m'offrait le luxe d'une petite salle de bains avec lavabo et bac de douche, les toilettes étant sur le palier comme c'était l'usage. De la petite pièce qui donnait sur la cour je fis ma chambre. Elle offrait une jolie vue sur les toits de zinc parisiens et leur kyrielle de mini-cheminées en terre cuite alignées comme autant de pots de fleurs retournés. L'hiver, d'innombrables colonnes de fumées filiformes s'élevaient au-dessus des toits. La grande pièce, elle, donnait sur la rue Lepic, et disposait d'un balcon étroit, comme c'était souvent le cas au cinquième étage. De là, j'apercevais l'arrière des ailes du Moulin Rouge, la place Blanche avec sa boulangerie et le café Coquet, qui devint bientôt mon café attitré. Au-dessus des toits émergeait même au loin la pointe de la tour Eiffel. J'avais le soleil du matin dans la chambre et le couchant dans le séjour où j'installai mon atelier. Entre un divan rouge grenat – le premier meuble que je m'achetai de ma vie – et une table ronde flanquée de quatre chaises que comptait l'inventaire du meublé, je plaçai un chevalet acquis d'occasion. Tubes, godets de couleurs, pinceaux et flacons prirent place sur une commode Louis-Philippe à dessus de marbre. Je laissai un mur dégagé pour pouvoir travailler à de grands formats ou à plusieurs toiles en même temps en les clouant sur une latte de bois fixée au mur. Un grand miroir dans un cadre doré surplombait la cheminée.

D'après mon agenda, ma première rencontre avec Hans Wendland date du 25 juin 1936. C'est mon ami marchand d'art de Stuttgart, Albert Schönit, qui nous avait mis en contact. Il avait donné mon adresse parisienne à Hans Wendland, aussi trouvai-je bientôt dans ma boîte à lettres un carton d'invitation à un vernissage de la galerie Wildenstein. Depuis mon arrivée on ne me connaissait que sous le nom d'Isidor Schweig. J'avais même fait rédiger le bail de l'appartement à mon nom d'artiste et payé d'avance un an de loyer en espèces, pour compenser l'absence d'un passeport soi-disant égaré. Mademoiselle Vignier m'appelait *Monsieur Isidor* en riant comme d'une plaisanterie. *« J'adore votre nom, monsieur Isidor** », disait-elle. Dans le milieu français où j'avais été introduit, nul ne se souciait alors d'éventuelles sonorités juives. Pour Hans Wendland aussi je restai Isidor Schweig toutes les années suivantes. Jusqu'à nouvel ordre, Wagfall n'était plus qu'un nom sur ma boîte à lettres, porté juste sous celui de Schweig. Viktor était resté en Allemagne, je m'en étais dépouillé comme d'une ancienne peau. Il me fallut bien sûr échafauder quelque histoire plausible pour mademoiselle Vignier qui montait le courrier et gardait la maison. Je m'inventai donc un ami artiste nommé Viktor Wagfall qui voyageait de par le monde, recevait du courrier de temps à autre, et à la disposition duquel j'avais mis mon adresse. Un petit dédommagement à mademoiselle Vignier « pour le surcroît de travail » régla la question une fois pour toutes.

Au dire d'Albert, Hans Wendland était à même de m'ouvrir les portes du milieu parisien de l'art et de lancer ma carrière de peintre. Il me l'avait vanté comme un habile marchand qui connaissait le *Tout-Paris**. Quand je le rencontrai pour la première fois à la galerie Wildenstein j'étais encore assez jeune pour être impressionné. C'était un homme amène et jovial d'une parfaite aisance mondaine, qui parlait le français couramment. Me donnant gentiment du « *mon ami** », il me prit tout de suite sous son aile. Il devait avoir dans les cinquante-cinq ans, l'âge où l'on s'honorait de faire profiter la jeune génération de son expérience et de sa renommée. Quant à l'exposition qui m'attendait ce soir-là chez Wildenstein, elle fut pour moi un choc.

J'y voyais pour la première fois des originaux surréalistes et cubistes, des tableaux de Dalí, de Max Ernst, de Braque et de Picasso. Et je pouvais les examiner de près, même les toucher avec précaution quand personne ne me regardait, étudier la touche du pinceau et apprécier la consistance des couleurs. Une main nonchalamment posée sur mon épaule ou glissant familièrement son bras sous le mien, Hans Wendland me fit parcourir les salles de la vaste galerie en commentant les toiles exposées. Il voulait évidemment m'en imposer, me montrer qu'il était à tu et à toi avec des gens connus. Devant une *Nature morte à la guitare* de Braque il s'exclama : « Ah, Braque, ce n'est vraiment pas ma tasse de thé, j'ai toujours l'impression qu'il achète ses bruns en gros chez le marchand de couleurs. Savez-vous ce que Picasso dit de lui dans son dos ? Qu'il peint la merde à tous les stades de la vie, du nourrisson au vieillard ! Il a un de ces humours, ce Pablo ! » Puis Wendland me présenta au grand marchand d'art Georges Wildenstein. L'homme me fit une impression mémorable. Avec Paul Rosenberg, Paul Guillaume et les frères Bernheim-Jeune installés tout près de là, Wildenstein détenait une des collections les plus prestigieuses d'Europe. Je ne sais plus si c'est lors de cette soirée de l'été 1936 ou d'un vernissage ultérieur, mais je le revois encore narrer à un élégant public féru d'art l'histoire de son père Nathan. Un cigare entre l'index et le majeur, le geste ample et les yeux brillants, il captivait son assistance.

Nathan Wildenstein était venu à l'art comme le fils de paysans Henry Ford à l'automobile, par un mélange improbable de chance et d'assiduité, de talent et de passion. Il avait dix-neuf ans quand, refusant catégoriquement de devenir allemand après la guerre de 1870, il avait fui l'Alsace annexée pour monter une affaire d'étoffes dans une petite ville de Champagne. Manifestement il avait la bosse du commerce, car il put bientôt réinvestir ses profits dans un magasin de manchettes, cravates et écharpes à Paris. Et c'est là qu'un beau jour une de ses fidèles clientes, la comtesse Potocka, lui proposa d'employer ses talents de négociant à vendre pour son compte quelques tableaux de valeur. La légende veut qu'il y ait eu un Van Dyck dans le lot. Le plus surprenant n'est pas que Nathan Wildenstein ait accepté – il n'avait rien à perdre dans l'affaire – mais qu'il ait commencé par filer au Louvre étudier dix jours durant tous les tableaux qui font date dans l'histoire de la peinture pour « se faire l'œil » en matière d'art. Et il advint sans doute au Louvre quelque chose de déterminant à Nathan Wildenstein : ce qu'il y vit dut l'émouvoir profondément. En tout cas, il réussit à vendre en l'espace d'une semaine les tableaux de la comtesse à un prix plus qu'honorable. Avec les mille francs de sa commission, Nathan acheta deux tableaux. Les deux premiers d'une immense collection. Son choix illustrait son flair et sa perspicacité, puisqu'il se porta sur une toile de François Boucher et un pastel de Quentin de La Tour qui, étant passés de mode, étaient abordables, mais dont les cours allaient bientôt remonter.

C'est ainsi que, par un hasard heureux, Nathan Wildenstein découvrit l'art. Il abandonna le commerce des étoffes pour se livrer méthodiquement à l'étude de sa nouvelle passion et ouvrit son premier magasin d'art à la Cité du Retiro, entre la rue du Faubourg-Saint-Honoré et l'église de la Madeleine. En l'espace de quelques années Nathan Wildenstein devint un expert renommé et l'un des collectionneurs et marchands d'art les plus éminents de la peinture française du XVIIIe siècle.

D'innombrables toiles de Fragonard, Watteau, Boucher, Greuze, Chardin ou Quentin de La Tour sont passées entre ses mains. Après avoir ouvert une *gallery* à Londres, il réitéra en 1903 à New York où il aida les magnats de l'industrie et de la finance, qui, à l'apogée du capitalisme industriel, ne savaient que faire de leur argent, à se constituer des collections. Plus tard, celles-ci ont souvent rejoint par donation des musées anglais et américains qui, aujourd'hui encore, lui doivent donc beaucoup. On lui prêtait un instinct infaillible pour acheter et vendre au moment favorable et savoir proposer ses acquisitions au collectionneur approprié.

La vaste galerie où je me trouvais et que Nathan Wildenstein avait ouverte au 57 rue La Boétie était, elle aussi, une légende. Lorsque Hans Wendland me présenta, Georges Wildenstein (le fils de Nathan donc) me gratifia d'une poignée de main énergique en me scrutant d'une paire d'yeux ronds très sombres, empreints d'une bienveillante curiosité. Chaque fois que je le rencontrai par la suite, ses yeux noirs et ronds comme des billes me feraient irrésistiblement penser à ceux d'une marmotte. Rayonnants d'intelligence, ils en avaient la rapidité et le côté joueur.

En matière d'art, Georges Wildenstein était de son époque. Alors que son père, réfractaire aux « modernes », était resté irréductiblement fidèle au XVIIIe siècle, Georges avait découvert la fin du XIXe avec Cézanne, Degas, Manet, Monet, et s'était même aventuré dans le XXe. Il contemplait ses toiles avec passion, les caressait littéralement des yeux. L'homme était bien en chair, on l'imaginait tout de suite attablé dans la fine fleur des restaurants parisiens. Il s'enquit des raisons de mon séjour à Paris ainsi que de mes premières impressions et m'écouta en lissant du pouce son épaisse moustache noire, me fixant de ses billes noires qui pouvaient s'allumer d'une lueur de malice ou se velouter amoureusement quand il se mettait, par exemple, à parler de Pierre Bonnard.

Je me demande même à présent si ce n'est pas Georges Wildenstein qui a éveillé ma passion pour ce peintre. Avant ce premier séjour à Paris j'avais, certes, déjà vu des Bonnard, dont le style, la palette, les thèmes m'avaient profondément touché. Mais l'enthousiasme qui fut ensuite le mien pour cet artiste, c'est peut-être Georges Wildenstein qui, le premier, le suscita. Était-ce pendant cette première soirée, lorsqu'il me tira soudain par la manche vers une salle fermée au public qui ne faisait pas partie de l'exposition ? J'y découvris *Le Café du Petit Poucet, place Clichy, le soir* et *Grande salle à manger sur le jardin.* Et Wildenstein de se lancer dans un éloge de Bonnard, un des peintres majeurs du XXe siècle, c'était déjà chose assurée même si on n'était qu'au premier tiers du siècle. Aucun peintre avant lui n'avait produit ces couleurs, qui, « à proprement parler, n'en sont pas, c'est une peinture de l'immatériel », s'écria-t-il, « ces couleurs n'existent qu'en rêve – ou chez Bonnard. Voyez, jeune homme, le rose mauve de la nappe sur la table de la salle à manger, ce jaune, ce rouge et ce bleu dans le mauve, on passe constamment d'une couleur à l'autre, et le tout donne l'impression de quelque chose d'éthéré, comme si ce qu'on voit là sur la toile allait se volatiliser et que la femme à droite dans le tableau était une chimère. Et là, dans la scène de café du Petit Poucet avec sa lumière vert-jaune – ou jaune-vert, comme vous voulez – cette nuit qui baigne dans le soufre et dans l'absinthe... » (Aurais-je, je me le demande à présent, emprunté mon « vert-absinthe » à Wildenstein ?) « Le pinceau de Bonnard est une baguette magique, comme s'il avait juré d'ensorceler ses toiles. Vous ne trouvez pas ? Est-ce qu'il ne flotte pas, ici dans l'air, quelque charme sur le point d'être prononcé ? Je ne saurais dire – et c'est ce qui fait tout l'attrait de la toile – si son pouvoir sera maléfique ou plutôt celui d'un philtre d'amour. »

Au charme de l'amour en tout cas Hans Wendland avait bel et bien succombé. Un peu plus tard dans la soirée, une beauté blond vénitien fit une entrée spectaculaire, et je sentis Hans Wendland à côté de moi positivement électrisé par cette apparition. Charlotte avait les yeux bleu foncé, un teint de porcelaine et un corps de reine. Elle se dirigea droit vers nous dans une robe du soir fluide vert tilleul et salua Hans d'un sourire éclatant. Il me présenta la jeune femme comme sa future épouse. Wendland avait dans les cinquante ans, et je pense que Charlotte devait avoir à peu près mon âge, un peu plus de vingt. Une liaison aussi asymétrique n'était pas sans poser question. Charlotte (qui gagnait sa vie comme mannequin) était sans nul doute une conquête très flatteuse, lui était follement amoureux, cela crevait les yeux. Mais inversement ? Wendland n'était pas très bel homme, il était grand certes, mais un peu bouffi, le cheveu rare d'un châtain clair virant au gris, il avait des poches sous des yeux délavés et le teint brouillé. Mais Wendland était un marchand d'art prospère qui voyageait beaucoup, avait un carnet d'adresses bien fourni et, manifestement, ne boudait pas les plaisirs de l'existence, toutes choses qui n'étaient pas sans attraits pour une jeune personne « sortie de rien », en quête de sécurité et de respectabilité.

Dès cette première soirée, il me racontait peu après l'arrivée de Charlotte (j'allais entendre encore maintes fois l'anecdote) comment il en était venu au commerce de l'art : Dans une vente aux enchères à Cologne, Wendland, originaire de Prusse orientale et docteur en histoire de l'art, acquiert pour 80 reichsmarks un beau tableau passablement crasseux sans attribution. Il le fait nettoyer, l'examine avec des collègues, et voilà que, nom d'un petit bonhomme, la toile se révèle être un Rubens des débuts – qu'il revendra 35000 reichsmarks. Chez Wendland – l'anecdote est édifiante à cet égard – je me suis toujours demandé ce qui l'emportait de sa passion pour l'art de renom ou de son amour de l'argent. Quoi qu'il en fût, les deux se complétaient à merveille. Quant à savoir si ce tableau attribué au «jeune Rubens» en était réellement un, c'est une autre paire de manches. L'histoire du tableau de maître déniché par hasard chez un brocanteur, couvert d'une couche de poussière et d'une crasse séculaire, fut toujours un grand classique des escrocs désireux d'écouler leurs faux. Pour ma part, je gobai naïvement sa fable. J'étais alors par trop dépourvu d'expérience en la matière.

Je rentrai fort satisfait de ma première soirée dans le monde. Au fil des semaines mon français s'était étoffé, avait gagné en fluidité et m'avait amplement suffi pour soutenir la conversation. Hans Wendland avait promis de venir voir mon atelier rue Lepic et Georges Wildenstein m'avait invité à repasser à sa galerie examiner tranquillement les œuvres de sa collection. Depuis que j'étais à Paris, les journées étaient trop courtes, j'avais tant de choses à découvrir, et plus j'en découvrais, plus l'étendue de mes lacunes me sautait aux yeux. L'âge aidant, on se résigne stoïquement à ce que toute nouvelle connaissance dévoile impitoyablement de nouvelles ignorances. Mais à l'époque, je vivais cela comme une remise en question permanente. J'avais le sentiment désespérant d'être Sisyphe sur sa montagne.

Seul un quotidien bien structuré pouvait m'empêcher de céder au découragement. Je me levais vers huit heures et descendais d'abord m'acheter une baguette à la boulangerie. La crémerie voisine vendait un beurre savoureux, jaune à souhait, qu'on extrayait d'un tonnelet pansu et lançait d'un geste énergique sur une feuille de papier, avant qu'il n'atterrisse sur la balance. Par une sorte de mimétisme, la crémière qui accomplissait ce rituel sacré avait, au cours des ans, pris la forme de son tonnelet, et son teint la couleur de son beurre. Contrairement à la charmante boulangère, elle était toujours d'humeur maussade, et quand j'entrais au magasin en déclenchant la clochette de sa porte, je l'entendais quereller son époux dans la cuisine. Elle sortait alors de l'arrière-boutique en s'essuyant les mains sur son tablier douteux et m'apostrophait d'un peu amène : « Alors jeune homme, qu'est-ce que tu veux ? » L'intonation exprimait davantage l'exaspération que l'interrogation, mon apparition semblant lui faire personnellement injure, et j'avais failli rebrousser chemin la première fois. Mais nous nous étions habitués l'un à l'autre, et à force de compliments sur son beurre, ses œufs et son fromage, j'avais fini par amadouer le dragon. Au point même qu'un jour je crus apercevoir un vague sourire sur ses lèvres et qu'elle s'exclamait désormais en imitant mon accent : « Ah, mais c'est notre Allemand ! *Et alors**, encore un morceau de beurre, aujourd'hui ? » Le ton semblant dire à présent que j'étais accepté, et son « encore » que j'étais un bon à rien glouton.

Je passais la matinée et le début d'après-midi à mon chevalet. Depuis des années déjà, mes préférences allaient aux peintres de l'histoire récente (pour l'époque) et aux œuvres de la seconde moitié du XIXe siècle. Comme Gustave Courbet m'intéressait, je m'étais exercé plusieurs fois à reproduire ses paysages dont deux ou trois étaient exposés à la Staatsgalerie de Stuttgart. À Paris je pouvais maintenant étudier d'autres originaux. Observer minutieusement était fondamental pour apprendre. Copier un maître ne supposait pas seulement de reproduire sa toile trait pour trait, et dans le meilleur des cas, d'imiter sa main et la touche de son pinceau. Il s'agissait d'abord d'analyser la « psyché » de ses couleurs : leur mélange, leur composition et l'empâtement ou la fluidité qui en découlait. C'est alors seulement qu'on pouvait se représenter sa manière de tenir le pinceau et finalement imiter le geste du peintre. Réussir une copie ou un tableau « dans le style de » implique que le copiste ait saisi l'idée qui animait l'artiste lors de l'élaboration de l'œuvre. Pour les modernes surtout, il fallait appréhender le cheminement de la pensée, inséparable de la toile en train de se faire, pour saisir le geste ou plutôt la touche du peintre. Je tentai de procéder avec méthode, m'exerçai les premières semaines à m'approprier la manière de Degas, puis de Monet (ce dernier étant étonnamment complexe, je dus bien vite renoncer à mon exigence de perfection), avant de me risquer timidement à Matisse et même à Bonnard. Les fins d'après-midi je les passais au Louvre, dans les galeries ou, après avoir fait un tour aux Tuileries, au Jeu de Paume où étaient surtout exposées les Écoles étrangères.

Les marchands d'art qui comptaient s'étaient fixés dans un périmètre bien circonscrit, à savoir rue du Faubourg-Saint-Honoré et rue La Boétie. La quantité de chefs-d'œuvre en tous genres et de toute époque exposés dans les galeries ou dissimulés dans les arrière-boutiques que rassemblait ce kilomètre carré valait à ce quartier le surnom de « Florence française ». C'est là que Georges Wildenstein avait sa galerie, tout à côté de Paul Guillaume qui avait révélé Modigliani, De Chirico et Soutine. Un peu plus loin vers la Madeleine on trouvait la galerie de Paul Rosenberg qui avait monté en 1918 une grande exposition Picasso. Sur quoi ils étaient devenus non seulement très amis mais aussi voisins, puisque Picasso avait emménagé avec Olga Khokhlova au 23 rue La Boétie qui jouxtait la galerie Rosenberg, elle-même sise au 21. Paul Rosenberg avait une fabuleuse collection, j'ai vu dans sa galerie des tableaux sublimes, des Corot, des Courbet, des Delacroix, des Cézanne… Les frères Bernheim-Jeune étaient à l'angle de l'avenue Matignon. Ils possédaient des centaines de toiles d'artistes célèbres ainsi que des dessins, des sculptures et une belle bibliothèque de livres d'art et de catalogues. Lorsque je découvris ce petit monde de passionnés d'art en 1936, ce qui allait advenir de la « Florence française » seulement quatre ans plus tard n'était absolument pas imaginable.

Lors de mes incursions dans les musées et les galeries j'avais toujours un carnet à portée de main pour ébaucher une esquisse ou noter les couleurs et la touche du peintre. Je relevais en vitesse une scène, j'inscrivais une pensée ou une impression. Je marchais des heures dans la ville jusqu'à ce que mes pieds refusent de me porter. Mais dès que, de la *rive droite** où je me trouvais la plupart du temps, j'arrivais à un pont de la Seine, il me poussait des ailes. Quel que fût le moment de la journée ou de la nuit et le temps qu'il faisait, la vue que la ville m'offrait de là me plongeait dans un état d'euphorie. Mes yeux ne se sont jamais rassasiés de contempler ces perspectives, les bâtiments qui ourlent la rive, la lumière et ses variations, l'étendue du ciel, la course des nuages, les oiseaux dans le vent, tous ces bateaux et les sillons que les péniches traçaient dans l'eau, les pêcheurs des bords de Seine, les baigneurs ballottés par les vagues et les Parisiens prenant le soleil sur le mur des quais, l'été.

Enfin arrivé sur la *rive gauche**, j'allais m'approvisionner en livres d'art, en catalogues et en revues chez Gibert Jeune ou les bouquinistes du quai Saint-Michel. Et juste un peu plus loin vers Notre-Dame, la boutique Charbonnel-Lefranc me fournissait tout ce qu'il fallait pour peindre. Les tubes de peinture à l'huile et les pigments étaient d'une qualité remarquable. J'y trouvais aussi les outils et les accessoires, toiles et bois pour le châssis, pinces, marteaux, clous, spatules, couteaux à palette et plaques pour broyer les pigments. Quand je n'avais rien prévu pour la soirée, j'allais dîner à la brasserie Dupont-Cyrano place Blanche, juste à côté du Moulin Rouge, ou en face, au café Coquet, où j'avais mes habitudes. Puis je me remettais à ma toile jusque tard dans la nuit ou j'épluchais les revues que je venais d'acheter, la *Gazette des Beaux-Arts* par exemple, qui contenait d'excellents articles et qui, d'ailleurs, était dirigée par Georges Wildenstein.

Photo 3

Vue de la rue sur la « vieille maison », comme les Wagfall nommaient leur demeure biscornue à pans de bois, qui, pour les voisins, était tout bonnement la « maison Wagfall ». Sur les marches de grès du perron gisent des pantoufles d'enfant tigrées, abandonnées là par de petits pieds pressés, une sur la marche d'en bas, l'autre sur celle du dessus.

La vieille maison était pour Karolin le lieu des origines à tous égards, celui où, pour la première fois, étaient advenus tous les événements décisifs, avaient été éprouvées toutes les sensations prégnantes. La liste des premières fois dans la vieille maison aurait été infiniment longue, la première égratignure au genou, le goût de la première tartine de Nutella, l'expérience d'une solitude fondamentale et créatrice, la promesse solennelle d'amitié éternelle, la première déception, le premier désir, la première trahison. Le royaume des sensations enfantines avait laissé en elle un tissu serré d'impressions à jamais inscrites dans l'entrelacs de ses neurones. Il était à la fois territoire bien réel et topographie du souvenir. Il suffisait de l'effluve d'un parfum, d'une réminiscence de goût, d'un signal émis par une couleur, d'un bruit comme le claquement de pieds nus sur la surface lisse du linoléum, pour que se dresse devant elle le somptueux palais sensuel de l'enfance.

La seule vue sur l'étagère de son appartement parisien de ses pantoufles tigrées, maintenant cabossées, rapiécées d'un côté, renvoyait immédiatement Karolin à ce lieu initiatique des impressions enfantines. Et déjà la vieille maison resurgissait avec son odeur, la lumière des différentes pièces, les couleurs des objets, des papiers peints et des tapis. C'est en faisant du rangement dans les semaines après le décès d'Anna que Karolin était tombée sur les pantoufles tigrées. Dire qu'à quatre ou cinq ans ses pieds avaient pu se glisser dans ces choses minuscules.

La mort était de nouveau arrivée à l'automne comme pour Viktor, des années auparavant – sa mort librement choisie. Un nouvel enterrement sous une pluie battante et une nouvelle troupe de parapluies noirs. Et de nouveau la pression de mains humides et glacées accompagnée de mots chaleureux. Après l'enterrement elle était restée seule. Alicia débordée de travail était repartie aussitôt vers la ville et son nouvel amour, et Lars avait dû aussi regagner sa famille et son cabinet. Karolin était soulagée qu'aucun d'eux n'ait tenu à vider la vieille maison. Elle pour sa part disposait librement de son temps et pouvait s'offrir une pause quand elle le désirait. Elle avait hésité un peu à refuser un reportage photos sur un château en Bretagne, mais la perspective d'un voyage compliqué depuis Francfort l'avait décidée à renoncer. Elle avait tout de même accepté une petite série de photos sur les « senteurs de Noël » pour une revue française de gourmets qui la sollicitait régulièrement, et improvisé sa mise en scène d'épices dans le salon.

L'impression de flotter dans sa vie, comme dans un entre-deux, était apparue un peu avant la mort d'Anna. Aurait-elle pressenti cette rupture imminente, imprévisible mais définitive ? Pendant les quelques semaines passées dans la vieille maison ce sentiment s'était encore accentué ; suspendue entre deux périodes de sa vie, Karolin se sentait comme sur la photo qu'elle avait prise des pantoufles tigrées, comme si ses pieds avaient décollé et que, sur le sol, ne restaient que les pantoufles. Mais rien qu'avec ses objets la maison lui offrait un matériau concret, la matière même d'où surgissait le souvenir. Prendre une par une toutes ces choses en main, les tâter, les examiner en pesant le pour et le contre, et puis faire le tri. Sentir comment les objets avaient imprégné sa mémoire, quelles traces ils y avaient laissées. Leur attribuer un destin. Le mot *destin* lui était venu spontanément à l'esprit, les objets ayant aussi, dès lors que quelqu'un leur accordait assez d'attention, un destin qui leur conférait une dignité insoupçonnée, et aussi un pouvoir, celui de s'introduire dans la destinée affective de son propriétaire. C'est ainsi que Karolin avait eu l'idée de photographier ces objets emblématiques, de fixer leur singularité et leur signification, quoi qu'il dût advenir d'eux par la suite et sans tenir compte d'une éventuelle «valeur», de quelque nature qu'elle soit. Les objets racontaient son enfance, sa famille et la vieille maison Wagfall.

Elle les photographia tous en noir et blanc sur fond neutre, monochrome. Il ne s'agissait que de l'objet, lequel, à la faveur d'un éclairage soigneusement choisi, pouvait sembler presque étranger et précieux en même temps, tout empreint d'une dignité nouvelle : une corbeille d'osier, une trancheuse à pain, une robe. La *Chronologie des cultures* dans l'édition de 1976, un pistolet en plastique, une bague avec un cœur bleu, une petite houe pour le jardinage, un cendrier égyptien, une chaise d'enfant en bois avec une latte cassée dans l'assise, un œuf de Pâques évidé et peint… Elle intitula cette série *Royaume de mon enfance*, 144 photographies sans prétention à l'exhaustivité ou à une quelconque hiérarchie.

Pendant quelques semaines Karolin avait dormi dans son ancienne chambre d'enfant devenue au fil du temps sa chambre de jeune fille, puis la chambre d'amis. Elle avait photographié jour après jour, pièce par pièce. C'était la tâche qu'elle s'était assignée : prendre en main chaque objet, l'examiner, le laisser agir sur elle et, le cas échéant, le photographier sous un éclairage particulier qui révèle son pouvoir, tel celui d'un fétiche. Puis décider de son sort, le ranger dans tel sac ou telle caisse en l'affublant d'un post-it : pour la collecte de vêtements, pour l'antiquaire, pour X ou Y, pour Lars, Alicia, Karolin – ou les encombrants. Car la vieille maison – désertée par la vie mais encore entièrement équipée – devait être vide le jour de la remise des clés aux nouveaux propriétaires.

Le dimanche, Alicia et Lars se joignaient à elle. Dans les armoires s'étaient accumulés depuis des décennies les cartons de jouets, de livres d'enfants et tout un bric-à-brac qu'il fallait sortir, déballer, classer ou mettre au rancart, sans parler des vêtements d'Anna, du grand sac contenant ses restes de laine, de sa réserve de tissus prélevés sur les vêtements usagés, etc. Sur les étagères s'alignait une trentaine, une quarantaine, voire une cinquantaine de mètres de livres, les murs étaient couverts de gravures, de tableaux, d'affiches et de photographies.

Un après-midi, en allant et venant tous les trois entre la maison et le container aux encombrants, les bras chargés de tout ce fourbi, ils réalisèrent que, désormais, ils étaient en première ligne. Plus question de se défausser sur les vieux, plus moyen de dire : ça, c'est votre faute. À partir de ce moment ils étaient pleinement responsables de leur monde. Et sur le champ de bataille de la vie plus personne pour faire écran. Pourtant ils n'avaient pas l'impression que leur enfance fût si loin que ça, en extrayant des caisses de jouets le train miniature, le lapin en peluche ou le petit pot de lait de Marimekko…

Mais il y avait quelqu'un dont ne subsistait aucune trace un peu personnelle, c'était Viktor, leur père. La pièce qui avait été la sienne était aussi neutre, aussi anonyme qu'une chambre d'hôtel. Plus de dossiers sur l'étagère, plus de tableau préféré au mur, plus de photos sur le bureau, plus de cravates dans l'armoire ou de vieille montre ou de mouchoir dans le tiroir. L'univers de Viktor avait été liquidé. Seule sa bibliothèque était encore garnie : sa collection de livres d'art, trop précieuse, trop « culturelle » pour être éliminée, lui avait survécu toutes ces années.

Quand la maison fut presque entièrement débarrassée, Karolin grimpa au grenier – avec tout le tintouin que ça impliquait : aller chercher le crochet, abaisser la trappe, déployer l'échelle. Personne n'avait pensé que puisse s'être éternisé là-haut dans la poussière un tas de vieilleries qui remplirait la moitié d'un fourgon. Karolin n'en crut pas ses yeux en arrivant en haut de l'échelle dans une odeur de bois sec, un peu âcre. C'était comme si elle pénétrait dans un conte : des milliers de particules de poussières qui dansaient dans le faisceau de lumière d'une lucarne, des souvenirs d'autrefois, des malles tendues de cuir datant sans doute des parents de Viktor.

Karolin alla fouiner jusque sous la pente des combles, se cogna la tête à une poutre, s'assit sur une chaise de rotin éculée pour recouvrer ses esprits. Se demanda comment elle allait bien pouvoir descendre tout ce barda par l'échelle. C'est alors que son regard tomba sur un coffre sombre pas très loin de sa chaise. Elle en souleva le couvercle, commença à farfouiller dans les vêtements qui s'y trouvaient. En continuant à explorer la caisse, elle sentit quelque chose résister et aperçut le coin d'un grand paquet emballé dans du papier brun-ocre qui dépassait d'un pull de laine. Sous le papier il y avait quelque chose de dur. Un cadre de bois, un tableau probablement.

Cahiers

La nuit dernière j'ai rêvé du café Coquet. Rien d'étonnant à cela, puisque depuis un moment ce café du boulevard de Clichy me revient à tout bout de champ à l'esprit. C'était arrivé en début de soirée, un des premiers jours d'août 1936. Les rues étaient encore plongées dans une chaleur caniculaire, pas un souffle d'air, sur la place Blanche on était comme pris entre les feux du couchant et la chaleur qu'exhalaient les pavés brûlants. La ville semblait somnoler, certaines boutiques restaient closes, les gens qui en avaient les moyens avaient pris le large, filé à la campagne ou même à la mer. Car c'était aussi, en France, l'été des premiers congés payés, deux semaines sans perte de salaire. Paris marchait au ralenti. Les passants évoluaient dans les rues avec une lenteur inhabituelle, se réfugiaient dans les cafés pour boire une limonade ou une bière fraîche. Le réfrigérateur électrique, sensationnelle nouveauté américaine, commençait tout juste à passer l'Atlantique. La plupart du temps on refroidissait encore avec de lourds pains de glace livrés en voiture à cheval dans de la toile de jute, qui fondaient en diffusant peu à peu leur froid dans les glacières et les garde-manger. Au café Coquet, comme toujours l'été, on avait ouvert tout grand les vitres coulissantes des baies vitrées.

Elle était attablée juste derrière la baie ouverte, je la voyais depuis le trottoir d'en face. Il arrive qu'à la seconde où l'on aperçoit un visage pour la première fois et où les regards se croisent, il se passe quelque chose de décisif. C'est comme si la vue de ces yeux et de ce visage déclenchait en vous une onde de choc. Et le plus étrange est cette impression de reconnaître une personne qu'on n'a jamais vue auparavant. Cela m'est arrivé une seule fois dans ma vie, en cette journée d'août, au café Coquet.

Mais au fond, ce ne fut pas aussi rapide qu'est supposée l'être une onde de choc, loin de là, et j'ai vécu cette seconde si intensément que je n'en ai oublié aucun détail. La multiplicité des impressions simultanées fit qu'elle s'étira délicieusement en longueur. Je perçus avec acuité la moiteur de ma chemise dans le dos et aux aisselles (je sortais du métro où l'on étouffait), ma main droite qui collait un peu au papier, crispée sur un journal roulé, et en traversant le boulevard de Clichy l'air qui stagnait sur la place Blanche – il flottait une odeur douceâtre d'ordures qui se délitent à la chaleur –, le couinement d'un klaxon, un piétinement de sabots et le martèlement des roues cerclées de fer sur le pavé. J'évitai de justesse un cycliste qui déboulait sur ma droite, et mon mouvement brusque attira le regard de la jeune femme.

Je la revois attablée au café Coquet ouvert sur la rue et me sens encore bondir souplement sur le côté. Déjà mon pied droit touche le trottoir. Elle a un livre à la main, assise un peu de biais dans son siège de rotin, en équilibre sur une fesse, jambes croisées, le buste incliné vers la rue, devant elle sur la table un verre de limonade. Je pourrais peindre la scène de mémoire. Elle lève la tête de son livre, voit un jeune homme éviter de justesse une collision avec un vélo en sautant sur le trottoir, nos yeux se croisent, un sourire bref, surpris, une ébauche de sourire effleure son visage, puis elle se détourne et replonge dans son livre.

Il était dix-huit heures trente. Ça aussi je me le rappelle.

En entrant dans le café, je saluai Marcel, le serveur, qui tenait du bout des doigts son plateau en équilibre sur une main et me tendit l'autre. À mon habitude je me dirigeai vers ma table préférée, qui était même libre, et m'aperçus alors que, telle qu'elle était située à gauche de l'entrée, elle ne permettait pas de voir l'apparition sublime qui m'avait foudroyé, un poteau massif la dérobant à ma vue. Sur le point de m'asseoir, je me ravisai et allai, mine de rien, me poster au comptoir. Jamais encore je ne m'y étais installé. « Une bière, s'il vous plaît, Sylvain », dis-je au patron. Marcel m'adressa un regard surpris. « Trop chaud pour s'asseoir, hein ? » me lança-t-il avant de passer sa commande : « Sylvain, un petit noir serré, une pression et un vouvray », et de glisser un plateau avec des verres et des tasses vides sur le comptoir. De là où j'étais maintenant, je pouvais observer tranquillement la jeune femme.

Elle portait un chemisier d'un jaune d'or éclatant. Sur ses épaules reposait une lourde tresse brune. Dénoués, ses cheveux devaient être très longs. Elle avait un visage harmonieux et de grands yeux bleu-noir. Je crus sentir l'odeur de son corps flotter au-dessus des tables, j'étais tendu à l'extrême, c'est tout juste si mes cheveux ne se dressaient pas sur ma tête, j'avais la chair de poule. Quelque chose en moi – disons mon odorat – analysait les particules de l'air. Cette femme sollicitait mes sens, irrésistiblement aimantés par cette table derrière la baie ouverte. Quand je me tournais vers la rue, mes yeux s'échappaient discrètement dans sa direction et tentaient de l'apercevoir au vol, de saisir une impression d'elle. Et je m'efforçais de retenir désespérément ces flashs intimes, d'en fixer l'image dans mon esprit, tout en regardant ailleurs comme si de rien n'était. Un front haut, des cheveux et des sourcils fournis, quelque chose de volontaire dans le maintien et, dans le visage, une intensité mêlée de sensualité et d'une tristesse ancienne.

Les jours suivants je passai et repassai devant le café Coquet en balayant la salle des yeux, en quête d'un chemisier jaune d'or, d'une chevelure tressée et d'une longue silhouette féminine. À six heures et demie tapantes, beaucoup plus tôt qu'avant, je m'installais à une table stratégiquement mieux placée, qui devint ma nouvelle place. Toujours avec une revue ou avec un livre. Marcel s'étonnait de mes nouvelles habitudes et de l'heure soudainement précoce à laquelle je dînais désormais. Les coutumes de mon pays me manquaient ? blaguait-il en me lançant un clin d'œil.

Et puis, je la revis un jour en fin d'après-midi, assise à la même table, alors que je traversais le boulevard de Clichy en venant du métro après ma promenade en ville. Cette fois-ci, elle portait un chemisier bleu clair. Une petite tasse de café devant elle, bien calée dans son siège, les jambes allongées sous la table, elle lisait un livre qu'elle tenait appuyé entre son buste et le bord de la table. Mais il n'y eut pas de collision avec un cycliste, elle ne leva pas la tête. Je faillis tourner les talons et m'enfuir, malgré mon soulagement de la revoir enfin : j'avais tant redouté qu'elle ne fût entrée un beau jour dans ce café par le plus grand des hasards.

Je pris une profonde inspiration, saluai Sylvain qui buvait un pastis au comptoir avec un client, serrai la main de Marcel, et m'assis à ma nouvelle place. Cela faisait un bout de temps que je m'étais exercé à la croquer, dès le premier soir j'avais entrepris de fixer sa silhouette sur le papier et l'expression de son visage quand elle avait souri furtivement. Il reste encore quelques esquisses d'elle dans mon carnet. Avec au-dessous : *Lou du café Coquet.* Le nom que je lui avais inventé.

L'aisance gracieuse avec laquelle elle commanda un deuxième café me frappa. Elle habitait merveilleusement son corps. Il y a des gens chez qui l'on sent un clivage entre la tête et le corps, comme un désaccord entre les deux, ou c'est la tête qui n'aime pas le corps ou le corps qui désire ce que la tête lui refuse. Lou, elle (Lou lui allait vraiment comme un gant), était si bien dans sa peau qu'elle dégageait cette impression d'harmonie que donnent certains chats noirs. Je dus me rendre à l'évidence : pour la première fois de ma vie j'étais follement amoureux. Jusque-là je trouvais les femmes plus ou moins charmantes, plus ou moins séduisantes, plus ou moins à mon goût. J'avais fait quelques premières expériences, des aventures généralement sans lendemain. Jamais encore je n'avais ressenti ce sentiment indescriptible. Cette attirance inouïe et, trouvais-je, impitoyable. Bientôt elle se leva et paya. Un instant son regard m'effleura, tout à fait fortuitement.

Quelques jours plus tard, alors que j'attendais, une fois de plus, au café Coquet, en feignant d'être plongé dans ma lecture, Marcel me demanda d'un air hypocrite en passant si je n'aurais pas besoin d'un bouquet de fleurs. Il y avait dans l'avenue Rachel qui menait au cimetière de Montmartre une fleuriste particulièrement bien achalandée. Sa remarque absurde venait comme un cheveu sur la soupe – pourquoi aurais-je eu soudain besoin d'un bouquet de fleurs ? –, et je saisis tout de suite où il voulait en venir avec son information saugrenue. Je rougis même un peu, submergé de nouveau par un sentiment trop violent, comme si j'avais vu Lou en personne entrer dans le café. Bien sûr qu'elle vendait des fleurs, n'était-elle pas semblable à un coquelicot sauvage au milieu des boutons d'or et du myosotis (dans l'euphorie de la première rencontre je l'avais immédiatement croquée entourée de fleurs). Je n'avais jamais prêté attention à la petite boutique à l'angle de l'avenue Rachel et du boulevard de Clichy, que j'avais pourtant longée maintes fois en allant me promener au cimetière de Montmartre. Marcel souriait, manifestement content de lui et de sa remarque aussi fine que son très professionnel sens de l'observation. Ayant noté la confusion dans laquelle j'étais plongé, exceptionnellement il s'abstint de plaisanter.

Mais avant que j'aie pu prendre mon courage à deux mains pour aller trouver la mystérieuse jeune femme, voilà que je tombai sur elle – à un endroit fort improbable, rue La Boétie, dans le quartier des marchands d'art. Une drôle de situation, Éros avait-il voulu me jouer un tour ? Je remontais la rue vers la Madeleine en causant avec animation avec mon amie Rose Valland (j'y reviendrai). À la hauteur du bâtiment massif de la nouvelle poste, entre la galerie de Paul Rosenberg et celle de Georges Wildenstein, je vis l'inconnue arriver en sens inverse. Une apparition, un mirage, une méprise ? Nos regards se croisèrent, elle se figea, tandis que, derechef, je piquai sottement un fard. Elle m'avait reconnu, je lui avais donc fait impression. Pour la première fois nous étions face à face sans pouvoir détourner les yeux.

Rose me dépeignit plus tard en riant la scène de son point de vue. L'air s'était brusquement chargé d'électricité, elle avait remarqué l'expression de la passante, épié mon regard : deux paires d'yeux stupéfaites rivées l'une à l'autre. En nous voyant plantés là, pris de court, elle n'avait d'abord rien compris à la situation ; deux ou trois secondes s'étaient écoulées ainsi – une éternité. Sans doute m'étais-je ensuite tout bonnement présenté : « Isidor Schweig ! », je ne vois pas d'autre possibilité. Et elle avait dû répondre : « Adèle, Adèle Bertin. » Nous nous étions croisés plusieurs fois au café Coquet, avais-je dit alors, exagérant sans vergogne. « Ah oui, bien sûr, au café Coquet », s'était-elle souvenue, mais déjà elle s'était ressaisie, tandis que je cherchais encore mes mots pour associer Rose Valland et la présenter. Ensuite nous avons sans doute échangé quelques remarques polies pour noyer dans les paroles l'émoi gênant qu'avait suscité la rencontre et pouvoir continuer dignement notre route.

« Tu es amoureux, Isidor », s'était écriée triomphalement Rose, une fois hors de portée des oreilles d'Adèle. C'est à ce moment-là, je crois, que je me suis rendu à mon destin. La paralysie qui s'était emparée de moi s'est dissipée, et la suite m'a paru infiniment plus simple que je ne me l'étais figuré. Le lendemain j'allai tout droit à la boutique de fleurs, non sans ressentir une impatience joyeuse, et le visage d'Adèle – puisqu'Adèle il y avait et non plus Lou – s'est éclairé quand elle m'a vu entrer.

*

Seuls les imbéciles peuvent se replonger sans souffrir dans leurs souvenirs. Tout a une fin, chaque amour porte en lui la jalousie, la perte, parfois l'amertume. Et plus on vieillit, plus on a de chances de voir le bonheur – le sien et celui des autres – basculer vers le malheur. Cela fait des jours que je vais mal, et mon eczéma se manifeste d'autant plus atrocement. Anna qui m'a expédié chez le médecin hoche la tête en me voyant gratter sans cesse ma cheville ou le pli de mon coude. Et cela fait des jours que j'évite mon bureau. Donc je me promène ou je travaille au jardin. J'ai retourné le tas de compost tout au fond du pré au bord du ruisseau. Pour bien l'aérer, j'en ai retiré patiemment une pelletée après l'autre, puis l'ai empilé sur un nouveau tas. Le compost frais passe au-dessous de l'ancien, et la pluie et le purin aidant, la couche supérieure en partie décomposée imprègne progressivement le tout. En jardinant je ne pensais à rien de particulier, j'en oubliais même mon eczéma. Entre deux pelletées je contemplais le vieux cerisier majestueux.

Ça fait longtemps que, même avec l'échelle, on ne peut plus atteindre les cerises de la cime où elles sont le plus savoureuses, il a pris trop de hauteur. Et grimper dedans serait suicidaire. Les branches sont vermoulues. J'ai essayé de compter sur l'une d'entre elles les petites boules vertes qui deviendront en juillet de grosses cerises rouge foncé. Une entreprise dénuée de sens, mais qui m'a fait du bien aussi.

Tandis que je m'activais avec ma pelle, Anna désherbait le petit jardin de rocaille de la terrasse. Quand j'ai remonté le pré vers la maison, elle a émergé gaiement entre deux azalées, composant un tableau charmant. Une femme piquante, bien que trop péremptoire. Elle a pas mal d'années de moins que moi, rien d'étonnant à ce qu'elle soit encore si en forme et si vive, elle est presque aussi souple qu'une jeune fille, svelte avec ça, et porte ses cheveux gris très courts, à la garçonne. Ça ne se dit sûrement plus de nos jours « à la garçonne ». Il y a aussi le jardinier qui est venu tondre. J'aurais pu lui demander de retourner le compost, mais j'avais besoin de m'activer, de me démontrer que j'existais physiquement. Ce n'est qu'en épuisant mon corps que je pouvais mettre un terme à toutes ces heures passées à fixer la fenêtre, à deux doigts du renoncement. Je suis donc revenu à mon bureau aujourd'hui. Je suis prêt. Et vais poursuivre avec Rose Valland.

*

Rose n'était pas banale. Peu causante et d'un abord réservé, elle pouvait se muer tout à coup en un personnage énergique, pugnace et plein d'assurance, quand elle sentait le moment venu. Elle se dissimulait derrière un masque de demoiselle sagace, timide et austère. Mais en l'observant attentivement, on comprenait que sa timidité affichée relevait de la diplomatie, cette femme avisée préférant se glisser dans l'univers fermé de l'art par la porte dérobée que de s'en voir refuser l'entrée par la grande. Car dans ce monde dominé par les hommes (comme à peu près tout à l'époque) et imprégné de la culture de caste d'une société strictement pyramidale, une jeune femme sans naissance se heurtait à un double handicap. Le centre sacro-saint du milieu français de l'art – qui était à Paris rien qu'à Paris – était la chasse gardée de la grande bourgeoisie et de l'aristocratie. On se connaissait et on restait entre soi. Or, grâce à un mélange tonique de conviction et de passion, et surtout à sa discrète ténacité, Rose Valland finit tout de même par arriver à ses fins.

Elle affectionnait les robes à petites fleurs ou les jupes longues intemporelles avec des blouses de couleur fade, le tout agrémenté d'un châle sombre jeté sur ses épaules. Son visage rond orné de verres non moins ronds et ses cheveux ramenés en chignon sur la nuque lui donnaient un petit air de souris grise, voire de vieille fille. Elle passait donc souvent inaperçue, et on la remarquait d'autant plus quand elle décidait de se dévoiler. Sa voix portait soudain, incisive, assurée, quand elle s'impliquait alors dans la conversation et se mettait, par exemple, à parler de Giotto et de la Renaissance italienne ou de Turner et de Monet. Toute sa personne s'animait, ses yeux brillaient, sa voix vibrait, ses joues se coloraient, chacun de ses gestes secondant un corps totalement investi dans la cause de l'art. Rien dans sa vie ne comptait davantage que l'art en général et la peinture en particulier, même pas elle-même.

Comment cette fille de forgeron avait-elle réussi à intégrer les Beaux-Arts et l'École du Louvre et à en sortir avec un diplôme est resté un mystère pour moi, je n'ai jamais osé m'enquérir plus avant de son passé. Quand j'ai fait sa connaissance pendant l'été 1936, elle donnait des cours à l'école des Beaux-Arts et rédigeait des essais et des critiques. Par ailleurs elle travaillait pour le musée du Jeu de Paume qui faisait alors partie du Louvre, bénévolement au début, puis plus ou moins rémunérée en tant qu'attachée de conservation. On organisait au Jeu de Paume des expositions d'artistes étrangers contemporains et cette branche du Louvre avait aussi mission de constituer une collection dans ce domaine. Rose qui venait de monter une exposition sur l'art italien des XIXe et XXe siècles préparait déjà la suivante. Je crois qu'il s'agissait d'art contemporain catalan – un thème qui, en 1936, était évidemment dans l'air du temps.

J'avais fait la connaissance de Rose par l'intermédiaire d'un certain Romain (dont j'ai oublié le nom de famille) avec qui j'avais lié conversation dans une galerie, peu après mon arrivée à Paris. Nous nous étions rencontrés à plusieurs reprises. Romain écrivait des poèmes et faisait des photos, mais l'essentiel de ses ressources provenait d'un héritage sans doute assez conséquent. Il m'avait été tout de suite sympathique, mais je sentais chez lui une vague bizarrerie qui me tenait à distance. C'est justement quand il riait qu'il avait l'air le plus triste. Il n'aimait ni les arbres ni la couleur verte.

Un soir, Romain m'avait invité au Dôme avec quelques amis – dont Rose Valland. Nous étions six autour d'une table ronde, et je me retrouvai pour la première fois de ma vie confronté à l'un de ces plateaux de fruits de mer typiquement français. Il faisait environ 75 cm de diamètre et on l'avait placé au milieu de la table sur un socle de métal pour que tout le monde puisse se servir. Les bestioles marines cuites et maintenant refroidies jonchaient une couche de glace pilée. Plutôt familier des spätzle et des ravioles de ma Souabe natale, je n'avais aucune idée de la manière dont devait s'en débrouiller un convive de bonne compagnie. Grâce en soit rendue à la saison, je n'avais affaire qu'aux crustacés les plus courants. Rose qui était assise à côté de moi entreprit donc de m'initier à l'art et la manière de rompre, casser, aspirer et gratter toutes ces bêtes. Elle parlait l'allemand, bien sûr avec un accent, et pendant que je lui traduisais les mots du champ sémantique concerné (Ça se dit comment *homard** en allemand ?), elle m'enseignait le B A BA du homard, de l'araignée de mer et de la langouste : tordre l'articulation, extraire la chair des pattes avec la pique ou la minuscule fourchette ad hoc ou briser les pinces avec les ciseaux assignés à cet usage. Chaque bouchée gagnée de haute lutte était ensuite absorbée avec une trace de mayonnaise, quelques gouttes de citron et un peu de pain de seigle. Romain nous resservait constamment d'un élégant Pouilly fumé subtilement épicé posé dans un seau près de lui et qui semblait inépuisable. C'était une de ces nuits dont chacun donne de la fin une version différente.

Rose avait presque deux fois mon âge, désarmée par ma maladresse en matière de fruits de mer, elle s'était rapidement départie de cette attitude d'observation distante que j'allais lui voir maintes fois par la suite. La demoiselle aux allures de vieille fille cachait une brillante causeuse à l'esprit pétillant. Rose avait de l'humour, son allemand était assez fluide, et après toutes ces semaines loin de chez moi, notre conversation me détendait formidablement, tandis qu'elle savourait cette occasion inespérée de rafraîchir ses connaissances linguistiques.

Cette première soirée allait donner le ton à notre relation. Nous allions être un peu comme frère et sœur. Étant de beaucoup mon aînée, elle s'occupait de me « former », s'efforçait de me lancer des défis et de corriger mes erreurs. Le blanc-bec que j'étais tentait, lui, par tous les moyens de lui en imposer, de la contredire et de gagner son assentiment. Ce qui m'avait tant manqué à Paris, c'était une personne de confiance avec qui avoir une familiarité de bon aloi. J'eus vite compris que Rose préférait les femmes, et nous pûmes donc aborder cette amitié tranquillement, sans risquer le malentendu ou la non-coïncidence des désirs. À cette époque son amie vivait aux Batignolles, pas très loin de mon atelier rue Lepic, si bien que, le week-end, Rose faisait souvent un saut jusque chez moi. Et moi j'allais parfois la chercher au Jeu de Paume pour l'amener manger quelque part.

Rose n'avait pas que des côtés plaisants. Pour tout ce qui touchait à sa mise, sa nourriture, son bien-être et sa façon de se loger, elle était incroyablement radine. Elle comptait les centimes, n'allait au restaurant que si on l'invitait et racontait non sans fierté qu'elle ne chauffait que lorsque les températures extérieures tombaient au-dessous de cinq degrés. Elle avait effectivement des revenus modestes, mais, surtout, elle se privait pour investir dans sa passion : avec la compétence, le flair et la légendaire ténacité qui la caractérisaient, Rose Valland se constituait une petite collection. Elle achetait les œuvres de jeunes artistes prometteurs et n'en revendait une que si elle en convoitait une autre encore plus ardemment. Elle avait chez elle, outre des pièces assez originales – un dessin d'André Breton ou quelque cadavre exquis peint au sein de l'illustre groupe des surréalistes –, des tableaux de l'avant-garde déjà reconnue tels que ceux de Juan Gris et Fernand Léger ou des dessins de Francis Picabia et de Max Ernst. Rares étaient les privilégiés autorisés à contempler les murs de Rose. J'eus, moi son frère d'adoption, la grâce insigne d'être invité à passer boire un verre un soir, pour jeter un œil à sa collection.

J'étais à Paris depuis trois mois à présent, pas assez longtemps pour devenir un artiste à part entière, mais assez pour avoir exploré le marché de la peinture et pouvoir estimer à peu près mes chances. Réaliser une copie, peindre une toile « dans le style de » ou des faux pour s'enrichir constituaient trois possibilités différentes d'un même savoir-faire. Le copiste exécute un double aussi fidèle que possible d'une œuvre existante, l'imitateur, un dessin ou un tableau « dans le style de », créant une pièce unique sur un sujet ou un thème certes nouveau mais calqué sur le style et la technique d'un peintre déterminé. L'escroquerie, c'est la copie qui prétend à l'authenticité ou la toile prétendument nouvelle de tel ou tel artiste, c'est la manière dont l'œuvre est estampillée et cédée qui consacre l'escroquerie. Le copiste ou le peintre de talent devient faussaire et voyou en puissance, quand il feint d'avoir affaire à un original. C'est à partir de là qu'il doit s'évertuer de doter son tableau de tous les signes possibles de l'époque de l'original et user de stratagèmes pour vieillir la toile, le bois et les clous, saupoudrer la poussière du temps sur son ouvrage, ajouter au dos d'authentiques tampons, des inscriptions et des marques des collectionneurs, rendre l'aspect craquelé par un passage au four de cuisine. Enfin il se doit d'inventer à son faux une histoire qui l'insère de façon plausible dans le canon des œuvres du peintre imité. Pour la commercialisation, les faussaires préfèrent généralement recourir à des marchands d'art. Un faux convaincant persuade même le marchand. Le faussaire peut ainsi s'adonner à sa passion sans mauvaise conscience excessive, puisque ce n'est pas lui qui vend.

Au demeurant il s'agit de deux métiers bien distincts. De même que les artistes ne font pas forcément de bons galeristes, les faussaires sont assez rarement de bons commerçants, et très souvent, ils n'ont pas les contacts nécessaires. Il arrive aussi que ce ne soit pas la faute du peintre si une honnête copie ou une toile « à la manière de » peinte par jeu devient un faux qui trompe son monde. Le peintre a simplement fait de son mieux, il s'est surpassé en réalisant une copie exceptionnelle et l'a vendue en tant que telle. Il n'a pas d'influence sur ce qu'on en fait ensuite derrière son dos. L'acquéreur honnêtement informé peut aussi revendre la copie en la présentant comme un original – avec un profit substantiel bien entendu.

Au moins jusqu'à l'invention de la reproduction et de l'impression, il existait des copistes officiels qui n'étaient pas des faussaires et sans qui l'on n'aurait pu faire admirer les œuvres célèbres à un large cercle d'amateurs. Les Romains copiaient déjà les statues de l'Antiquité grecque, et au Moyen Âge, avant l'invention de l'imprimerie, les manuscrits aux magnifiques enluminures étaient reproduits avec art dans les scriptoriums des couvents. Dans la Florence de la Renaissance le jeune Michel-Ange a, lui aussi, copié un Cupidon antique pour Laurent de Médicis. C'est quand le prince florentin a cédé son Cupidon comme authentique sculpture antique qu'il est réellement devenu un faux résultant d'une escroquerie. Quelques années plus tard, une fois reconnu le génie du sculpteur, Laurent le Magnifique aurait obtenu bien plus de sa fausse antiquité en la vendant comme une copie due à la main de Michel-Ange en personne. Après la Renaissance, les nombreux copistes anonymes qui officiaient dans les ateliers des peintres formaient une véritable catégorie professionnelle. Ils copiaient très officiellement des chefs-d'œuvre pour les bourgeois ambitieux, désireux de rivaliser avec les aristocrates dans l'aménagement de leur demeure.

À toutes les époques, des milliers d'étudiants ou d'artistes débutants n'apprirent pas autrement la peinture ou la sculpture qu'en copiant ou en imitant. C'est en copiant qu'on acquiert technique et virtuosité. Les ateliers des grands peintres employaient des élèves et de très bons peintres, dont la tâche était d'imiter le style du maître aussi fidèlement que possible. C'est pour leur excellence à copier le maître qu'étaient payés ces copistes de talent. Les élèves de Titien réalisèrent ainsi nombre d'œuvres auxquelles le maître n'apportait que la touche finale. Faudrait-il pour autant les qualifier maintenant de faux Titien ? De notre point de vue actuel peut-être, mais avec quel degré de certitude peut-on l'établir ? Dans les ateliers d'autres grands peintres, comme Rubens par exemple, les élèves mirent aussi la main à certains tableaux. La question de savoir quel tableau est en quelle proportion de Rubens lui-même ou des élèves de Rubens – il en va de même pour Rembrandt – est à présent un exercice particulièrement épineux pour les historiens de l'art.

Du copiste et du peintre « à la manière de » au faussaire il n'y a qu'un pas, qui tient tout dans l'intention. Le mot faussaire a d'emblée une connotation négative, presque malveillante, alors qu'il s'agit d'un savoir-faire exigeant, extrêmement complexe. C'est une des raisons pour lesquelles j'ai, non sans fierté, intitulé les présentes *confessions** : *Cahiers d'un faussaire mélancolique.* De toute évidence j'avais une prédisposition caractérisée à l'empathie imitative, un don, qui, outre le talent nécessaire pour le dessin ou la peinture et l'indispensable technique qui, elle, s'apprend, est absolument décisif. Croire qu'un copiste – faussaire ou non – ne pourrait être en mesure d'imiter le pinceau libre et spontané d'un artiste ou le trait de son dessin, croire qu'on pourrait en un rien de temps démasquer l'imitateur, parce qu'il copie par trop laborieusement le moindre petit trait, serait une erreur. Le faussaire de talent est, à sa manière, lui aussi un artiste, c'est pourquoi il peut imiter à s'y méprendre la spontanéité d'un collègue. Y compris les *pentimenti*, ces corrections que le maître, se ravisant, apporte à l'original. Un bon copiste ou un bon peintre « à la manière de » doit posséder, outre le savoir-faire, cette insaisissable aptitude à l'empathie qui, si elle n'est un don de Dieu, en tout cas, est innée. Moi, Isidor Schweig, j'avais reçu à la naissance cette prédisposition à l'imitation, et j'avais, qui plus est, un indéniable talent pour le dessin et la peinture. Je ressentais l'envie de comprendre une œuvre le plus finement possible, de plagier avec la dernière précision son expression et le faisais de plus avec une aisance déconcertante. Je pouvais m'effacer derrière le peintre, me sentais en symbiose parfaite avec lui en m'exerçant à suivre son pinceau, à comprendre peu à peu ses choix en matière de couleurs et à étudier son intention. Mû par un besoin diffus de m'approprier son savoir-faire, et peut-être même sa personnalité, j'usurpais l'identité du peintre. Disons-le tout net, j'éprouvais un délicieux sentiment de cannibalisme pictural.

Cela ne m'avait pas empêché d'essayer de développer un style qui me soit propre et de peindre des sujets personnels, mais ces tentatives avaient tourné court, elles m'avaient laissé insatisfait. Je m'escrimais en vain, perdais patience, me sentais mal dans ma peau, jusqu'à m'en ressentir physiquement. Quelque chose manquait. Mes toiles étaient de pâles imitations sans intérêt des peintres que je vénérais et que j'étais, de plus, capable de copier à la perfection. Pendant toute une période, j'ai cruellement souffert de mon absence d'originalité. J'en étais dépité, blessé dans ma fierté. Mon désir de devenir un peintre de renom à part entière, dont je verrais un jour le pseudonyme Isidor Schweig imprimé dans les catalogues, se heurtait désespérément aux limites inexorables qui étaient les miennes. À un moment donné il a donc bien fallu m'avouer que mon seul talent réel était d'imiter, de copier honnêtement – ou malhonnêtement – d'autres peintres. Mes plus grands succès je les avais jusqu'à présent récoltés en peignant à la manière de Spitzweg ou de Menzel, puis de Courbet ou de Degas. N'était-ce pas suffisant ? D'autant que j'aimais mon travail de copiste, que chaque nouveau projet m'excitait et que réussir une bonne copie me donnait un vrai sentiment de satisfaction.

Et pourtant. J'avais beau me résigner à mon sort, j'en restais secrètement blessé. La vérité sur soi est quelquefois difficile à accepter, le plus dur étant de devoir s'avouer un jour qu'on n'est pas celui qu'on aurait voulu devenir, que la réalité ne rattrapera plus le désir et que le rêve de votre vie n'a pas d'avenir. Qu'il est donc difficile de se satisfaire de ce qu'on est. Une remarque de Rose, ce devait être fin 1936, m'a affecté plus profondément que je ne voulais bien me l'avouer. Je ne sais plus en quelles circonstances, elle s'était écriée : « Isidor, tu es magnifiquement doué, mais il te manque au moins deux choses pour créer une œuvre personnelle : l'estime de soi et l'intuition. » Et elle avait poursuivi : « Tu n'as pas de racines, tu ne crois pas en toi ! » Selon elle, la poursuite obstinée, envers et contre toutes les résistances et tous les détracteurs, d'un objectif difficile requérait, outre le talent et la foi en soi, ce qu'elle appelait des racines, et qui plongent au plus profond de notre sésame secret, du trésor caché qu'est notre expérience toute personnelle du monde. C'est à peu de chose près ce que me dit Rose, et elle mettait effectivement le doigt sur une faille que je sentais en moi.

Et une autre fois elle ajouta : « Tu es un feu de paille, Isidor. Quelqu'un qui s'enflamme haut et fort et dont la passion se consume vite. » Une phrase que je n'ai jamais oubliée non plus. Aujourd'hui encore elle résonne à mes oreilles. Rose me l'avait dit en riant, mais, de nouveau, sa plaisanterie avait fait mouche. Si après avoir prononcé cette phrase fatale, sans doute choquée elle-même du verdict trop audacieux qui lui avait échappé, elle n'avait posé sur mon épaule une main apaisante (quasi maternelle ou disons fraternelle), peut-être l'aurais-je détestée. Comme on rejette, heurté, quelqu'un qui vous dit une vérité désagréable. Mais elle avait raison. Rose savait alors déjà ce que je ne réaliserai vraiment que bien plus tard. J'étais un homme de paille dans le vent de l'époque. Inconsistant, déraciné.

Il me fallut donc faire le deuil de l'artiste Isidor Schweig. En revanche le copiste, lui, se perfectionnait de semaine en semaine et de mois en mois. Il n'est de faussaire sans solide bagage, un bon faux est aussi tout un art, me disais-je. D'après Aristote tout art n'est-il pas d'ailleurs mimesis, la seule différence étant que les uns préfèrent imiter la nature et les autres l'art. Je continuais à m'exercer quotidiennement à mon art comme à un instrument exigeant et particulièrement sensible, apprenant à jouer toujours mieux du pinceau et des couleurs sur le papier ou sur la toile ; je me perfectionnais dans les diverses techniques de la peinture et dévorais tout ce qui me tombait sous la main sur le sujet. Les échanges avec Rose m'étaient infiniment précieux. Elle était historienne de l'art et possédait une petite mais excellente bibliothèque dont elle était fière, et parce qu'elle avait presque vingt ans de plus que moi, elle était une mine de conseils. Elle-même se mettait au chevalet quand elle en avait le loisir, mais elle savait pertinemment qu'elle n'était ni plus ni moins qu'un peintre amateur. Georges Wildenstein, lui aussi, m'était un mentor bienveillant. Sans lui, jamais je n'aurais eu accès, par exemple, au *Libro dell'Arte* de Cennino Cennini dans une magnifique édition qui datait du XIXe siècle.

Photo 4

Nature morte sur parquet : un plan de Paris sur lequel plusieurs endroits sont marqués de petits stickers, avec, en arrière-plan, un verre de vin rouge à moitié plein et sa bouteille. Calé contre la bouteille, un grand carton long où est écrit en lettres rouges et en gras : Rien sur mon père.

La pile de cahiers d'écoliers qui contenaient les notes de Viktor Wagfall était posée sur le bureau face à la fenêtre qui donnait sur la ville. Les pages en étaient couvertes de l'écriture serrée de son père, couchée sur des lignes pâles ou en travers de petits carreaux : les lignes pour les cahiers d'écriture, les carreaux pour les cahiers de calcul. Karolin se le rappelait en train d'écrire. Il tenait son crayon ou son stylo d'une main souple, presque à plat comme la plume, et ses lettres penchaient légèrement vers la droite. Ses veines ressortaient un peu sur le dos de sa main ridée, la peau semblable à du cuir très fin montrait des taches pigmentées, dues au soleil et sans doute aussi à la vie. Avec l'âge, ses ongles friables s'étaient couverts de petites stries. Il écrivait au crayon à papier ou avec un crayon de couleur rouge ou même vert, et ne recourait au stylo à plume que lorsqu'il y était forcé. Il n'aimait pas le stylo à bille.

Il avait écrit tout son manuscrit au crayon à papier. On voyait les traces des passages qu'il avait gommés. À maints endroits il s'était contenté de biffer rapidement des mots et de les remplacer par d'autres formulations. Pour Karolin, c'était une écriture très familière, et pourtant elle était devenue étrangère au fil des ans. Depuis combien de temps ne l'avait-elle vu écrire ? Il serrait les lèvres quand il apposait sa signature au bas d'un document : un *Viktor Wagfall* dont chaque lettre était bien formée, vigoureusement tracée mais lisible. Karolin ne se souvenait pas qu'il eût écrit beaucoup ou volontiers – juste quelques remarques en marge d'articles de journaux ou sur les feuilles d'un dossier. Il notait des choses sur des bouts de papier, rédigeait des courriers administratifs, remplissait des formulaires. Elle avait reçu de lui en tout et pour tout une poignée de lettres, quatre, cinq, peut-être six. Mais elles étaient de plusieurs pages, aimables, bienveillantes, le ton était parfois empreint d'une inquiétude parentale un peu vieux jeu, et, en ce qui concerne l'expression des sentiments, plus embarrassé que distant. Une bonne moitié de ses lettres était consacrée à des descriptions détaillées sur le thème du jardin (le jardin et les saisons, le jardinage, les plantes, les animaux, l'exercice au grand air, etc.). Dans ses « Cahiers » aussi, il n'avait pu s'empêcher d'en parler.

Rien sur mon père. C'est ce que Karolin avait écrit en grosses lettres au feutre rouge sur un morceau de carton d'emballage gris, peu après sa mort en novembre 1996. Elle avait emporté le carton avec elle à chaque déménagement comme un problème en attente de réponse. Il n'y avait rien eu à dire sur son vieux père, à l'époque rien ne lui était venu à l'esprit sur cet homme, excepté un sentiment de vacuité rédhibitoire, que sa mort avait rendu irrévocable. *Rien sur mon père.* Il s'était dérobé. Il s'était volontairement soustrait à la vie, et à sa famille dont il avait fui définitivement la présence. Il avait sûrement eu l'impression d'être une gêne, se disait-elle à présent, et en même temps l'existence de cette famille l'avait probablement empêché, lui, de vivre sa vie.

Le fait irrévocable qu'il était maintenant devenu impossible d'atteindre un jour malgré tout son père – son père comme personne et non comme fonction – était gravé au feutre rouge dans le carton gris, un « plus jamais » ou « pour toujours » corrosif et brûlant. Quand elle tentait de saisir quelque chose de son père, de capter en elle un sentiment de ce qu'il était réellement, elle n'avait pas de prise. Sa pensée ne rencontrait que le vide. Ne lui venaient à l'esprit que des scènes furtives, toujours les mêmes pauvres petits souvenirs.

Dans la vieille maison coexistaient différents territoires : les espaces privés, fermés, les espaces communs qu'on partageait, et enfin les espaces dédiés à la sociabilité. Le bureau de Viktor était un espace privé bien gardé auquel on n'avait accès qu'à de rares occasions. Enfant, Karolin était fière, quand, exceptionnellement, son père l'autorisait à jouer dans son bureau. Il la prenait quelquefois sur ses genoux quand il travaillait devant des piles de papiers et de dossiers, et lui montrait les images d'un livre qui surgissait comme par enchantement sur la table. Ils avaient ainsi feuilleté ensemble un recueil de reproductions de Paul Klee, et Karolin avait peint une forêt comme Paul Klee pour impressionner son père. Quand il l'admettait dans son bureau, il lui apprenait aussi à confectionner de petits bateaux, des oiseaux ou des cocottes en papier.

Des années durant, ils avaient habité ensemble la même maison, toute son enfance, toute son adolescence ; sa pièce jouxtait la chambre de Karolin, et elle attendait qu'il sorte de la salle de bains tôt le matin, douché, rasé de frais, fleurant bon l'eau de toilette, pour y entrer à son tour. Rarement l'inverse. Le soir il rentrait en général tard, après une longue journée de travail. Il était resté en activité jusqu'à l'âge de soixante-neuf ans, et quand il avait pris sa retraite, Karolin commençait ses études et avait quitté la maison. Ils s'étaient donc croisés des années dans le couloir en murmurant *'jour* ou *'soir.* De temps en temps, ils se retrouvaient aussi l'un à côté de l'autre avec un journal à la table du petit déjeuner, et il arrivait qu'ils s'accrochent sur des questions de politique. Mais son père était un homme débonnaire, il n'élevait guère la voix et contrôlait ses émotions. Ils en restaient donc à un sentiment tenace d'incompréhension réciproque. Viktor pouvait réprimer des semaines une colère diffuse jusqu'au jour où il explosait à propos d'une bagatelle totalement étrangère à sa colère rentrée. Karolin n'avait jamais eu l'occasion de le connaître comme on connaît un être intime et familier, ou d'éprouver cette forme de proximité que suscite l'attention paternelle. Elle se souvenait de son sourire, de son regard sceptique, même d'une douceur accrue, l'âge aidant, mais derrière ce sourire, derrière ce regard toujours empreint d'une touche de tristesse et sa patience teintée d'une réelle mélancolie, il était absent. Quand on lui adressait la parole, il semblait revenir de très loin. Il était là juste à côté dans son bureau, montait et descendait les mêmes marches qu'eux ou prenait le petit déjeuner avec eux – mais il n'était pas vraiment là. C'est ainsi que Karolin avait ressenti son père, Viktor Wagfall. Une silhouette floue, une forme sans substance réelle qui vous laissait comme un manque. Elle était toujours restée sur son envie de père, l'envie de son père.

Et voilà qu'à présent la silhouette prenait une forme nouvelle et acquérait de la substance, une mystérieuse confession avait fait surgir un personnage. Derrière Viktor Wagfall, Isidor Schweig sortait de l'ombre d'une histoire trop longtemps passée sous silence. Dans quelle mesure était-ce tragique de survivre des décennies à ses erreurs ? De ne pouvoir revenir sur un long détour, pour prendre un autre chemin à tel ou tel endroit ? C'était là au-dessous qu'il avait marché dans les rues de Paris trois quarts de siècle plus tôt. Là-bas au pied du

Sacré-Cœur, qu'il avait aimé Adèle avec l'allégresse, l'insouciance et la négligence d'un premier amour. Peut-être son cœur était-il resté à Montmartre. Au Louvre, dont Karolin pouvait distinguer l'immense bâtiment de sa fenêtre, il avait étudié les maîtres anciens en 1936. Et juste un peu à droite du Louvre, dans le quartier des marchands d'art, au cours de ce même été 1936, Georges Wildenstein lui avait montré des peintures de Bonnard. Mais c'est en occupant allemand qu'il avait parcouru quelques années plus tard de nouveau ces avenues et ces boulevards.

Le tableau que Karolin avait découvert au grenier avec les cahiers de son père était maintenant accroché au mur à côté de son bureau. Il lui suffisait de lever les yeux et de tendre le bras pour toucher la toile, qui était une réplique confondante de l'*Odalisque assise.* Karolin avait trouvé le titre dans un catalogue de Matisse à la bibliothèque. La légende de la reproduction indiquait qu'elle se trouvait en Amérique, au Seattle Art Museum. Mais le catalogue datait des années quatre-vingt-dix. Sur le web elle trouva d'autres reproductions, d'autres traces du tableau et l'information qu'il avait entre-temps intégré une collection privée. Il y avait donc à présent deux *Odalisque assise* identiques. Des deux, quelle était l'originale, quelle était la copie ? Tout ce que savait Karolin c'est qu'elle détenait une magnifique peinture à l'huile. Mais de qui était-elle ? De la main de Matisse ou de celle de son faussaire de père ? Et dans la jeune femme à longue tresse, en veste orientale et culotte bouffante, elle ne pourrait désormais s'empêcher de voir Adèle Bertin, la bien-aimée de Viktor Wagfall, dont les yeux noirs la dévisageaient du haut de son mur.

Karolin contemplait le tableau une fois de plus, l'insondable odalisque, les couleurs, la lumière. Levant sans arrêt les yeux de son ordinateur, elle cherchait le regard pensif, étrangement prégnant, de la jeune femme à la tresse noire. Elle tentait de se représenter le couple que formait son père avec cette Adèle qu'elle ne connaissait que par douze cahiers d'écolier et par cette toile. Comment ils riaient ensemble, les traits de leurs visages encore lisses et indemnes, et elle se représentait leurs corps jeunes, si souples, son père svelte avec des cheveux encore bruns. Elle les voyait étroitement enlacés sur le divan rouge de l'atelier, ou marcher main dans la main vers l'avenue Rachel sous les platanes du boulevard de Clichy pour gagner la boutique de fleurs d'Adèle. Leurs gestes étaient sans doute maladroits, par trop hâtifs. Karolin tentait de s'imaginer son père qu'elle n'avait connu qu'à l'âge mûr avec l'énergie débordante du premier amour et son insouciance d'alors, quand la vie semblait s'ouvrir à l'infini devant lui. À quoi ressemblait Viktor autrefois ? De son père jeune elle n'avait que deux photos, prises longtemps avant sa naissance à elle, mais qui dataient tout de même de l'après-guerre.

Pour Karolin la question de l'héritage était désormais incontournable – tôt ou tard elle se pose inéluctablement à chacun. Il existe plusieurs sortes d'héritages, on hérite de certains traits, d'une couleur de cheveux, de doigts tordus ou de hanches larges, on peut aussi hériter d'une somme d'argent, de biens immobiliers ou de tableaux. Ou de pas un sou. Mais il est un autre legs susceptible d'influer sur votre vie : hériter d'une histoire dans laquelle on est née. Jusqu'à une date très récente Karolin n'avait pas vraiment réfléchi à tout cela. Elle s'était sentie encline à certaines choses, avait pris d'instinct certaines décisions, était devenue photographe et partie à Paris. La mort de sa mère, l'obligation de vider la maison de ses objets familiers devenus pourtant si étrangers, et surtout, le legs tardif, si singulier, de son père la forçaient à considérer sa propre histoire sous un jour nouveau. Il lui fallait soudain regarder sa vie à la lumière de ce que son père écrivait dans ces cahiers, de son existence cachée à Paris et de sa passion reniée de la peinture. La vie de Karolin s'inscrivait subitement dans une étonnante continuité. Elle ne l'avait pas façonnée tout à fait librement, une part de sa propre histoire avait commencé avec son père, donc avant elle, et lui avait été subrepticement léguée. Cet héritage immatériel était comme une histoire entamée dont on l'aurait chargée, elle devait maintenant l'endosser, continuer à la raconter et surtout à la vivre. S'interroger sur cette histoire des origines était désormais inéluctable. Avec douze cahiers et un tableau, elle s'était imposée à elle, s'était glissée dans sa vie tel un revenant.

Phrase après phrase, Karolin tapa sur son ordinateur le manuscrit de son père, ces notes de Viktor (ou étaient-ce les mots d'Isidor, cet inconnu ?), pour que sous ses doigts naissent des signes tangibles : *Tout sur mon père !* Un titre qu'elle avait tapé sans réfléchir, puis effacé. À sa place figurait maintenant en première page : *Cahiers d'un faussaire mélancolique.* Elle n'entendait pas lui contester son titre.

Des années qu'il avait vécues à Paris il n'était rien resté dans la vieille maison, aucune trace, aucun indice. Pas une relique, pas une preuve, pas un écrit, pas une photo. Les rares témoins possibles, Rose Valland, Georges Wildenstein ou Hans Wendland étaient morts depuis longtemps. Comme si ç'avait été un « non-temps » ou un trou noir dans sa vie. Que quelqu'un ait voulu éliminer cette période. Les agendas, les carnets de notes et d'esquisses qu'évoquait son père Isidor-Viktor et qui existaient au moins jusqu'en 1996, lorsqu'il avait rédigé ses cahiers, avaient disparu intégralement. Après la mort d'Anna l'automne précédent, Karolin ne les avait trouvés ni au grenier ni ailleurs. S'ils avaient jamais existé, lui-même les avait finalement détruits ou bien Anna les avait trouvés et anéantis pour on ne sait quelles raisons.

Cahiers

Depuis ma visite à la boutique de fleurs d'Adèle – d'après mon carnet de notes c'était le 25 août – j'avais l'impression de voir non seulement ma peinture mais aussi ma vie dans d'éblouissantes couleurs. Les arbres étaient plus verts, le ciel plus intense, les nuages couraient au-dessus de Paris tels de blancs vaisseaux de rêves dans l'océan bleu de mes pensées. Nous nous voyions presque chaque jour et nous racontions nos vies. Adèle ressemblait à ces plantes vigoureuses bien enracinées qui se dressent vers la lumière en déployant voluptueusement leur feuillage luxuriant. Adèle fut aussi la seule et unique personne – je m'en étonne encore aujourd'hui – que j'aie jamais initiée aux mystères de mon art. En contrepartie elle promit de m'ouvrir son royaume de fleurs et de plantes, car un enseignement secret, disait-elle très sérieusement, se devait d'être échangé contre d'autres connaissances précieuses. Elle m'avait apporté des pots de cyclamen en me vantant avec son irrésistible sourire moqueur les propriétés aphrodisiaques de leur racine séchée dont on pouvait incorporer la poudre à un gâteau ou qu'on pouvait boire en décoction. Les vertus de la racine agissaient aussi à travers l'argile du pot, me dit-elle, il suffirait de placer mes cyclamens sur la table de nuit ou le rebord interne de la fenêtre à proximité du lit. Je ne peux que confirmer leur efficacité.

Adèle avait deux ans de plus que moi, elle avait grandi dans les fleurs et les parfums d'un village entre Nice et

Grasse. Ses parents cultivaient la rose, la jacinthe, le jasmin, la lavande et vendaient leurs fleurs aux usines de parfums de Grasse et au marché aux fleurs de Nice. Elle s'était installée à Paris avec son frère cadet, Fernando, soi-disant pour échapper à l'étroitesse d'esprit de la province niçoise et monter sa propre affaire, mais il s'agissait surtout de veiller sur son frère et ses études de droit. Adèle avait tenu à prendre en charge les frais de leur vie commune. Son frère la vénérait avec une passion qui me rendait presque jaloux.

C'est donc pour cette raison qu'elle avait ouvert cette petite boutique de fleurs à Montmartre. L'endroit était bien choisi, les visiteurs du cimetière voisin et les clients du Moulin Rouge et des autres cabarets étoffant avantageusement la clientèle locale. Adèle se fournissait en grande partie directement chez ses parents. Je ne sais plus par qui j'avais appris que toute la famille était très engagée dans l'action politique – pas par Adèle en tout cas. Sans doute par Rose (car, étrangement je posais beaucoup moins de questions à Adèle qu'elle ne m'en posait, et elle discutait avec Rose de choses importantes qu'elle me taisait). Adèle, son frère et ses parents étaient socialistes, ils étaient à la SFIO et s'alarmaient vivement de la montée vertigineuse de l'extrême droite dans les pays voisins (Italie, Allemagne, Autriche, Espagne) et même en France. La mère d'Adèle qui était originaire de Barcelone se sentait probablement plus catalane qu'espagnole. Son père, lui, était issu d'une famille qui tenait une *herboristerie** à Marseille. C'est grâce à un petit pécule hérité des parents de la mère, morts assez jeunes, que le couple avait acquis sa ferme et ses quelques hectares de terres dans l'arrière-pays niçois.

Nous parlions rarement politique, Adèle et moi. Rétrospectivement cela me paraît bizarre et même absurde au regard des tensions de l'époque, les antagonismes qui divisaient l'Europe poussant alors à prendre position. Je restais évasif, évitais d'engager la discussion. Sans doute pour m'être aperçu que nous ne serions pas d'accord sur ce point, sûrement aussi parce que je pensais que ça n'avait guère d'importance. On ne m'avait pas appris à parler politique avec les femmes et, à mes yeux, l'amour n'avait rien à voir avec ça. Je pensais aussi pouvoir éviter les conflits en les passant sous silence. Adèle, quant à elle, ne me considérait probablement pas comme un interlocuteur sérieux, elle n'insistait jamais pour aborder les sujets politiques. Et ça ne me frappait même pas. Il lui arrivait toutefois d'émettre de petits commentaires ironiques sur mon pays et mes origines ou de me demander d'un ton de reproche pourquoi je n'étais pas resté en Allemagne combattre la peste brune et m'opposer à toute cette infamie. Elle soutenait avec véhémence qu'Hitler et le national-socialisme avec son idéologie raciste étaient bien plus dangereux que le régime autoritaire et conservateur de Franco – d'après moi (et le peu que j'en savais en cet été 1936 après le coup d'État franquiste et le début de la guerre civile espagnole) elle exagérait à propos d'Hitler et minimisait le rôle du *caudillo.* « Et toi alors, pourquoi n'es-tu pas en Espagne, le pays de ta mère, à défendre la République ? » rétorquai-je sèchement pour ne pas rester coi et étouffer le sujet dans l'œuf. Avant de défaire la barrette de ses cheveux, de la prendre dans mes bras et de nous fermer la bouche par un baiser.

J'étais sur un petit nuage à Montmartre dans mon cinquième étage avec Adèle et vue imprenable sur le ciel. Le monde était une cocotte-minute, mais je n'imaginais pas une seconde le désastre qui s'annonçait. Pour la majorité des gens les catastrophes ne sont pas concevables avant qu'elles aient eu lieu et qu'il soit trop tard. Quand je descendais de mon nuage et que nous sortions dans la rue, nous gravions

Adèle + Isidor sur le tronc d'un platane du boulevard de Clichy, et même le regard revêche de la *crémière** se muait en sourire à notre vue. Au point qu'elle ajoutait parfois un petit bout de beurre à notre portion ou nous tendait une lichette de fromage à goûter par-dessus sa vitrine. Adèle allait boire des cafés à la loge avec Pauline Vignier. Elle lui avait porté un pot de géraniums. Et quand Rose Valland passait me voir le week-end, elle frappait maintenant bien fort à la porte à plusieurs reprises et attendait prudemment mon « Entrez ! » pour être sûre de ne pas déranger. Au cours des semaines mon balcon s'était transformé en jardin suspendu, et Rose, qui venait certes d'un village des environs de Grenoble, mais s'était depuis lors complètement désintéressée du spectacle de la nature, s'étonnait naïvement de voir encore pousser des plantes et fleurir des fleurs en octobre.

Depuis que j'ai exhumé mes vieux carnets de notes et mes cahiers de croquis de la cachette où ils ont moisi toutes ces dernières décennies, je me rationne avec une sorte d'avarice le plaisir de les feuilleter. En aucun cas tous les jours, ni même tous les deux jours. Une ou deux fois par semaine, je m'accorde la volupté singulière de revisiter le passé, ma grotte de Lascaux à usage intime. Partout Adèle, des fragments d'Adèle, des croquis de ses mains, de ses seins, de ses pieds, de la ligne de son ventre et de son dos. Des esquisses d'attitudes et de situations, Adèle de profil, la bouche d'Adèle, son visage, ses yeux, son nez, Adèle jusqu'au bout des oreilles. Ses cuisses ouvertes. Quand je ferme les yeux en feuilletant et en passant doucement le bout des doigts sur un dessin lisse comme la soie, se produit un phénomène mystérieux : la force de l'imagination fait monter en moi le parfum de son corps, que mes sens perçoivent comme bien réel, ici et maintenant. Je respire Adèle, je savoure et je sens le contact de sa peau. C'est comme si, de nouveau, je pouvais, un crayon en main, traduire sur le papier les impressions de mes sens. Je hume son parfum (pêche et amande), et seule sa voix m'échappe, le son de sa voix s'est perdu, même quand je crois sentir sa bouche contre mon oreille. Un souffle. Que dit-elle ? Sa voix était-elle plutôt douce ou plutôt dure, aiguë ou basse, sonore ou discrète ? Cela fait longtemps que je pensais le désir définitivement asséché en moi, tari avec l'âge, et le voilà qui resurgit, lent mais insistant, avec Adèle et son parfum.

Adèle appuyée à la balustrade du balcon, une clématite en pot grimpe à côté d'elle ; une jambe fléchie et croisée derrière l'autre, elle contemple les toits de Paris (au loin émerge la pointe de la tour Eiffel). La tresse d'Adèle. Le dos d'Adèle. Son dos me fascinait, ou plus exactement, cette partie du corps où la courbe des fesses le prolongeait et où s'évasait sa taille fine. Adèle à table avec un verre de vin. Adèle riant. Adèle sur le lit, avec, à côté d'elle, une esquisse de sa main tenant un énorme tournesol. Les seins d'Adèle. À quoi ressemblerait-elle aujourd'hui ? Je crois que je serais encore comme aimanté si elle entrait ici dans mon bureau, si elle frappait : toc-toctoctoc-toc, comme elle le faisait toujours rue Lepic. Et déjà elle était dans la pièce. Mon cœur battrait aussitôt la chamade et mon désir atteindrait des sommets rien qu'à ces coups frappés à ma porte. C'était ainsi alors, presque chaque jour. Ses yeux se plissaient quand elle riait. Quand nous faisions l'amour, elle fermait les yeux.

Pour la première huile sur toile où Adèle posa pour moi, je m'inspirai d'un de mes tableaux préférés : la *Vénus au miroir* de Velázquez. Il est à Londres à la National Gallery et je n'en ai contemplé l'original que bien plus tard. À l'époque je n'en avais vu qu'une reproduction, mais j'avais pu étudier d'autres toiles du maître espagnol au Louvre. L'organisation de l'espace en est parfaite, les lignes de force se croisent au milieu du tableau, et c'est précisément de sa clarté et de sa simplicité que la composition tient sa virtuosité. Velázquez est économe en couleurs, il se limite aux gris-noir, aux blanc-gris et aux rouge-brun. La seule chose qu'on pouvait reprocher, à mon sens, à ce nu féminin était de manquer d'érotisme, et c'est précisément à quoi j'entendais remédier en substituant le corps d'Adèle à celui du modèle de Velázquez.

Que voit-on dans ce tableau ? En haut à gauche, un chérubin ventru aux ailes soyeuses s'agenouille devant une femme allongée à laquelle il tient un miroir. La femme, nue, étendue sur un divan, tourne le dos au spectateur et occupe de toute sa longueur la moitié inférieure du tableau. On voit donc le corps de dos; les jambes légèrement fléchies sont à gauche dans la toile. Juste au centre : des fesses de toute beauté, puis un dos qui épouse souplement les formes des coussins. Dans le miroir tendu par le coquet chérubin se reflètent les traits de la jeune femme. Une tenture théâtrale de couleur pourpre en arrière-plan évoque l'ardeur amoureuse, son reflet de braise colore les joues de la jeune femme.

Sur ma toile, je n'ai pu m'empêcher de donner au chérubin mes propres traits. Puis j'ai reproduit le corps aux courbes douces d'Adèle étendue devant moi sur le divan, ses rondeurs, ses muscles, ses jeux d'ombre et de lumière et sa chevelure brune relevée d'une main savante avec une apparente négligence. Conformément à l'original, j'avais placé un miroir rectangulaire au milieu de la scène, juste au-dessus des rondeurs des fesses, et l'avais calé contre une pile de livres, faute de disposer d'un ange à mon atelier. Adèle me tournait le dos – son dos parfait –, mais nos regards se croisaient dans le miroir. Je voyais son visage, ses yeux rieurs, sa bouche toujours en mouvement, toujours expressive, qui commentait même en se taisant. Elle, de son côté, me voyait dans le miroir m'affairer au chevalet. Ainsi doublement reflétés, nous nous racontions nos histoires, et les longues heures de peinture passaient comme dans un rêve.

Nous nous racontions d'innombrables histoires, Adèle et moi, pendant qu'elle posait pour ma *Vénus au miroir.* Elle m'expliquait la culture des roses, du jasmin, de la lavande, me dépeignait la production des huiles essentielles et m'initiait au pouvoir de l'achillée millefeuille, à la sagesse des pommiers ou aux récits mythiques qui gravitaient autour des aromatiques telles que le thym et le romarin. De mon côté, je lui détaillais le monde des couleurs et des pigments, lui exposais comment les obtenir et les mélanger au couteau avant de les utiliser: une seule erreur dans le choix des couleurs pouvait trahir le faussaire. Je lui confiais même les trucs avec lesquels on apprenait à imiter, à s'y méprendre, la touche ou la signature d'un peintre. Nous échangions les secrets de nos arts respectifs, qui étaient ce qui comptait le plus dans nos vies.

Ces heures nous procuraient un sentiment d'intimité exclusive absolument exquis. Quand je mobilise tous mes sens pour me remémorer ces instants, je réussis aujourd'hui encore à capter pour quelques secondes les sensations qui envahissaient alors mon corps. La seule puissance de l'imagination me replace un instant dans ce moi d'autrefois longtemps perdu, et je retrouve cette impression de plénitude, de vif bonheur que j'éprouvais dans ces heures comptées, dont j'étais alors loin de soupçonner le prix. Jamais je n'aurais imaginé qu'Adèle reprendrait ainsi dans mes vieux jours possession de mon cœur – comme si le premier amour était aussi le dernier et que sa première empreinte, irrésistible, perdurait indéfiniment, en dépit des suivants. Nous les vieux sommes à jamais les exilés de notre lointaine jeunesse. Un exil définitif, sans nul espoir de retour.

Un jour de cet automne 1936, je mis la dernière touche à la *Vénus au miroir*, et notre intermezzo intime s'interrompit provisoirement. J'aurais certainement pu convaincre Adèle de poser pour un nouveau tableau, mais elle avait peu de temps. Et alors que nous nous étions vus presque quotidiennement, soudain elle commença à disparaître dans la nature de temps à autre, et lorsque je lui demandais où elle allait le soir après avoir fermé sa boutique, elle répondait invariablement avec un gentil sourire et un baiser: « Ne te fais pas de bile, Isidor, tu n'as pas besoin de tout savoir. » Je n'avais guère l'habitude des femmes indépendantes, et le comportement d'Adèle suscitait en moi un mélange malsain de frustration et de perplexité – non sans une touche d'admiration devant tant d'autonomie. Je ne voulais pas avoir l'air d'un rustre et voulais bien laisser des libertés à mon amie, mais je me sentais délaissé, j'étais blessé de constater que, manifestement, je la désirais plus et souhaitais davantage sa présence qu'elle ne souhaitait la mienne.

Et puis, voilà que – nous étions déjà à la mi-novembre, il faisait un froid de canard et je montais tous les jours un sac de bois de chauffage à l'atelier – il m'arriva une commande pour laquelle j'avais absolument besoin d'Adèle. Elle accepta et devint la pièce-maîtresse de ce tableau surprenant.

Pendant ces mois d'automne j'avais été étonnamment productif. Depuis mon arrivée début juin, j'avais perfectionné ma technique en étudiant sans relâche les peintures à l'huile des galeries d'art et des musées parisiens les plus prestigieux et, pour me faire de la publicité, finalement accroché mes copies les plus réussies à l'atelier: un Courbet, un paysage d'après Monet, un nu de Renoir, un Degas, un Matisse et bien sûr Bonnard, mon préféré. Ces deux derniers peintres étaient alors encore vivants et leur œuvre loin d'être terminée.

Hans Wendland qui m'avait introduit chez Wildenstein et dans le monde du commerce de l'art suivait mes progrès avec vif intérêt, nous nous étions pas mal vus ces derniers mois et avions conçu des rapports assez confiants l'un envers l'autre. Il faisait de temps à autre un saut à l'atelier pour commenter ou critiquer mon travail, et un beau jour, finit par me commander d'un seul coup plusieurs tableaux – pour un client censé venir de Suisse. Ce brave homme voulait acheter « quelque chose de Degas » (autrement dit: une danseuse) et de Renoir (autrement dit un nu opulent). Il avait, qui plus est, prié Wendland de retrouver la trace d'un mystérieux Courbet et de faire une offre à son actuel détenteur – sans regarder à la dépense. Lorsqu'il vint me voir à l'atelier, Wendland se répandit en lamentations sur son client. C'était toujours la même chose, les gens, toujours grégaires, couraient derrière les dernières manifestations de la mode, quasiment personne ne connaissait Degas dix ans plus tôt, et maintenant tout le monde voulait un Degas dans son salon. Il avait certes plus de quatre-vingts ans à sa mort, mais s'il avait pu peindre encore quelques danseuses ou quelques dames dans leur tub, quelle bénédiction ç'aurait été pour les affaires. De même que, à son grand regret, il y avait pénurie de nus de Renoir. « Mon cher Isidor, ne pourrais-tu pas me proposer quelque chose, je n'ai malheureusement qu'un Degas bien austère à présenter à ce monsieur et un paysage de Renoir, ma foi, vraiment insipide. Or il aimerait avoir le choix, le monsieur en question, il attend de moi quelque chose de réellement croustillant. »

Les instructions de Wendland demeuraient assez vagues – et elles le resteraient par la suite – me laissant une marge de manœuvre fort large. « J'aimerais assez que tu me fasses un ou deux Renoir, un dans le style de *La Baigneuse endormie* et peut-être aussi une *Jeune Fille aux pâquerettes*, et puis, donc, quelques Degas, un peu plus petits, Degas a souvent peint de petits formats, une *Classe de danse* par exemple, avec plusieurs jeunes filles, et puis une toile dans le genre des *Danseuses bleues,* avec un peu plus de décolletés et d'épaules dénudées. » Ainsi s'exprimait Hans Wendland. Enrobant de belles paroles ses affaires douteuses, il pérorait, désinvolte, parfois à la limite du graveleux, et il aimait aussi dire un tout petit peu du mal des gens, glisser des remarques qu'on pouvait encore mettre sur le compte d'un accès de bougonnerie débonnaire. « Mais, pour l'amour du ciel, que veut-il que je fasse pour son Courbet, s'écria-t-il, alors, désespéré, je ne peux pas lui sortir *L'Origine du monde* de mon chapeau d'un coup de baguette ! »

Photo 5

La vieille maison Wagfall, hiver 1956 : deux tas de neige déblayée s'amoncellent à droite et à gauche de l'allée, la neige recouvre le toit, les traverses de la clôture, les arbres, les buissons et les plates-bandes. Il y a une pelle et un balai contre le mur de la maison à côté de l'escalier. Au bout de l'allée qui mène à la maison, le thuya est encore tout petit.

Cette photo qu'elle avait trouvée avec son négatif dans une de ses caisses d'archives, Karolin l'avait développée et fixée à côté des quatre autres qui s'alignaient déjà sur la barre magnétique de son mur à gauche de son bureau. C'était la cinquième d'une nouvelle série dont elle ignorait à quoi elle mènerait, elle savait seulement qu'elle occuperait un jour toute la longueur du mur et se terminerait par l'*Odalisque assise*.

Alors qu'elle examinait la photographie de la vieille maison sous la neige l'hiver, une phrase lui traversa l'esprit : *Dans le ventre blanc du zéro*. Elle lui plaisait, et elle la nota dans son carnet Moleskine noir. Un souvenir était lié à la vieille photo et à cette phrase qui avait soudain fusé dans sa mémoire. Le matin de son quatrième anniversaire, elle avait remonté l'allée qui menait du portail à la maison. Elle était passée devant l'épais thuya vert foncé qui était déjà bien haut, comparé à la photo de 1956. Elle sentait sous ses pieds, chauffées par le soleil, les dalles de grès qui menaient au perron. Oui, c'était ça, elle n'avait pas de chaussures, elle marchait pieds nus, et aujourd'hui encore, elle pouvait se remémorer exactement les sensations et les sentiments éprouvés à cet instant-là, cette impression de plénitude, d'accord profond avec soi et de totale confiance. Elle s'était sentie en harmonie avec elle-même, parce qu'en passant devant le thuya de l'allée, elle avait pensé à son anniversaire et vu le chiffre quatre en rouge – ou plutôt, elle avait ressenti ce chiffre quatre en son for intérieur, et il était rouge. C'est à cause du chiffre quatre que son anniversaire était rouge, ou plus exactement, vermillon, d'un rouge qui tendait vers le jaune, ce rouge fraise qu'elle aimait particulièrement.

Aujourd'hui le quatre était toujours rouge, le deux : jaune de toute éternité, le deux et le quatre étaient pour Karolin des couleurs bienfaisantes, parce qu'ils irradiaient une énergie positive. Elle leur associait des mots comme appartenance, identité, accord. Elle était d'accord avec le deux jaune et le quatre rouge. Le sept était violet et très exigeant, il pouvait être carrément fatigant, tandis que le huit ventru, qui était bleu roi, avait à voir avec le succès. Le huit signifiait la récolte, mais la récolte déjà rentrée, engrangée. Un chiffre reposant donc. Il y avait aussi des personnes qui faisaient émerger une couleur en Karolin, elle les ressentait comme des couleurs. Pas tout le monde, et ce n'était pas lié au fait qu'elle les aimât ou non, ou qu'elles lui fussent plus ou moins proches. Elle mettait très nettement une couleur en relation avec certaines personnes, tandis que d'autres restaient de couleur imprécise ou peu colorées.

Longtemps Karolin s'était sincèrement, obstinément, efforcée de photographier en couleur. Elle ne voulait recourir au noir et blanc que dans un but précis, ce devait rester une décision d'ordre esthétique et en aucun cas obéir à une nécessité intime contraignante. Le noir et blanc permettait de se concentrer sur l'essentiel, le minimum, un certain genre de lumière, mais seulement pour revenir à la couleur avec une force nouvelle. Une sorte de période de jeûne avant Pâques, une phase restreinte de frugalité et d'austérité avant l'opulence. Karolin s'était toujours étonnée (ça l'avait parfois mise au désespoir) de ne pas se sentir bien avec la photographie couleur, ses travaux en couleur manquaient de subtilité et de singularité, alors que, paradoxalement, les couleurs étaient indispensables à l'expression de ses sentiments. Sans compter qu'on ne pouvait se permettre de boycotter la photographie couleur – à moins d'être une star de la photographie ou un grand nom de la photo d'art. Et si elle ne pouvait, pour des raisons purement financières, refuser des travaux de commande pour des magazines ou des brochures sur papier glacé, elle avait toujours considéré ses photographies en couleur avec une gêne secrète, comme si elles n'étaient pas vraiment d'elle, comme s'il leur manquait quelque chose d'essentiel, à savoir le consentement de leur auteure.

Le noir et blanc, en revanche, donnait au regard l'espace nécessaire pour voir vraiment, il la libérait d'une réalité trop évidente. Une forme d'allègement. Savoir que la couleur serait bannie de la photographie lui permettait de percevoir un arbre dans un bleu foncé lumineux et de ne photographier rien d'autre que le dispositif des branches du cœur de la couronne, la structure pure et simple, au lieu de se disperser dans toute la plante ou ce qui l'entourait. Le résultat était un arbre nouveau, une idée exacte de ce que pourrait être cet arbre ou de ce qu'il était dans une autre réalité, à savoir la sienne. Le noir et blanc libérait le regard qu'elle portait sur le monde et sur les choses, il lui permettait de transférer sur l'objet la couleur qu'elle voyait en son for intérieur. Et cette couleur intime transformait à son tour le point de vue qu'elle avait sur l'objet. C'est pourquoi le gris en tant que tel n'existait pas. Même si, bien évidemment, entre ses deux extrêmes une photographie en noir et blanc était exclusivement composée de tons gris, Karolin ne ressentait jamais une chose comme grise.

Les couleurs étaient actives, elles suscitaient des sentiments, déclenchaient des associations. Telle ou telle chose qu'elle voyait ou tel événement donnait à Karolin un sentiment lié à une couleur précise. Même les formes suscitaient en elle des couleurs, le zéro était blanc comme neige. Les beaux cercles, les cercles parfaits, étaient blancs comme les zéros. Quand il neigeait et que la neige enrobait lentement le paysage de tout son blanc, le monde, qui, auparavant, avait des angles devenait une sphère – aussi parfaite que le zéro. Dans le ventre blanc du zéro tous les bruits s'étouffaient, et quelqu'un chuchotait : *Depuis la nuit des temps il n'y a encore jamais eu deux flocons identiques, chaque flocon a toujours été unique.* Et c'était l'exacte vérité.

Cahiers

Il me faut maintenant parler de *L'Origine du monde* de Gustave Courbet, cette toile dont Hans Wendland m'avait passé commande. C'est une longue histoire qui embrasse plus d'un siècle et touche même notre époque. En 1936, seuls quelques initiés avaient pu apercevoir ce tableau. Moi-même n'en avais entendu parler qu'à Paris, quelques semaines avant que Hans Wendland n'évoque ce client suisse et son besoin impérieux de le posséder. Je doute qu'il y eût alors plus d'une centaine d'amoureux des arts qui connaissaient l'existence de cette toile.

Au hasard de mes promenades dans le quartier des galeries, j'entrai un jour chez Georges Wildenstein et croisai par chance le maître des lieux à l'entrée. Je me rappelle encore ma surprise de trouver Wildenstein tiré à quatre épingles dans un costume trois pièces par cette chaude journée de fin d'été. Il me salua chaleureusement, je tombais bien, dit-il en m'invitant à faire un tour avec lui dans sa galerie. De tels moments étaient pour moi des instants de pur bonheur, car Wildenstein n'aimait rien tant que parler de « ses » tableaux et de « ses » peintres. Je ne pouvais rêver meilleur maître en la matière.

Wildenstein était-il particulièrement en forme ce jour-là ? Nous traversions une petite bibliothèque pour passer d'une salle à l'autre, quand il s'agenouilla soudain devant un meuble de rangement – avec une souplesse étonnante vu sa corpulence – pour en ouvrir le tiroir du bas et en sortir un grand carton à dessin relié de cuir. Il le posa sur une table qui se trouvait au milieu de la pièce, et m'annonça solennellement: «Jeune homme, je vais vous montrer le secret le mieux gardé du monde français de l'art, et nous le devons à notre fabuleux Gustave Courbet!» Et il ouvrit le carton. Je m'apprêtais à me pencher poliment vers l'objet, et reculai brusquement, comme frappé par la foudre. Je m'étais certes attendu à quelque surprise, mais sûrement pas à plonger au sein de l'élégante galerie Wildenstein dans un entrejambe féminin grand format, complètement nu, que me présentait une photographie en noir et blanc. De toute évidence, c'était une toile qu'on avait photographiée. Sa composition était telle que le regard se portait quasi automatiquement sur les lèvres d'un sexe féminin. Puis il glissait, irrésistiblement, dans les chairs entrouvertes, avant de remonter, troublé, vers la toison du sexe minutieusement peinte, pour se faufiler derechef le long de la fente, jusqu'aux cuisses ouvertes et jusqu'à l'amorce des fesses rebondies – une chair palpable, douce et ferme, marbrée de fines veinules –, et enfin remontait le doux renflement du ventre jusqu'aux seins que découvrait un vêtement ou un linge de lin retroussé, surtout le gauche dont, sur le cliché en noir et blanc, je me représentais rose foncé le mamelon érigé.

Le tableau devait être inouï, je le sentais. Un scandale. Wildenstein m'exhorta à l'examiner vraiment – au nom de l'art – et je nous revois encore penchés tous deux sur la table, lui m'expliquant, en suivant du petit doigt pointé à un millimètre du papier photo, la manière dont Courbet avait peint les différentes zones de la toile: «Ici la touche du pinceau est plus pâteuse, là, plus lisse, et voyez là ces petites veines à peine esquissées, sur le tableau elles sont d'un gris-bleu pâle et ressortent davantage, et là, à l'intérieur du vagin, cette zone plus rose qui fait pendant au mamelon, et il faut se représenter, dans l'original, la couleur de la peau avec une nuance d'ocre... », etc.

Georges Wildenstein me dit avoir vu la toile en 1913 dans l'arrière-boutique de la galerie Bernheim-Jeune. Elle n'avait pas été exposée, presque personne n'en soupçonnait l'existence. Mais son père Nathan, qui était un ami des Bernheim, l'avait emmené voir le tableau scandaleux. Il avait alors mon âge, précisa-t-il, une vingtaine d'années, et la toile lui avait fait forte impression. Effectivement il se rappelait chaque détail de la touche, chaque nuance de couleur. Et sans doute avait-il conçu tout à coup l'idée de me montrer sa photographie, pour renouer avec ses années de jeunesse et revivre par le truchement de ma stupéfaction la réaction qu'il avait eue, jeune homme, à sa vue.

Cet après-midi-là, j'appris aussi toute l'histoire du tableau, du moins ce qu'on pouvait en savoir en 1936. La photographie qui était sur la table, Wildenstein l'avait achetée chez Bernheim-Jeune quelques années après avoir vu la toile. Il me montra aussi un étonnant livre d'art d'un auteur allemand qui avait paru au début des années trente et balayait toute l'histoire de l'art sous l'angle de l'érotisme. Le nu de Courbet y était par conséquent reproduit, mais assez médiocrement. Sous la reproduction on lisait : *Gustave Courbet, « Tronc féminin », Collection Hatvany, Budapest.* Tronc féminin ! L'intitulé navrant démontrait au moins que le titre assurément plus poétique d'*Origine du monde* ne circulait pas encore vraiment à l'époque, même si Georges Wildenstein, lui, le connaissait. J'ai toujours regretté de ne pas avoir retenu le nom de l'auteur de ce livre et jamais réussi à le dénicher dans quelque librairie d'occasion.

De cette chaude après-midi d'été chez Wildenstein, j'ai gardé pour le tableau de Courbet une fascination, qui, avec le temps, a quasiment tourné à l'obsession, si bien que je me suis toujours efforcé de ne manquer aucun épisode de sa turbulente odyssée. À plusieurs reprises le tableau disparut complètement pendant des décennies, après quoi des rumeurs circulaient de temps en temps à son sujet ou un chapitre d'un traité d'histoire de l'art nous informait des dernières conclusions des recherches.

Au début de son histoire, en 1866, alors que le tableau n'avait pas encore de titre officiel, on trouve un homme flamboyant, auréolé de légendes et objet de bien des potins, en qui certains de ses contemporains voyaient une sorte de prince des mille et une nuits. L'homme était, il est vrai, d'origine turque et avait pas mal voyagé. Il avait grandi en Égypte, était allé jusqu'à Saint-Pétersbourg en tant qu'ambassadeur et finit par s'établir à Paris, avec une fortune effectivement légendaire. L'habile diplomate Khalil Sherif Pascha, dit Khalil-Bey, était un homme du monde accompli, un dandy cultivé et un joueur passionné, grand amateur de courses, il possédait sa propre écurie. Et Khalil-Bey avait un faible pour les femmes et pour l'art. Trapu et assez rondelet, avec ses joues rebondies et une barbe drue bleu-noir, il n'était pas très bel homme. Mais les avantages que lui avait refusés la nature, il les compensait par le charme de sa personnalité. On le disait exquis, plein d'esprit, amant prodigue, et il séduisit en effet les femmes les plus convoitées de son époque. Les visiteuses de ses somptueux appartements au 2 boulevard des Italiens mentionnent dans leur correspondance le luxe fastueux avec lequel on était reçu chez lui.

Khalil-Bey qui honorait la beauté sous toutes ses formes avait investi une partie de sa fortune dans une collection de tableaux. Cette collection qu'on pouvait admirer dans ses appartements parisiens était l'œuvre d'un connaisseur, elle comprenait des toiles de Prud'hon, d'Ingres et de Meissonier pour ne nommer qu'eux, et de contemporains qu'il était alors plus audacieux d'acquérir, des Corot, des Delacroix. Khalil-Bey achetait aussi volontiers des scènes érotiques et des tableaux de nus d'un grand raffinement. Il possédait le voluptueux *Bain turc* d'Ingres et une *Vénus couchée* copiée de la *Vénus d'Urbin* de Titien. Or il apprit un jour par son ami Sainte-Beuve que Courbet avait peint une toile extraordinaire au titre prometteur de *Vénus poursuivant Psyché de sa jalousie* qui avait été refusée au Salon de Paris pour « immoralité ». Et Courbet ne répugnerait pas à la vendre, avait ajouté Sainte-Beuve avec un sourire éloquent.

Notre collectionneur se rendit sur-le-champ rue Hautefeuille au numéro 32 qui faisait l'angle du boulevard Saint-Germain et où se trouvait l'atelier de Courbet. Mais il arrivait trop tard. Il put certes encore admirer le tableau, mais le peintre l'avait déjà vendu – la veille, très exactement. Tout à son enthousiasme pour l'art, Khalil-Bey entendait braver l'adversité : « Eh bien, vous n'avez qu'à le refaire », conclut-il. Il arrivait, il est vrai, que les artistes exécutent différentes versions d'un même tableau. Mais il s'agissait là bel et bien d'espèces sonnantes et trébuchantes et de la cote de cette œuvre. Courbet savait pertinemment qu'il ne pourrait demander le même prix pour une copie, fût-elle de sa main, que pour la pièce unique. Et ce client-là avait les moyens. « Il n'en est pas question, répliqua-t-il, mais si je vous peignais ce qui se passe après, qu'en diriez-vous ? »

Il ne pouvait guère faire proposition plus alléchante. Ce qui se passait après ? Que pouvait-il bien se passer, quand, ayant enfin trouvé Psyché, Vénus quasiment dévêtue se penchait à la lueur d'une lampe sur la belle intégralement nue, lovée sur un divan ? Khalil-Bey était assez joueur pour accepter la proposition. On lui livra donc à la fin de l'été ou à l'automne 1866 *Les Dormeuses*, deux femmes lascivement enlacées qui se sont endormies, manifestement épuisées après de tendres ébats. Un chef-d'œuvre. Khalil-Bey était enchanté de son substitut de *Vénus et Psyché*. Mais comment a-t-il acquis la toile qui resterait dans l'histoire sous le titre de *L'Origine du monde*? Courbet l'a-t-il peinte pour lui sur commande ou cette toile de format relativement petit (46 x 55 cm) se trouvait-elle déjà dans l'atelier du peintre lorsque Khalil-Bey s'y est rendu ce jour-là ? Georges Wildenstein lui-même ne le savait pas exactement.

La question de savoir quand et pour qui le tableau fut peint initialement en soulève forcément une autre, plus intrigante encore : qui représente en réalité *L'Origine du monde*? Qui, ou plus exactement, quel entrejambe féminin a « posé » pour Courbet ? S'il s'agissait d'une commande de Khalil-Bey ravi de ses adorables *Dormeuses*, la toile représentait-elle l'une de ses maîtresses ? Le diplomate épicurien avait la réputation d'être un amant fougueux, mais quelque peu inconstant. Avait-il éprouvé le besoin de faire peindre le portrait intime de l'une d'elles ? Nul ne s'y serait alors mieux prêté que Courbet, lequel avait magistralement rendu sur la toile la carnation des deux *Dormeuses*. Ou bien quelque anonyme photo pornographique lui avait-elle servi de modèle ? La technique révolutionnaire de la photographie ne datait certes que du milieu du siècle, mais elle avait vite impulsé un marché fort lucratif de photos de nus osées. Et l'on sait que Courbet possédait une riche collection de photographies assez crues, dont plusieurs avaient été prises d'un angle de vue semblable à celui qu'il avait choisi pour sa toile.

Il existait enfin une troisième possibilité. Le peintre américain James Whistler, qui vénérait Courbet, s'était rendu en France pour apprendre auprès de lui. L'Américain avait rencontré en 1860 à Londres une Irlandaise à la foisonnante chevelure rousse, Joanna Hiffernan. Il avait lui-même présenté sa bien-aimée Jo au séduisant Courbet réputé friand des plaisirs de l'existence. La chose était risquée mais inévitable, puisque Whistler portait une affection certaine à son maître et ami Courbet et qu'il vivait alors avec Jo. Le trio désormais inséparable avait passé l'été et l'automne 1865 en Normandie, dans la petite station balnéaire de Trouville. Georges Wildenstein était convaincu que Courbet avait eu une liaison avec la maîtresse de Whistler, sans doute dès leur insouciant séjour estival à Trouville. Ç'aurait été la raison de sa brouille avec Whistler en 1866, à la suite de laquelle ce dernier se serait embarqué précipitamment vers l'Amérique du Sud pour s'engager dans la lutte d'indépendance des Chiliens contre les Espagnols. Il aura voulu fuir son chagrin d'amour, supposait Wildenstein. Whistler avait laissé Joanna à Londres. Mauvaise idée, elle n'y avait pas tenu seule très longtemps.

Ce qui est certain, c'est qu'après cet été passé ensemble à Trouville et le brusque départ de Whistler, Joanna avait revu Courbet à Paris et qu'il avait peint jusqu'à quatre versions du portrait de la séduisante jeune femme rousse, *La Belle Irlandaise*. Courbet en conserva une jusqu'à sa mort et déclina plusieurs offres d'achat. On reconnaît aussi Joanna dans l'une des deux *Dormeuses* saphiques éminemment sensuelles. S'il est possible que Courbet se soit inspiré de sa collection de photographies pornographiques pour le cadrage de son tableau et sa perspective osée, il est inconcevable qu'une petite photo floue en noir et blanc lui ait servi de modèle exclusif pour *L'Origine du monde*. La touche du pinceau comme l'ensemble de la toile témoignent en l'occurrence de bien trop de passion selon moi. Il semble qu'il ait peint là une déclaration d'amour à la femme en général et à une femme en particulier. Quand on examine le tableau à une certaine distance, on remarque aussi une aura un peu plus claire autour du mont de Vénus. Ce sexe est une apparition, une célébration de la chair pure par opposition au pur esprit, cette aura a quelque chose des auréoles qu'on voit sur les tableaux sacrés. La toile demeura encore très longtemps une transgression de ce qu'il était licite de représenter par l'art. À l'intérieur du sexe, entre les lèvres, chatoie un point d'un rose plus soutenu dont l'unique pendant de couleur illumine, tel un rubis, la pointe du sein gauche.

Quoi qu'il en soit, Khalil-Bey a bel et bien acquis *L'Origine du monde* en cet été 1866, après être passé prendre les *Dormeuses* à l'atelier de Courbet. Il a ensuite accroché son précieux trésor dans son cabinet de toilette derrière un rideau de couleur verte, dans un lieu où le visiteur ordinaire n'était pas censé pénétrer. L'heureux propriétaire pouvait, lui, à sa guise lever le voile et jeter un coup d'œil à son mystérieux joyau. Seul ou avec la compagnie de son choix, il célébrait la cérémonie du dévoilement et la contemplation de sa relique de la féminité.

Peu de temps après avoir quitté l'atelier de Courbet, ce tableau très intime entama son odyssée longue d'un siècle. Khalil-Bey qui s'était pratiquement ruiné à Paris où l'on jouait gros jeu décida de regagner Istanbul, et mit, en 1867, toute sa collection en vente. Boulevard des Italiens, le rideau vert se leva donc certes sur *L'Origine du monde*, mais, le tableau, dûment emballé, s'empressa de disparaître à nouveau. Et longtemps, il n'en subsista plus qu'une légende.

Il fallut attendre 1889 pour retrouver la trace du « *con amore* » de Courbet dans le journal d'Edmond de Goncourt. L'écrivain y relate une visite chez Antoine de La Narde, un marchand de « chinoiseries et de japonaiseries » installé rue Saint-Georges, au-dessous de Montmartre. Ce dernier, rapporte-t-il, lui montra d'abord de médiocres productions de l'Empire du soleil levant qu'il regarda de « deux yeux ennuyés », sur quoi le marchand d'art alla quérir un tableau dans son arrière-boutique : « Connaissez-vous ceci ? » Edmond de Goncourt ne vit d'abord qu'une peinture de paysage. Mais après avoir introduit une clé dans une minuscule serrure dorée du cadre, de La Narde rabattit de côté, tel un couvercle, le paysage enneigé, et découvrit « sur la toile cachée derrière, peint par Courbet pour Khalil-Bey, un ventre de femme, au noir et proéminent mont de Vénus sur l'entrebâillement d'un con rose». Et Goncourt de confesser: «Devant cette toile que je n'avais jamais vue, je dois faire amende honorable à Courbet: c'est beau comme la chair d'un Corrège.»

Au rideau vert de Khalil-Bey s'était donc à présent substitué un double cadre discret dont la toile de dessus intitulée *Le Château de Blonay* avait, elle aussi, été peinte par Courbet. Dissimulée sous un paysage anodin dans son panneau à double fond, *L'Origine du monde* re-disparaît, ne laissant place, une fois de plus, qu'aux rumeurs et aux conjectures. Edmond de Goncourt a-t-il acheté la toile à de La Narde? On a raconté que, jusqu'à sa mort en 1896, il ne se serait jamais dessaisi de la clé de la fascinante *Origine*. En novembre 1912, on retrouve la trace du tableau dans l'arrière-boutique d'une galerie parisienne de renom, celle des Frères Bernheim-Jeune. Josse et Gaston Bernheim tenaient *L'Origine du monde* d'une certaine madame Vial, l'épouse d'un marchand d'art récemment décédé qui occupait ses loisirs en se livrant à des études ésotériques. Le tableau, qui n'avait pas encore de nom officiel (sans doute parce qu'il n'existait pas officiellement), aurait-il passé deux bonnes décennies chez Louis Charles Émile Vial à Neuilly, derrière un innocent paysage enneigé? L'homme avait aussi rédigé quelques traités pseudoscientifiques aux titres curieux comme: *L'Amour dans l'univers, l'inversion dans la création.* Louis Charles Émile Vial aurait pu acheter la toile à de La Narde en 1889, et la contemplation du sexe féminin peint par Courbet lui inspirer des considérations plus métaphysiques que physiques sur l'amour et l'univers. Était-ce à Vial que le tableau devrait cette dénomination *Origine du monde*?

Quel que soit l'auteur de son titre, l'histoire du tableau continue. En été 1913, c'est un baron hongrois qui l'acquiert chez Bernheim-Jeune. L'œuvre la plus mystérieuse de l'histoire récente de la peinture appartient donc désormais et pour une quarantaine d'années à un collectionneur raffiné, Ferenc Hatvany. Peu avant la Première Guerre mondiale, le baron apporte *L'Origine du monde* à Budapest et l'accroche dans son luxueux hôtel particulier, où elle va se retrouver en bonne compagnie. Ce collectionneur issu d'une riche famille d'industriels juifs y expose, en effet, quelque sept cents tableaux qui décorent jusqu'aux murs de la chambre d'enfant : entre autres, plusieurs Courbet, des œuvres du Tintoret et du Greco et des toiles d'Ingres, Delacroix, Cézanne et Renoir. Les trésors de la collection Hatvany survivront à la révolution hongroise et à la Première Guerre mondiale, mais pas à la seconde. La Hongrie s'alliant avec l'Allemagne nazie contre l'Union soviétique en 1941, Hatvany prend alors conscience *in extremis* du danger et dépose sous divers noms d'emprunt soixante et onze de ses précieux tableaux et dessins dans les coffres-forts de différentes banques, avant d'aller se cacher jusqu'à la fin de la guerre.

En avril 1944, alors que se profile la défaite allemande, le gouvernement hongrois tente de tourner casaque et de conclure un pacte avec l'Union soviétique. En guise de représailles, les troupes allemandes envahissent Budapest. L'hôtel de Hatvany est réquisitionné par des officiers SS. Dans sa cachette, Ferenc Hatvany parvient à survivre à l'holocauste. En avril 1945, les Soviétiques chassent définitivement les troupes allemandes de Hongrie. Avant d'évacuer le pays, les occupants défaits remplissent encore plusieurs trains de la Reichsbahn d'œuvres d'art en tous genres – dont les trésors de la couronne hongroise et la partie de la collection

Hatvany restée dans son hôtel. Les convois d'œuvres d'art partent vers Berlin ou vers l'Autriche voisine.

Le reste de ce qui subsistait dans les coffres-forts de la banque de Budapest est pillé par l'armée Rouge. La plupart des toiles de la collection Hatvany disparaissent donc dans le butin de guerre nazi ou soviétique. Et on reperd la piste de *L'Origine du monde* déposée dans un des coffres-forts pillés par les Russes. De nouveau les rumeurs vont bon train. Les soldats russes auraient soi-disant traversé Budapest bombardée par les Alliés dans un camion militaire sur la bâche duquel ils auraient collé le *Nu couché* de Courbet. Ils auraient aussi brandi en jubilant sous le nez des Budapestois vaincus le nu encore plus osé de *L'Origine du monde.* Une scène pour le moins singulière, si tant est qu'elle ait eu lieu. En 1946, un officier soviétique d'origine hongroise prend discrètement contact avec Hatvany et propose de lui restituer certains tableaux en échange d'une récompense appropriée. Le baron Hatvany aurait ainsi racheté au moins dix-sept tableaux de sa précieuse collection, dont *L'Origine du monde.*

Peu après, il émigre à Paris et réussit à faire sortir de Hongrie les uns après les autres les tableaux qu'il vient de réacquérir. *L'Origine du monde* entame donc son retour Budapest-Paris dans une valise, roulée dans des vêtements. Mais elle redevient tableau fantôme. Où l'a-t-on mise, qui peut la contempler ? Est-elle restée à Paris ? A-t-elle été déposée comme un vulgaire lingot d'or dans le coffre-fort d'une banque française ou helvétique ? Toujours est-il que Ferenc Hatvany fut peu à peu contraint de se séparer des quelques tableaux qu'il avait rachetés pour subvenir à ses besoins et à ceux de sa famille.

On ne retrouve la trace de *L'Origine du monde* que neuf ans plus tard, en 1955. Le psychanalyste Jacques Lacan et son épouse, la comédienne Sylvia Bataille-Lacan, achètent le tableau à un intermédiaire inconnu (combien d'intermédiaires secrets n'y a-t-il pas dans cette histoire) et l'apportent dans leur maison de campagne près de Paris. Ils font confectionner un cache sophistiqué au peintre surréaliste André Masson. Il s'agit cette fois-ci d'un double cadre dont le tableau supérieur coulisse. *L'Origine du monde* apparaît ou disparaît ainsi sous le paysage quasiment abstrait de Masson, dont les lignes retracent exactement les contours voluptueux du nu qu'il dissimule. Masson a intitulé sa toile toute en tons rouge-brun *Terre érotique.*

Jacques Lacan était probablement très fier d'avoir acquis *L'Origine du monde* et de son idée géniale de cache. À ce qu'on dit, il prenait grand plaisir à faire profiter amis et connaissances en visite à Guitrancourt de la cérémonie du dévoilement. Une petite clé était solennellement introduite, puis tournée dans une serrure du cadre inférieur, la baguette gauche du cadre doré ôtée, pour permettre au paysage de Masson de coulisser, et peu à peu – le plus lentement et le plus voluptueusement possible – apparaissait le deuxième tableau : *L'Origine du monde* et son sexe féminin dont l'identité met encore aujourd'hui le monde de l'art en émoi. Lacan avait également fait profiter le vieux Pablo Picasso de cette présentation. Nul doute que ce dernier aura apprécié la mise en scène.

Et le dénouement ? Jacques Lacan mourut en 1981, Sylvia Bataille en 1993. *L'Origine du monde* fut alors cédée à l'État français dans le cadre d'une dation en règlement des droits de succession. Après cent trente ans d'existence occulte dans l'intimité de cercles privés, nimbé de légendes et de rumeurs, cet obscur objet du désir qui avait fait l'admiration de quelques collectionneurs passionnés, acheva donc son odyssée au musée d'Orsay en 1995, où il est à présent exposé au regard du public sans cache ni protection.

Photo 6

Les Cartons des livres d'art de Viktor empilés pêle-mêle dans l'entrée de Karolin. Sur un carton de devant, un album sur Pierre Bonnard intitulé Le Bonheur de peindre. *La couverture représente* La Terrasse à Vernon. *À côté du livre, un vieil appareil photo, le premier Leica R3 de Karolin.*

Quelques meubles lui étaient parvenus d'Allemagne avec les cartons de livres de Viktor dans un envoi groupé du transporteur Schenker. Les déménageurs l'ayant appelée avant d'arriver, Karolin était descendue leur indiquer où ils pouvaient se garer. Un moment après, elle regardait depuis son balcon trois jeunes gens traverser la rue avec leur charge et disparaître dans le bas de l'immeuble. Puis ils étaient sortis de l'ascenseur au dernier étage, avaient déposé les cartons dans l'entrée selon ses consignes, placé les éléments de la bibliothèque dans le bureau, porté une petite armoire rustique repeinte en gris-bleu dans la chambre à coucher et le fauteuil à oreilles dans le séjour. Karolin avait ouvert quelques caisses, en avait sorti des livres et pris son appareil photo. L'entreprise Schenker lui avait livré un fardeau troublant : la bibliothèque de livres d'art – autrefois un bien culturel familial parmi d'autres comme la guitare et le piano – s'introduisait dans sa vie parisienne.

Après avoir lu les cahiers de Viktor dans la vieille maison, Karolin n'avait pu résister à la tentation de charger précisément

Schenker du transport en France des objets dont elle avait hérité. Une allusion au passé à usage personnel. Pendant l'Occupation, cette entreprise avait collaboré activement au transfert des œuvres d'art en Allemagne. Et Schenker avait aussi transporté des meubles et des objets, bref tout ce qu'on avait confisqué de précieux ou d'utile dans les intérieurs juifs.

Au début des années trente, les chemins de fer allemands avaient repris l'entreprise familiale au bord de la faillite. Sans la Seconde Guerre mondiale et l'expansion fulgurante de son rayon d'action pendant la phase de la conquête allemande, Schenker ne serait jamais devenu en l'espace de quelques années une entreprise de transport florissante qui rayonnait dans toute l'Europe. Sans sa collaboration empressée à la spoliation l'entreprise n'existerait sans doute plus à présent. Schenker, qui avait une filiale parisienne très dynamique, s'était spécialisé entre autres dans le transport délicat d'objets d'art. Après la libération de Paris en août 1944, les Britanniques et les Américains confisquèrent les documents restés dans ses bureaux parisiens, ceux-ci ne furent accessibles au public qu'au début des années quatre-vingt-dix, quand on leva le secret des archives. Un examen détaillé des papiers de la filiale parisienne permit alors d'établir quand l'entreprise avait expédié tel ou tel tableau ou tel ou tel objet d'art en Allemagne, et même quel marchand les avait vendus à Paris et à quel prix. Les listes mentionnaient aussi les destinataires des transports, autrement dit les nombreux musées allemands dont les conservateurs avaient acheté ces œuvres à Paris. On spécifiait même fréquemment s'il s'agissait de transactions légales ou non.

Et voilà qu'à présent trois employés de la société Schenker lui avaient aimablement livré à domicile son héritage venu d'Allemagne. Dans les cartons se trouvaient aussi des livres que son père avait dû acheter autrefois ici à Paris. Soit il les avait emportés lors de sa fuite, soit, ce qui semblait plus probable, il était revenu après la guerre vider l'atelier de la rue Lepic et prendre les choses dont il ne voulait pas se séparer. Un instant – un très bref instant – Karolin avait songé à pousser l'ironie jusqu'à confier aussi à Schenker le transport de son *Odalisque assise.* Puis elle s'était dit que le trait compliquerait déraisonnablement les choses. D'autant que, pour la première fois, un doute l'avait effleurée : et s'il ne s'agissait pas d'un faux ? Aucun passage du journal de son père ne l'éclairait vraiment sur ce point. Or elle avait tout de même lu ses cahiers à deux reprises maintenant. Était-ce le faux peint de sa main ou l'authentique Matisse que Viktor alias Isidor avait dissimulé au grenier ?

Après avoir vidé la vieille maison et remis les clés à son nouveau propriétaire, Karolin s'était donc contentée de fourrer son *Odalisque* dans sa voiture avec quelques cartons et autres objets, puis avait passé la frontière. Après plusieurs décennies d'exil la toile était de retour à Paris. Mais avant qu'elle ne se résolve à le faire expertiser par l'éminente spécialiste de Matisse Louise Bergell, le tableau resterait d'abord chez elle, sur son mur, à côté de son bureau. Au cours de ses recherches sur Internet, elle avait trouvé un deuxième nom porté entre parenthèses après le titre, sans doute pour la distinguer des nombreuses autres odalisques de Matisse : *La Tristesse.* Karolin ne décelait pas de tristesse chez la jeune femme, elle la voyait juste pensive. Comme si elle songeait à une chose décisive, quelque événement susceptible d'assombrir un jour l'avenir.

Et s'il ne s'agissait pas d'une copie mais bien d'un vrai Matisse ? Et si son père l'avait, pendant des années, tenu caché parce qu'il n'y aurait eu qu'une seule alternative : celle de le restituer à l'héritier légitime de son ex-propriétaire ? En tout cas l'original de son *Odalisque assise* appartenait autrefois au marchand d'art Paul Rosenberg et avait été confisqué par les nazis comme le reste de sa collection. Mais si elle se posait la question d'une éventuelle authenticité de « son » odalisque, s'en posait inévitablement une autre : quel artiste aurait alors peint *L'Odalisque assise* qui était actuellement en Amérique, après avoir été exposée des années au Seattle Art Museum puis restituée aux Rosenberg ? Était-ce Isidor Schweig ? Le personnage de faussaire des cahiers de Viktor Wagfall avait-il seulement jamais existé ? Et son père était-il vraiment aussi Isidor Schweig ? Vaines interrogations, les seules réponses qu'elle aurait pu avoir se trouvant nécessairement dans les douze cahiers d'écolier à l'écriture serrée qu'avait légués Viktor Wagfall.

Ce qui était monstrueux pour Karolin n'était pas que son père eût peut-être été une crapule, un nazi convaincu ou un opportuniste, un faussaire ou un imposteur. Le nazisme était désormais une période historique, il était loin maintenant et à jamais irréparable – on pouvait tout au plus s'efforcer d'en tirer les leçons. Non, ce qui était monstrueux était dans l'ici et maintenant, car pour les générations suivantes cette histoire laissait des traces, celles d'un héritage tangible comme ce tableau ou invisible comme ces questions restées en suspens, ainsi qu'un sentiment de culpabilité diffus. Comment son père qu'enfant elle avait aimé et admiré de toutes ses forces, ce père qu'elle tenait beaucoup à respecter, avait-il pu se rendre coupable et ensuite refuser d'assumer ? Plaider les circonstances atténuantes, enjoliver, minorer, fausser, corriger les faits. En passer certains sous silence ! Et à l'instar de nombre d'enfants confiants et aimants, Karolin l'y avait aidé, en évitant de poser des questions gênantes. Et elle s'était si bien abstenue de poser des questions qu'elle n'avait aucune idée de l'homme que son père avait réellement été.

« Je crois que l'on devient ce que notre père nous a enseigné dans les temps morts, quand il ne se souciait pas de nous éduquer. On se forme sur les déchets de la sagesse[1] », écrit Umberto Eco. Quelle que fût la raison pour laquelle Karolin avait pris et repris en main *Le Pendule de Foucault* sur l'étagère, en le feuilletant elle en revenait toujours à ces lignes qu'elle avait soulignées d'un trait gras. Elles disaient vrai : c'est finalement dans ces temps morts, ces temps sans père, qu'elle s'était, à défaut de Viktor, formée avec les livres de sa bibliothèque, cet envers caché de sa personne, en marge de ce qu'il était publiquement. C'était dans ces fragments du passé sur lequel son père avait tiré un trait et qu'il cachait à sa famille, dans ces « déchets » qu'elle avait inconsciemment picoré pour en extraire des morceaux qui s'agrégeraient à sa personnalité en train de se former. Les livres et les albums d'art, eux, étaient bien là, et le plus étrange même est que personne, Karolin y compris, ne s'était jamais demandé pourquoi. Pourquoi leur fonctionnaire de père qui parlait rarement de peinture ou d'art (sans doute parce que personne ne lui demandait quoi que ce soit en la matière) avait-il une demi-tonne de livres d'art dans sa bibliothèque ? Hérités de ses parents, avait-il dit un jour, comme la bibliothèque noire Art Nouveau et le bureau massif.

Elle réalisait à présent que beaucoup de ces livres avaient paru après la mort de ses grands-parents. Elle avait toujours eu dans la tête un mur invisible auquel se heurtait toute velléité de questions. Certains mots lui restaient dans la gorge, défendus par une barrière fantôme. Un censeur scrupuleux avait érigé des remparts censés repousser les thèmes embarrassants, le passé était intouchable. Les questions précises auraient exigé des réponses claires ou forcé l'interrogé à

1. *Le Pendule de Foucault*, traduit de l'italien par Jean-Noël Schifano, Grasset.

refuser de répondre. Et les enfants comme il faut ne doivent pas importuner leurs parents. Encore moins leur peser.

Quand elle était petite – une petite fille comme il faut –, dès qu'elle était toute seule à la maison, Karolin se glissait en douce dans le bureau de Viktor. Entre tous les livres de la bibliothèque paternelle, elle en avait élu quelques-uns auxquels elle revenait obstinément, inéluctablement, et qui restèrent, des années durant, ses livres de prédilection. Le traité des couleurs et des pigments dont elle affectionnait particulièrement les pages sur le rouge carmin avait sa place dans la partie médiane. Mais derrière la porte de gauche se trouvait un gros volume sur la peinture française. Dès qu'elle l'ôtait des rayonnages, elle oubliait tout.

Il y avait surtout deux illustrations auxquelles elle revenait sans cesse et qu'elle scrutait minutieusement. Elles suscitaient chez la petite fille qu'elle était des sentiments inédits, c'est pourquoi elles la fascinaient tellement. Karolin regardait les tableaux comme on écoute de la musique, leur atmosphère l'enveloppait d'un sentiment de plénitude. *La Vierge et l'Enfant entourés d'anges* de Jean Fouquet lui faisait penser à la cire, il semblait artificiel. Le sein blanc comme neige de la Vierge s'échappait d'un corsage bleu-gris tel un globe délicat, fermement bombé et merveilleusement rond, provocant, sensuel, rien moins que maternel.

Dans le deuxième tableau, c'est la nudité provocante de *Gabrielle d'Estrées et une de ses sœurs* qui déroutait Karolin jadis. Cette féminité qu'elle contemplait ici la dépassait au point qu'il lui semblait impossible de devenir femme un jour, de devenir un jour adulte. C'était un autre monde.

Pendant quelques années ce fut comme une drogue : systématique, irrésistible ; dès qu'il n'y avait personne à la maison, se faufiler sur la pointe des pieds à la porte du bureau paternel, abaisser la poignée, pénétrer dans la zone interdite du maître de maison, respirer l'arôme particulier de la pièce (légère odeur de renfermé, âpre et sucrée comme le chocolat noir, poivrée avec une touche d'orange). Un beau jour elle cessa de s'intéresser à la bibliothèque – mais la magie avait largement eu le temps d'opérer. Son père lui aussi avait cessé de l'intéresser. Elle ne tentait plus d'attirer son attention, ne recherchait plus sa bienveillance distraite, chichement dispensée. Au contraire, plus il restait lointain, mieux c'était, et en même temps qu'elle perdait ce besoin du père, elle perdait son attirance pour sa bibliothèque. C'est juste pour l'option arts plastiques au bac et pour ses révisions qu'elle lui avait encore emprunté l'Encyclopédie de la peinture en dix volumes ou avait feuilleté tel ou tel ouvrage.

Quand elle tentait de se représenter son père à présent, il n'était plus celui qu'elle avait cru connaître. De nombreuses années après sa mort, en l'espace de quelques semaines, il était devenu quelqu'un d'autre. Soudain elle voyait ces volumes sur Courbet, Bonnard et Matisse sous un jour différent, avec les yeux de cet homme qu'apparemment son père avait été aussi. Elle voyait maintenant ces livres avec la passion secrète, l'excitation et la ferveur qui avaient été les siennes. Mais, elle le sentait, ces livres disaient aussi qu'il n'avait pas assumé sa vie. Qu'il l'avait fuie et en avait brouillé soigneusement les traces. Son père avait, un beau jour, tiré un trait sur son passé, quel qu'il ait pu être, et il n'en avait plus jamais soufflé mot.

Celui qu'elle appelait « son père » était aussi quelqu'un qui répugnait à tout engagement. Qui était capable d'écrire, qu'en secret il aurait ardemment souhaité s'échapper, s'échapper de sa vie présente : *Comme ces incompris qui vous disent un jour qu'ils sortent acheter des cigarettes et disparaissent à jamais.* Une idée qu'il avait sûrement caressée. Renoncer à toute sa famille. Pour revenir à la peinture ? Et malgré tout elle l'aimait, aujourd'hui comme avant, quel que soit l'homme qu'il ait pu être autrefois. Même dans sa phase de rejet et de rébellion, elle l'avait aimé, comme les filles aiment les pères fuyants qui se dérobent, obstinément absents.

Karolin sortit un à un les livres et les albums des cartons de déménagement, en essuya délicatement la poussière avec un chiffon et les transporta par petites piles dans son bureau. Dans le dixième et dernier carton elle trouva Giorgio Vasari, *Les Vies des plus excellents peintres, sculpteurs et architectes*, et enfin le sublime manuel sur les couleurs, les pigments et l'art de préparer les couleurs, qui datait des années vingt et dont le souvenir était si vif qu'immédiatement le sentiment de l'enfance l'envahit.

Debout dans la pièce, le livre en main, elle commença à feuilleter les pages un peu crasseuses dont certains passages étaient soulignés. On voyait à l'aspect du livre combien il avait été lu et relu, de toute évidence son père s'en était servi souvent. Le regard de Karolin tomba sur le chapitre qu'elle préférait autrefois, dont les feuilles étaient particulièrement fatiguées, le livre s'ouvrit presque tout seul aux pages consacrées au rouge carmin. Ce n'était pas seulement l'intensité, la luminosité de la couleur qui l'avait fascinée, enfant, mais aussi et surtout l'effroyable idée qu'on l'obtenait finalement en écrasant des hordes grouillantes de ces minuscules cochenilles parasites appelées *kermès vermilio.* En tenant dans ses mains ce vieux volume, des décennies plus tard, ici à Paris, et en songeant à la ferveur qui était celle de son père lorsqu'il parlait dans ses cahiers des couleurs, des pigments et de l'art de les broyer, Karolin sentit ses yeux se dessiller (c'est souvent vis-à-vis de soi-même qu'on est le plus aveugle) : la couleur et les couleurs ! Là était le lien avec son père, avec le passé, avec ses origines.

Pour la première fois de sa vie, l'espace d'une seconde, Karolin eut l'impression de sentir le père en elle, non pas l'homme par trop lointain qu'elle avait connu, mais cet autre homme en lui – elle pouvait l'appeler Isidor – qui avait, secrètement et sans qu'elle le remarque, partagé avec elle une chose absolument substantielle : sa passion pour la peinture, et la lui avait léguée. Sans jamais l'évoquer concrètement. Même si c'était le seul, c'est dans cet aspect de la personnalité de son père qu'elle pouvait s'enraciner. Un lien ancien, resté jusqu'ici invisible, la menait à lui. Son père lui avait transmis le besoin de s'exprimer dans la couleur et la représentation, les perspectives et les formes. C'était cette manière d'aborder le monde qu'ils avaient en commun. Et le fait que Karolin préfère photographier en noir et blanc n'avait rien de contradictoire en l'occurrence. Peut-être tous ces livres constituaient-ils les éléments secrets d'un ADN commun auquel elle pourrait acquiescer. Et peut-être pourrait-elle, en suivant ce fil d'Ariane carmin qu'ils lui indiquaient, trouver l'issue du labyrinthe de ses blancs intimes et inscrire sa propre origine dans une nouvelle histoire. C'est une quête inconsciente qui l'avait poussée à devenir photographe, à Paris de plus, et une photographe incapable de photographier en couleur sans éprouver un sentiment de malaise diffus. Quelle absurdité d'avoir mis si longtemps en aveugle ses pas dans ceux de son père.

Assise à son bureau, Karolin regardait la ville. Paris baignait dans une lumière tardive très dense, presque irréelle. Quelques instants plus tôt, le coucher de soleil avait été spectaculaire, comme toujours par temps clair. Au-dessus de l'océan de maisons qui s'obscurcissait à vue d'œil, le ciel brillait maintenant d'un orange brun irisé qui tournait progressivement au bleu saphir, un bleu puissant, rayonnant, comme électrisé.

Cahiers

Le début du mois de juin avait été frais et pluvieux. Une vieille tristesse pugnace m'avait repris. Incapable d'écrire une ligne pendant des jours et des jours, j'allais m'asseoir au bord du ruisseau sur la souche d'un érable abattu au fond du pré, jusqu'à ce qu'une petite pluie reprenne et me chasse vers la maison. Autrefois le ruisseau grondait. En toute saison, un flot alerte semblait avoir dévalé allégrement les montagnes pour aller rebondir sur les blocs rocheux qui jonchaient son lit de cailloux. Au printemps ses eaux emportaient le petit ponton de bois, l'été son cours paisible chantait agréablement. Aujourd'hui le ruisseau est déjà quasiment épuisé au printemps. De ma souche, je l'écoute balbutier péniblement. Les larmes d'adieu d'une nature en voie de disparition. Heureusement, le jardin est une forteresse de verdure que personne ne me prendra. Je chasse à coups de balai les agents immobiliers qui se présentent au portail. Nous sommes cernés de nouveaux lotissements, ils s'étendent jusqu'au cimetière qui était autrefois dans la forêt – et d'ailleurs s'appelle toujours le cimetière de la forêt. C'est là que je reposerai. Demain, après-demain ou dans un an.

Je me demande chaque jour si ce ne sera pas le dernier où je m'installe à mon bureau. J'élude, je raconte des histoires et digresse à longueur de pages sur le magnifique nu de Courbet, alors que le temps presse et que je le sais.

« Demain » est une hypothèse. Il me reste tant de choses à rapporter avant de trouver la paix. Ma vie me harcèle, le souvenir me tourmente – et pourtant je me complais dedans. Je le fuis – et pourtant il m'aspire et m'attire irrésistiblement, je ne peux m'empêcher de m'y exposer. Il m'a suffi de commencer à le dérouler pour être de plus en plus happé par mon passé secret, Isidor Schweig et Adèle. Après des décennies de fuite en avant, toujours occupé, toujours pressé – au diable le passé –, j'entame maintenant la fuite en arrière vers les contrées lointaines de mes souvenirs enfouis. Comme si là était le salut, là-bas derrière moi. Parce qu'il n'y a plus rien devant. Je ne peux plus, comme jadis, fuir dans l'avenir.

L'histoire du Courbet m'a tout de même permis d'échapper encore un instant à un point critique de mon récit – de faire en quelque sorte un détour érotique dans le paysage de mes souvenirs. Mais elle m'a épuisé – mentalement et physiquement. Comme si j'étais déjà trop vieux pour supporter l'évocation de ma propre main peignant un sexe féminin. Adèle est étendue devant moi sur le divan de l'atelier, rue Lepic. Les mêmes linges blancs déployés sur le rouge du sofa que dans la *Vénus au miroir*, mais cette fois nous nous taisons. Elle est étendue devant moi sur le divan exactement comme dut l'être le modèle de Gustave Courbet. Était-ce Joanna Hiffernan, la belle Irlandaise ? Je me l'imagine ainsi. Chercher à rendre la couleur de sa peau, sa carnation, mélanger, essayer. Recommencer. Recouvrir. Peindre la peau comme on la touche. La chair et le toucher doivent être perceptibles. Comme si je pouvais sentir aussi sa peau sous le pinceau, pour la faire renaître ensuite dans le regard du spectateur. Je pâtis de la difficulté de l'entreprise. J'échoue d'abord à rendre justice à sa beauté et à satisfaire mon exigence de perfection. Jamais je ne pourrai peindre comme Courbet, inventer comme Courbet. Abîme vertigineux d'où sourd silencieusement la vie. Origine du monde. Contradiction manifeste entre l'attirance et la répulsion, le désir et la peur, la banalité d'un vagin et son mystère. Je ne réussis qu'après d'innombrables essais à peindre le secret.

À côté de moi sur le bureau, un livre avec une reproduction de *L'Origine du monde.* J'ai beau n'avoir pas touché un pinceau depuis des décennies, je ne peux m'empêcher de me représenter par le menu comment Courbet a peint son modèle. Comment j'ai moi-même peint le mien. Adèle, la belle Française – il y a soixante ans. J'ai autrefois copié *L'Origine du monde,* quand Hans Wendland ne savait comment expliquer à un client suisse que tout ne s'achète pas avec de l'argent et que le propriétaire de la toile refusait catégoriquement de se séparer de son inestimable trésor. « Plutôt mourir », avait répondu Ferenc Hatvany en 1936 aux frères Bernheim-Jeune que Wendland avait chargés de sonder discrètement le collectionneur hongrois au sujet d'une « opportunité intéressante de vente du tableau ».

Quand le client suisse eut acheté un Degas et deux Renoir, Wendland laissa passer quelques semaines avant de lui proposer sans vergogne, faute de l'original, une excellente copie que j'avais réalisée dans l'intervalle. Il me dit lui avoir soumis un argument de choc : « Qui sait si vous pourrez assister un jour à la mise en vente du vrai Courbet, alors pourquoi ne pas accepter un faux pour un prix bien plus abordable ? » À cette époque je prenais pour argent comptant tout ce que me racontait Wendland, alors que – je m'en aperçus à la longue – ses histoires étaient sujettes à caution et qu'il parlait souvent à tort et à travers. Allez savoir si ce soi-disant client suisse a vraiment existé et où a finalement atterri ma copie. Toujours est-il que j'avais fini par réussir mon Courbet. J'avais étudié très soigneusement son style, surmonté à force d'obstination les âpres difficultés liées, disons, au matériau, et, qui plus est, Wendland m'avait porté à l'atelier le carton de Georges Wildenstein avec la photo de la toile. C'est Adèle qui a posé pour moi. Elle stimulait mon imagination au point de donner vie au tableau, même si je tenais compte de tous les détails que Wildenstein m'avait décrits en commentant sa photographie. C'est cette tension entre le corps et l'esprit qui a finalement fait de mon tableau bien plus qu'une simple copie. Et je crois que, pour la première fois, c'est vrai, Hans Wendland fut impressionné, quand il vit « mon » *Origine*.

Il est vrai aussi, qu'autrefois déjà et il y a quelque temps encore on a parlé d'une copie, que d'aucuns attribuent à René Magritte. Mais Magritte, qui, objectivement, si on y regarde de près, n'est pas très bon peintre – il est même juste passable, avec toutefois des idées fort drôles –, Magritte aurait-il pu imiter la virtuosité de Courbet ? Trois peintures auraient donc circulé : un authentique Courbet et deux copies, une médiocre et une réussie ? La médiocre copie a disparu dans la nature, elle s'est pour ainsi dire volatilisée.

Cette copie mise à part, il existerait donc encore aujourd'hui au moins deux versions de *L'Origine du monde*. D'abord, bien sûr, le tableau qui appartint à Jacques et Sylvia Lacan à partir de 1955, fut exposé à New York en 1988, et se trouve actuellement au musée d'Orsay. L'existence de cette toile, elle, est indiscutable, et en théorie il devrait s'agir du véritable Courbet. Mais a-t-elle encore un sosie quelque part dans le monde ? Une huile sur toile de 46 x 55 cm, dissimulée derrière un paysage bucolique dans le bureau de quelque collectionneur, voilée d'une tenture de velours ou gardée par les portes closes d'un mystérieux cabinet érotique ? J'emporterai la vérité dans ma tombe où nous irons, elle et moi, manger en riant et en dansant les pissenlits par la racine.

Photo 7

Le tableau de L'Origine du monde *est accroché sur un mur couleur chocolat. Devant lui se tient une visiteuse aux cheveux bruns mi-longs, en jean et en veste de cuir beige. Un petit garçon (cheveux courts presque noirs, jean, chemise à carreaux) s'est réfugié dans ses bras, il cache son visage contre son ventre. On les voit de biais tous les deux, la femme contemple le tableau.*

Quand Karolin pénétra dans la salle du fond du musée d'Orsay où était exposé Gustave Courbet, son regard fut inévitablement attiré par *L'Origine du monde*[1]. Bien qu'elle en eût déjà contemplé des reproductions, son apparition au milieu des scènes de chasse et des paysages la surprit. Le visiteur se trouvait confronté à l'improviste, presque sournoisement, à un torse nu aux jambes largement ouvertes, tenu en respect par un puissant cadre doré. Ce spectacle incongru frappait soudain la rétine, entre autres parce qu'il était dénué de toute complaisance, il n'avait aucun alibi. Point de tête bouclée ou de gracieux visage ni de jolies mains ou de pieds délicats, nulle scène de dieux et de nymphes, de ciel ou d'enfer en arrière-plan. Pas un paysage, pas une grotte, pas une crèche, aucun ange ou monstre à plumes, rien qui soit susceptible de transcender ce nu purement charnel en l'inscrivant dans

1. La description de la salle d'exposition avec l'accrochage de *L'Origine du monde* repose sur la conception des salles du musée d'Orsay à l'époque de l'écriture du roman.

quelque récit mythologique ou biblique. Telle une pièce de boucherie, cet entrejambe féminin dans son cadre aux inutiles fioritures était accroché au milieu d'un grand mur vide, de couleur chocolat.

Délibérément, Karolin s'approcha à pas lents de la toile. Pas à pas, elle en laissa les détails se préciser, la toison pubienne, le pli des fesses, le nombril délicat, la robe ou chemisette retroussée, et enfin le mamelon rose du sein gauche, qui émergeait tout juste sous l'étoffe. Arrivée tout près du tableau, elle perçut enfin la touche du pinceau, sa finesse, les floutages, les légers impasti, les veinules gris-bleu sur la peau, la carnation rose ocré, le rose soutenu qui chatoyait à l'intérieur de la vulve, le creux tendre du nombril, mais aussi les taches légèrement bleutées presque grises ou les ombres roses de la peau. Observé de si près, le nez quasiment sur la toile, ce corps qui présentait en gros plan la naissance de cuisses puissantes et dont celle de droite était particulièrement imposante, lui sembla étrange, grotesque en fait.

En reculant progressivement d'un pas, puis d'un autre, pour prendre du champ, elle distingua réellement une zone légèrement plus claire, une étrange aura de lumière tout autour du mont de Vénus. On ne la voyait qu'à une certaine distance, entre un et trois mètres. C'était comme si une lueur éclairait de l'intérieur cette intimité. L'infime gradation de couleur était incontestablement voulue, et plus Karolin examinait le tableau, plus cette lueur lui semblait fascinante. Cette nuance plus claire presque invisible et pourtant bien réelle était si subtilement esquissée qu'elle échappait inéluctablement à l'observation superficielle : au mieux, le spectateur la percevait inconsciemment.

Tant d'intimité, tant de peau nue sur la chair – le reste : les bras, les jambes, la tête, le visage, l'expression de la personnalité, Courbet s'en était soucié comme d'une guigne. Son

Origine était comme le ventre d'une déesse de la fertilité, une Vénus de Willendorf peinte. Mais comment se faisait-il que son père ait pu évoquer cette « auréole » dans ses cahiers ? La question ne lui laissait pas de repos. Il avait aussi employé le terme d'« aura » – qui convenait bien. Que cette aura ait réellement été *peinte* par Courbet, qu'elle existât bien sur cette toile accrochée ici lui semblait prouver qu'Isidor forcément l'avait vue de ses yeux, puisqu'elle n'était pas visible sur les reproductions de *L'Origine du monde*.

Mais où Viktor Wagfall aurait-il bien pu voir « en vrai » le tableau de Courbet ? Pourtant il fallait bien qu'à un moment de sa vie, il l'ait eu sous les yeux. Se serait-il rendu à New York en 1988, pour aller contempler enfin au Brooklyn Museum, où il était alors exposé, l'original de la toile qui n'avait cessé de le fasciner depuis qu'il en avait vu la photo chez Georges Wildenstein ? Le père de Karolin aurait-il entrepris un si long voyage à seule fin de voir de ses yeux, une fois dans sa vie, l'authentique *Origine du monde*? En tout cas, il ne pouvait pas l'avoir vue au musée d'Orsay, puisqu'elle n'y avait été montrée que fin 1995 et que, Karolin le savait, son père n'avait pas voyagé pendant la dernière année de sa vie. Ou alors était-ce Georges Wildenstein qui lui aurait décrit cette aura, quand ils avaient examiné ensemble la photographie dans sa galerie, en 1936 ?

Il existait une autre possibilité, la seule qui pût encore être envisageable, à savoir qu'il ait vu *L'Origine du monde* entre la fin de la guerre (après que le baron Hatvany l'eut rapportée secrètement de Budapest à Paris) et 1955 (avant que Jacques Lacan et Sylvia Bataille l'aient achetée à un intermédiaire anonyme). Théoriquement, il n'était pas impossible que Viktor Wagfall alias Isidor Schweig l'ait vue dans ces années d'après-guerre pendant lesquelles on ignorait où avait séjourné le tableau, avant donc que Viktor ne fasse la connaissance d'Anna et boute hors de sa vie son autre maîtresse, la peinture.

L'élucidation d'un autre mystère (l'identité de celle qui avait posé pour Gustave Courbet), son père n'avait pu en être informé de son vivant. Et Karolin qui savait à présent se serait bien passée de sa science. Longtemps cela avait fait la magie du tableau que d'ignorer la femme qui avait posé, de ne pouvoir mettre un nom sur l'intimité dont il était le portrait. Avec l'identification de son modèle, *L'Origine du monde* avait gagné un visage mais perdu l'attrait du mystère, et aussi un peu de cette connotation symbolique et spirituelle que lui avait conférée l'auteur de son titre génial. Au bout de cent cinquante ans passés, de tels vieux secrets jalousement gardés ne pouvaient être éventés que fortuitement, par quelqu'un qui ne cherchait nullement à les percer. Le hasard voulut que ce fût un spécialiste de littérature qui tombât sur la fatidique phrase révélatrice dans la correspondance d'un contemporain de Courbet. L'histoire de l'art eût sans doute souhaité que la lettre d'Alexandre Dumas fils à George Sand se fût égarée, qu'elle eût sombré dans ce trou noir de l'Histoire qui a déjà gracieusement englouti tant d'échanges épistolaires. Mais cette épître et sa sentence éclairante avaient maintenant refait surface. Karolin savait en quels termes le conservateur Dumas y avait fustigé le révolutionnaire Courbet qui s'était engagé aux côtés des Communards. « *On ne peint pas de son pinceau le plus délicat et le plus sonore l'intérieur de Mlle Queniault [sic] de l'Opéra* », concluait l'auteur de *La Dame aux camélias.* Pour le nom du modèle il disait vrai, si ce n'est qu'il l'avait mal orthographié – et qu'il s'écrivait « Quéniaux ».

Maintenant qu'elle était devant la toile, Karolin ne pouvait s'empêcher de penser qu'elle représentait « l'intérieur délicat » de la maîtresse du moment de Khalil-Bey, la demi-mondaine et danseuse Constance Quéniaux, et non, comme son père l'avait supposé (on aurait presque pu dire : espéré), l'intimité de Joanna Hiffernan tant aimée de Courbet. La virtuosité et la ferveur du pinceau du peintre s'en étaient-elles trouvées amoindries, son tableau était-il moins expressif du fait de cette distance qui le séparait de son modèle ? À l'observer attentivement, Karolin devait bien répondre que non. Et même si elle avait modifié la manière dont on le regardait désormais, la spectaculaire révélation du modèle qui avait posé ne pouvait altérer la splendeur du tableau.

Viktor Wagfall avait-il, de son vivant, vu ou même touché le tableau de Courbet ? Karolin s'imaginait son père effleurant du bout des doigts le relief infinitésimal de la couleur et sentant sous sa peau la touche du pinceau de Courbet. Passer avec précaution l'index sur la toile, c'est ce qu'elle aurait bien aimé faire, elle aussi, maintenant. Et si Viktor avait, comme il le prétendait dans ses cahiers, vraiment peint une copie de *L'Origine du monde* en 1936 ? Où se trouvait-elle donc à présent ? Il n'avait pu peindre sa copie qu'à partir de la photographie de Wildenstein. Mais elle révélait le mystère intime de son Adèle, la fleuriste de Montmartre. La subtile différence entre le faussaire de talent Schweig et le peintre de génie Courbet se logerait alors dans ce quelque chose d'indéfinissable qui touchait au rayonnement de l'œuvre. Le premier avait magistralement peint le corps de sa maîtresse et réussi à en suggérer toute la sensualité, mais le second convoquait dans cette scène banalement pornographique l'aura symbolique de l'origine universelle. Ou était-ce l'inverse ? Viktor Wagfall était-il en mesure de parler de cette « aura », tout simplement parce que c'est lui qui l'avait peinte et qu'elle n'existait que dans sa copie et non dans l'original de Courbet ? Karolin écarta bien vite cette idée dont les implications étaient assez monstrueuses. Elle aurait signifié que le tableau du musée d'Orsay était un faux, que c'était un Wagfall ou plutôt un Schweig qui était exposé ici, et qu'en ce moment précis elle était en train de regarder entre les cuisses d'Adèle Bertin et non de Constance Quéniaux.

Quand elle était devant le tableau au musée d'Orsay, Karolin s'était dit (histoire d'écarter cette pensée impie) que sa première impression de ce tableau aurait été encore plus prégnante si elle l'avait vu dans un espace plus petit, plus intime, un *cabinet d'amateur** soigneusement éclairé où elle aurait pénétré seule innocemment et se serait retrouvée subitement devant lui. Elle était restée un bon moment dans la salle Courbet. Elle avait pris discrètement quelques photos avec son petit Leica et tout en regardant les autres toiles, déambulait pour observer les réactions des visiteurs. Et elle avait remarqué aussi un garçon de huit à neuf ans arrivé dans la salle en bavardant avec sa mère contre laquelle il s'appuyait et qui regardait les tableaux du mur d'à côté. Se détournant d'un paysage, la mère et le fils se retrouvèrent brutalement face à l'impudique peinture de Courbet. À la seconde même, le garçon se protégea instinctivement le visage de ses mains. Le spectacle était manifestement trop violent, la transgression trop forte. Le garçon se masqua donc les yeux et baissa la tête en laissant échapper une exclamation comme s'il avait reçu un petit coup perfide. Prise de court elle aussi, sa mère l'entoura immédiatement de ses bras et l'écarta de la toile en le pressant contre son ventre, comme pour le préserver du danger de cet autre ventre.

Postée un peu de biais derrière eux, Karolin qui avait son appareil à la main appuya plusieurs fois sur le déclencheur sans faire de bruit. Puis elle vit le garçon se retourner vers la toile, d'un mouvement hésitant, très prudent. Les mains toujours pressées sur ses yeux, il ménageait une petite fente entre deux doigts écartés et la regardait – mieux, cette fois-ci. Si la vue s'avérait trop agressive, il lui suffisait de joindre les doigts – comme on ferme l'obturateur. Sans doute la toile de Courbet s'est-elle gravée à jamais dans sa mémoire, ce jour-là. À la septième place de sa série sur son mur, Karolin fixa la photo du garçon au musée d'Orsay, avec la toile à l'arrière-plan.

Cahiers

L'après-midi, Adèle fermait sa boutique entre treize et seize heures. Quand elle ne rentrait pas directement chez elle – elle habitait rue des Dames, juste derrière la place de Clichy – pour déjeuner avec son frère Fernando ou faire sa comptabilité, elle venait chez moi. De mon balcon je la voyais arriver de loin. Peu après une heure, elle m'apparaissait soudain au coin de la rue, à la hauteur du Moulin Rouge. Je la regardais traverser la rue Lepic devant la boulangerie et disparaître ensuite dans l'entrée du numéro 6. Elle portait toujours des jupes, des corsages ou des robes de couleur vive. C'est le jaune d'or qui lui seyait le mieux. Ma table étant généralement encombrée de tubes, de flacons, de livres, de clous et d'outils divers, nous étendions une nappe sur le parquet entre le divan et la cheminée, pour pique-niquer d'une baguette, d'un bout de fromage et d'un verre de vin ou d'œufs au jambon. Il nous arrivait aussi d'aller manger un steak au café Coquet ou une assiette de rognons avec des pommes sautées à la brasserie Dupont-Cyrano. Au Coquet, où nous nous étions rencontrés et qui avait pris pour moi dès lors une dimension éminemment sentimentale, Marcel se comportait en témoin de mariage chargé de veiller sur la santé de nos amours à grand renfort d'assiettes copieusement garnies.

Adèle m'invitait peu chez elle, je n'ai rencontré qu'une seule fois ce frère avec qui elle partageait son petit logement.

C'était tout au début, nous venions juste de faire connaissance. Ensuite, le hasard a voulu qu'il ne fût jamais là quand Adèle m'invitait – à moins que son frère n'ait désiré m'éviter ? Fernando avait la fierté pleine d'assurance de sa sœur, mais une sorte d'ambition mêlée de méfiance instinctive lui assombrissait le regard. Je pris cela pour de la jalousie ou de la contrariété que sa sœur eût un amant. Quoi qu'il en fût, l'hostilité ouverte qu'il me témoigna dès l'abord ne laissa de me troubler, je n'avais pas l'habitude de ce genre de personnes. Je ne connaissais que les rapports policés, réprimant la violence des affects. On n'allait tout de même pas montrer ses sentiments, encore moins ses antipathies, et si on les laissait percer, c'était sous la forme d'un désaccord de bon ton : une certaine distance, un refus poli ou une imperceptible ironie. Alors que je tentais, à mon habitude, de faire preuve d'urbanité et d'engager la conversation, espérant instaurer une relation amicale avec le frère de ma bien aimée, Fernando répondait d'un ton rogue, par monosyllabes. Au bout d'un moment il se leva brusquement, dit à Adèle qu'il avait rendez-vous, esquissa un geste d'adieu sans me regarder, et disparut. Adèle déclara d'un ton léger que je ne devais pas m'en formaliser, Fernando était toujours « comme ça ».

Sans doute étais-je aveugle. J'en rirais presque tellement c'était grotesque, en fin de compte. Je réalise maintenant, assis là sur ma chaise soixante ans plus tard, que quelque chose clochait entre Adèle et moi, que nous venions de deux mondes différents et que notre histoire était d'avance vouée à l'échec. À vrai dire, Adèle aurait eu toutes les raisons de me mépriser, du moins de mépriser l'homme que j'allais bientôt me révéler être. Alors que j'écris maintenant ces quelques lignes sur Fernando, le fait que, dès le début, la fin était inscrite dans notre histoire me frappe avec la force de l'évidence. Fernando qui, lui, ne me voyait pas avec les yeux de l'amour, avait tout de suite deviné l'abîme qui nous séparait, et que ni sa sœur ni moi ne voulions ni ne pouvions remarquer. Je n'imaginais pas une seconde que la présence d'un Allemand dénué d'esprit critique et totalement apolitique pût par les temps qui couraient – pour Fernando en tout cas – constituer une provocation rédhibitoire.

Je ne remarquais pas non plus qu'Adèle, elle, se livrait peu. J'étais à des lieues de m'intéresser aux aspects de sa vie qui ne me concernaient pas – à commencer par son engagement politique – tant j'étais égocentré et requis par ma nouvelle vie dans cette ville excitante ; la vie d'Isidor m'absorbait entièrement. Éperdument amoureux, je me félicitais d'avoir une maîtresse aussi ravissante et partais naïvement du principe qu'elle était tout aussi fière de sa liaison avec le peintre allemand charmant et cultivé que j'étais. Alors qu'entre Adèle et moi, il y avait en réalité des mondes : ceux de nos expériences passées, de nos cultures et de la politique. D'ailleurs qu'avais-je, moi, réellement livré de ma personne, excepté quelques anecdotes, mes trucs de faussaire et ma passion, certes authentique, de la peinture ? Je ne lui avais même pas dit mon vrai nom.

Autant faire court : au bout de quelques mois déjà, une ombre se mit peu à peu à ternir l'exaltation des débuts. Il y avait différentes raisons sans doute, mais je n'en voyais qu'une, c'est qu'Adèle disparaissait sans cesse à présent sans consentir à me dire où elle allait ni d'où elle venait – toute une soirée, toute une journée, puis deux jours, et même finalement trois. Lorsque je regagnai Paris début janvier 1937, après avoir passé la Noël en Allemagne, Adèle n'y était plus. Une pancarte « À louer » pendait à la porte close de la boutique de fleurs de l'avenue Rachel, avec, au-dessous, le numéro de téléphone du propriétaire de l'immeuble. Je me collai à la vitre pour mieux voir à l'intérieur et mis mes doigts en lunettes autour de mes yeux : la pièce était vide. J'allai à l'appartement de la rue des Dames. Personne n'ouvrit. La concierge me dit que mademoiselle Adèle et monsieur Fernando avaient donné congé et déménagé. Voilà tout. Pas un mot, pas une lettre, pas un message.

Rien.

Les jours et les semaines qui suivirent, je tournai et retournai dans ma tête d'innombrables ébauches d'explications, qui allaient du coup du destin frappant sa famille et de la maladie foudroyante à tous les scénarios possibles de la duplicité d'Adèle, j'envisageai même très sérieusement que Fernando ait été son amant et non son frère, qu'il ait été son compagnon ou peut-être même son mari, que, pour d'obscures raisons, elle avait fait passer pour son frère. J'oubliais, ce faisant, qu'Adèle et Fernando se ressemblaient comme deux gouttes d'eau.

Est-ce que quelque chose en moi se serait brisé avec la disparition d'Adèle ? La question n'est nullement rhétorique, je me la pose sincèrement. Adèle incarnait une possibilité, une trajectoire biographique dans laquelle j'étais incapable de m'engager seul, de mon propre chef. Adèle était concrète, moi je me sentais flou ; elle était charnelle et déterminée, moi j'oscillais toujours entre deux pôles, deux occasions, deux issues, deux possibilités de fuite, si je me décidais, c'était toujours temporairement, pour un moyen terme peu satisfaisant. Adèle avait des convictions, quand je ne me posais même pas de questions. Adèle était la terre, et je me sentais comme l'air, insaisissable, fuyant, sans poids. Ni contours. Je n'en parvenais pas moins à tirer profit de ces particularités, elles devaient même se révéler utiles à la poursuite de ma carrière par la suite.

C'est toujours rétrospectivement, avec le recul, le temps et l'expérience – donc trop tard – que nous identifions les tournants importants de notre vie, ces carrefours où un événement, une décision plus ou moins consciente, nous oriente dans une direction plutôt qu'une autre. Que serions-nous devenus si nous n'avions pas choisi cette possibilité mais l'autre ? Que se serait-il passé si… ? Serais-je devenu peintre, si Adèle ne m'avait pas quitté – ou plus exactement, le serais-je resté ? Aurais-je pu, éventuellement, vivre au jour le jour – d'amour (quelle dérision) et d'art ? Serais-je resté à Paris contre la volonté expresse de mon père ? Me serais-je engagé politiquement aux côtés d'Adèle, aurais-je combattu Franco et pris parti contre mon propre pays, la dite patrie ?

Le « que se serait-il passé si » n'aura jamais de réponse. Une vie est comme une sculpture, elle est peu à peu taillée dans la masse de tous les événements décisifs, de toutes les décisions prises qui, les unes après les autres, lui donnent progressivement forme. Et la sculpture de notre vie finit par correspondre à ce que nous en avons fait. Elle ne peut prendre tout à coup une autre forme, plus flatteuse, juste parce que nous le désirerions tellement, chaque coup de burin, chaque coup de maillet du passé l'a clairement façonnée. Impossible de rectifier a posteriori, de recoller, de gratter ce qui dépasse. Et il faut bien nous dire que rien ne nous ressemble autant que cette forme que nous avons donnée à notre vie. Même en refusant de prendre parti et en nous dérobant à la décision, nous avons pris une direction, et le sculpteur que nous sommes a inexorablement porté les coups correspondants, modelé ceci ou cela, enlevé de la matière ici et là. En dépit de mon indécision, de mes tentatives de rester en dehors, de me dérober, de jouer et de saisir pour mieux lâcher, je suis, moi aussi en fin de compte, que je le veuille ou non, devenu un personnage concret. Un jour ou l'autre il nous faut admettre que l'ouvrage est terminé, il est devant nous, ou plus exactement derrière, et sa substance a maintenant des contours précis et définitifs.

La disparition d'Adèle a fait autrefois dans la sculpture encore imprécise de ma vie une entaille décisive, elle a commencé à la façonner dans cette forme à présent achevée qui ne peut plus être rectifiée, celle de ma vie d'aujourd'hui. J'ai ressenti comme une gifle cinglante la façon dont Adèle m'a laissé en plan sans un mot ; blessé, profondément bouleversé, j'ai immédiatement couvert ma blessure d'un cynisme protecteur, nouveau pour moi. Elle ne pouvait m'avoir quitté que pour un autre ; ayant ressassé longuement la chose, je ne voyais pas d'autre possibilité. Et c'est comme si, après cette perte ô combien humiliante et décevante, j'avais renoncé à quelque chose de moi, une sorte d'innocence au sens large et de sensibilité, et y avais substitué une posture d'orgueil blasé. Je me réveillais désormais le matin avec une colère mêlée d'arrogance qui me fouettait les sangs, toute la journée j'étais mû par ces sentiments-là. Et comme j'étais déjà sujet à des humeurs contradictoires, l'énergie que m'insufflait cette colère intérieure se doublait d'une attitude de résignation : « À quoi bon toute cette agitation, puisque rien n'a de sens en fin de compte », murmurait une petite voix en moi. En apparence toutefois je m'étais vite ressaisi. Je sortais, voyais de jeunes peintres russes et hongrois qui habitaient dans le voisinage, rencontrais Rose Valland et son amie, Hans Wendland et ses comparses. Je séduisais des femmes dès que l'occasion s'en présentait, je peignais chaque jour, parfois même la moitié de la nuit, et je vendais tout ce que je peignais.

Je vivais probablement sous quelque cloche de verre qui faisait écran à la réalité. Une situation que représentent joliment les tableaux médiévaux: tout y est à sa place – le ciel, avec ses étoiles, son dieu, ses anges et son paradis, est collé en haut du tableau dans une demi-sphère qui coiffe le disque plat de la terre avec ses hommes, ses animaux, ses plantes, leurs peines et leurs joies. Et quelque part sous le disque plat devrait se trouver l'enfer, mais heureusement on ne le voit pas sous ses pieds, quand on est sur le disque, les yeux levés vers le parapluie céleste. Moi en tout cas, je ne remarquais pas l'enfer qui commençait à prendre forme et à croître autour de moi. J'en percevais tout au plus des manifestations fragmentaires qui s'ajoutaient lentement les unes aux autres. La guerre civile espagnole avait éclaté, Hitler et Mussolini tenaient des discours de plus en plus virulents, et la France signait le pacte de non-intervention en Espagne que prônait le Royaume-Uni. Lequel ne fut respecté ni par l'Italie ni par l'Allemagne, ce qui constitua d'emblée un avantage pour Franco.

Dans cette période extrêmement conflictuelle où furent posés les fondements du drame qui suivit, je restai spectateur. Je ne pensais qu'à vivre à ma guise le plus agréablement possible: suivre mon bon plaisir tout en veillant à faire ma pelote. Si je pouvais revivre ma vie, agirais-je autrement, la façonnerais-je différemment? Vaine question. Mon enfer, aujourd'hui, c'est ce regard rétrospectif et solitaire – je ne peux le partager – qui me confronte à ma vie. Je suis resté un suiveur anonyme, un tout un chacun qui se sera juste enflammé brièvement, et qui, une fois ce feu de paille épuisé, s'est fondu à nouveau dans la masse. Tout de gris vêtu, passant inaperçu. Adèle fut mon plus beau feu de paille, il a flambé haut et clair et s'est vite consumé. Des années plus tard, Rose Valland m'a révélé le secret d'Adèle et confessé enfin pourquoi elle n'était jamais revenue. Mais pour moi, il était déjà bien trop tard.

*

Je restai encore quelques mois à Paris, jusqu'à la fin avril 1937 très exactement. Puis je fus obligé de regagner l'Allemagne, ne pouvant échapper plus longtemps au service militaire, qu'une loi nouvelle avait réintroduit dès 1935. Bien que les classes d'âge 1917 à 1914 fussent incorporées en premier, étant de 1914 je faisais partie des plus « vieux » et avais pu obtenir un sursis pour ne pas devoir interrompre mes études d'économie. Mais en 1937, quand s'intensifièrent les préparatifs secrets de la guerre qui portaient en priorité sur l'industrie de l'armement, mais incluaient bien sûr la formation des cadres de la Wehrmacht et des soldats mobilisables, l'incorporation devint inévitable. À côté des unités d'active, on constituait des unités dites de supplément. Mon diplôme universitaire me permit toutefois d'éviter, sinon les deux ans de service militaire, du moins quelques étapes peu agréables. L'incorporation était certes soumise à des règles établies qui avaient force de loi, mais la pratique laissait des marges de manœuvre et faisait place à l'arbitraire, tant pour les classes que pour les promotions ultérieures. Après une formation de base, je passai donc aussitôt sergent-chef, et comme je faisais partie de la réserve, au bout d'un an de service, je pus me reconvertir.

Je continuais à mener ma double vie dans la mesure où je conservais l'atelier de la rue Lepic. Par nostalgie, désirant secrètement revenir un jour à Paris, je réglais d'avance, chaque année, les douze mois à venir. Deux noms figuraient sur la boîte à lettres de mon petit appartement de Stuttgart, afin que me parvienne sans encombre le courrier de mes amis parisiens à Isidor Schweig (qui devenait rare et allait bientôt se tarir). Par mesure de précaution, je réduisis à l'initiale mon prénom désormais fâcheux d'Isidor, et inscrivis simplement « I. Schweig » sous « Viktor Wagfall ». Quand, un jour, le facteur croisé sur le pas de la porte, une lettre à la main, me demanda qui était ce Schweig, je lui débitai une explication concoctée pour l'occasion : « Ah oui, il s'est installé à Berlin, il a décroché un bon poste de juriste et il vient rarement à Stuttgart maintenant. Il m'a demandé de lui garder son courrier dans un premier temps. » Par chance le facteur n'insista pas.

Je me réhabituai plus vite que je n'aurais cru à l'existence de Viktor Emanuel Wagfall, m'immergeai dans cette vie militaire sévèrement réglementée comme on plonge dans un baquet d'eau froide ou comme si j'avais entrepris de me retirer un moment dans un cloître, à ceci près qu'au lieu de faire vœux de piété je prêtai le sacro-saint serment de fidélité au Führer et au peuple allemand. Je passai d'abord le plus clair de mon temps à la Flandern-Kaserne de Stuttgart et touchai rarement aux pinceaux, sauf quand une permission d'un ou deux jours me permettait de réintégrer mon ancien logement d'étudiant. N'empêche que ces années furent assez improductives et que je n'étais pas satisfait de mon travail. On aurait dit qu'avec la disparition d'Adèle et mon retour en Allemagne, j'avais perdu une insouciante légèreté, quelque chose comme une grâce intérieure, la faveur des muses en quelque sorte. Isidor avait toujours été pour moi un refuge secret, un exil psychique, or depuis qu'Adèle avait quitté cet Isidor qui m'habitait, c'était comme si mon alter ego m'avait, d'une certaine manière, trompé, déçu, comme s'il n'avait pas tenu ses promesses. Mais depuis l'enfance je vivais constamment entre ces deux pôles, tantôt plus Isidor, tantôt plus Viktor, un dédoublement qui me donnait un sentiment de supériorité, et la possibilité de me réfugier intérieurement chez l'un ou chez l'autre. Il m'était donc pour le moment impossible, impensable même, de renoncer complètement à mon secret, en faisant, par exemple, disparaître Isidor.

J'ai du mal à brosser, ne serait-ce qu'à grands traits, les événements et les changements qui se déroulèrent entre l'été 1937 et l'été 1940. Ce furent des années assez peu réjouissantes. Qui plus est, ma mémoire semble vouloir me jouer des tours, peut-être justement parce que ce furent des années Viktor. Je me souviens d'innocentes distractions, de parties de tennis chez des connaissances d'Albert Schönit (les lourdes raquettes qu'on conservait entre des tendeurs pour leur éviter de se fausser), de dimanches après-midi chez mes parents (l'odeur familière de la maison, ma mère toujours aux petits soins et ses bons gâteaux, son bras ankylosé à force de battre la crème et moi qui prenais le relais au fouet), d'excursions dans les environs de Stuttgart avec des amis ou mon frère aîné et sa nouvelle épouse que j'aimais beaucoup. Elle s'appelait Veronika et avait un rire de gorge communicatif qui partait parfois dans les aigus. Il y avait aussi Martha, la jeune sœur de Veronika, secrètement amoureuse de moi, qui nous accompagnait. Je lui aurais toutefois préféré Veronika, si mon frère ne m'avait devancé.

Ce que j'ai vécu pendant mes années de service devait être sans intérêt. Nous a-t-on forcés à ramper dans la boue, escalader des murs incroyablement hauts, traverser des fleuves à la nage ou marcher jusqu'à l'épuisement avec tout notre barda ? Y avait-il des inspections d'armoires et de chambrées, des alarmes nocturnes et autres tracasseries ? Sûrement, puisque tout ça faisait partie du service militaire, au moins au début, tout comme les abus de pouvoir des forts sur les faibles et des supérieurs sur leurs subordonnés. Je n'en ai probablement pas trop souffert, puisque je ne garde pas de souvenirs cuisants de ces désagréments. Il fallait apprendre à tirer. J'ai appris à tirer. On cirait ses bottes tous les jours, on y entrait en écrasant résolument le talon et on en sortait avec le tire-botte. Ceux qui portaient des bottes cousues main et un uniforme taillé sur mesure avaient fière allure. L'Allemagne avait conçu au fil des ans un grand amour des uniformes, qu'on arborait en toutes occasions et pas seulement pendant le service : les uniformes de la SS, de la SA et du parti avaient valeur de parure, c'était chic, c'était classe. C'était national-socialiste. Ça m'avait particulièrement frappé à mon retour de France. Mais, peu de temps après, je me retrouvais fourré moi aussi dans un uniforme. C'était la grande époque de l'uniformisation, des jeunesses hitlériennes au vieux général de feu l'Empire qui avait fait la « Grande Guerre », tout ce qui possédait un uniforme l'arborait dès qu'ils en avaient l'opportunité. Si possible, agrémenté d'insignes et de décorations, dont il existait – surtout depuis le début de la guerre – d'innombrables variétés.

Je ne me rappelle même plus si j'ai jamais levé le bras pour faire le salut hitlérien – je n'en ai gardé ni l'image, ni la sensation physique. Pourtant j'ai certainement dû le faire. Quand je m'essaie aujourd'hui, pour voir, à brandir un bras tendu devant la glace, je me sens parfaitement ridicule. Comme si ça ne m'était jamais arrivé. Quel effet ça faisait, autrefois, de bramer « Heil Hitler » et, selon la situation, de lever nonchalamment l'avant-bras ou de tendre en l'air bien raide le bras entier ? On était droit dans ses bottes, patriote et fier de l'être, mais en même temps on rentrait dans le rang, faisait acte d'obéissance – voire de soumission. Sans doute me suis-je, comme tout un chacun, fondu dans le « peuple allemand » en effectuant ce geste imbécile. C'est à leur manière de brandir un bras bien tendu et de claquer des talons qu'on reconnaissait les nazis vraiment convaincus ou ceux qui comptaient au moins tirer profit de leur fidélité à la ligne. Nous les nommions les « cent pour cent » ou les « pontes » quand il s'agissait de nos supérieurs. La langue brutale et figée des militaires, ces aboiements quotidiens qu'on distribuait ou subissait me heurtaient aussi. La caserne qui excluait toute forme de retrait et d'individualité ne me laissait guère le temps de vivre ma vie secrète d'Isidor Schweig, et cette collectivité exclusivement masculine avec tous les désagréments qu'elle impliquait m'était certainement pénible. Il n'empêche que je m'y suis fait – comme à bien d'autres choses.

Pourtant quand j'y réfléchis en me remémorant les événements de cette période, assis à mon bureau dans la vieille maison, je me dis que ce furent des années décisives. La difficulté de mon entreprise, de ces sortes de mémoires que j'écris en fin de compte, est de distinguer ce que je pensais, savais et ressentais sincèrement à un moment précis de ce passé lointain, de ce que j'ai appris après coup, de ces opinions et de ces sensations qui se sont greffées a posteriori sur ce que j'ai vécu, telle la bouture noble sur le sauvageon. Les connaissances ultérieures de la réalité historique et l'expérience de la vie donnent nécessairement un nouvel éclairage au regard qu'on porte sur ce qu'on a vécu. Tout ce que je peux faire est de tenter d'être aussi honnête que possible vis-à-vis de moi et de mes souvenirs. C'est une approche asymptotique de ce que fut réellement mon passé.

À mon retour de Paris, j'avais un peu plus de distance vis-à-vis de l'Allemagne que la majorité de mes concitoyens qui, n'ayant jamais changé de perspective, s'étaient accoutumés insensiblement, de manière encore plus « organique », si je puis dire, à ce ton nouveau, avaient intériorisé lentement le *Zeitgeist* national-socialiste et s'étaient, à force, totalement imprégnés de cet état d'esprit. La haine généralisée des Juifs et des communistes (on disait les « bolcheviks ») ne me stupéfiait certes plus, mais après ces dix mois en France, la véhémence de la propagande antisémite et anticommuniste ne laissait tout de même de m'étonner. Après les Jeux olympiques de 1936 s'était constituée en Allemagne une écrasante majorité nationale-socialiste et, avec le temps, tout le monde s'était, à sa manière, agrégé à ce bloc populaire fermement acquis à cette idéologie. La nouvelle communauté allemande fonctionnait en gros comme ces fermetures éclair dont les dents s'engrènent les unes dans les autres, pour se fermer impeccablement.

Comment faire comprendre que ce qui paraît inimaginable aujourd'hui ait pu passer pour normal à une époque donnée ? Bien des choses qui étaient impensables peuvent devenir « normales », pour peu qu'elles ne choquent pas en intervenant brutalement, mais adviennent progressivement et s'insinuent dans nos habitudes en un lent processus d'accoutumance. À l'époque, je ne me voyais pas comme un « nazi » – ou comparable à ces gens qu'on a ensuite, à juste titre, qualifiés de « nazis ». Je ne me voyais pas non plus comme un fasciste ou un antisémite. Ce sont des termes dont la signification s'est précisée bien plus tard. Nous étions de bons nationaux-socialistes qui, en 1937-1938, ignoraient encore tout du genre de « nazis » qu'ils allaient devenir un jour. Bien des citoyens lambda qui nourrissaient de vagues préventions contre « les Juifs » ou « ce qui était juif » ou éprouvaient à leur égard une répulsion très irrationnelle ne se définissaient pourtant pas comme antisémites. Ils n'avaient sincèrement « rien contre leurs voisins juifs », ils avaient même de l'estime pour leur tailleur juif ou leur dentiste juif. Il n'empêche qu'« on » était bien content de pouvoir emménager dans le vaste appartement d'à côté qui s'était libéré et qu'« on » se gardait de se demander où avait bien pu passer la famille juive qui l'occupait précédemment.

De même qu'« on » était bien content de pouvoir récupérer le piano qu'avaient laissé les Lévy. Et « on » était bien content aussi qu'un concurrent juif ait providentiellement disparu. En ces temps difficiles de crise économique, tout cela tombait bien, c'était pratique.

Le temps présent est toujours jeune et frais, assez vierge de significations pour empêcher le regard de voir plus loin que le bout de son nez. Nous errons comme des aveugles dans le présent. Nous comprenons trop tard ce que ça veut dire vraiment d'avoir été à cette époque un des innombrables rouages dociles d'un engrenage fatal. Nous saisissons trop tard ce que ça signifie d'avoir été nazi. Le mot « guerre » avec lequel je suis né en 1914 est longtemps resté pour moi un de ces mots vides de sens. Il a fallu que je me retrouve un jour au beau milieu de la guerre suivante pour en saisir toute la portée.

En 1937, ce qui allait concrètement se produire dans un futur proche était encore imprévisible. Il importe de le dire même si c'est logique. Ni les bombardements des populations civiles ni les camps de la mort ni l'Holocauste n'étaient des catégories ne serait-ce que pensables. Tout comme reste inimaginable aujourd'hui une destruction massive due à une nouvelle guerre mondiale, à l'arme atomique ou à une catastrophe écologique. On avait certes fait l'expérience terrifiante de la « Grande Guerre » et pouvait se représenter d'horribles boucheries humaines et d'incroyables destructions matérielles, mais on ne pouvait pas encore imaginer la terreur des bombardements aériens, les camps de concentration et un génocide de cette dimension. En temps de paix on ne peut penser donc comprendre la violence débridée. Dans ces années-là, nous nous approchions plus ou moins naïvement, avec un manque d'imagination compréhensible, de réalités que la raison ne pouvait pas encore saisir.

L'effet de la propagande ininterrompue et omniprésente était, sur moi aussi, stupéfiant. A posteriori j'en reste pantois, cela fonctionnait étonnamment. Je m'étais bel et bien au fil des ans, très progressivement, habitué à tout, même à cette langue nazie qui rend un son tellement grotesque aujourd'hui. La radio du grand Reich, les actualités cinématographiques et les journaux mis au pas fabriquaient des opinions, des comportements, du ressentiment et de l'information dont le but n'était pas d'informer mais d'aligner les gens sur une même et unique fréquence. Rétrospectivement le mécanisme m'apparaît clairement. Mais à l'époque ? Il existait pourtant un domaine où j'étais suffisamment armé pour pouvoir résister à la manipulation, c'était celui de la peinture. L'exposition de Munich sur l'art « dégénéré » à l'été 1937 me livra une preuve supplémentaire de la conception de l'art étroite, obsolète et fanatique qui était celle du national-socialisme. Mais quelles conséquences en ai-je tiré ? Aucune. Qu'aurais-je pu faire d'ailleurs, impuissant que j'étais à protéger les artistes et les œuvres de la haine et des profanations. Quelque part en mon for intérieur, en accord secret avec Isidor, je gardais mon faible pour Henri Matisse, le groupe du Cavalier bleu et tous les peintres exposés à Munich aux insultes des braves Allemands.

Pendant la guerre civile espagnole, le bombardement de Guernica en avril 1937 illustre fort bien à quel point la propagande et sa stratégie de désinformation agissaient sur moi et combien, quelques semaines à peine après mon retour de Paris, j'en étais déjà prisonnier moi aussi. Voici ce qu'on apprenait en Allemagne, à grand renfort d'images, de cet événement aux actualités cinématographiques : « *On voit ici les ruines de la vieille ville espagnole de Guernica quelques heures à peine après que les troupes nationales en ont chassé les bolcheviks incendiaires, ces assassins qui l'ont mise à sac. La presse juive rompue au mensonge prétend que des avions allemands auraient bombardé la ville. Mais les journaux du monde entier devaient bientôt dévoiler la duplicité de cette manœuvre grossière de la propagande des bolcheviks, puisque ce sont eux qui, en se retirant, ont incendié la ville maison par maison.* » En fait de « bolcheviks incendiaires et assassins », et de « presse juive rompue au mensonge », c'est à la légion Condor, unité spéciale de l'aviation allemande en Espagne, qu'étaient dus les bombardements sanglants et la destruction de Guernica, son objectif étant moins de prêter main-forte aux nationalistes de Franco que de tester sur le terrain les nouveaux bombardiers allemands avec leurs quarante tonnes de bombes composées par un bouquet de bombes explosives, de bombes à fragmentation et de petites bombes incendiaires. Peut-être a-t-on déjà secrètement expérimenté à Guernica en 1937, en terrorisant les populations civiles, la stratégie de la « guerre totale ». Mais tout cela je ne l'ai lu et compris que bien plus tard.

Même l'ambassadeur d'Allemagne en Grande-Bretagne, le futur ministre des Affaires étrangères du Reich Joachim von Ribbentrop, n'avait pas saisi ou pas pu croire que ladite « mission top secret *Guernica* » était une entreprise de destruction allemande (menée avec les Italiens de Mussolini) et que c'était la propagande allemande qui répandait un mensonge pur et simple. Pour établir la culpabilité des bolcheviks et laver l'Allemagne de ce soupçon infamant, Ribbentrop proposa depuis Londres de constituer une commission internationale chargée d'enquêter sur place. La balourdise par trop publique de Ribbentrop contraignit la légion Condor à intervenir une seconde fois à Guernica en y envoyant une troupe de pompiers chargés d'éliminer drastiquement tous les indices de l'attentat, tels que restes d'obus et fragments de bombes. À la suite de quoi, l'ambassadeur Ribbentrop reçut de Berlin l'assurance qu'une commission internationale pouvait à tout moment venir enquêter sur place.

Sans le tableau de Picasso, le bombardement de Guernica serait devenu un épisode pour historiens et ouvrages spécialisés. Qui, de nos jours, saurait encore ce qui s'y est passé autrefois ? Jamais une ville et sa population civile sans défense n'avaient été l'objet d'une attaque aérienne surprise aussi meurtrière et aussi barbare. Le tableau de Picasso a fait de cet attentat un symbole de cette nouvelle forme de terreur que constitue l'attaque aérienne moderne ; Guernica est l'Hiroshima des bombes explosives et incendiaires, une Première, le test pour jouer d'un nouveau matériel de guerre. Il fut fatal à un nombre de personnes dont le chiffre nous est encore inconnu, faute d'avoir pu identifier tous les réfugiés de la guerre civile espagnole alors présents dans la ville. Ces nouvelles bombes allemandes qu'on testait là rasèrent aussi sans autre forme de procès les deux tiers des bâtiments de la ville.

Quelque temps après – j'étais déjà sous les drapeaux – je reçus une lettre de Rose Valland et aurais pu connaître la vérité, si j'avais prêté foi au discours de ma vieille amie. « Crois-moi, je t'en supplie, écrivait-elle, ce sont les Allemands et non les communistes qui ont largué les bombes ! Je le sais par la presse, par des témoins oculaires et par Picasso ! Et Picasso l'a appris par ses proches en Espagne ! Si propagande il y a, elle est le fait des Allemands ! Ne te laisse pas influencer, reviens tout de suite à Paris ! », écrivait Rose, en ponctuant chaque phrase d'un point d'exclamation, comme si c'était si simple de revenir tout de suite à Paris. Je me refusais à la croire et ne lui répondis que beaucoup plus tard sans me référer à sa lettre, comme si je ne l'avais jamais reçue. J'étais convaincu d'être correctement informé dans mon pays et surtout dans mon poste à l'armée, même s'il n'était pas très élevé. Malgré toute mon affection pour Rose, il m'était impossible de partager sa vision de la situation, c'était l'opinion sujette à caution d'une historienne de l'art française qui écoutait les stations ennemies, lisait la presse ennemie et fréquentait trop les communistes. Rose m'appelait toujours Isidor, elle ignorait mon véritable nom. Isidor avait à présent disparu derrière Viktor.

La ville de Guernica fut bombardée le 27 avril 1937. Un mois plus tard, profondément bouleversé par cette horreur, Picasso terminait sa légendaire peinture monumentale. Il voulait la présenter au public le plus vite possible et qu'elle soit prête pour l'exposition universelle de Paris de 1937. Je me refusais certes à croire, comme Rose l'affirmait, que les Allemands avaient rasé Guernica, mais je crus sa description du tableau de Picasso. « Noir-blanc-gris, pas de couleur, l'horreur muette de corps découpés. Des bouches ouvertes sur des cris muets, crachant la souffrance. Une mère tient dans ses bras son enfant mort. Des yeux tombent des têtes parce qu'ils ne veulent plus voir. Des mains vides se tendent vers le ciel meurtrier de Guernica… », écrivait-elle. Sa lettre est rangée dans la caisse où je conserve mes agendas et mes carnets de notes. Quand on y repense maintenant, c'est avec Guernica qu'a commencé la Seconde Guerre mondiale.

Printemps 1938 : j'avais vingt-quatre ans, le temps de l'insouciance était révolu, je pressentais que, désormais, toute décision que je prendrais concernant ma vie aurait très probablement des conséquences durables. L'atmosphère politique en Allemagne et en Europe laissait présager l'imminence d'un emballement de la crise. Je me jurais bien de ne pas la vivre dans l'armée et passai les premiers mois de l'année 1938 à chercher une issue à ma situation. Elle me vint finalement de mon père à qui je m'étais confié, il me gardait quelque rancune de mon escapade à Paris et d'avoir interrompu mes études, mais il eut la sagesse de tourner la page. Je devrais penser à la Reichsbahn, me conseilla-t-il, les chemins de fer étaient une entreprise solide et un employeur fiable. De fait, depuis les années vingt et trente, malgré la concurrence montante de l'automobile, le trafic ferroviaire était en constante expansion. On étoffait méthodiquement le réseau de proximité et électrifiait peu à peu les petites lignes. Et on avait mis en circulation sur les grandes depuis le milieu des années trente de nouveaux trains rapides comme le « Fliegende Hamburger » qui parcourait en deux heures vingt la distance de presque trois cents kilomètres entre Berlin et Hambourg – un record qui resterait inégalé quelques décennies encore.

Hitler poussait l'industrie automobile et accélérait la construction des autoroutes, mais il était bien conscient qu'il ne pourrait faire la guerre sans les chemins de fer. Considérée comme une entreprise d'importance stratégique, la Deutsche Reichsbahn avait été chargée de recruter du personnel – officiellement pour contribuer à la lutte contre le chômage, mais avec l'arrière-pensée, aujourd'hui avérée, de disposer dans quelque temps d'un nombre suffisant de cheminots formés, susceptibles de servir les plans de guerre du régime. D'un point de vue purement comptable, en 1938 les chemins de fer allemands auraient dû, à vrai dire, resserrer leurs effectifs. Je réussis, en partie grâce aux relations de mon père, à me faire libérer de mes obligations militaires, et le 1er juin 1938, intégrai la direction de la Reichsbahn de Stuttgart au grade d'inspecteur.

En 1939, si, au lieu d'œuvrer pour cette entreprise essentielle à la guerre qu'étaient les chemins de fer, j'avais été contraint de poursuivre ma carrière, dans l'armée ou au mieux dans la peinture, j'aurais à coup sûr été mobilisé tôt ou tard et expédié sur le front de l'Est. Tel fut le sort de mon jeune frère Friedrich, qui n'eut pas, lui, le privilège d'échapper à l'armée. Il ne l'aurait d'ailleurs même pas souhaité. De sa première mission il n'est jamais revenu.

*

Depuis que j'étais rentré de Paris au printemps 1937 j'avais gardé le contact avec Rose Valland. Toutefois nos lettres s'espaçaient de plus en plus et, un jour d'automne 1938, à l'occasion d'un voyage à Strasbourg, elle fit un détour par Stuttgart pour me voir. Quand je la vis venir vers moi sur le quai avec son regard pétillant d'intelligence, j'eus l'impression que nous nous étions quittés la veille: « Mon cher Isidooor! », s'écria-t-elle à son habitude en accentuant à la française et en se hissant sur la pointe des pieds pour sacrifier au rituel non moins français des quatre bises. Ses yeux rayonnaient d'une joie sincère derrière ses verres tout ronds, et je me rappelle m'être senti soudain comme un peu souillé, inexorablement allemand dans ma gare dont le hall arborait fièrement les drapeaux à la croix gammée. Pendant de longues secondes j'ai cherché désespérément mon français.

Le lendemain, une foule de petits boutons rosâtres me démangeaient dans le creux du bras droit. Une éruption d'un eczéma dont, ma vie durant, je ne suis pas parvenu à me débarrasser. Il ne m'a laissé que de brèves périodes de répit, même si les diverses pommades auxquelles j'ai recouru l'ont parfois apaisé un moment. Le reste du temps il s'est promené capricieusement sur mon corps avec une agressivité variable. Et Rose Valland, si entière, tellement bien dans sa peau! Peut-être n'avais-je, à part moi-même, trompé personne autant que Rose en abandonnant la peinture pour un gagne-pain opportun. Comme si j'avais, outre mon avenir de peintre et mon amour de la peinture, trahi en même temps l'amitié de Rose.

J'avais pourtant le sentiment que Rose Valland, jamais, pas plus alors qu'ultérieurement, ne jugeait ma façon d'être ou mes actes. Mais qu'en était-il vraiment ? Je ne le saurai jamais, il n'empêche que cette pensée me réconforte. Cela me réconforte de croire aujourd'hui encore que Rose ait pu comprendre ma façon d'agir, même si elle ne l'approuvait pas. Elle avait appris à ses dépens combien le jugement d'autrui peut faire mal et s'efforçait de garder une certaine objectivité et de me laisser ma liberté d'action. Rose posait des questions claires auxquelles elle escomptait des réponses sincères, et si on les éludait, c'est qu'on avait sans doute de bonnes raisons, se disait-elle, et qu'il importait de les respecter.

C'est ainsi qu'à peine attablée le soir au Ratskeller de Stuttgart elle me demandait si au moins j'étais heureux personnellement en dépit de la situation politique, si je pouvais peindre ici, et si Paris et la rue Lepic ne me manquaient pas… J'imagine que j'ai baissé les yeux sous un prétexte futile – rectifier la position de mon couteau ou déployer soigneusement ma serviette sur mes genoux – pour surmonter ma gêne et trouver un début de réponse sans devoir la regarder dans les yeux. Seul le début coûte. Comme nous étions à la taverne de l'hôtel de ville, mon embarras pouvait être attribué aux circonstances. Instinctivement nous baissions tous deux la voix, pour qu'on ne nous entende pas à la table voisine. La situation était difficile, effectivement, répondis-je, mais eu égard aux circonstances j'étais assez heureux ici, même si l'insouciance de notre vie parisienne me manquait parfois. Où qu'on soit, on ne pouvait échapper à son époque, n'est-ce pas ? J'avançais aussi dans mon travail, continuai-je à pérorer, encore que mon champ d'expérimentation fût quelque peu réduit en l'occurrence, puisque maintenant pas mal de gens jugeaient même les impressionnistes « dégénérés ». Je ponctuai ma déclaration d'un éclat de rire amer, un peu ironique, que j'étouffai néanmoins en plaçant ma main devant ma bouche. Ceci mis à part, mes copies d'œuvres classiques continuaient à trouver preneurs, avançai-je. Ce n'était pas un mensonge caractérisé, puisque je parvenais quelquefois à peindre – juste un mensonge par omission. Un arrangement de ma réalité que j'allais perpétuer des années durant. Pendant toutes les années où nous allions encore nous voir, Rose et moi.

Voilà, j'arrangeais les choses. Je ne dis mot à Rose de mon activité aux chemins de fer. Et je ne lui avouai pas non plus pressentir soudain vaguement que j'étais tout sauf heureux. Pourquoi cela ? Eh bien je n'avais tout simplement pas le courage d'avouer la vérité. Je n'arrivais même pas à l'admettre en mon for intérieur. Ç'aurait été dire là tout de go : voilà, j'arrange et je m'arrange avec la réalité, je me raconte et je raconte des histoires. D'ailleurs je ne m'appelle pas Isidor Schweig mais Viktor Emanuel Wagfall. À ce moment précis, sans doute parce que j'étais assis en face de Rose, si forte intérieurement, ma vie d'avant se mit à me manquer. Pendant quelques secondes je sentis Adèle, toute proche. Mon amour perdu. Elle était devant moi à nouveau, avec son épaisse chevelure soyeuse qu'elle tressait, assise au bord du lit. Ses longs cils noirs ombrant l'éclat de ses yeux.

Ce soir d'automne 1938, Rose me confia qu'elle était maintenant chargée de préparer les collections du Jeu de Paume et surtout celles du Louvre (dont le Jeu de Paume dépendait administrativement), en vue d'un transfert éventuel en lieu sûr, car on craignait que les Allemands n'envahissent la France et ne bombardent Paris. Les œuvres les plus précieuses, des milliers de tableaux, de dessins, de statues et d'objets de valeur, dont l'immense *Victoire de Samothrace* et la plus petite mais non moins fragile *Vénus de Milo* avaient été, dès septembre 1938, emballées dans des caisses ou dans des boîtes pour être entreposées en lieu sûr, hors de la ville. Où exactement, Rose ne le dit pas. Je me rappelle avoir pensé : les Français exagèrent, une fois de plus, c'est de la pure propagande antiallemande. La guerre restait inimaginable, même si le mot revenait sans fard déjà depuis un bon bout de temps. Aussi parlions-nous sans effroi particulier d'une guerre éventuelle et des bombes allemandes susceptibles, au dire des Français, de tomber bientôt sur le Louvre. Nous avons certainement discuté aussi d'art et de peinture et de ce qu'il y avait de neuf à Paris. Le matin suivant, j'allai chercher Rose à son hôtel pour l'emmener à la gare prendre le train de Strasbourg. Nous nous sommes demandé quand et dans quelles circonstances nous nous reverrions et si nous devions nous considérer comme des ennemis. Je ne le croyais pas, en tout cas je ne pensais pas que les Allemands puissent envahir la France, et j'étais par ailleurs certain d'être assez capable de faire la distinction entre le peuple (la nation, s'écria Rose, pas le peuple, la nation) et l'individu, la politique et la vie, pour ne pas compromettre notre amitié quoi qu'il advienne. Rose me répondit par une phrase sibylline : « Rien de ce qui est humain n'est certain ! » Quand le train s'éloigna, elle agita ironiquement un mouchoir blanc à la fenêtre.

Je me souviens du jour où la guerre a éclaté. Je ne parvenais pas encore à me représenter nettement ce qu'impliquait cette effarante constatation : « La guerre est déclarée. » Une session extraordinaire du parlement avait été convoquée, et le peuple allemand tout entier était sommé de se rassembler le lendemain matin à dix heures devant son poste de radio, pour suivre un discours du Führer. À l'administration de la Reichsbahn de Stuttgart, notre petit groupe s'était agglutiné devant le bureau de mon chef, au milieu duquel trônait la radio. Hitler annonça sur les ondes que depuis cinq heures du matin le Reich allemand se trouvait en guerre contre la Pologne. Il fut précisé que ce n'était pas la faute de l'Allemagne, contrainte, bien au contraire, de réagir à l'agression polonaise, les Polonais ayant repoussé « la main qu'on leur tendait ». Je me rappelle avoir entendu un tonnerre d'applaudissements venant des députés, suivi d'une deuxième salve, fusant, cette fois, de tous les bureaux voisins, à la suite de quoi le parlement entonna l'hymne national. Mon chef se mit à chanter lui aussi, les collègues de même, je me contentai de remuer les lèvres en fredonnant, ça me gênait autant de chanter (la prestation était pitoyable) que de m'en abstenir. « *Sieg Heil* » cria quelqu'un à la fin de la première strophe, puis on éteignit la radio.

Je me souviens de Friedrich en uniforme dévalant une dernière fois l'escalier du perron familial. Il se retourna au portail du jardin pour agiter la main. Je revois encore son bref sourire incertain. Puis il s'engouffra dans une automobile, et lorsque la voiture démarra, il fixait la route droit devant, dur comme un homme qu'il serait soudain devenu.

Je me souviens des premiers tickets de pain, du rationnement de l'essence qui nous surprit au début, et que, dans le Reich, pratiquement chaque foyer possédait un dit « récepteur du peuple » le reliant invisiblement à son Führer. Écouter les radios ennemies était strictement interdit, bien qu'on pût, même avec cette « radio du peuple » extrêmement basique, capter quelques stations de radio étrangères.

Je me souviens des applaudissements spontanés dans la pénombre des salles de cinéma, quand les actualités de la semaine diffusaient les victoires allemandes à grand renfort de discours pompeux et d'images ad hoc. En 1939-1940 l'atmosphère était à la victoire, ouvertement, joyeusement, agressive. Il était encore inimaginable que la guerre puisse durer longtemps. L'Allemagne ne cessait de grandir. Bientôt on vit les premières croix de fer fleurir sur les revers d'uniforme.

Je me souviens des chansons qu'on entendait souvent: «Je m'bats pour la patrie, Rosemarie, c'est pas du pain bénit, Rosemarie… » ou une strophe de *La Chevauchée des dragons bleus*: «Les nuages courent dans le vent; ils courent, ils courent au firmament; mais l'homme n'a qu'une vie, et un jour c'est fini.» Sur la même mélodie on chantait aussi un tout autre texte: «Il court, il court, le Juif veut vivre; et à la mer Rouge il arrive; la vague le fauche sur la rive; et du Juif enfin nous délivre.»

Je me souviens que nous les gens des chemins de fer, soudain nous avions gagné en prestige. Déjà c'était quelque chose d'«être dans les chemins de fer du Reich», mais désormais nous appartenions à une entreprise d'importance stratégique, qui se voyait comme «un instrument de la paix et de la sûreté nationale». Dès le début de la guerre, la Reichsbahn mit à la disposition d'Hitler un quartier général sur rail, qui roula pour la première fois le 3 septembre 1939 de Berlin au front polonais: un train spécial, avec en tête et en queue de rame, un wagon de combat armé de deux canons antiaériens encadrant une voiture-bureau et une voiture-salon pour Hitler, plusieurs voitures dédiées à la transmission radio et à la presse, ainsi qu'un wagon restaurant et un wagon-lit pour l'état-major.

Je me souviens du bureau que je partageais avec un collègue. Nous étions affectés à la section du personnel de la direction régionale de Stuttgart. Mon collègue assurait la répartition des tâches et le planning des équipes, j'étais chargé moi des recrutements et des licenciements, des fiches de paie et de la planification des congés. Mon fauteuil de bureau ajustable en hauteur possédait un siège de cuir vert foncé. J'avais toujours dans la poche de mon pantalon la clé des containers à roulettes contenant les dossiers du personnel. L'obligatoire portrait d'Hitler était accroché à un mur, ainsi qu'une carte de l'Allemagne et d'une partie des pays voisins – lesquels devaient bientôt faire partie du Reich allemand. Le mur qui jouxtait ma table était orné d'une magnifique gravure Merian, de Paris au XVIIe siècle vue d'en haut, sur laquelle les bâtiments importants, les églises et toute la topographie de la ville étaient représentés avec une extrême précision.

Je me souviens de moments de malaise.

Je me souviens d'un entretien avec mon supérieur Helge Sauer. Il avait observé incidemment que l'adhésion au parti était susceptible d'accélérer les carrières, surtout aux chemins de fer (comme si je l'ignorais). Lui portait l'insigne du parti au revers de la veste, une croix gammée noire sur fond blanc entourée d'un rond rouge sur lequel figurait *NATIONAL-SOZIALISTISCHE DAP*, DAP étant le Deutsche Arbeiter Partei, le parti ouvrier allemand. Nous étions en fin de journée, Helge Sauer avisa la gravure de Paris au-dessus de mon bureau et donna libre cours à son enthousiasme. Je lui dis que j'y avais vécu dix mois, sans entrer dans les détails de mes activités.

L'offensive décisive contre la France eut lieu à la mi-mai 1940. Elle se conclut un mois plus tard par l'entrée des Allemands dans Paris. Le 17 juin, la France capitulait et était scindée en deux zones, à l'exception de l'Alsace et la Lorraine annexées sur-le-champ. Les parties nord, est et ouest de la France avec leurs aéroports et leurs ports de l'Atlantique qui, du point de vue stratégique, étaient cruciaux pour la conquête projetée de l'Angleterre, étaient occupées et contrôlées à partir de Berlin par le truchement d'un gouverneur militaire basé à Paris. À part toutefois les alentours de la Belgique qui, eux, dépendaient de l'administration militaire allemande de Bruxelles. Le centre et le sud de la France – environ quarante pour cent du territoire – restaient sous contrôle français, ils étaient gouvernés, en collaboration toujours plus étroite avec l'occupant, par le maréchal Pétain, nommé chef d'État.

Photo 8

Sur un tapis à poils longs gris ardoise gît le sac vide en tissu à carreaux rouges et blancs de la collection de pelotes de laine d'Anna. À côté de lui, son contenu, un tas de pelotes accumulées pendant au moins six décennies, de toutes les tailles, les formes, les couleurs et les variétés de laines possibles et imaginables.

Douée d'une vélocité tentaculaire, *mutter* Anna régna sur sa maisonnée durant la moitié d'une vie. Rien n'échappait à sa vigilance, Anna couvait impitoyablement son monde, tendant ici un bras, saisissant de l'autre et ramenant d'un troisième ce qui tentait de se dérober, disciplinant ce qui secouait la bride. Solidement arrimée à sa tâche par de multiples ventouses – ainsi qu'à ses convictions et à ses jugements –, la pieuvre Anna surveillait, décidait, contrôlait ce qu'on devait ou non penser, dire et faire dans cette maison. Elle énonçait les impératifs et les interdits et veillait à les faire respecter. Viktor, le père, s'adonnait à des activités d'un autre genre, loin de ce laborieux travail d'élevage et de ce foyer toujours plus moderne (nouveau téléviseur Braun, moquette sur le vieux carrelage, coin salon de chez Interior, etc.). Le père s'affairait dans le monde du dehors, pendant que la mère restait dedans, dans la vieille maison, à couver, garder et contenir non sans impatience ces teignes d'enfants et à endiguer jour après jour, le reste du temps, la menace d'entropie domestique. Le père, lui, était sur orbite, loin de tout ça. Il quittait de bon matin la petite ville pour la grande, allant rejoindre le groupe des pères assis dans des fauteuils de cuir derrière des bureaux massifs, qui dictaient du courrier sur des bandes magnétiques à bobines ou compulsaient des dossiers dans des salles de réunions insonorisées, en épiant discrètement les secrétaires aux lèvres carmin qui se faufilaient par les portes capitonnées avec une tasse de café, silencieuses jeunes femmes à talons aiguilles, vêtues de jupes charmantes tendues sur la rondeur de leurs fesses.

Ça lui allait sans doute très bien de ne pas avoir la parole à la maison, quand il rentrait le soir après avoir passé toute la journée à parler. D'ailleurs voulait-il seulement apporter sa pierre à la légende familiale, aux points de vue et aux exégèses, au passé et au futur ? Les domaines de compétences restaient, en tout cas, soigneusement étanches, et Viktor ne tentait même pas de s'immiscer dans celui de la communication interfamiliale. C'est Anna qui détenait le monopole de l'information et du récit. C'est elle qui décidait des sujets de conversation et de l'angle sous lequel on les abordait. Et c'est entièrement à elle que revenait l'invention, puis la répétition jusqu'à imprégnation complète, des différents chapitres qui, assemblés, constituaient ce que Karolin appelait « notre légende familiale ».

Comment eux, Viktor et Anna, s'étaient rencontrés en 1951.

Que, globalement, leur père l'avait énormément déçue. Mais qu'à cause des enfants…

Comment c'était pendant la guerre.

Ce qu'ils avaient fait pendant ces « années sombres ».

Que les soldats allemands s'étaient toujours comportés correctement et honorablement en dépit de la guerre.

Que LUI avait d'abord fait un tas de choses bien.

Qu'on ne savait rien.

Qu'ils n'avaient appris ÇA qu'après la guerre.

Qu'à partir d'un certain moment on avait quand même eu l'impression que quelque chose était parti en sucette.

Très tard, trop tard.

Mais l'horrible terreur des bombardements alliés...

Anna avait quatre-vingt-treize ans, lorsque, après avoir glissé dans la salle de bains, elle était tombée en heurtant de la nuque le rebord de la baignoire. Une chute mortelle. En lisant les cahiers de son père quelques semaines plus tard, quand elle était arrivée au passage où il décrivait les baignoires des toiles de Bonnard, Karolin avait pensé à Anna. C'est sa mère qu'elle revoyait reposant *dans la morgue du souvenir.* À la chapelle du cimetière, dans le cercueil encore ouvert, Anna ressemblait à un ange de cire. Confiante et placide comme les anges sont censés l'être. Son visage était plus lisse que de son vivant, presque transparent, les veines scintillaient bleu turquoise sous le gris diaphane et argenté de la peau. Les cheveux fins qui encadraient sa tête étaient blancs comme neige. Dans sa délicate fragilité, la mère de Karolin, tellement menue, tellement délivrée, avait l'air d'un ange tombé du ciel qu'un choc terrestre aurait brusquement vieilli. Ça faisait longtemps qu'elle n'était plus la pieuvre fatigante de leur enfance qui surveillait et jugeait tout, les derniers signes d'autoritarisme avaient disparu de son vivant. Tout cela avait cessé avec l'âge et avec la mort de Viktor, comme si elle n'avait pu jouer son rôle que par opposition au sien. La disparition de Viktor lui avait ôté son adversaire et l'objet vivant d'une éternelle réprobation.

À cet âge pourtant vénérable, la mort l'avait fauchée en pleine santé. Normalement Anna n'aurait pas dû mourir de sitôt, elle était encore bien ancrée dans la vie, pugnace, inflexible, lorsque l'accident s'était produit. Elle n'avait rien perdu de son autonomie, faisait la cuisine, gérait la maison et le jardin. Tout ce qui s'accumule dans une existence, ses affaires, ses objets, ses souvenirs, Anna l'avait regroupé autour d'elle, en avait érigé un rempart qui isolait la vie familière du *dedans* d'un *dehors* qui la déroutait depuis longtemps. Outre des caisses et des coffres, des étagères et des armoires bourrés d'objets, dans lesquels elle pouvait fouiller pendant des heures les dernières années, perdue dans ses pensées, ses enfants trouvèrent toutes ses lettres rangées dans sept cartons proprement étiquetés. Ils trouvèrent aussi un album bleu pâle dans lequel Anna avait conservé et disposé comme dans un musée intime les souvenirs de ses anciens amants. Soigneusement agrafés, collés ou glissés dans des pochettes en plastique, il y avait là des lettres, des dessins, des cartes postales, des petits mots, des photos, des feuilles de trèfles ou des fleurs séchées, des petits témoignages d'amour signés des trois hommes avec lesquels elle avait manifestement eu des liaisons, avant que Viktor n'entre dans sa vie.

En revanche, aucune lettre de Viktor à Anna n'avait été conservée, dans les sept cartons il n'y en avait pas une seule, et encore moins un dessin ou même un tableau. De même que, nulle part dans la maison, une lettre d'elle à Viktor. Évidemment, quand bien même l'expression de ses sentiments eût culminé dans l'esquisse d'un portrait, jamais il n'aurait été admis dans l'album bleu pâle dédié aux amants. L'épreuve du quotidien avait fait voler en éclat l'aura du conjoint – éradiquant d'emblée toute velléité de nostalgie. D'ailleurs, Anna et Viktor s'étaient-ils jamais écrit ? Des billets tendres, sensibles ou des missives pressantes, vivantes ? Si oui, Anna les avait-elle détruits ultérieurement avec tout le reste, tous les effets, toutes les affaires personnelles de son mari ? Elle avait même changé les étiquettes que Viktor avait portées au dos des dossiers. Mais peut-être n'y avait-il absolument pas eu de lettres, encore moins de lettres d'amour, de Viktor et d'Anna, peut-être n'avaient-elles jamais été écrites.

Une singulière entreprise d'élimination réciproque les liait tous les deux. Peu à peu, Anna avait pris possession exclusive de la vieille maison et supprimé toute trace de Viktor. Et, d'un dernier revers de balle, Viktor, en cachant son manuscrit, avait, si l'on peut dire, sorti Anna du terrain de jeu. Car ce n'était pas elle, Anna, le personnage principal de l'histoire, le récit était entièrement centré sur la nostalgie d'Adèle. C'était pour raviver une dernière fois, presque trop tard, le souvenir d'Adèle, et pour garantir son existence au-delà de la sienne à lui, qu'il livrait le secret de sa vie. Le tableau de *L'Odalisque assise*, qu'il fût d'Henri Matisse ou d'Isidor Schweig, était le *corpus delictus* de l'histoire de sa vie – la clé qui donnait accès à son cœur. Restait à savoir qui était sorti vainqueur de cette lutte pour l'éviction de l'autre. Était-ce Anna en faisant radicalement disparaître tout témoignage de l'existence de Viktor ou Viktor en dissimulant dans un recoin caché de la maison une troublante dernière trace de lui ? Une trace qui relativisait l'importance d'Anna dans sa vie. Maintenant que tout cela avait pris fin et que, inéluctablement réunis, ils reposaient tous deux au cimetière où les buissons de bruyère violette et quelques asters jaunes décoraient leur tombe commune, cette lutte paraissait bien absurde.

Que se serait-il passé si Anna, et non Karolin, avait trouvé les cahiers de Viktor et le tableau ? Aurait-elle pu tolérer Adèle Bertin ? Aurait-elle transmis ce legs de leur père à leurs enfants communs ou ne l'aurait-elle pas plutôt fait disparaître sans tambour ni trompette, comme tout le reste ? Le hasard en avait décidé autrement. Au cours de toutes les années qui avaient suivi la mort de Viktor, Anna n'avait sans doute plus mis les pieds au grenier.

Cahiers

J'étais célibataire, parlais couramment le français et avais à mon actif un séjour de près d'un an à Paris susceptible de me doter d'une certaine connaissance du pays et de son peuple. Dès la capitulation de la France, il importait de manifester derechef clairement que j'étais disposé à une mutation à Paris. Il fallait, j'en avais bien conscience, m'assurer d'un poste où mes compétences me rendraient indispensable. Au cas où la guerre durerait, seule une position d'intérêt stratégique, en pays occupé qui plus est, pouvait me préserver d'être expédié au front un jour ou l'autre. Et surtout je désirais revenir à Paris et avais maintes fois réfléchi au moyen de reprendre ma vie d'avant. J'avais touché bien trop rarement à mes pinceaux depuis le début de cette guerre.

Et puis, soudain, les choses se précipitèrent de manière surprenante. Je dus, en toute hâte, faire mes bagages et prendre congé de mes amis et de ma famille. Le 2 juillet 1940, deux semaines après la capitulation, j'arrivais à Paris, pour y prendre un poste d'inspecteur principal des chemins de fer du Reich basé à la gare de l'Est dans les bureaux de la *Société nationale des chemins de fer français**, la SNCF, dont l'objectif était d'instaurer la collaboration avec les Français et d'œuvrer à la mise en place de la coordination des chemins de fer franco-allemands. Car le gouvernement français venait de s'engager à mettre tous les moyens de transport de la zone occupée à la disposition du Reich. Les voies ferrées partiellement détruites entre la frontière et Paris n'ayant pas encore été remises en état, j'effectuai le trajet de Stuttgart à Paris via Strasbourg en voiture, au milieu d'une longue colonne de véhicules de la Wehrmacht. Et dans l'automobile qui cahotait bruyamment sur les routes défoncées, je me promis de ne pas me dépenser outre mesure dans le job et de ne pas y investir plus d'énergie qu'il n'était nécessaire pour asseoir mon autorité.

De nouveau j'arrivai à Paris à la gare de l'Est par une belle soirée d'été, mais cette fois dans un véhicule de la Wehrmacht et non par le train. Et cette fois, je me sentais déjà pratiquement comme chez moi. Mon nouveau chef, le président Münzer, qui m'avait précédé de quelques jours et devait diriger le service « chemins de fer » de la direction des transports de l'armée allemande en France, m'attendait à l'hôtel en face de la gare, le Terminus Est, où j'allais d'ailleurs résider officiellement jusqu'à la fin de l'Occupation allemande : troisième étage, chambre 309 avec vue imprenable sur le portail de la gare. Nous allâmes dîner ensemble avec le colonel Göritz pour faire le point sur la situation. Je fus surpris d'être accueilli à si haut niveau, mais j'étais parmi les premiers arrivants du nouveau service et, de plus, chargé de m'occuper de la coopération franco-allemande des personnels, un poste réellement stratégique. Münzer, lui, était un haut fonctionnaire de la Reichsbahn. Comme nous tous il avait été mis à la disposition de l'armée, pour la bonne raison que les chemins de fer français de la zone occupée devaient être contrôlés par la Wehrmacht. Hiérarchiquement parlant, Münzer n'avait donc plus de comptes à rendre à la direction de la Reichsbahn, son supérieur était désormais le colonel Göritz, responsable des transports de l'armée allemande à Paris. Nous n'avions donc pas affaire qu'à des cheminots, mais aussi aux gens de l'armée.

Notre objectif était de contrôler le fonctionnement des chemins de fer et l'utilisation du réseau ferré dans les territoires occupés, et de veiller à ce que tous nos besoins en matériel et en personnel soient couverts en absolue priorité. On avait commencé par soustraire à la France 1 000 locomotives et 35 000 wagons, et des milliers de cheminots français devaient bientôt partir avec leurs trains en direction de l'Est où les besoins augmentaient constamment. Dans la zone du Sud dite libre, l'État français fut autorisé à continuer à contrôler son réseau SNCF à partir de Vichy. En tout cas jusqu'à la fin 1942, mais les énormes demandes du Reich allemand toujours prioritaire réduisirent considérablement aussi les effectifs de la zone libre.

Je dois dire que l'esprit de collaboration du gouvernement de Vichy s'était fidèlement transmis aux agents de la SNCF. Les premières années, nous n'avons guère rencontré de refus significatif ou même de résistance, mais plutôt un personnel obligeant. Eu égard aux temps difficiles qui se profilaient, qui aurait voulu perdre son emploi ? Les gens n'avaient pas le choix. Et quand j'écris « pas le choix », c'est parce que les récalcitrants ou ceux qu'on dénonçait comme tels étaient expédiés au travail forcé dans les territoires occupés de l'est du Reich où ils étaient, par exemple, affectés à l'entretien du réseau ferré sur la ligne de front. Une perspective qui eut rapidement un effet dissuasif. Vingt mille personnes n'en revinrent jamais. Ce n'est qu'à partir de 1943 à peu près que les rébellions des cheminots français et les attentats des résistants commencèrent à nous poser de sérieux problèmes.

L'atmosphère à Paris avait sensiblement changé, comparée à mon séjour précédent. Contrairement à la nonchalance de l'été et de l'automne 1936, un nuage de plomb pesait visiblement sur la ville. La plupart de mes collègues allemands, des soldats ou autres personnels de l'Occupation n'en percevaient pas grand-chose, ils étaient en France et à Paris pour la première fois. Et il y avait l'immense fierté de la victoire : la fierté des fils qui avaient vengé la défaite des pères. Quand on ânonnait tout juste le français, on pouvait avoir l'impression d'être aimablement accueilli et traité avec prévenance dans ce « pays hôte » qu'on avait vaincu. Dans la majeure partie des cas, c'était d'ailleurs tout bonnement parce que les gérants des restaurants, des hôtels, des cafés, des cabarets et des bordels avaient vite compris tout le profit qu'ils pouvaient tirer de l'occupant. Ces Allemands avides d'amusement étaient de bons clients potentiels. Mais dès qu'on jetait un œil dans la coulisse si on maîtrisait les petites nuances de la langue, on percevait les résistances et la consternation de la population. Des milliers de Parisiens avaient quitté la ville avec tout ce qu'ils pouvaient prendre avant que les Allemands n'y entrent.

Il n'empêche que la vie de ceux qui étaient restés à Paris suivait son cours, on allait travailler, on faisait ses courses, on amenait les enfants à l'école, on discutait au café et on se serrait dans le métro. Mais les terrasses de café des quartiers excentrés étaient beaucoup plus vides qu'avant. Mais au cinéma l'atmosphère se tendait brusquement pendant les actualités et on fumait encore plus frénétiquement qu'avant (les cigarettes furent rationnées plus tard). Mais les volets de nombreuses fenêtres restaient fermés, parce que les habitants avaient fui en zone libre. Mais la ville grouillait soudain de militaires en uniformes vert-de-gris, et de toute évidence il y avait deux catégories de citoyens : les vainqueurs et les vaincus, les occupants et les occupés. Mon accent n'était plus jugé ni charmant ni amusant, il créait la distance, même chez ceux qui voyaient d'un œil favorable les Allemands et le national-socialisme.

Il était impossible de se rencontrer sans prévention. Pour les Français, « les Allemands » était devenu un terme générique synonyme, soit d'occupant, d'ennemi, d'adversaire politique et d'individu toléré à contrecœur, soit, pour les sympathisants, d'organisateur modèle et de stratège forçant l'admiration, c'était devenu un terme qui renvoyait à un comportement autoritaire et à une évidente idéologie. Et par-dessus le marché les uniformes allemands avaient bien plus d'allure que ceux des Français – un détail qui avait son importance. Mais qu'on sympathise avec la résistance ou qu'on penche pour la collaboration, *les* Allemands formaient désormais un tout indifférencié. Quand je commandais une bouteille de vin ou un steak au restaurant, je n'étais plus un simple individu. Personne ne s'avisait plus, comme en 1936, de me poser des questions curieuses et anodines : qu'étais-je venu faire ici et où avais-je si bien appris le français ? J'étais à présent un Allemand parmi beaucoup d'autres, un type à qui on ne posait plus de questions mais qui, lui, en posait et pouvait décider, commander, se promener en bottes de cuir, pérorer en mauvais français et hisser ses drapeaux sur les boulevards et les avenues. Pour les Français, j'étais devenu un « fridolin » ou un « fritz » – deux diminutifs du prénom Friedrich typiquement allemand, qui sonnaient suffisamment ridicules aux oreilles des Français pour exprimer le mépris. Chaque fois que j'entendais quelque part derrière moi retentir ce « Fritzzz » ironique, je ne pouvais m'empêcher de penser à mon petit frère qui avait été suffisamment grand pour tomber à la guerre.

Les bâtiments officiels, les administrations et les hôtels avaient été réquisitionnés par notre armée et nos services civils. Des soldats allemands paradaient sur les Champs-Élysées. Dans les cafés, les cabarets et les restaurants, ces voyelles que la langue allemande attaque durement heurtaient les oreilles, et les rires des soldats cherchant à attirer l'attention des Françaises étaient autant de provocations. Les bordels faisaient le plein, entretenir le moral des troupes étant pour l'armée allemande une question stratégique. À leur arrivée à Paris, les soldats recevaient, outre un plan de la ville avec le réseau métropolitain et les curiosités, une feuille avec la liste des établissements de plaisir autorisés.

Le salut hitlérien devant le café de la Paix juste à côté de l'Opéra me fit d'abord un drôle d'effet, surréaliste à vrai dire, puis je m'y habituai, et les Français visiblement aussi. Devant les bâtiments de la rue de Rivoli en face du jardin des Tuileries, flottaient de gigantesques croix gammées noir-blanc-rouge. Collés sur les murs et les panneaux d'affichage, des avis sur papier rouge où *Attention !–Achtung !* était imprimé en caractères gras diffusaient les consignes nouvelles aux occupés. À l'Arc de triomphe, près du tombeau hautement symbolique du soldat inconnu, mémorial de la dernière guerre, ce n'étaient plus les soldats français qui montaient la garde, mais la Wehrmacht allemande. À Saint-Michel, une fanfare bavaroise jouait sur une place quasiment déserte, les passants allant se réfugier dans les ruelles voisines, seul un petit groupe de soldats de la Wehrmacht campait fièrement sur ses positions. Il n'y avait que les vieux pêcheurs des rives de la Seine pour ne pas se laisser troubler par les bouleversements historiques affectant la capitale, imperturbablement ils lançaient d'un geste ample leurs lignes dans l'eau ridée du fleuve, avec, à côté d'eux, leur trépied et un seau destiné à leurs prises éventuelles.

Lorsque je quittai Stuttgart en me réjouissant à l'avance de mon retour à Paris – non sans ressentir quelques réserves quant à la tâche qui m'y attendait – je n'imaginais pas combien mes premières expériences parisiennes allaient perturber mon habitude bien rodée de transiter entre ma vie à la Viktor et ma vie d'Isidor. Au cours des années précédentes j'avais réussi à séparer proprement ma « marotte » de ma vie bien régulée de militaire ou d'employé des chemins de fer, et à départager allègrement les territoires de Viktor et d'Isidor. Ces deux tendances en moi se complétaient comme les couleurs du spectre ; gardant chacune leur identité propre, elles s'opposaient dans leur complémentarité. Mais où que j'aille et quoi que je fasse, Paris me renvoyait à la période que j'y avais passée à peindre sous l'identité d'Isidor Schweig. Or j'en arpentais soudain les mêmes rues en tant que Viktor Emanuel Wagfall, économiste de formation, employé des chemins de fer allemands et, cerise sur le gâteau, à présent vainqueur et occupant, bref un ennemi marqué au fer rouge du national-socialisme, quand bien même je ne me sentais, moi, ni nazi ni ennemi.

Non seulement je voyais la ville d'un œil nouveau et sous un nouvel éclairage, mais la ville avait réellement changé. Non seulement je me percevais différent, mais, dans ce contexte radicalement autre, j'étais, moi, perçu différemment. À présent je donnais des ordres au sein de la SNCF, je m'efforçais à la diplomatie avec ses employés, j'avais autorité sur des cadres français plus âgés que moi. Et – j'oubliais – j'étais souvent en uniforme moi aussi. Viktor Emanuel Wagfall était un fonctionnaire des chemins de fer détaché auprès de l'armée. Il s'était fait à son nouvel environnement, il avait maintenant ses habitudes à l'hôtel Terminus Est et avait installé son bureau dans les bâtiments de l'administration de la SNCF. J'avais même emporté ma gravure Merian, accrochée au-dessus de mon bureau, elle faisait l'admiration des collègues français.

Pendant mes premières semaines à Paris, je fus un peu trop occupé à mon goût, et obligé d'aller dîner avec les collègues, les supérieurs et les nouveaux arrivants. Ce n'est qu'une fois rentré à ma chambre d'hôtel tard le soir, que je pouvais m'asseoir tout seul sur le large rebord de la fenêtre – ce qui devint une habitude – pour observer la rue éclairée maintenant silencieuse, et m'évader enfin de mon existence officielle d'employé des chemins de fer. J'étais alors habité d'un vague sentiment de vide et d'abandon. Ça n'avait rien à voir avec le mal du pays et une quelconque nostalgie de l'Allemagne. Au contraire, marcher de nouveau dans les rues de Paris, revoir ces musées, ces places et ces bâtiments d'une beauté émouvante, et le grouillement incroyable des marchés couverts aux odeurs prégnantes ou les cabarets louches de la rue Saint-Denis me rappelait inéluctablement ma vie d'avant, l'année 1936-1937. Cela ranimait mon besoin de couleurs, de pinceaux et de toiles, du défi excitant de la première esquisse, du premier trait de pinceau mouillé et de son parfum. Une réaction sans doute comparable à celle d'un alcoolique enfermé dans un magasin de spiritueux après un long sevrage. C'était comme si la ville, à chacun de mes pas, ravivait une vieille addiction. C'est de la rue Lepic et non du pays que j'avais la nostalgie. Aussi pris-je la résolution de revenir dès que possible à mon atelier, je ne voyais pas très bien comment j'allais m'y prendre, mais je voulais enfin retrouver mes pinceaux, sentir l'odeur des couleurs, toucher la toile. Si j'allais renouer avec ma vie d'Isidor – et comment –, au début je ne le savais pas vraiment. Ce fut d'abord un besoin diffus, une impulsion intime, qui m'attira de nouveau rue Lepic. Je ne me doutais pas encore que j'allais bientôt entamer une véritable double vie, plus risquée et plus excitante que jamais.

Par une chaude journée de la fin juillet 1940, je quittai le bureau plus tôt que d'habitude. Je n'avais qu'à traverser la rue d'Alsace et la place de la gare jusqu'à mon hôtel et prendre l'ascenseur jusqu'au troisième pour me retrouver dans ma chambre. J'ôtai mon uniforme, enfilai un pantalon léger, une chemise à manches courtes et passai, pour la forme et à cause des poches, une veste de coton. Ça me faisait vraiment un drôle d'effet de me retrouver tout à coup dans de confortables vêtements d'été, je ressentais une liberté nouvelle, mais en même temps l'impression de porter un déguisement. Voilà qu'à présent ce n'est plus en uniforme que je me sentais déguisé, mais en chemisette ! Je dévalai l'escalier et lançai dans le hall d'entrée à un collègue qui s'étonnait de mon costume : « Je vais faire un tour au bois de Boulogne. »

Après avoir traversé le boulevard Magenta et enfin dépassé les environs de la gare de l'Est, je tirai de la poche de ma veste une casquette plate que je portais autrefois. En flânant au soleil qui déclinait déjà sur la place de l'église Saint-Vincent-de-Paul, j'allumai triomphalement une cigarette, tout à la joie de mon entreprise. J'empruntai la rue d'Abbeville, la rue Condorcet, puis la rue Victor Massé. En dépit de l'impatience que je ressentais, je prolongeai voluptueusement ma flânerie, et c'est d'un pas nonchalant que j'atteignis la rue de Douai et enfin la rue Fontaine qui menait à la place Blanche. Au café Coquet où les baies vitrées étaient grand ouvertes, comme toujours en plein été, j'aperçus de loin ce bon vieux Marcel évoluer entre les étroites rangées de tables et de chaises en balançant sur quatre doigts son plateau au-dessus de sa tête. Il était donc toujours là ! Le sentiment d'Adèle effleura mon corps, je me le rappelle nettement. La lourde porte de la rue Lepic retomba dans ses gonds avec le fracas habituel. Mademoiselle Vignier, la concierge, avait déjà fermé sa loge. Je pus donc monter tranquillement à mon atelier. Je donnai deux tours de ma bonne grosse clé et ma porte s'ouvrit.

Je trouvai tout comme je l'avais laissé trois ans plus tôt. J'avais continué à envoyer chaque année en France le loyer insignifiant de l'atelier, et mademoiselle Vignier avait, comme convenu, veillé à son entretien. L'appartement était impeccablement propre et rangé, le chevalet se dressait fin prêt, les couleurs, les pinceaux, les flacons d'huiles et les divers ustensiles sur la commode n'attendaient eux aussi qu'à reprendre du service. Quelques châssis étaient appuyés au mur, déjà entoilés, et à côté de lattes de bois s'empilaient au sol des rouleaux de toiles que j'avais munis de petites étiquettes indiquant leur décennie d'origine ou l'épaisseur de leur trame – plus le tableau était petit, plus elle devait être fine. Je sortis sur le balcon, tristement nu et gris sans les volutes et l'exubérance des plantations d'Adèle. Seuls quelques pots vides s'ennuyaient dans un coin. Je m'allongeai sur le lit de la chambre, glissai deux coussins sous ma tête et fixai le plafond. Impossible de ne pas penser à Adèle. Je sentis un vieux voile de tristesse m'étreindre sourdement, insidieusement. J'avais si bien refoulé mon sentiment de perte et ma solitude intérieure que je n'avais pas redouté l'émotion étrange qui m'envahit. Au cours des années précédentes j'avais collectionné les aventures petites et grandes comme autant de trophées, dans l'illusion que le nombre assez coquet de mes conquêtes allait me préserver de toute nostalgie sentimentale.

Pourquoi donc à présent ces absurdes pensées ? De nouveau s'immisçait en moi ce sentiment de vide que j'avais ressenti à plusieurs reprises, déjà, ces dernières semaines, il me serrait la gorge, et je me demandai comment j'allais bien pouvoir surmonter les prochains mois et peut-être même les années prochaines. Dans les circonstances présentes, comment organiser ma vie pour que tout cela soit supportable ? Énorme point d'interrogation, question insoluble en fait, précisément parce que la réalité avait tellement réduit l'éventail des possibilités. Ce premier soir-là dans mon atelier familier en même temps qu'étranger, je ne voulais plus rien faire d'autre que peindre, plus rien sentir que la toile sous mes pinceaux.

Rétrospectivement je pense que mon atelier de la rue Lepic devint pour moi une sorte de niche, j'y trouvai tant bien que mal un refuge et une issue. Le faussaire Isidor Schweig que je devenais définitivement a vu de ses yeux des choses incroyables et vécu des événements qu'un grand public n'apprendrait que des décennies plus tard. Quand je tente de me projeter dans le passé pour appréhender au plus juste la réalité d'alors, sachant ce que je sais aujourd'hui, j'ai du mal à me reporter dans l'état d'innocence – quasi virginal – qui était le mien en cette année 1940, quand je ne pouvais encore rien pressentir de ce qui allait suivre, ignorant que j'allais, très bientôt même, glisser bel et bien vers une double vie, avec un Isidor ici et un Viktor là, et jouer, à cet endroit qu'était Paris, deux rôles différents dans deux milieux absolument distincts. Mais voilà je n'étais pas capable de lire l'avenir dans les astres et passai la moitié de cette nuit-là à peindre, enfin rasséréné, en sifflant une bouteille de vin. Je renonçai à apposer un fond sur la toile, et pour me dégourdir les doigts, commençai par peindre trois fragiles ballerines évoluant gracieusement sur une scène éclaboussée de lumière. Trait après trait, l'odeur des couleurs recouvrit le souvenir d'Adèle. Sentir ma main passer doucement le pinceau sur la toile m'apaisait. Le velouté carminé du vin anesthésiait peu à peu mes craintes et mes pensées déplaisantes.

Détendu par l'alcool et tranquillisé par la peinture, je traversai ensuite tard dans la chaude nuit estivale le quartier de Pigalle encore animé, passai des rues obscures maintenant silencieuses et regagnai enfin mon hôtel. Je chronométrai le temps mis pour aller de la rue Lepic à la gare de l'Est : en marchant vite, cela faisait vingt-cinq minutes. Je décidai d'acheter une bicyclette pour gagner du temps, surtout au retour où une bonne partie du trajet était en pente descendante.

Photo 9

Les voies de la gare de l'Est vues du pont de la rue La Fayette : une vaste tranchée de plus de vingt rangées de voies reliées par d'innombrables aiguillages transversaux. Les mâts, les faisceaux de câbles et les poutres confèrent à la froide organisation de la voirie un aspect désordonné. Tout n'est que grisaille, ce triste dégradé de gris semblant vouloir absorber la moindre velléité de couleur. Au premier plan à gauche sur une voie, on distingue un ouvrier en bleu avec une chemise jaune, il paraît minuscule. On le voit de dos, il lève les bras au ciel. Peut-être pour conjurer un malheur imminent. À moins que, seule tache de couleur dans le tableau, il ne craigne d'être englouti par cette trouée grise, énorme gueule béante dans la ville.

Dans les années soixante-soixante-dix, on mettait de Francfort quarante-deux heures pour gagner Athènes, trente-six pour Lisbonne, sept pour Paris et quatre et demie pour Munich. Le train était dénué de prestige, mais c'était une façon de voyager qui n'avait pas sa pareille. Équipée de livres, de stylos, de papier, d'un casse-croûte et de cigarettes, Karolin s'installait si possible à la fenêtre. Il y avait encore ces compartiments de six à porte coulissante avec leurs rideaux et leurs banquettes en skaï grossier de couleur rouge-brun. L'odeur tout à fait caractéristique du wagon vous cueillait dès que vous y mettiez les pieds. Ça sentait le renfermé, et il flottait dans cet air sec une vague touche sucrée de poudre de paprika qui aurait moisi des années sur l'étagère. Dans les compartiments fumeurs s'y ajoutait un relent de tabac froid. Quand un voyageur allumait une cigarette, un âcre nuage de fumée envahissait vos narines, avant de se dissoudre lentement dans l'air du compartiment. Tout ça ne la dérangeait pas, d'ailleurs ça ne dérangeait personne, ça faisait partie du voyage, exactement comme la voix de stentor des haut-parleurs de la gare était inséparable des adieux poignants, de l'attente et du départ des voyageurs.

Les trains s'ébranlaient avec une bonne secousse, puis sortaient pesamment de la gare comme indécis, pas encore vraiment partis pour le voyage. L'odeur du compartiment, le martèlement des roues en fer sur les rails d'acier, les sièges éculés en skaï rouge-brun ou en velours ocre – selon le type de train –, les rideaux jaunis un peu crasseux, les empreintes de doigts gras sur les vitres, les miettes sur le sol, la petite tablette repliable qui coinçait… On s'installait confortablement, tirait le siège pour le faire basculer un peu en arrière, plaçait le sac avec la bouteille d'eau et le paquet de cigarettes à côté de soi, puis on sortait son livre. Lire. Allumer une cigarette de temps en temps, la savourer longuement. Regarder par la fenêtre en se demandant qui habitait dans telle ou telle maison ou comment ce serait de vivre dans cette bourgade au pied d'une lointaine montagne. Un cavalier dans un champ, un paysan sur son tracteur, puis de nouveau la forêt. Traverser à petite vitesse des gares inconnues, visiblement peu importantes, puisque le train ne s'y arrêtait pas. Tenter de déchiffrer au passage des noms de lieux sur les pancartes.

Il ne se passait rien, pendant qu'on traversait des régions entières. On glissait à un mètre du sol, comme suspendu, entre un lieu de départ et un lieu d'arrivée, entre une séparation et une destination. Déjà le lieu qu'on venait de quitter, le lieu d'avant, était derrière vous, le nouveau encore loin devant. Avec un peu de chance, vous n'aviez dans votre compartiment que des lecteurs assidus ou de vrais amateurs du train, capables de laisser leurs pensées vagabonder dans un présent étiré sur plusieurs heures, et de rester sans parler ni rien faire dans ce no man's land qui fuyait entre le départ et l'arrivée.

Karolin avait grandi avec les trains et les voyages en train, le rail et son administration. Tel un blason de famille, DB, le sigle de la Deutsche Bahn, faisait partie intégrante des Wagfall. Le père d'Anna, son grand-père, conduisait déjà des locomotives. Puis, dans les années cinquante, Anna avait épousé un homme de la DB, Viktor Wagfall, et ainsi perpétué la tradition. La Bundesbahn fut le berceau des enfants Wagfall. Non contents de jouer à la maison avec un chemin de fer électrique, le dimanche matin ils accompagnaient leur père au véritable chemin de fer, au bureau de la direction, et pendant les vacances épuisaient leur contingent de billets gratuits en sillonnant l'Allemagne fédérale.

C'est à la gare de l'Est qu'arrivaient les trains venant d'Allemagne et de là qu'ils repartaient pour le Reich millénaire dont rêvaient les nazis. Les bureaux dans lesquels Viktor avait œuvré jour après jour étaient à proximité immédiate de la gare. Ils donnaient sur les voies ferrées, cette large tranchée venteuse, cette blessure grise taillée dans le tissu de la ville. Il n'avait eu qu'à traverser la rue et la place pour gagner l'hôtel Terminus réquisitionné pour les employés des chemins de fer allemands. Au cours de toutes ces décennies sa belle façade du XIXe siècle avait à peine changé, seuls le nom et l'aménagement intérieur n'étaient plus les mêmes. À présent l'hôtel appartenait à une chaîne et répondait aux normes internationales. De quoi le hall avait-il eu l'air autrefois ? Y subsistait-il encore quelque part une photo jaunie accrochée au mur ? Aujourd'hui plus personne ne connaissait son histoire. À la réception, d'aimables jeunes gens préférèrent s'en remettre au gérant. Le gérant connaissait l'histoire de la chaîne mais pas celle des vieux murs dans lesquels il travaillait. Karolin lui raconta donc la réquisition de l'hôtel en juin 1940 pour le logement des fonctionnaires des chemins de fer du Reich. Puis elle lui exposa l'objet de sa visite. Son père avait logé ici pendant quatre ans, au troisième étage, dans une chambre qui donnait sur la gare. Se pouvait-il que les numéros des chambres soient restés les mêmes ? Elle aurait tant aimé visiter la chambre 309 que son père était censé avoir occupée à l'époque. Le gérant hésita : la 309 d'alors pouvait-elle encore être la 309 d'aujourd'hui ? Difficile à croire après si longtemps, c'était le genre de choses qui changeait, avec toutes ces rénovations, tous ces travaux. Mais si elle voulait, elle pouvait aller jeter un coup d'œil à la 309, oui, la 309 était au troisième étage et donnait bien sur la gare et la rue du 8 Mai 1945.

C'était la première fois que Karolin entendait le nom de la rue devant la gare de l'Est. Elle y était passée d'innombrables fois, mais n'avait jamais regardé le nom de la plaque qui renvoyait à la fin de la Seconde Guerre mondiale. Bien sûr, la logique de la commémoration urbaine voulait qu'une rue située devant la gare de l'Est, cette gare tragique dont les voies partaient vers l'est – d'abord vers le front, ensuite, plus tard, vers le travail obligatoire et les camps de concentration –, fût à présent baptisée d'après la date de la fin de la guerre. Et mieux encore, lui apprit le gérant de l'hôtel, ici on commémorait aussi la Première Guerre mondiale, la place de la gare s'appelait Place du 11 Novembre 1918, puisque c'était de là que les soldats français étaient partis pour le front situé derrière Reims et Bar-le-Duc ou pour les champs de bataille de Verdun.

De la chambre 309 au troisième étage, Karolin regardait la rue du 8 Mai 1945 et la place du 11 Novembre 1918. Juste en face, presque à portée de main, se dressait le bâtiment de la gare avec ses galeries à arcades courant le long de la façade et les rosaces de ses verrières dans le pignon qui surplombait les deux halls d'entrée. En ouvrant les rideaux le matin, Viktor avait-il eu exactement cette vue quatre ans durant ? Était-ce bien entre ces quatre murs qu'il avait vécu et consulté l'horloge de la gare pour avoir l'heure ? Ici dans cette chambre, Karolin était plus proche que jamais de l'histoire de son père. Parce que la pièce était finalement petite, un peu oppressante, et surtout parce que la vue de la fenêtre donnait en plein sur l'emblématique centre nerveux du système d'occupation nazi, lequel n'aurait probablement pas pu subsister sans un réseau ferré aussi efficace. L'idée que Viktor avait peut-être dormi ici plus d'un millier de nuits lui imposait des images d'une troublante intimité. Les yeux fermés, elle les voyait défiler furtivement : un collègue qui passe boire un schnaps ; quelques livres – mais que lisait-il autrefois ? – jonchent une table de bois ; une conquête est assise sur le lit.

Dans cette chambre aujourd'hui moderne et sans fioriture d'un hôtel de moyenne catégorie : rideaux bleu roi, moquette bleu nuit et mobilier standard de bois clair, elle avait du mal à imaginer l'époque grise des nazis, leur langue, leur accent, leurs uniformes, leurs journées, leurs habitudes, leur salut. Autrefois il y avait eu du plancher au sol, et le lit était sûrement plus petit, une armoire massive en bois sombre, la porte qui s'ouvre en grinçant. Il y avait probablement aussi, dans un angle de la pièce, une table, deux chaises et un lavabo. La salle de bains intégrée aujourd'hui à la chambre n'existait pas encore, les salles de bains et les toilettes étaient alors sur le palier, probablement de l'autre côté du couloir donnant vers la cour. Au crochet fixé à côté de la porte, il y avait eu une casquette d'uniforme et, au portemanteau, une veste vert-de-gris ou bleu-gris avec des insignes aux épaulettes, au col et à la poitrine.

Cahiers

J'aurais bien aimé me précipiter chez ma vieille amie Rose Valland dès mon retour à Paris. Ç'aurait été si bien d'arriver en criant: «C'est moi, je suis revenu!» Mais ce n'était plus si simple, tout avait changé, le monde auquel nous étions habitués avant la guerre, notre monde d'avant, avait un autre visage. Et que lui aurais-je dit? Je faisais maintenant partie des occupants. Que je sois là en qualité de peintre obscur ou d'inspecteur principal des chemins de fer allemand, rien n'était plus comparable à 1936 ou même à l'époque de notre dernière rencontre à Stuttgart en 1938. Entre-temps l'Allemagne avait annexé ou occupé ses voisins et accédé au statut de grande puissance. À présent les bottes des soldats allemands foulaient lourdement le sol parisien, de beaux esprits allemands battaient des mains à l'Opéra de Paris, dans les théâtres et au concert, des gourmets allemands dégustaient des montagnes d'huîtres, d'escargots, de cuisses de grenouilles et du rumsteck charolais, se saoulaient au champagne et au bourgogne. Vu les circonstances cela m'aurait paru manquer singulièrement de tact que de débarquer chez Rose en me réclamant de notre vieille amitié. Des semaines et des mois passèrent donc sans que j'aie le courage de lui faire savoir que j'étais à Paris. Mais voilà qu'un beau jour j'appris qu'un concours de circonstances avait placé Rose dans une position sacrément intéressante.

Fin septembre 1940, je revis d'abord mon ami marchand d'art Hans Wendland. Je me doutais bien qu'il évoluerait sans problème dans la nouvelle constellation politique et qu'il serait déjà introduit dans les milieux influents. Étienne Bignou, un galeriste que je fréquentais aussi autrefois, me rapporta que Wendland séjournait actuellement à Paris, je le chargeai donc de lui transmettre un message de ma part. Sur quoi nous nous rencontrâmes quelques jours plus tard au bistro La Palette, rue La Boétie, où nous avions souvent mangé ensemble quatre ans plus tôt.

Le quartier cosmopolite, policé, cultivé, de la « Florence française » dont les élégantes façades abritaient d'inestimables œuvres d'art exerçait sur les occupants allemands un attrait majeur. Les maisons de couture avec leurs ateliers de confection et leurs boutiques de luxe y côtoyaient les galeries d'art. Le couturier Worth, par exemple, était installé rue du Faubourg-Saint-Honoré, en face de la galerie Bernheim-Jeune, la célèbre boutique de Madeleine Vionnet, avenue Montaigne, à deux pas des stylistes d'avant-garde Groult et Poiret. Avenue Matignon ou rue du Faubourg-Saint-Honoré on voyait bien toujours des dames coiffées de superbes chapeaux trottiner de vitrine en vitrine, tandis que des messieurs très chics causaient en baissant la voix dans les cafés. Mais l'atmosphère avait changé, cela crevait les yeux. Beaucoup de magasins étaient fermés, sans doute parce que leurs propriétaires juifs étaient en fuite. Quelques galeries juives étaient barricadées par des planches de bois. Des officiers SS flânaient en petits groupes et des soldats montaient la garde. J'entendais dans les rues en passant des sonorités typiquement allemandes ou des bribes de phrases françaises hachées à la manière de mes compatriotes et au S par trop susurré.

Trois mois seulement s'étaient écoulés depuis la capitulation de la France à la mi-juin. Mais l'administration allemande n'avait pas perdu de temps. L'enjeu, aussi, était de taille, il s'agissait de recenser à toute allure le nouveau butin avec le maximum d'efficacité. Pour le faire sien. L'ambassadeur d'Allemagne Otto Abetz, toujours zélé, avait exigé dès le 1er juillet 1940, outre l'enregistrement de toutes les collections privées des musées de la zone occupée, une liste exhaustive de toutes les œuvres d'art appartenant à des Juifs. Le 15 juillet, une ordonnance du Führer stipulait que tous les objets d'une valeur supérieure à 100 000 francs susceptibles d'être déplacés devaient être déclarés à la Kommandantur. Le but était d'établir la carte des objets d'art et antiquités précieuses. Une nouvelle ordonnance fut publiée le 30 juillet : aucune œuvre ne devait plus être déplacée désormais sans autorisation préalable.

Ce type de mesures et bien d'autres étaient officiellement affichées et donc, théoriquement du moins, connues de tous. Alors qu'il s'avérait diplomatiquement délicat de piller les collections publiques des musées nationaux – à l'exception de la récupération des œuvres dont les Français s'étaient emparés pendant la guerre précédente – on promulgua l'une après l'autre toute une série d'ordonnances ciblant les biens juifs convoités jusqu'à ce qu'il devienne impossible de les soustraire à la confiscation. Et bientôt on ne fit plus de différence entre les citoyens français de confession juive et les résidents étrangers d'origine juive. On refusa aussi aux Juifs qui avaient quitté la zone occupée avant ou lors de l'invasion allemande le droit de rentrer chez eux, même lorsqu'ils étaient en possession d'un passeport français. À partir du 8 septembre 1940, les entreprises « juives » dont les propriétaires avaient fui furent mises sous séquestre. Fin septembre les citoyens juifs durent se déclarer aux autorités, un tampon les signalant fut ensuite apposé sur leur passeport. Le gouvernement de Vichy mit la main à toutes ces mesures et seconda activement l'administration allemande. Ainsi le conseil des ministres du 3 octobre 1940 décidait-il de faire promulguer un *statut des Juifs** les excluant de toutes les fonctions publiques ou culturelles.

Dès les premières semaines et les premiers mois de l'Occupation, des milliers d'œuvres provenant des galeries et des demeures juives furent confisquées puis entreposées dans les locaux de l'ambassade d'Allemagne et une salle de dépôt au Louvre. Comme partout où un groupe de la population est privé de ses droits civiques et désigné à la vindicte populaire, il se trouva aussi en France des espions, des mouchards, des profiteurs, pour révéler aux Allemands les lieux où des collections ou des œuvres avaient pu être cachées à temps. L'accumulation des œuvres fut bientôt telle qu'en octobre 1940 les dépôts étaient déjà pleins à craquer. Deux cents caisses d'œuvres d'art entreposées entre les murs de l'entreprise de transport Schenker furent expédiées en Allemagne, tandis que quatre cents caisses provenant des dépôts de l'ambassade d'Allemagne et du Louvre étaient, elles, transférées, précisément au Jeu de Paume tout proche, où Rose Valland était attachée de conservation.

Mais pour en revenir à la fin septembre 1940 et au bistrot La Palette, dans la rue La Boétie : j'avais bien entendu parler çà et là les mois précédents des différentes ordonnances et des expropriations qui touchaient les biens juifs. Mais c'est par ma vieille connaissance Hans Wendland que j'appris les dessous de l'affaire. Pour fêter dignement nos retrouvailles, Wendland avait commandé une bouteille de champagne, j'offris la tournée suivante, puis ce fut le tour de Rochlitz, Gustav Rochlitz, un bon ami de Wendland implanté à Paris, marchand d'art de son état, avec qui il faisait des affaires. Comparé à l'aimable jouisseur assez replet qu'était Wendland, Rochlitz avait une allure d'ascète. Sa mince figure de renard aux petits yeux brun clair et aux lèvres pâles semblait vissée sur un corps nerveux soigneusement entraîné. Il proférait d'une voix tranchante des idées bien arrêtées, parlait de la race supérieure des Allemands et des œuvres d'art abandonnées par ces lâches fuyards de Juifs, de l'incontestable droit des premiers sur les biens de ces derniers.

Hans me présenta : « Monsieur Schweig, un excellent peintre qui fera un jour parler de lui », et je dois avouer que ce compliment énoncé avec sa bonhomie coutumière m'emplit de fierté en dépit du peu de sympathie que m'inspirait Rochlitz. Je me sentais d'autant plus flatté que Wendland et Rochlitz étaient venus accompagnés. Pour l'avoir vue lors de mon premier séjour à Paris en 1936-1937 je connaissais déjà la belle Charlotte, toujours aussi élégante et désirable. Quant à son amie, qui était manifestement aussi la compagne de Rochlitz, elle répondait au diminutif un peu niais de « Mimi », qui lui allait comme un gant. Elle ne cessait de rectifier sa coiffure et son rouge à lèvres dans un miroir de poche à bords dorés et, pendant ces quelques heures passées ensemble, se borna à ébaucher dans un allemand basique une dizaine de phrases aussi élaborées que : « méchant garçon, va !... » ou « 'core un p'tit coup, steuplaît ! »

Depuis notre dernière rencontre au printemps 1937, Wendland avait épousé sa jeune maîtresse blonde – qu'il appelait tendrement « Baby-Lott' ». Malgré des années de pratique Charlotte avait toujours maille à partir avec le « H » aspiré version allemande. Elle gratifiait imperturbablement son Hans d'un « mein Ansi » affligé de cette nasale « an » inconnue de l'allemand. Ceci mis à part, je dois reconnaître qu'elle alliait le charme à l'intelligence et s'exprimait fort bien dans notre langue. Sa conversation était rien moins qu'ennuyeuse. Avec son flair habituel en matière d'affaires, « Ansi » avait fait ses valises en temps et en heure (dès 1939) et quitté Paris avec Baby-Lott', pour aller se mettre au vert dans cette bonne Suisse. D'où il pouvait vaquer tranquillement à ses affaires. Le couple, qui revenait régulièrement à Paris, descendait au Crillon, place de la Concorde ou, plus volontiers encore, au Ritz, place Vendôme. Signe que les affaires marchaient et que le statut social de Wendland s'était encore élevé d'un cran depuis nos dernières rencontres. À l'en croire, la Suisse offrait un excellent rayon d'action, c'était une base optimale en matière de commerce de l'art. Et l'avenir devait lui donner amplement raison. Ses déplacements l'amenaient de Lucerne ou Zurich surtout à Munich et à Berlin et, bien entendu à Paris. Durant toute la guerre, Wendland ne cessa de faire la navette et de s'affairer entre ces villes.

La soirée avec Wendland, Rochlitz et les deux dames m'avait en quelque sorte mis en appétit, aiguisé mes envies de couleurs et de pinceaux. Tout à coup j'étais en plein dedans, me sentais corps et âme dans mon élément : la peinture et le business. L'occasion était trop belle. De son côté Hans Wendland m'avait fait comprendre que mon retour à Paris arrivait à point nommé et qu'il aurait bientôt besoin de mes services. Il me connaissait sous le nom d'Isidor Schweig, et nous en restâmes là. Je n'avais aucune raison de verser soudain dans une familiarité déplacée et de lui en dire plus sur ma vie. Et je n'étais plus l'artiste intimidé, sans expérience, dont il avait fait la connaissance quatre ans plus tôt, j'avais mûri et pris de l'assurance. Au cas où quelqu'un songerait à s'enquérir de ce que j'avais fait les années précédentes, j'avais concocté une histoire assez simple : rentré en 1937 à Stuttgart où j'avais continué à peindre (surtout des portraits et des scènes d'intérieur), j'avais été longtemps très malade (donc inapte au service pour le moment). Rétabli depuis peu, j'étais à présent de retour à Paris. J'étais quasiment certain que nul ne me demanderait de détails trop personnels.

En ce qui concerne Wendland et Rochlitz, je n'eus même pas à servir ma fable, ni ce soir-là ni les suivants, ils ne cherchèrent pas à en savoir davantage sur mes années passées et « le reste » de ma vie. Comme quelques années plus tôt, tout ce qui était en dehors de notre collaboration fut, d'un commun accord, occulté. Mes commanditaires ne s'intéressaient pas plus à ma vie que je ne demandais, moi, à qui mes tableaux étaient vendus après qu'ils leur avaient été remis. Nous n'avions aucune raison de compromettre nos intérêts communs par des questions oiseuses, des informations risquées ou des indiscrétions. Dans les époques troublées on est généralement encore moins pointilleux qu'avant sur la vérité, que ce soit la sienne ou celle des autres, c'est une des raisons pour lesquelles personne ne chercha vraiment à savoir pourquoi je n'étais pas au front comme tous les jeunes hommes de mon âge. Notre inconscient semble d'ailleurs user des mêmes stratagèmes. Quand cela sert notre survie, nous ne sommes pas très pointilleux non plus sur notre vérité et la trafiquons inconsciemment jusqu'à ce que nous obtenions une variante acceptable à laquelle il nous soit possible de croire aussi fermement que si c'était la vérité.

Il fallait absolument qu'Isidor Schweig puisse s'évanouir dans la nature en cas d'urgence. La stratégie me commandait donc de séparer rigoureusement mes deux existences, une gageure, mais pas si illusoire que cela. Même si le milieu allemand basé à Paris était relativement restreint et qu'en vertu de l'adage « qui se ressemble s'assemble » on se rencontrait dans un certain nombre de cafés, restaurants et cabarets à la mode, les milieux des chemins de fer et ceux de l'art ne se recoupaient pour ainsi dire pas. Me retrouver dans une position délicate aurait donc relevé d'un hasard malencontreux que je pensais être en mesure de maîtriser le cas échéant. Je décidai, en outre, de limiter le champ d'action d'Isidor, de réduire ma vie sociale au strict minimum et de la mener exclusivement sous l'identité de Viktor Emanuel Wagfall. En fin de compte cela m'excitait de reprendre, tel un agent double infiltré en milieu dangereux, ma vie d'Isidor Schweig. Cette seule pensée me mit sur-le-champ de belle humeur.

En causant avec les deux marchands d'art, j'avais obtenu une foule d'informations sur l'organisation des services allemands chargés de la spoliation des Juifs, et sur ceux qui, dans l'ombre, tiraient les ficelles. Les premières semaines et les premiers mois, la confiscation des objets d'art fut principalement mise en œuvre par les services déjà en place localement, dotés d'un personnel bilingue, à savoir ceux de l'ambassade d'Allemagne ; elle fut ensuite secondée par un commando SS déjà expérimenté en la matière et pourvu d'une unité spéciale de « protection de l'art », le Kunstschutz. Dès le début juillet, on avait localisé l'essentiel des collections juives et commencé à les saisir. L'ambassadeur Abetz avait remis à la gestapo la liste des quinze collections privées les plus importantes, telles que celles d'Alphonse Kann, des Rothschild ou des marchands d'art comme Georges Wildenstein et les frères Bernheim-Jeune. Sur quoi, leurs domiciles et leurs galeries avaient fait l'objet d'une perquisition en règle.

Parmi les marchands d'art concernés, beaucoup étaient installés dans le quartier des galeries. Précisément là où je me retrouvais à sabler le champagne dans un bistrot avec Wendland et Rochlitz, en m'efforçant désespérément de cacher ma surprise devant ce que j'entendais. Nous trois connaissions tous ces galeristes, auxquels nous avions eu affaire plus ou moins personnellement. Et Wendland et Rochlitz de s'esclaffer : Comme le sort pouvait tourner du jour au lendemain !

Je pensai à Georges Wildenstein que j'estimais tellement et aux quelque trois ou quatre échanges si déterminants que j'avais eus avec lui. Sa galerie à présent fermée devait être reprise peu de temps après par un associé « aryen ». Je pensai aux excellents livres d'art qu'il m'avait prêtés, aux tableaux de Pierre Bonnard que j'avais pu étudier chez lui, à cette chaude après-midi d'été où il m'avait révélé *L'Origine du monde*. Je tentai de me représenter de quoi aurait l'air une phénoménale salle imaginaire où seraient exposés les trésors, ne serait-ce que de ces quinze collections qu'avait recensées Otto Abetz et qu'on avait réquisitionnées : des milliers d'objets d'art triés sur le volet, tableaux de maîtres et dessins précieux, tapisseries somptueuses, vases et sculptures de toutes les époques, de l'Antiquité à nos jours en passant par le Moyen Âge.

Le commun des mortels ne pouvait alors soupçonner l'incroyable avidité de Hitler et de Göring en matière d'œuvres d'art. Leur propos n'était pas tant d'étoffer fièrement les collections des musées allemands (ça, les conservateurs des dits musées s'en chargeaient) que de tirer personnellement profit de la situation. Dès l'été 1940, avait été établie une liste prioritaire des trente chefs-d'œuvre de la peinture volés dans les propriétés et les galeries juives qu'Hitler entendait s'approprier. Nul autre que le Führer ne devait faire main basse sur ces merveilles. Et Hitler projetait de doter Linz, sa ville natale, d'un musée monumental pour lequel il s'agissait de constituer une collection des plus prestigieuses. Gustav Rochlitz, qui avait l'air extrêmement bien informé, nous parla aussi de la résidence de Göring dans la forêt brandebourgeoise de Schorfheide. Le maréchal du Reich l'avait fait édifier en mémoire à sa défunte épouse Carin et en son honneur baptisée Carinhall. Les opportunités de l'heure lui permettaient à présent d'installer à Carinhall, à défaut de l'épouse, une collection censée devenir rien moins qu'époustouflante. Les salles d'exposition fin prêtes depuis longtemps n'attendaient plus que les œuvres préférées du maréchal : les maîtres anciens hollandais et allemands ainsi que l'art italien et français des XVIIIe et XIXe siècles, sans parler des autres trésors qui lui tomberaient sous la main : sculptures, Gobelins, armes précieuses, etc.

Gustav Rochlitz connaissait personnellement Göring. Déjà ce soir-là, il pressentait que la rivalité secrète entre Hitler et lui en matière d'appropriation d'objets d'art allait dynamiser quelque peu le marché – sans parler des nombreux émules qui gravitaient autour d'eux. Dans l'immense terrain de chasse giboyeux qu'était Paris en la matière, les deux chefs de guerre se marchaient parfois sur les pieds via divers services et chargés de mission, mais le butin était si riche que tout le monde finissait par y trouver son compte. Bien évidemment, Hitler et son musée de Linz étaient prioritaires, mais Göring compensait son statut de second par d'habiles coups de maître. En les promouvant à des positions-clés, il s'assurait le dévouement de collaborateurs sûrs, prêts à satisfaire ses désirs à n'importe quel prix.

À propos de la rivalité légendaire entre Hitler et Göring en matière de pillage d'œuvres d'art, je ne résiste pas au plaisir d'évoquer une anecdote assez savoureuse – elle m'oblige à faire un petit saut dans le temps, mais elle a tout de même à voir avec mon activité de l'époque. Dans la collection Rothschild confisquée, le Führer avait, entre autres, porté son dévolu sur le chef-d'œuvre de Vermeer de Delft intitulé *L'Astronome* et voulait en doter la fameuse « collection de Linz ». Hitler avait raflé son Vermeer – par-dessus le marché un des plus prestigieux –, Göring se devait d'avoir le sien. Il expédia donc ses conseillers artistiques aux quatre coins du grand Reich pour tenter de mettre la main sur un Vermeer. Toutefois le maître hollandais mort bien trop jeune n'avait laissé qu'une quarantaine de tableaux. Malgré le nombre impressionnant d'œuvres confisquées en Allemagne et dans tous les pays occupés, Göring dut patienter un bon moment avant de pouvoir prendre sa revanche. L'occasion s'en présenta enfin en 1942. Son intermédiaire aux Pays-Bas, le banquier bavarois Alois Miedl qui se prétendait aussi marchand d'art, avait été approché par un mystérieux quidam désireux de garder l'anonymat, qui cherchait à vendre un Vermeer jusque-là inconnu. Miedl tenait là l'occasion d'une affaire juteuse.

Le tableau proposé s'appelait *Le Christ et la femme adultère*. Même au bout de trois siècles, il n'était théoriquement pas impossible qu'un Vermeer inconnu sorte tout à coup de l'oubli. Il y avait eu des précédents dans l'histoire de l'art. Miedl et Göring consultèrent divers experts, firent examiner sous toutes les coutures la surprenante trouvaille et en conclurent enfin qu'assurément ils avaient affaire à un authentique Vermeer. Göring décida de l'acquérir, mais non sans négocier – en 1942 le marchandage lui était devenu une habitude sacrée –, et d'en acquitter le prix faramineux par un échange qui, en fin de compte, ne lui coûtait rien. Au lieu des deux millions de florins en espèces demandés, il troqua tout bonnement le Vermeer convoité contre une centaine (on n'en sut jamais vraiment le nombre exact) de tableaux « insignifiants » ou « dégénérés » provenant de son dépôt personnel dédié à cet usage, lesquels avaient tous été confisqués aux collections juives des territoires occupés. Göring les avait donc acquis sans bourse délier.

Quelque temps après la guerre, le Vermeer de Göring se révéla être un faux, certes génial, mais qu'une expertise compétente aurait tout à fait pu déceler. Le peintre, ou en l'occurrence le faussaire, avait commis une négligence classique et utilisé du cobalt pour le bleu en lieu et place du lapis-lazuli. Or le bleu de cobalt qui est un pigment synthétique – bien meilleur marché que le lapis-lazuli – fut découvert au début du XIXe siècle, il ne pouvait donc être accessible à Vermeer. Ironie de l'histoire : tous les tableaux modernes cédés en échange par Göring, eux, étaient authentiques et leur valeur marchande dépassait largement les deux millions de florins demandés, à plus forte raison celle d'un faux.

L'homme qui avait proposé ce prétendu Vermeer à l'intermédiaire de Göring se nommait Han van Meegeren, c'était incontestablement l'un des faussaires les plus géniaux de mon époque. Après la guerre – autre ironie de l'histoire – il se retrouva sous les verrous, non pour faux et usage de faux, mais pour avoir soi-disant collaboré avec les nazis en leur vendant des biens du patrimoine national, dont le Vermeer en question à Hermann Göring. Pour sauver sa peau, Han van Meegeren n'eut d'autre choix que de se dénoncer et d'avouer que le « Vermeer » de Göring, *Le Christ et la femme adultère,* n'était pas un bien national bradé au mépris de toute considération patriotique, mais un faux exécuté de sa main, et que lui, van Meegeren, avait en outre peint d'autres faux Vermeer qui circulaient encore. Sommé de le prouver, il peignit en prison devant des témoins habilités son dernier faux Vermeer sur un thème imaginaire : *Jésus parmi les scribes.*

Mais revenons à La Palette, Göring n'a pas encore dégotté son faux Vermeer et la guerre ne fait que commencer. Bien évidemment je me demande pourquoi Hans Wendland et Gustav Rochlitz me mettent dans la confidence et me dévoilent les coulisses du nouveau milieu de l'art parisien régi désormais par l'occupant allemand et soumis à d'autres lois. Et là se trouve le lien avec l'histoire de Han van Meegeren, puisque c'est à mes talents de faussaire, en effet, que Wendland et Rochlitz allaient très bientôt recourir, bien que je fusse spécialiste du XIXe siècle français (qui plus est de la seconde moitié) et non des maîtres allemands et hollandais si prisés du canon national-socialiste. Lors de notre rencontre à La Palette, il s'agissait aussi de me faire comprendre qu'ils étaient très bien informés et avaient d'excellents contacts. Dans les époques troubles, les gens capables de jongler avec des noms de poids et des informations internes sont des gens influents. Les carnets d'adresses bien fournis ouvrent les portes et les bonnes relations vous simplifient toujours la vie. Je regardai Charlotte qui s'ennuyait vaguement aux côtés de l'opulente Mimi, admirai secrètement son teint de porcelaine, ses yeux lapis-lazuli, l'élégance de ses moindres gestes et sans doute pensai-je : quel dommage !

C'est ainsi qu'en ce soir de septembre 1940, j'eus quelques précisions sur les activités de la « force d'intervention Rosenberg pour les territoires occupés », le fameux Einsatzstab Reichsleiter Rosenberg. À ce moment-là Wendland et Rochlitz connaissaient déjà l'importance essentielle que ce service allait très prochainement revêtir pour le commerce de l'art parisien. L'ambassade avec Otto Abetz à sa tête perdait de son influence, l'ERR avait le vent en poupe, nous déclara Rochlitz – qui jonglait, en initié, avec les sigles. Et même les gens de la « protection de l'art », le Kunstschutz, allaient bientôt perdre de leur autonomie et se retrouver placés sous la férule de l'ERR, ajouta Wendland. Une prédiction qui allait se réaliser, un de mes collègues de la Reichsbahn eut effectivement bientôt de plus en plus affaire avec l'ERR, quand furent organisés les premiers transports du butin en direction de l'Allemagne.

La force d'intervention du Reichsleiter Rosenberg était une division du ministère des Affaires extérieures dont le siège se trouvait à Berlin et qui avait été créée par l'idéologue en chef du national-socialisme Alfred Rosenberg. La tâche de l'ERR était de procéder dans les pays occupés à la confiscation aussi efficace, exhaustive et professionnelle que possible du patrimoine culturel : bibliothèques, archives et objets d'art des Juifs déportés ou acculés à la fuite, ainsi que des adversaires politiques du régime. L'ERR installa à cette fin des annexes dans tous les pays occupés. Rosenberg, son initiateur, qui le dirigeait à présent, était de ces nazis résolument convaincus, que nous surnommions les « cent pour cent ». Il souffrait d'autant plus de la consonance par trop judaïque de son patronyme et pensait sans doute devoir compenser par l'agressivité de son discours et son actionnisme infatigable l'ignominie de ce nom ambigu. L'antisémitisme exacerbé comme garant d'une authentique « germanité ». Avec sa force d'intervention à Paris, l'aryen nazi Alfred Rosenberg se dépensa sans compter pour spolier son homonyme Paul Rosenberg de sa fabuleuse collection et la transférer en Allemagne.

Dès juillet 1940, l'équipe de l'ERR à Paris s'était mise au travail dare-dare, mais comparée à l'ambassade d'Allemagne, son efficacité fut, au début, hypothéquée par des difficultés d'organisation. Le chaos dans le pays tout juste occupé, la fuite précipitée des citoyens juifs et les immenses possibilités de confiscation qu'elle ouvrait, mais aussi les rivalités entre ces deux services des affaires extérieures et le flou de leurs prérogatives respectives contribuèrent à ce que l'on confisque à tout va (je n'exagère pas), les premiers mois. Les dépôts de l'ambassade et les salles du Louvre dédiées au même usage furent bientôt bondés, et il se mit à régner sur tout cela un désordre fort peu allemand. Il était devenu impossible d'enregistrer méthodiquement les objets d'art frénétiquement accumulés, et je suis certain que, dans ces premières semaines et ces premiers mois, plus d'un objet convoité disparut mine de rien et que le personnel chargé des confiscations put se servir en toute quiétude lors des saisies.

L'ERR parvint assez rapidement à gagner les bonnes grâces d'Hitler et à s'imposer comme seul et unique organisme habilité au pillage d'objets d'art dans les pays occupés. Peu à peu, l'unité d'intervention du Reichsleiter Rosenberg réussit à évincer les ambassades et le service de la « protection de l'art » de la SS. Hermann Göring qui veillait au grain avait, sur ces entrefaites, placé un de ses hommes de confiance influents, le baron Kurt von Behr, à la tête de l'antenne parisienne. La manœuvre lui permettait de rester ainsi au cœur de ce qui se passait dans cette ville bénie des dieux sous le rapport de l'art. Avec l'avènement de l'ERR le dispositif de pillage nazi gagna indéniablement en méthode et en érudition.

*

Les premières cerises commencent à rosir. Ma saison préférée. Le pépiement des oiseaux me parvient par la fenêtre ouverte, j'entends de loin les enfants des voisins rire, piailler, crier de plaisir. Soudain l'un d'eux pleure. Les bruits d'autrefois, quand j'étais à la maison, le week-end, et que les enfants chahutaient dehors. La fenêtre était ouverte, comme aujourd'hui. J'étais assis au même bureau avec son piètement massif noir : deux blocs de rangement sur lesquels repose un grand plan de travail recouvert de cuir. J'étais censé plancher sur mes dossiers.

Mais la plupart du temps, le classeur ouvert me servait à dissimuler in extremis en cas de visite impromptue d'Anna ou d'un des enfants le livre que je lisais ou la revue que je feuilletais. Ce n'était pas un magazine érotique que j'avais à cacher, mais un livre d'art, un compte rendu d'exposition, ou quelque document sur les activités de l'ERR ou le pillage des œuvres d'art par exemple, que je faisais même parfois venir des archives américaines. Au jardin, un étage au-dessous de moi, les enfants jouaient et Anna lisait sur la terrasse. Et moi, Viktor Emanuel Wagfall, respectable chef de famille, je n'étais là qu'en apparence, quand tout le monde me pensait penché sur mes dossiers en serviteur zélé des chemins de fer allemands, tenu même le week-end par les obligations de son poste à responsabilité. Je cultivais mon *jardin secret** – que je ne pouvais partager avec personne. Ne voulais partager avec personne ! Et dont, jusqu'à aujourd'hui, personne ne sait quoi que ce soit.

Au début des années cinquante, quand j'ai fait la connaissance d'Anna, on ne disait mot du passé récent. C'était un tabou social. Le cauchemar était derrière nous, nous venions juste d'avoir le deutschemark, avions recommencé de zéro, surmonté les procès de Nuremberg, et quand paraissait un article ou un ouvrage qui touchait de près ou de loin au national-socialisme, ça n'intéressait personne, ça ne nous concernait pas ou ne concernait que ceux qui se sentaient obligés de ressasser éternellement cette histoire gênante. De remuer le couteau dans la plaie. Une petite minorité par conséquent. Adenauer avait, d'en haut, décrété le silence, et la nouvelle République lui en était reconnaissante. Pour ma part j'avais brossé à Anna les grandes lignes de mes activités passées dans les chemins de fer en France, pimenté le tout de quelques anecdotes sur la vie parisienne et l'avais assurée de ma complète innocence, ce qui n'était d'ailleurs pas nécessaire puisqu'on partait tacitement du principe que tout le monde l'était – hormis les criminels, les seuls vrais criminels étant les personnes haut placés qui avaient eu un pouvoir de décision.

Nous nous sommes mariés au milieu des années cinquante et avons acheté cette vieille maison que les Américains avaient réquisitionnée à la fin de la guerre. Lars et Alicia y ont grandi, puis, dans les années soixante, Karolin y est née. Nous sommes partis chaque année en voyage à l'étranger avec les enfants, avons fait des travaux de modernisation dans la maison et, dans ce contexte de travail incessant et d'essor économique, l'occasion ne s'est pas présentée de parler à Anna de cette double vie passée dont je n'avais jamais dit mot auparavant et qui, d'ailleurs, ne la concernait même pas. Quand je l'avais rencontrée, j'avais déjà renoncé à Isidor, ou en tout cas à mener activement une double vie sous son nom. À quoi bon lui parler bien trop tard de mon passé, des faux tableaux ou même de mon amour pour Adèle, bref de la vie d'Isidor Schweig ? Je n'avais vraiment aucune raison sérieuse de le faire. Ensuite, dans les années soixante-dix, l'occasion m'en a semblé définitivement passée, je n'allais pas lâcher le morceau au bout de trente ans et déterrer une vieille histoire qui avait perdu sa signification après tout ce qui s'était passé dans notre nouvelle vie, sous cette nouvelle République. Et à partir des années quatre-vingt, Anna et moi n'avions plus réellement de vie de couple, les enfants avaient quitté la maison les uns après les autres, notre vie familiale se résumait aux fêtes de Noël et de Pâques. Nous nous partagions d'un commun accord les mètres carrés d'une maison bien trop vide et les tâches nécessaires au fonctionnement de notre communauté de vie.

Mes merles ont enfin eu leurs petits. J'avais découvert le nid il y a quelque temps, enfoui dans les nœuds de la glycine qui grimpe sur la cabane à outils au fond du jardin. Trois oisillons sont sortis de l'œuf, il me semble du moins apercevoir trois petits becs grand ouverts quand, avec mille précautions, je jette un coup d'œil dans le nid. Apparemment les merles se sont habitués à moi, ils entrent et sortent de la glycine sans s'inquiéter de ma présence. La nature m'adoucit, elle me rend plus clément envers moi-même. Même ma peau m'accorde une trêve. Comme si je me pardonnais momentanément. Quand je suis dans le jardin, mes pensées tournent inéluctablement autour de la nature et des règles qui lui sont inhérentes. Rien n'est fortuit, rien ne me paraît arbitraire. La seule chose insensée dans la nature et qui, bizarrement, a survécu jusqu'à maintenant, me semble être l'homme. Lequel ne contribue en rien à son fonctionnement. Bien au contraire. Le dernier recours, le seul horizon qu'ait cette aberration nommée homme, c'est de la maîtriser, de s'en extraire puisqu'il a gâché toutes ses chances d'y vivre en harmonie. D'où l'apaisement que je tire de mon jardin et de mes merles. Pour un petit moment au moins la nature m'accueille – en visiteur si je puis dire.

Mais la grande question qui se pose à moi aujourd'hui n'est pas d'ordre philosophique, elle est purement pragmatique. À ce stade avancé de notre existence, faut-il faire repeindre ou non les poutres de la façade ? Anna essaie de m'en convaincre depuis des jours. « Viktor, tu ne penses pas qu'on devrait faire repeindre ? » Et elle remet ça le lendemain : « Viktor, j'ai été voir, la peinture des poutres s'écaille vraiment, surtout sur un mur, tu sais, celui de la terrasse, là le bois est complètement à nu. » Et ainsi de suite. Anna est plus jeune que moi, elle a encore de l'énergie à revendre. Elle associe la maison à une idée d'avenir. Alors que tout ce qui s'effrite, se délite, s'écaille ou même pourrit m'est un soulagement. Les choses qui résistent aux intempéries et à tout le reste sont comme un reproche. Cela me console que quelque chose d'autre se désagrège autour de moi. Soit prêt à capituler.

Je suis sûr que la personne qui lira mon manuscrit un jour – ce sera peut-être Anna, peut-être les enfants, ou quelque étranger – se posera la question passionnante de savoir ce qui motive réellement le faussaire. Pourquoi un peintre ne devient-il pas tout simplement un artiste comme on serait en droit de l'espérer, un peintre qui inscrit son propre nom sous son tableau ? S'il a du talent, pourquoi vouloir imiter les autres plutôt que créer une œuvre à lui ?

Éliminons d'entrée de jeu toute une catégorie de faussaires : celle des peintres qui ont créé une œuvre, mais qui, poussés par la nécessité, emploient leurs aptitudes et leur savoir à fabriquer occasionnellement une copie ou un faux. Il s'agit là d'un travail auquel ils sont acculés par une forme d'adversité.

Mais il y a aussi ces peintres difficiles à comprendre qui ne créent pas d'œuvre propre et n'usent de leur don évident que pour en imiter d'autres. Comment expliquer ce genre de peintre paradoxal dans lequel je suis bien forcé de me reconnaître ? Certains d'entre eux sont de petits malins talentueux, d'authentiques filous (je ne peux pourtant me défendre d'une certaine sympathie à leur égard) qui exultent littéralement de voir leurs faux légitimés par les experts, d'empocher pour leurs soi-disant chefs-d'œuvre des sommes aussi élevées que possible et de pouvoir – comble de fierté – les admirer un jour dans de prestigieux musées.

Il en existe d'autres pour qui le plaisir de la mystification joue un rôle plus accessoire. L'essentiel de leur motivation est à mettre au compte d'une vraie, d'une authentique passion de l'histoire de l'art et de la jouissance que procure un savoir-faire virtuose. Cette sorte de faussaires préfère s'attaquer à des artistes difficiles comme Dürer, Léonard de Vinci, Rembrandt ou Vermeer, car si copier les maîtres anciens suppose un réel talent de peintre, l'exercice requiert aussi d'éminentes connaissances en histoire de l'art, une rare habileté manuelle, des compétences en chimie et en bricolage, sans parler du flair nécessaire pour débusquer vieilles toiles, feuilles et dorures, pigments, châssis, cadres anciens et ainsi de suite. Il s'agit tout de même de reproduire à l'identique un tableau séculaire, ce qui, outre la peinture elle-même, demeure une gageure, car c'est une entreprise extrêmement complexe. Chez ces aimables faussaires-là, la passion de l'histoire de l'art et du savoir-faire l'emporte sur la volonté de tromper ou le plaisir de duper les experts.

Certaines carrières de faussaires ont enfin également un ressort psychologique : de même qu'Hitler ne serait probablement pas devenu ce dictateur qui a terrorisé le monde s'il avait eu du succès en tant que peintre, ce genre de faussaires ne le seraient pas devenus si leur œuvre avait obtenu la reconnaissance du public. Le faux est alors une solution de remplacement accompagnée parfois de sentiments déplaisants, comme s'il sanctionnait une défaite esthétique et représentait une issue déshonorante.

Quoi qu'il en soit, on trouve chez tous les faussaires et malgré la diversité de leurs motivations un motif secret qui leur est commun. Il s'agit de l'étrange besoin du peintre de se glisser dans la psyché d'un artiste qu'il admire. On ne copie pas seulement un tableau, on copie un artiste qu'on vénère et avec lequel on a, dans le même temps, une relation de rivalité. Quand on possède le génie et la singularité artistique d'un Picasso, on s'approprie n'importe quel modèle, par exemple Velázquez et son tableau *Les Ménines*, qui devient alors une création originale. Mais à défaut de singularité et de génie, on peut toujours tenter de se mettre si bien dans la peau de son modèle qu'on le copie à s'y méprendre et acquiert, à force de minutie, la touche de son pinceau.

Mais la consécration du faussaire est sans doute que le faux ne puisse être distingué de l'original. C'est lorsque le spectateur du faux le croit vrai que le faussaire commence à croire en lui-même. Car, pour la plupart, nous ne sommes pas des voyous, mais plutôt de fervents admirateurs, d'habiles virtuoses, de fins connaisseurs, et surtout, des gens qui désirent que leur œuvre soit reconnue. Selon moi, le faussaire n'est un escroc que s'il travaille mal ou quand il dupe des amateurs d'art vraiment naïfs. Je me suis, pour ma part, senti honoré de tromper en beauté un expert avec un faux remarquable et j'ai éprouvé un plaisir sans mélange à rouler un parvenu obtus.

Il s'ensuit même parfois une forme d'addiction. Non seulement le faussaire est contraint de se mettre à la place de son artiste-modèle pour réussir à restituer sur sa copie les émotions de ce dernier, mais il en éprouve le besoin impérieux. Usant de la technique et de la science de son inspirateur, il devient une sorte de caméléon psychique, contraint, pour pouvoir l'imiter parfaitement, de ressentir les émotions du peintre copié – la mélancolie de Bonnard, par exemple. Plus encore que dans le choix du sujet et la construction du tableau, ce que ressent le peintre s'exprime dans chaque touche de son pinceau, sa palette personnelle et l'inimitable texture de ses couleurs. Chaque tableau témoigne d'un mélange subtil de spontanéité et de construction consciente. Pour imiter ce mélange, le faussaire usurpe la psyché de son modèle. C'est comme s'il lui fallait par son art apaiser une crise d'identité profonde. Copier un génie lui permet d'échapper à sa propre réalité.

Il me fallait donc satisfaire absolument ce besoin d'inscrire la signature « Degas », ou mieux encore « Bonnard », dans une toile si réussie qu'elle trompe son monde et soit interchangeable avec l'original. La première fois que je suis revenu à mon atelier de la rue Lepic en cette soirée de juillet 1940, je me suis senti comme un drogué qui voit enfin sa substance à portée de main après une longue période d'abstinence. Et pendant les quelques années que j'ai ensuite passées à Paris, j'attendais chaque jour le moment de regagner mon atelier après les heures fastidieuses passées dans mon bureau à la gare de l'Est. Pour éviter d'attirer l'attention du petit milieu des chemins de fer en m'isolant bizarrement, j'étais obligé d'aller parfois dîner avec des collègues ou d'accompagner une petite amie au concert ou au cinéma, mais quand j'avais gaspillé ainsi toute une soirée, je me ruais littéralement le lendemain sur ma bicyclette rangée rue de Valenciennes, derrière la gare.

Sous un porche, un grand portail de bois s'ouvrait sur une arrière-cour pavée d'aspect assez minable. J'y avais loué au rez-de-chaussée de l'immeuble du fond une remise qui abritait, outre mon vélo, la solution au problème que me posait cet uniforme embarrassant : un sac de voyage contenant des vêtements civils, une veste et des chaussures. Ma casquette de flanelle gris foncé, elle, restait accrochée à un clou. J'entrais à pied en occupant allemand et ressortais quelques minutes plus tard avec mon vélo en citoyen lambda, la casquette enfoncée sur les oreilles. En échange du petit dédommagement qui s'imposait, la concierge à qui j'avais servi une histoire d'amour ardente mais irréductiblement compliquée fermait les yeux. Ces vêtements légers sur mon corps, cette casquette sur ma tête et le sentiment de me mouvoir librement sur mon vélo amorçaient la phase de transition entre mes deux personnages. Je laissais Viktor dans mon misérable réduit et me glissais dans la peau d'Isidor. Dès que j'enfourchais mon vélo et passais le porche pour emprunter ensuite la rue La Fayette, puis la rue d'Abbeville – je suivais toujours le même itinéraire –, la gare de l'Est et le bureau de la Reichsbahn étaient loin derrière moi. Déjà je ne pensais plus qu'au tableau qui m'occupait, à la difficulté de rendre tel intérieur de Degas ou aux couleurs sombres d'une scène de forêt de Courbet. Et à l'inverse, tard dans la nuit ou à l'aube, je me dépouillais d'Isidor, ôtais veste, pull-over, chemise et pantalon dans la remise de la rue de Valenciennes, réendossais mon uniforme, ajustais mes bottes d'un coup de talon et regagnais mon hôtel en employé des chemins de fer.

*

Fin septembre, l'indispensable institution au négoce de l'art qu'était l'hôtel Drouot rouvrit avec l'autorisation de l'occupant. Les affaires qui, pendant quelques mois, avaient reflué vers la zone grise d'un marché officieux, semblaient reprendre leur cours public. J'assistai à plusieurs ventes aux enchères et vis d'étonnants tableaux changer de propriétaires. Au cours du mois d'octobre, la demande augmentant, les prix suivirent, car les marchands et les conservateurs des musées européens (avec une majorité d'Allemands) et américains se pressaient dans les salles de vente et les galeries. Sans oublier les particuliers fortunés qui tentaient de préserver leur capital des fluctuations du marché en acquérant des objets d'art.

Vers la fin du mois d'octobre, j'appris que le musée du Jeu de Paume avait été réquisitionné par la section Beaux-Arts et Peinture de l'ERR et que tous les tableaux confisqués qu'on avait entreposés au Louvre et à l'ambassade d'Allemagne devaient y être transférés jusqu'à nouvel ordre. Une information que je tenais de Hans Wendland. Je pensai tout de suite à Rose Valland et me demandai quel sort allait lui être réservé. Il était bien à craindre qu'elle ait perdu son poste au Jeu de Paume, le musée ayant fermé pour faire place à la force d'intervention du Reichsleiter Rosenberg.

Un des jours suivants, pendant la pause de midi je me fis conduire place de la Concorde par la voiture de service. Je renvoyai le chauffeur et passai l'imposante grille dorée des

Tuileries où le Jeu de Paume se dressait à gauche sur une terrasse surélevée, au milieu des marronniers et des tilleuls qui perdaient lentement leur feuillage ocre. En plein centre-ville, mais un peu en retrait derrière un rideau d'arbres et donc à l'abri des regards indiscrets, l'endroit faisait, effectivement, un lieu de dépôt idéal. Le musée n'avait que deux accès, l'un par des escaliers, l'autre par une large montée destinée aux véhicules, ses alentours pouvaient donc être bouclés sans problème majeur. Je flânai, les mains croisées dans le dos, à quelque distance de l'étroit bâtiment tout en longueur. De temps en temps je m'amusais à soulever du bout du pied les feuilles mortes qui tourbillonnaient en crissant. Un SS me suivait d'un regard méfiant. Me gardant de chercher les ennuis, je clamai *Heil Hitler*, levai le bras, et redescendis par la rampe.

Au-dessous de l'éminence où se trouvait le musée, un bassin avec fontaine et sculptures de pierre interrompait agréablement l'allée centrale du jardin. Je m'assis au bord de la pièce d'eau sur une chaise de métal vert pâle et ouvris un journal. Et je vis, en effet, plusieurs véhicules militaires et des camions de l'expéditeur Schenker monter vers le musée, des hommes décharger devant l'entrée de grosses caisses de bois et porter de temps à autre à l'intérieur des tableaux ou des meubles sommairement emballés. Des soldats de la Wehrmacht venant du Louvre traversaient le jardin avec des chariots remplis de tableaux, qu'ils hissaient le long de la rampe d'accès. Là non plus, on ne semblait pas toujours s'être donné beaucoup de peine pour protéger efficacement les tableaux. Sur un des chariots je repérai un Fernand Léger, puis un Salvador Dalí. Ce que j'aperçus là en l'intervalle d'une petite heure m'incita à envoyer enfin un télégramme à Rose Valland: *Chère Rose. Suis de retour. Propose de se voir malgré la situation. Samedi 15 heures, rue Lepic. Comme autrefois. Amitiés. Isidor*

Rose se présenta au rendez-vous ce samedi du début novembre 1940. J'étais passé prendre ses pâtisseries préférées chez le fameux Ladurée de la rue Royale où les gourmets parisiens se fournissaient en macarons. Parfaitement moelleux à l'intérieur, ils étaient croustillants à souhait et fondaient sous la langue. Aromatisés à la pistache, la framboise ou la vanille, leur parfum inimitable se déployait lentement en bouche. Et leur simple aspect vous faisait saliver avant même que votre palais n'entre en contact avec le délice. Lorsque Rose découvrit l'assiette multicolore sur ma table, rue Lepic, elle me gratifia d'un sourire ravi. Elle s'empara d'abord d'un macaron à la pistache, son parfum préféré, tandis que j'optai pour une framboise rose-rouge.

Que ne donnerais-je aujourd'hui pour un macaron à la framboise ! Dans l'après-guerre, j'ai fait quelques séjours à Paris, une fois même avec Anna, et jamais je n'ai manqué d'acheter des macarons rue Royale et d'en rapporter un plein coffret en Allemagne. Je pensais à Rose en enfournant délicatement un macaron vert d'eau à la pistache, et à Adèle quand c'était un violet au cassis. Je ne pouvais parler à quiconque des souvenirs et des sentiments que ces petites choses rondes, véritables madeleines de Proust, suscitaient irrésistiblement en moi. Mon passé muet gisait, de plomb, cadavre lesté au fond d'une eau dormante. Il était trop tard depuis longtemps.

« J'avais oublié combien la vue est superbe, ici, tout en haut ! », s'écria Rose en sortant sur le balcon. Je la revois mettre une main en visière devant les yeux, éblouie par la clarté extérieure en cette après-midi ensoleillée. Elle portait une robe gris clair qui lui tombait presque aux chevilles, tout juste égayée par un foulard de couleur jeté sur ses épaules. Elle avait noué ses cheveux en chignon comme autrefois et portait ses éternelles lunettes rondes. Je savais combien trompaient ces dehors de demoiselle rangée et admirai, une fois de plus, son habileté stupéfiante à donner le change. Je la rejoignis sur le balcon; le visage offert aux rayons du soleil, elle cligna des yeux, puis ferma les paupières derrière les grands verres de ses lunettes. «C'est terrible ce qui se passe en ce moment», dit-elle dans un souffle. Je répondis par un «Oui» prudent – en chuchotant, moi aussi. «Comment a-t-on pu en arriver là?» demanda Rose, et je dis: «À un moment donné que personne n'a vu venir, tout à coup, l'escalade ne peut plus être stoppée.» La seule explication qui, d'une guerre à l'autre et au-delà de circonstances historiques données, garderait invariablement toute sa pertinence: à partir d'un certain moment l'escalade devient inéluctable. Une ligne a été franchie, le verre qui semblait encore à moitié plein est définitivement à moitié vide, l'espoir de régler le conflit qui pouvait subsister la veille s'est, du jour au lendemain, évanoui. Après un long silence, j'entendis la voix de Rose comme venue de loin: «Il y aura un après, mais pour l'instant c'est tout bonnement insupportable.» Sur quoi j'éprouvai le besoin – Dieu seul sait pourquoi, peut-être pour m'excuser et me rassurer tout à la fois – de lui poser cette question délicate, peut-être absurde: «Tu me fais confiance?», à laquelle Rose répondit: «Oui – et non, ou plutôt non – et oui.» Les deux éléments de cette réponse sibylline à la Rose Valland ne signifiaient, effectivement, pas la même chose, et ce «non – et oui» allait décider de notre avenir. En se corrigeant et en mettant l'accent sur le «oui», Rose décidait que la confiance allait tout de même l'emporter sur la défiance. Cela signifiait aussi que nous allions nous revoir. Appuyée des deux bras à la balustrade, elle contemplait maintenant le reflet du soleil sur les toits gris argent des immeubles. Je revins à l'intérieur, à mon chevalet, et examinai le tableau auquel je travaillais: un paysage romantique avec ruines dans le style de Hubert Robert.

Partant du principe que Rose avait perdu son poste au Jeu de Paume, j'avais quelques phrases de consolation sur le bout de la langue. Par exemple que c'était l'occasion de chercher un travail tranquille quelque part ailleurs. De professeur d'arts plastiques, par exemple, de préférence dans une petite ville du Sud, loin de la capitale où l'on ignorait de quoi l'avenir serait fait. Je me disposais à alléguer qu'on ignorait comment la situation allait évoluer et si l'Allemagne n'allait pas attaquer l'Angleterre et, dans ce cas, l'Angleterre bombarder l'occupant allemand en France…

Mais je n'eus pas à énoncer mes laborieuses paroles de réconfort, Rose avait bien été congédiée dans un premier temps, en octobre, par la direction française du musée, mais on s'était ensuite ravisé. Une bonne partie de la collection nationale du Jeu de Paume (peinture contemporaine des écoles étrangères) se trouvant encore dans les caves du musée, il n'était pas envisageable de l'abandonner aux occupants avec tout le bâtiment sans la présence d'un responsable français compétent. Il existait des raisons plus secrètes qui justifiaient alors pour les Français le maintien de Rose Valland à son poste au Jeu de Paume. Mais il n'était pas question de me les révéler, et je ne les appris que bien plus tard. Le directeur des musées nationaux, un certain Jacques Jaujard, étant intervenu personnellement pour sa réintégration, Kurt von Behr, alors chef de la section des Beaux-Arts à l'ERR, avait convoqué Rose à un entretien. On avait apparemment enquêté sur son passé, me dit-elle, et rien trouvé de louche comme, par exemple, quelque sympathie répréhensible pour le socialisme ou pour le communisme. Elle s'empara d'un autre macaron avec le sourire malicieux qui lui était coutumier : « Comme tu pourrais en témoigner, je n'ai rien d'une bolchevik ! Et je m'efforce à l'insignifiance, mademoiselle Valland ne s'intéresse qu'à l'art et, je précise, à la *noble* histoire de l'art, comme l'attestent mes recherches sur les origines byzantines de la Renaissance et l'évolution du mouvement de l'art italien jusqu'à Giotto. Et aussi incroyable que ce soit, j'ai maintenant été réintégrée ! Les Allemands ont sans doute accepté, parce qu'ils manquent de personnel compétent en histoire de l'art. Maintenant ils ont quelqu'un à qui demander conseil, quand ils ne savent pas où classer tel ou tel tableau. »

C'est ainsi que Rose Valland œuvra au Jeu de Paume jusqu'à la fin, en août 1944, sous la surveillance de l'ERR. Elle y était responsable de quelques questions de logistique et de la conservation de « sa » collection, exilée dans les caves. Il s'avéra en fin de compte utile aux hommes de l'ERR de l'avoir quotidiennement sous la main. Il leur arrivait une incroyable quantité de tableaux à identifier et enregistrer méthodiquement. Un travail de Romain, me dit Rose. Elle n'avait encore jamais vu pareil tas de tableaux extraordinaires, sans parler des sculptures, des tapisseries et des meubles tout aussi superbes. Le terme de « tas » étant malheureusement approprié, les tableaux s'entassaient littéralement à ses pieds : Watteau, Corot, un Fragonard ici, un Boucher là, un Modigliani. Pêle-mêle. « Imagine, hier j'ai eu entre les mains *Madame Stumpf et sa fille* de Corot et un merveilleux Monet aux nénuphars – dans ces deux mains-là ! »

Je saisis ses mains tendues et l'attirai devant mon chevalet, pour lui montrer ma toile presque terminée en l'interrogeant du regard. « Il est trop vert ! Ton Hubert Robert est – comment dire – trop luxuriant ! Il faut que tu estompes encore ce vert avec du jaune et du brun, chez Hubert Robert la nature est assez sombre, c'est comme si sa profusion portait déjà en elle sa décomposition. » Ce n'était pas la première fois que, d'une remarque en apparence anodine, Rose attirait mon attention sur un défaut flagrant. Chez Hubert Robert c'était un mélange de solennité sacrée et d'effroi devant l'éphémère des choses. Je me souviens que ma toile fut finalement bien réussie quand je l'eus retravaillée quelques soirs d'affilée, avant de passer le vernis final.

Rose continuait à parler. Par curiosité et aussi un peu par ennui, elle essayait, dit-elle, de suivre d'aussi près que possible ce qui se tramait à l'ERR. Elle me confirma que, derrière Kurt von Behr, c'était bien Hermann Göring qui tirait les ficelles. L'impressionnant transfert de tableaux auquel j'avais assisté lors de ma promenade aux Tuileries n'était qu'un prélude à la vaste entreprise de pillage qu'orchestraient les hommes du Reichsleiter Rosenberg. Plus de deux mille tableaux et autres objets d'art confisqués, allant du Moyen Âge à nos jours, avaient déjà été transportés dans les salles du musée annexées par l'occupant, et de nouvelles livraisons s'y ajoutaient constamment, par camions entiers. La tâche des historiens de l'art mis à la disposition de l'ERR était d'identifier chaque objet, d'en noter la provenance, de lui attribuer une fiche, et de consigner enfin les entrées et les sorties dans un registre général.

En ce qui concerne les tableaux, chacun d'eux était affublé au dos d'un tampon où était inscrit *Mis en sûreté par la force d'intervention RR, La Direction*, puis il était classé selon trois catégories que l'on pouvait résumer de la manière suivante : de grande valeur, de valeur moyenne ou dégénéré. À la première catégorie ressortissaient tous les peintres renommés jusqu'à la moitié du XIXe siècle environ. À la deuxième les peintres de moindre rang de la même époque que les précédents et des artistes bien cotés de la seconde moitié du XIXe, cela allait de Manet, Courbet, Cézanne aux impressionnistes. Dans la troisième catégorie, enfin, étaient rangés tous les courants du XXe siècle alors bien entamé. Les artistes juifs ainsi que l'expressionnisme, le fauvisme, le surréalisme, le cubisme et toute la peinture abstraite, d'innombrables peintres de Van Gogh à Chagall en passant par

Matisse, Picasso, Kirchner, Macke, Kokoschka, Ernst, Klee ou Kandinsky étaient donc résolument considérés comme « artistes dégénérés ».

Chaque catégorie d'œuvres avait son cercle d'amateurs attitrés et une fonction bien précise. Les tableaux de grande valeur étaient destinés aux besoins des sommités allemandes, en premier lieu venait Hitler bien sûr, puis Göring. Les tableaux « de valeur moyenne » étaient épargnés dans la mesure où leur cote parlait en leur faveur ou si, comme les impressionnistes (Hitler aimait bien les impressionnistes, disait-on), ils étaient certes par trop peu académiques pour le goût aryen, mais pas complètement « dégénérés ». Très convoités sur le marché de l'art, ils avaient assez de valeur pour être échangés, groupés, contre quelque tableau de haut rang ou bien vendus. Enfin, les tableaux dits « dégénérés » de la troisième catégorie ou les toiles d'artistes d'origine juive n'avaient, eux, à strictement parler, pas droit à l'existence dans la conception de l'art nazi. Leur valeur marchande, en revanche, était bel et bien reconnue. Voués à des fins purement mercantiles d'échange ou de vente à des marchands d'art ou des collectionneurs non aryens « victimes d'aberration du goût », ils étaient entreposés au Jeu de Paume dans la salle la plus reculée, séparée des autres par un lourd rideau et bientôt ironiquement baptisée par Rose Valland « La salle des martyrs ».

Lorsque nous nous sommes revus, Rose et moi, à l'automne 1940, en dépit de notre commune prédilection pour les macarons notre complicité d'antan ne s'est pas rétablie. Les circonstances nous contraignaient à nous méfier l'un de l'autre, à nous dissimuler réciproquement des informations essentielles. Nous devions nous cacher mutuellement une partie de notre quotidien et de notre réalité. Pendant des années. Je ne pouvais tout de même pas lui raconter que je passais le plus clair de mon temps à travailler pour la

Reichsbahn sous le contrôle de l'armée allemande et à veiller à ce que la collaboration avec les chemins de fer français donne entièrement satisfaction à l'occupant. À l'automne 1940, l'occasion concrète de cracher soudain le morceau ne se présenta pas, et plus tard, quand la situation atteignit son paroxysme en France, c'était devenu carrément impossible.

En tant que cadre du service du personnel, il m'appartint aussi en 1941 et en 1942 de renforcer la section de plus en plus sollicitée des trains spéciaux, dont la tâche était de réunir les contingents demandés au fur et à mesure des besoins, généralement à la dernière minute, et de les mettre en temps et en heure à disposition au lieu fixé. Ce bureau mettait en place des trains spéciaux pour le transport vers l'Allemagne d'objets et de mobilier d'art, avec au besoin des wagons de première classe chauffés lorsqu'il s'agissait de collections particulièrement précieuses. Il fut aussi chargé de mettre à disposition dans les délais fixés ces trains qui expédièrent vers l'Est à partir de 1942 les « ennemis du Reich » dans des wagons à bestiaux ou des fourgons de marchandises. Les termes officiellement utilisés pour caractériser ces convois et que nous ne mettions nullement en question étaient « Déplacement vers l'Est » ou « Service de travail à Auschwitz ». Comment aurais-je pu avouer tout cela à Rose ? Automatiquement s'effectuait en moi une sélection de ce que je disais.

De son côté, Rose se garda de me raconter que, depuis le début, elle se livrait au Jeu de Paume à des activités d'espionnage. Elle dressait clandestinement des listes sur lesquelles elle consignait quel tableau était livré à quel moment et de quelle collection il provenait. Puis elle notait si possible pour chacun où il était envoyé ou à qui il était vendu après avoir été confisqué : dans quel dépôt il était transporté en Allemagne, qui l'avait reçu en cadeau ou qui l'avait emporté en échange d'un autre. Les collaborateurs de l'ERR ignoraient que Rose parlait allemand. Le dissimuler à chaque heure et chaque minute de la journée des années durant, sans jamais se trahir dans un instant d'inattention, requérait un incroyable self control. Nul ne remarquait l'énergie infatigable avec laquelle Rose allait repêcher en douce les copies sur papier carbone dans les corbeilles à papier, écoutait aux portes, inspectait les fiches de ses collègues et dressait des listes secrètes après ses heures de travail, notait les faits saillants ou rédigeait des dépêches pour information à son supérieur Jacques Jaujard. Nul n'aurait imaginé que cette binoclarde qui ne payait pas de mine et se réfugiait timidement derrière ses dossiers et ses fiches pensait déjà à l'après et faisait en secret tout son possible pour que puisse être récupéré un jour le patrimoine artistique volé.

L'ERR avait intégré négligemment Rose Valland comme une fourmi besogneuse dans les activités de sa troupe, mais au cours de toutes ces années il y eut tout de même quelques épisodes périlleux. On la surprit une fois en train de rechercher dans la corbeille à papier un carbone de listes d'enregistrement qu'on la vit lisser soigneusement, avant de le ranger dans son porte-documents. Une autre fois, un gardien l'accusa d'avoir introduit en cachette dans la salle des « dégénérés » un tableau apporté dans un sac de voyage, et de l'avoir placé entre d'autres calés contre le mur, probablement pour le dissimuler. À deux reprises Rose réussit à se disculper en fournissant une explication plausible. La première fois : elle était allée rechercher les listes du collègue allemand dans la corbeille, parce qu'elle craignait qu'il n'y ait eu par mégarde une erreur d'enregistrement et voulait par précaution les réexaminer tranquillement. Et la seconde, quelque temps après : elle avait bien emporté chez elle le Matisse en cachette la veille au soir, ce qui était une faute impardonnable, elle en convenait, mais elle l'avait rapporté immédiatement, le gardien en était témoin... Rose servit sûrement aux collègues quelque fable touchante, mais le deuxième incident passa moins bien que le premier. Même s'il ne s'agissait que d'un Matisse, c'était une question de principe. Une employée comme Rose ne pouvait prélever impunément un tableau sur le contingent des œuvres déposées, ne serait-ce qu'une nuit.

Immédiatement après l'incident, Rose fut éloignée du Jeu de Paume. Il fallut l'intervention opiniâtre de plusieurs pointures françaises du musée pour que Kurt von Behr se ravise et qu'elle rentre de nouveau en grâce. Quand c'était nécessaire, cette souris grise de Rose savait vivre : elle réintégra le musée avec une grosse boîte de chez Foucher, l'excellent chocolatier de la rue du Bac, qu'elle offrit à Kurt von Behr en signe de repentir. On lui accorda alors son pardon avec un sourire béat, en plongeant aussitôt dans la boîte une main avide aux doigts boudinés.

Rose et moi étions tacitement convenus que les circonstances nous imposaient une certaine distance, qui, pour chacun, faisait office de sas de sécurité. Il y avait toutefois un domaine dans lequel la confiance continuait à régner, c'était notre relation à la peinture. Elle devint notre sujet principal d'échange, un espace commun qui nous permettait de nous exiler de la réalité et où nous avons pu continuer à nous rencontrer pendant toutes ces années. Rose me dit plus tard, lorsque nous nous sommes vus une dernière fois à Berlin à la fin des années quarante, qu'elle s'était doutée de ma double vie : à un moment donné elle s'était dit que ma présence à Paris n'était sans doute pas uniquement liée à mes activités de peintre. Mais elle avait décidé de laisser les choses en l'état, sans chercher à en savoir davantage. « Il y a des fois où savoir la vérité ne vous avance pas forcément et où ça n'a guère de sens, me déclara-t-elle. Si je m'étais vraiment avoué que tu travaillais sans vergogne pour ces nazis, pour la Reichsbahn en plus, je n'aurais pas pu continuer à te voir. »

Et moi, que soupçonnais-je, que savais-je de Rose ? Je partageais dans une certaine mesure son indignation sur ce qui se passait sur le marché de l'art. Chez Rose c'était d'ailleurs plus que de l'indignation, mais bien de la colère, de la révolte, et outre un désespoir croissant, un refus catégorique, d'origine politique. Et je m'imaginais bien qu'elle ne faisait pas que travailler passivement au Jeu de Paume – mais sans *vouloir* creuser la question. Il aurait été inconcevable, je le savais, que Rose Valland regarde placidement sans réagir des milliers de tableaux volés au mépris du droit sous des prétextes fallacieux, changer de détenteurs ou être expédiés en Allemagne. Sans parler de ce qu'il advenait de leurs légitimes propriétaires. Nous étions obligés de nous faire confiance parce que nous avions tous deux saisi mi-sciemment mi-intuitivement que, chacun, derrière ses activités de façade, menait une autre vie.

Toujours est-il qu'à partir du samedi aux macarons (d'après mon carnet de notes c'était le 8 novembre 1940) nous nous sommes rencontrés à intervalles assez espacés mais réguliers, la plupart du temps chez moi rue Lepic, et que nous avons évité les sujets qui fâchent. Nos relations se bornaient à notre passion commune, nous parlions peinture et nous racontions les derniers potins du milieu parisien de l'art. Elle me rapportait des anecdotes sur l'ERR au Jeu de Paume, et je lui montrais les tableaux sur lesquels je travaillais ou lui relatais de mon côté les rumeurs qui m'étaient parvenues aux oreilles. Qu'il y eût également pour Rose une autre raison, morale en quelque sorte, de rester en contact avec moi, je ne l'appris qu'ultérieurement.

Photo 10

Au jardin des Tuileries. Un rouge-gorge est perché sur le dossier d'une des chaises vert pâle en métal disposées autour de la pièce d'eau. Il fixe l'objectif, sa petite tête insolemment pointée. En arrière-plan on aperçoit le Jeu de Paume sur une terrasse surélevée à laquelle mène une large montée.

L'automne dernier dans la vieille maison, en mettant tous les livres de la bibliothèque dans les cartons du déménagement, Karolin avait repéré un mince bouquin vert foncé au dos duquel ne figurait que l'éditeur *Odé Paris.* Elle ne l'avait jamais remarqué parmi les gros volumes sur l'art et faillit le lancer dans les cartons sans y prêter attention. Mais en voyant le mot « France » sur sa couverture elle s'était arrêtée net pour l'examiner de plus près : sous le titre était écrit en fines lettres dorées : *Les impressions du soldat allemand.*

Elle avait feuilleté les pages jaunies du petit ouvrage. Pratiquement à chaque double page on y trouvait une illustration sur papier glacé, en général une aquarelle ou un dessin, parfois une gouache. Chaque illustration portait un titre et le nom de l'artiste. Comme l'annonçait la couverture, des membres de la Wehrmacht, des « soldats », avaient traduit en peinture leurs impressions de la France : K. Fisch, *Vue sur Beauvais*; H. Ficus : *À l'apéritif*; K. Schöllkopf, *Oriel dans une vieille ville de Bourgogne.* Le reste du livre était consacré à de longs développements dus également à des militaires. Il y avait même un capitaine Ernst Jünger qui avait gracieusement autorisé à citer de petits extraits de ses journaux de juillet 1940. L'odeur de renfermé du papier longtemps confiné l'avait fait éternuer compulsivement, et elle avait vite refermé le livre qu'elle avait lancé dans la boîte de déménagement.

Quand elle avait déballé les cartons chez elle à Paris, le petit livre lui était retombé entre les mains. Entre-temps elle avait trouvé les cahiers de Viktor, qu'elle avait lus et relus. Ce petit volume avait donc pris une signification nouvelle. Il était devenu fortuitement l'unique et dernière trace du séjour de Viktor à Paris. Cette fois Karolin l'examina avec attention. Dès la première double page un peu collée, elle reconnut l'écriture de son père. Il avait griffonné quelques remarques au crayon à papier (déjà il aimait annoter les textes, se dit Karolin), sans doute était-ce aussi lui qui avait souligné quelques phrases à ses yeux marquantes.

Karolin ayant, dans l'intervalle, entamé des recherches minutieuses afin de vérifier la justesse factuelle des écrits de son père, le livret vert foncé était devenu éminemment intéressant. Sur la première page était écrit de la main de Viktor : *Kunst der Front/L'art au front au Jeu de Paume*, puis une date : *1er-16 novembre 41.* C'était donc le livret d'accompagnement d'une exposition que les occupants allemands avaient organisée en novembre 1941 au Jeu de Paume, précisément là où l'ERR conservait des milliers d'œuvres d'art confisquées et où Rose Valland s'activait en tant que conservatrice qui espionnait en secret.

La présence de ce livre insolite dans la bibliothèque de Viktor semblait indiquer qu'il était allé voir l'exposition *Kunst der Front.* Sur l'avant-dernière page, juste avant les mentions légales, Karolin trouva le commentaire suivant écrit de la main de son père : *Essentiellement des paysages, des descriptions de ville – d'assez petits formats vu les circonstances –, ainsi que des portraits, des scènes de la vie de soldat. Banales productions d'amateurs dans l'ensemble.* Elle sourit, c'était tout à fait ça. Ces peintres du dimanche vaguement amoureux de la France vaincue n'étaient pas des incapables, mais l'ensemble ne présentait aucun intérêt artistique.

Bien qu'il fît froid et qu'il plût, Karolin fourra le volume dans son sac à bandoulière. *France. Les Impressions du soldat allemand* : l'absurdité du titre évoquant le pittoresque l'agaçait fortement, il s'agissait quand même de la guerre, de l'Occupation et de l'exploitation totale d'un pays. Et pourquoi « du » ? « Le » soldat allemand – censé représenter tous les autres ? C'était bien le ton de cette époque au langage truffé d'euphémismes. Karolin enfila son imperméable fourré et se mit en route pour le Jeu de Paume.

Dépouillé de ses feuilles et de ses couleurs, le jardin des Tuileries au dessin géométrique avait, l'hiver, le charme des cristaux de glace. La pluie avait cessé, mais rares étaient les promeneurs qui se risquaient dehors. Et à cette époque intermédiaire entre les vacances de Noël et celles de Pâques, les touristes habituels n'étaient pas légion non plus. Les lourdes chaises de métal vert pâle dispersées çà et là dans le désordre semblaient attendre d'être réchauffées par le corps de quelque lecteur de journal ou espérer un couple d'amoureux venu d'un lointain pays.

Karolin bascula une chaise pour permettre aux gouttes d'eau qui perlaient de s'écouler et en essuya la surface avec un mouchoir. Elle tenta d'adopter à peu près la perspective que son père avait décrite dans ses cahiers. La première fois qu'il était venu ici, c'était au début de l'Occupation, dans les premiers jours du mois de novembre 1940, après avoir appris par Hans Wendland la confiscation des collections juives et leur dépôt au Jeu de Paume. Un an plus tard, exactement au même endroit, avait eu lieu l'exposition des artistes-soldats organisée en l'honneur de l'aviation de Göring. Karolin sortit le volume vert de son sac et commença à lire.

L'introduction était d'un certain Ernst Schaumburg, lieutenant-colonel et commandant du Grand-Paris, lequel devait avoir au cours de sa vie brandi plus souvent le sabre que la plume : « Le soldat allemand, écrivait-il, a occupé une grande partie du pays de France dont le destin fut si souvent lié à celui de sa patrie par des conflits sanglants. Il s'est installé dans ses nouveaux quartiers et s'est familiarisé avec son environnement encore étranger. Il a côtoyé les hommes qui vivaient entre la Manche et les Pyrénées, l'Atlantique et le Rhin. Il s'est efforcé de comprendre la langue et les coutumes étrangères, les mœurs et les habitudes, pour pouvoir se faire une opinion du pays et de ses habitants. Le séjour en France lui a laissé des impressions mémorables. » Cela vous avait un petit côté récit d'ethnologue sénile sur des Néandertaliens débarquant chez l'Homo sapiens.

Karolin continua à feuilleter et à examiner les illustrations : un paysage plaisant des bords de la Garonne, des tavernes de pêcheurs au Havre, une reproduction fidèle de Notre-Dame. Entre les illustrations étaient disséminés des textes reflétant les points de vue des soldats allemands sur le pays occupé. Un phénomène la frappa, qui semblait avoir particulièrement intéressé son père puisqu'il l'avait souligné à plusieurs reprises. Presque tous les commentaires se distinguaient par une caractérisation étrangement confuse de l'« essence » du Français, toujours comparée à celle de l'être germanique, une théorie des peuples qui, pour être tragiquement emblématique de l'époque, n'en était pas moins, avec le recul, d'un comique irrésistible. Le caporal Gerhard Nebel soutenait ainsi la thèse selon laquelle l'être allemand était par essence masculin et plutôt jeune, alors que le Français (qui appartenait lui aussi à un peuple de rang supérieur) était d'essence féminine et plutôt vieux: «Attribuer à l'être allemand un trait masculin et au français un trait féminin ne contient pas plus de jugement que d'assimiler l'Allemand à la jeunesse et le Français à la vieillesse, ce qui constitue une autre de leurs différences.»

De la grâce française ou même de l'érotisme français à la figure matriarcale de la concierge parisienne, du goût paresseux du loisir à la volonté de jouir de la vie, de l'aptitude au bon goût à l'inaptitude soi-disant typiquement féminine à l'organisation: pour le caporal Nebel, le féminin semblait, chez le Français, absolument déterminant, son exact contraire, le caractère germanique, se caractérisant, lui, par l'action, le goût du travail et de l'organisation, une certaine raideur réfractaire à l'érotisme, et même une certaine maladresse, ce qui, insinuait l'auteur soucieux de la réconciliation des peuples, n'était pas toujours à son avantage. Ce genre de considérations essentialistes couraient tel un fil (brun) à travers d'autres contributions et culminaient en une apothéose particulièrement exaltée chez un lieutenant-colonel Walter Chomton qui tentait de cerner «l'âme française». Karolin interrompit cette lecture lassante pour rapprocher une chaise métallique, y allonger ses jambes et tirer de son sac son petit carnet de notes.

Elle se représentait cette fin de l'automne 1940 où son père s'était installé ici au bord de la pièce d'eau, pour mener sa propre enquête sur les rumeurs de collections d'art confisquées et observer discrètement ce qui se passait autour du nouveau dépôt du Jeu de Paume. Il devait régner un froid humide comme aujourd'hui, elle le voyait assis à côté d'elle sur une chaise verte dans un long manteau gris foncé, le coiffait en pensée d'un chapeau, parce qu'il était au-dessus de ses forces de s'imaginer son père en uniforme avec un couvre-chef à visière (pas lui, soufflait une voix en elle, par pitié pas lui). Comme Karolin, il aurait regardé de l'autre côté de la place de la Concorde, au-delà des arbres presque dénudés. Ses pensées suivant son regard, il se serait souvenu des galeries, là-bas rue La Boétie et rue du Faubourg-Saint-Honoré. Elles étaient confisquées maintenant, mises sous tutelle « aryenne », ou on avait fermé boutique, cloué des planches de bois sur les portes et les fenêtres. Et dans les arrière-cours, les tableaux étaient emballés pour le transport, les Cézanne, les Corot et les Degas des Rosenberg, les Renoir, les Bonnard et les Matisse des frères Bernheim-Jeune.

Au début de l'été suivant, en 1941, son père était revenu une deuxième fois au Jeu de Paume. Il avait même pénétré officiellement sous l'identité d'Isidor Schweig dans les lieux sacrés de l'art volé. Il y avait rencontré un familier de Göring, Bruno Lohse, historien de l'art à l'ERR et nazi fidèle à la ligne du parti. Karolin se demandait comment son père avait réussi à vivre ses deux identités en les séparant strictement l'une de l'autre, dans le milieu assez restreint des occupants à Paris. Sans un mélange de sang-froid et d'audace, et surtout de présence d'esprit et d'envie de transgresser, Viktor n'aurait pu poursuivre sa vie secrète d'Isidor dans le Paris nazi. C'est en cela qu'il ressemblait à l'agent secret Rose Valland. En espionnant l'ennemi, c'est Rose Valland qui s'exposait le plus, elle avait eu une chance inouïe de ne pas être démasquée pendant toutes ces années. Pour Viktor/Isidor les auspices étaient infiniment plus favorables. Qu'il fût faussaire allemand dans un marché de l'art voyou ou fonctionnaire des chemins de fer en uniforme de la Wehrmacht, il était dans le camp des nazis au pouvoir, leur complice sinon leur agent.

Quelques mois plus tard, entre le 1er et le 16 novembre 1941, son père était venu ici pour la troisième fois. Cette fois-ci, il venait au Jeu de Paume pour visiter l'exposition *Kunst der Front/L'art au Front* qui, sur les instances de Göring, avait été précisément montée ici, au dépôt secret des œuvres spoliées. Dans ses cahiers il omet de mentionner cette visite, qu'il n'avait pourtant certainement pas oubliée. Y était-il allé en tant que Viktor Wagtall ou qu'Isidor Schweig ? Cet homme charmant, plein d'aisance, c'est ainsi que Karolin se représentait son père jeune, avait examiné les travaux des soldats peintres d'un œil gentiment ironique, avec l'insouciance de ceux qui sont encore assez jeunes pour croire que tout est possible et qu'on ne doit pas prendre la réalité trop au sérieux, en tout cas pas autant qu'elle ne l'est vraiment.

Revenir au Jeu de Paume avait dû être excitant. C'est dans ces mêmes salles où étaient accrochés maintenant les travaux des soldats qu'on organisait habituellement les expositions réservées à un amateur d'art bien particulier, le Reichsmarschall Göring, et naturellement c'étaient alors des œuvres d'une tout autre pointure qu'on présentait là. Il devait régner autour du bâtiment une atmosphère étrange, entre ambiance de caserne et célébration de l'art. Outre un public hétérogène d'employés allemands de l'Occupation, de quelques Français, de SS, de gestapistes et de soldats de la Wehrmacht, entraient et sortaient les marchands et les experts qui travaillaient avec l'ERR. L'entassement méthodique et le transport d'œuvres ne s'interrompaient sans doute pas pendant l'exposition des travaux des soldats. Ce n'est toutefois pas à ce moment-là que Göring était venu « faire son marché », une visite de lui était attestée à une période postérieure, du 2 au 4 décembre. Viktor (à moins qu'il ne fût venu sous l'identité d'Isidor ?) avait dû sentir l'atmosphère tendue qui régnait au Jeu de Paume. Peut-être avait-il espéré pouvoir jeter encore un coup d'œil dans la coulisse. Car quelques pas plus loin, au-delà de l'exposition de peinture soldatesque, séparées du public par une unique porte à doubles battants dûment verrouillée, étaient entreposées des œuvres, elles, réellement passionnantes et d'inestimable valeur. Et tout au fond de l'enfilade des salles, dans la toute dernière se trouvait – Schweig alias Wagfall le savait alors depuis longtemps – la « salle des martyrs » où l'on conservait les toiles des modernes proscrits.

Mais dès que Karolin s'imaginait son père dans le Paris de l'époque, dès qu'elle tentait de se représenter sa vie, de penser les idées, les opinions qu'il pouvait avoir eues, elle se heurtait une fois de plus à ce mur invisible en elle qui s'évertuait à protéger ce père de ses propres questions pernicieuses et d'une possible calomnie. De toute éventuelle velléité de déloyauté filiale. Et aussitôt elle inclinait à croire que, à l'époque déjà (pas seulement des années ou des décennies plus tard), il devait avoir ressenti un peu de cette indignation qui la soulevait, elle, dès qu'elle essayait d'appréhender ce qu'il avait vécu et ce à quoi il avait assisté, même participé quotidiennement dans ce pays. Manifestement sa conception de l'art n'avait pas été influencée par celle des nazis, se disait-elle en guise d'apaisement. Ce qui témoignait d'un minimum de distance et de liberté d'esprit. Et ces passages soulignés du déplaisant recueil « du soldat allemand » n'étaient peut-être pas si suspects que ça le paraissait à première vue, disait une petite voix en elle. Ne se pouvait-il que le père et la fille, en dépit des décennies qui les séparaient, aient feuilleté ce petit volume avec le même étonnement, la même distance ironique vis-à-vis des préjugés, du conformisme grandiloquent et de toute la boursouflure de cet aveuglement idéologique ?

Il lui était impossible de s'imaginer que l'homme qui était son père et dont elle souhaitait pouvoir respecter les idées et les actes eût été d'accord avec les répugnants schémas de pensée de son époque. Lorsqu'un certain capitaine Lorenz ergotait sur « Le Parisien », son père partageait-il secrètement son point de vue ? Ce nazi exprimait-il ce que Viktor pensait lui aussi en tant qu'occupant ou en avait-il souri avec le même recul qui le faisait taxer les œuvres des soldats de « banales productions d'amateurs » ? « Le Parisien aime cette ville qui cadre bien avec sa vie turbulente visiblement davantage baignée de lumière que d'ombre. » Pourquoi pas. Son père avait pu être d'accord avec ça, il avait souligné la phrase. Mais ensuite, après un long éloge paternaliste, le capitaine n'y allait pas de main morte : « Ce qui aujourd'hui dénature le vrai Parisien rappelle l'époque où l'on n'osait pas prononcer à Berlin le nom de Goethe, de Schiller ou du grand Frédéric de Prusse, parce que les éditoriaux et le parlementarisme de comptoir d'une racaille étrangère sans attaches empoisonnaient la source vive de l'authentique germanité. Mais gardons-nous, nous Allemands, de mettre tout ce que nous voyons et vivons à Paris aujourd'hui au compte de l'essence véritable d'un peuple. Car nous ne vivons absolument pas dans le Paris du Parisien, mais dans une caricature cosmopolite de Paris qui a commencé à se constituer avant-guerre. »

Et si son père avait partagé ce genre d'idées ? Karolin était toujours sur sa dure chaise de métal, les jambes allongées sur une autre. Ses mains étaient tellement engourdies qu'elle avait du mal à écrire dans son petit carnet noir. Le brouillard se muait peu à peu en minuscules gouttelettes, un petit crachin commençait à tomber. Et à l'instar de ce brouillard qui s'était levé sur les jardins et du voile de bruine fine qui recouvrait tout maintenant, une angoisse diffuse l'avait envahie peu à peu, sournoisement. Le vieux malaise généalogique. Un pressentiment qui l'enveloppait comme un linge vénéneux humide et glacé, brodé d'une myriade de perles d'eau toxiques. Elle fourra le livre dans son sac avec le carnet et le stylo, bondit sur ses pieds, courut dans la bruine jusqu'au portail doré du jardin et s'engouffra dans la station de métro. D'abord il fallait partir d'ici.

Le livre, ce livre vert sapin, ridicule, glauque, absurde, obtus, ce livre sinistre, une fois sortie de l'ascenseur et parvenue à son douzième étage, elle le balança sans ambages dans le vide-ordures. Un geste impulsif. Quand la voix électronique de l'ascenseur annonça mélodieusement : « Vous êtes au douzième étage », sans en avoir pris sciemment la décision, elle avait déjà sorti le livre de son sac et fonçait vers le local au fond du palier. Elle le déposa dans la pelle creuse du vide-ordures, la referma et entendit un bruit de chute. Treize étages plus bas le livre atterrissait à la cave dans le container des poubelles.

Immédiatement elle réalisa – trop tard – qu'elle venait de jeter un indice, elle avait éliminé purement et simplement une des dernières traces authentiques qui restaient de la vie de son père ici à Paris. Elle venait de détruire une preuve qui, par le plus grand des hasards, n'avait pas été découverte au cours de toutes ces années et toutes ces décennies. Le petit volume vert foncé de l'étagère inférieure de la bibliothèque avait été oublié. De la vie de son père à Paris ne subsistaient à présent que deux choses : un manuscrit rédigé de sa main et *L'Odalisque assise* de ou d'après Henri Matisse.

Le tableau poursuivait Karolin jusque dans ses rêves, elle avait rêvé qu'elle était aveugle et le voyait pourtant à tâtons du bout des doigts. Dans son rêve elle l'avait exploré ainsi, comme si elle pouvait le voir par le truchement des cellules nerveuses de la peau. Une sensation étrange et délicieuse. Sous ses yeux aveugles les couleurs étaient encore plus lumineuses, et elle ressentait les différentes textures de la toile. Le tableau occupait brusquement toute la surface du mur de son bureau ; les couleurs et la touche du pinceau ressortaient comme dans un film en 3 D, et Karolin ne pouvait s'empêcher de scruter sans cesse des doigts certains endroits de la toile, là c'est la tapisserie à motif de fleurs, là la veste de velours brodée et la culotte bouffante en soie, là-bas l'étoffe grossière du fauteuil turc, les mains enlaçant les genoux, et un peu plus haut le collier de perles, la tresse épaisse, les yeux noirs profonds, petits cratères sensibles. Les yeux étaient l'âme du tableau, et bizarrement la bague à la pierre rouge au doigt de l'odalisque se trouvait exactement au milieu de la toile, comme si c'était son cœur. Karolin touchait en rêve la bague chaude à l'éclat rouge et la sentait pulser très doucement sous ses doigts.

Dès la mi-novembre, les objets d'art des Juifs furent pris dans le filet d'une juridiction qui allait permettre de les piller méthodiquement les années suivantes, pièce par pièce, œuvre par œuvre. Les principales lois ou « ordonnances du Führer » sur l'expropriation et la persécution des Juifs furent bouclées en quelques mois. Une ordonnance de septembre 1940 avait déjà précisé que l'Allemagne avait signé l'armistice avec l'État français en tant que « peuple ». Pour l'occupant allemand, tous les citoyens français n'étaient donc pas automatiquement considérés comme membres du peuple français et n'avaient donc pas non plus les mêmes droits. Les Juifs ne faisant plus partie du peuple français, le Reich allemand ne se sentait pas tenu de respecter leurs droits de propriété.

Sur cette interprétation inédite de la citoyenneté qui déniait leurs droits civiques aux Juifs français et les assimilait à des étrangers s'appuya aussitôt une série de décrets légitimant complètement la confiscation des objets d'art et autres biens juifs. Au besoin on concoctait rapidement une disposition spéciale pour les cas particuliers. Avant de s'exiler, certains collectionneurs, espérant préserver ainsi les pièces les plus importantes, avaient procédé en accord avec les directeurs des musées concernés à des donations fictives d'une partie de leur collection à l'État français. Quand on eut vent du stratagème en septembre 1940, parut un décret spécifiant qu'« il fallait considérer l'état des biens juifs d'avant-guerre », donc antérieur à la déclaration de guerre, à savoir au 1er septembre 1939. C'est grâce à ce décret que l'ambassade d'Allemagne et l'ERR nouvellement créée purent confisquer impunément une grande partie de la fabuleuse collection Rothschild dont la propriété avait été transférée *pro forma* aux musées nationaux juste avant l'invasion allemande. Le Reichsleiter Rosenberg fut ainsi habilité à « transporter et mettre en sécurité en Allemagne les biens culturels qui lui paraissaient précieux. Le Führer se réservant le droit de statuer sur leur utilisation ».

Les objets d'art sont, hélas, encombrants. On ne peut les transbahuter et les expédier sans mesures particulières. Ils sont, de plus, soumis à des règles douanières contraignantes. Fuyant précipitamment Paris et la zone occupée, la plupart des propriétaires juifs de grandes ou petites collections avaient dû tout abandonner. Peu d'entre eux avaient pu emporter quelques pièces préférées en Suisse, au Portugal, en Angleterre ou en Amérique. Des œuvres célèbres ou des parties de collections avaient été déposées incognito dans les chambres fortes des banques, d'autres cachées dans des endroits retirés dans le Sud, en zone libre. Mais d'innombrables objets d'art avaient été abandonnés dans les maisons et les appartements ou laissés chez les marchands d'art dans l'espoir de les retrouver intacts au retour.

Tandis qu'avec l'aide d'indicateurs et de mouchards français l'ambassade d'Allemagne et les collaborateurs de l'ERR recherchaient activement les cachettes d'œuvres isolées ou de collections entières, des détachements de la SS organisaient les saisies et le transport. En octobre 1940 il fut décidé de centraliser les œuvres confisquées au Jeu de Paume, puis de les y faire inventorier par le « groupe de travail Louvre ». Lequel groupe était placé sous l'autorité de Kurt von Behr et constitué de plusieurs historiens de l'art – les Dr Schiedlausky, Lohse, Ebert, Wirth, Jerchel et Kuntze – secondés par une troupe de collaborateurs allemands. Quelques photographes furent, enfin, chargés de prendre des clichés de chaque œuvre, avant qu'elle ne soit livrée à son destin.

Des rapports réguliers informaient Hitler au fur et à mesure des arrivées, et le personnel de l'ERR lui préparait des dossiers reliés de cuir avec photographies et descriptions des objets les plus séduisants, pour lui permettre de passer commande depuis Berlin. Plusieurs spécialistes travaillaient pour leur Führer sur place à Paris, observant sans relâche le marché de l'art parisien et les dépôts du Jeu de Paume, lui offrant leur expertise et œuvrant pour lui lors des enchères, des achats ou des échanges. Le Reichsmarschall Göring avait aussi installé à Paris des gens à lui qui le tenaient au courant et agissaient en son nom, quand une opportunité se présentait. Mais contrairement à Hitler, le Reichsmarschall aimait bien venir en personne dans son train spécial faire ses emplettes au Jeu de Paume. Il négociait également des échanges d'œuvres « dégénérées » ou « de moindre valeur » dans le contingent confisqué contre des tableaux de maîtres en vente sur le marché régulier. L'ami et partenaire de Wendland, Gustav Rochlitz, et quelques autres entraient alors en action.

Les relations entre Göring et le marchand d'art Rochlitz dataient d'avant la guerre. Rochlitz dut se frotter les mains en apprenant que la plaque tournante de l'art « abandonné » (à l'instar du Reichsleiter Rosenberg il affectionnait ce terme) était mise en place précisément au Jeu de Paume, sa galerie se trouvant, elle, au numéro 222 de la rue de Rivoli, à un jet de pierres de là. Rien de plus facile pour lui désormais de venir en voisin tisser des liens (qui devinrent vite amicaux) avec les collaborateurs de l'ERR, ce qui facilitait ensuite les transactions d'échanges avec Göring. Rochlitz n'avait qu'à traverser la rue, son Titien sous le bras, pour aller présenter le tableau au maréchal lors d'une de ses visites éclair. En échange de quoi, toujours bien informé sur les objets déposés ou nouvellement arrivés au Jeu de Paume, il se réservait une demi-douzaine ou une douzaine de tableaux intéressants dans les collections confisquées. Un contrat d'échange entre Gustav Rochlitz et l'ERR, que j'ai trouvé parmi d'autres documents dans la National Archives Collection of World War II, montre que Rochlitz fit, dès juillet 1940, dans la toute première phase des saisies, des affaires avec l'ERR nouvellement créée.

Le 3 novembre 1940, Göring vint visiter une première fois les salles de dépôt et d'exposition du Jeu de Paume annexées par l'ERR. Le déroulement de sa visite que Rose Valland me raconta un jour *en détail** devait rester le même à peu de chose près pour chacune des vingt suivantes ou plus qu'il effectuerait ensuite. Kurt von Behr, son homme de confiance, était informé à très court terme, la veille ou tout au plus l'avant-veille, de l'arrivée imminente du Reichsmarschall. Il mobilisait alors sur l'heure l'ensemble de ses effectifs qui trimait ensuite jour et nuit fiévreusement, pour mettre en place une exposition des œuvres les plus intéressantes confisquées récemment. On connaissait les goûts du Reichsmarschall et concevait l'accrochage pour que les objets les plus précieux lui sautent aux yeux d'emblée. Le grand homme aimait être surpris ! Les salles suivantes étaient dédiées à un style particulier ou un thème précis, chaque espace étant décoré de commodes précieuses, de tapisseries des Gobelins, d'ouvrages en argent et de statues susceptibles de lui plaire.

Lorsque Göring débarquait au Jeu de Paume avec toute sa suite, le « groupe de travail Louvre » l'attendait au grand complet, son chef Kurt von Behr en tête. Göring descendait de sa limousine son inévitable cigare au bec et von Behr se dirigeait vers lui le bras levé en lançant la formule d'usage. Grand, large d'épaule et de stature imposante sans être gros, Kurt von Behr n'était pas mal de sa personne malgré des lèvres minces et un nez pointu, il était en outre égocentrique, bouffi d'orgueil et totalement imbu de lui-même. Faute d'un grade dans l'armée, il portait toujours son uniforme strictement coupé de chef de la Croix-Rouge (fonction qu'il avait exercée dans le passé). D'après Rose, nul ne pouvait le souffrir au sein de l'ERR, notamment parce que son incompétence en matière d'art ne le gênait pas le moins du monde vis-à-vis de ses collaborateurs ou, pire encore, qu'il n'en était même pas conscient. Il enfonçait solidement son couvre-chef à large visière sur son front pour adoucir ses yeux : un œil de verre inerte et un vrai quelque peu veiné de rouge qui trahissait le buveur.

Le baron Kurt von Behr tirait donc les ficelles de l'ERR et entretenait des relations avec la hiérarchie nazie – pas uniquement depuis son bureau car il participait activement aux excès de la vie nocturne de la capitale. Il ne manquait pas de charme et parlait un excellent français. Après de longues et joyeuses nuits très imbibées, il paraissait généralement tard à son bureau. La rougeur légendaire de Göring ne frappait plus lorsqu'il était à côté de Kurt von Behr tout aussi congestionné, mais leurs deux silhouettes offraient un contraste saisissant. Göring avait une tête de moins, il était bedonnant et court sur pattes. La nature ne l'avait pas gâté, qui l'avait doté par-dessus le marché de petits yeux porcins au-dessus de pommettes assez hautes. L'excessive consommation de morphine était d'ailleurs en partie responsable de son aspect bouffi. Avec son manteau d'hiver de couleur sombre qui lui arrivait aux chevilles et son cigare, il avait l'air, dixit Rose, d'une barrique chapeautée crachant de la fumée.

Après la cérémonie du salut hitlérien, Göring entrait au Jeu de Paume aux côtés de von Behr, sa suite sur ses talons, examiner l'exposition accrochée à son intention. Cette délectable visite, Göring la faisait accompagné du marchand d'art Walter Andreas Hofer chargé de la constitution de sa collection privée à Carinhall, et Bruno Lohse était là aussi, qui restait à son entière disposition pendant ses séjours à Paris, sondant pour lui le marché de l'art le reste du temps. Même si Göring s'y connaissait un peu plus en peinture que le chef de l'ERR Kurt von Behr, ses goûts en matière d'art étaient clairement délimités et se bornaient au classique académique. En tout premier venaient – qui s'en étonnerait – les maîtres « nordiques » : Dürer, Holbein, Cranach, Ruysdael, Frans Hals, van Dyck et Vermeer.

Le Reichsmarshall profitait aussi de ses visites éclair au Jeu de Paume pour examiner de visu les œuvres que ses spécialistes avaient repérées sur le marché de l'art. Quand elles lui plaisaient, il pouvait ainsi convenir aussitôt sur place des tableaux à choisir comme monnaie d'échange. Parfois les transactions étaient pratiquement conclues en amont, et Göring n'avait alors plus qu'à donner son accord. Bruno Lohse avait ainsi débusqué en février 1941 chez Rochlitz un Titien qui se révéla plus tard être d'une « école italienne » bien mineure (*Portrait d'un homme barbu d'Italie du Nord*) et une *Nature morte de chasse* du peintre hollandais du XVIIe siècle Jan Weenix. Lohse estima les deux œuvres suffisamment intéressantes pour en informer Göring et en envoyer des clichés à Berlin. Le Reichsmarschall, séduit, demanda depuis Berlin qu'on convienne avec Rochlitz d'un échange pour les acquérir. Rochlitz put donc choisir, dans une pré-sélection de tableaux des collections juives qu'avait opérée l'ERR, les tableaux qu'il était prêt à accepter en guise de paiement. Göring vint peu de temps après en personne au Jeu de Paume et scella l'accord.

Rochlitz échangea donc – je lui tire mon chapeau, quel talent – un Weenix ennuyeux à mourir et un Titien douteux contre douze magnifiques tableaux modernes ; c'était en termes de valeur un de ces déséquilibres caractéristiques de toutes les affaires d'échange dont j'ai entendu parler ou dont j'ai pu retrouver les traces, et il ne s'explique que par les goûts qui prédominaient chez les nazis en matière d'art et le mépris des tableaux si facilement volés qu'on échangeait. Il faut en savourer lentement la liste et admirer en pensée chacun des tableaux que Gustav Rochlitz reçut en échange de ses deux toiles :

1. Braque, *Nature morte aux raisins et aux pêches*, collection Alphonse Kann
2. Cézanne, *La Douleur* (nommé aussi *Soucis*), collection Alphonse Kann
3. Corot, *Madame Stumpf et sa fille* (ou *Mère avec enfant dans la forêt*), collection Rosenberg-Bernstein
4. Degas, *Madame Camus au piano*, collection Alphonse Kann
5. Matisse, *Femme à une table*, collection Rosenberg-Bernstein
6. Matisse, *Nature morte avec fleurs et ananas*, collection Rosenberg-Bernstein
7. Matisse, *Femme endormie à une table* (ou *Femme accoudée*), collection Rosenberg-Bernstein
8. Picasso, *Femme aux courses*, collection Lindenbaum
9. Picasso, *Femme avec enfant* (ou *Portrait de madame Rosenberg et sa fille*), collection Rosenberg-Bernstein
10. Renoir, *Femme en robe d'été*, origine inconnue
11. Sisley, *Paysage de printemps*, collection Georges Bernheim

Cette fois-là, Hans Wendland, qui restait habituellement à couvert, était partie prenante, puisqu'il avait préfinancé avec Rochlitz le faux Titien et le Weenix. J'ignore où les deux comparses s'étaient procuré le soi-disant Titien, mais la nature morte de chasse de Weenix, elle, était en dépôt chez le marchand d'art parisien Zacharias Birtschansky, et c'est à lui que Rochlitz régla l'achat après avoir conclu l'affaire avec Göring et l'ERR. Les prix fictifs que fixaient les experts allemands dans ce genre de transactions pour les tableaux modernes afin de pouvoir les échanger étaient bien plus bas que ceux qu'on en demandait couramment sur le marché de l'art à Paris ou en Suisse. Rochlitz, Wendland et bien d'autres marchands d'art faisaient des affaires juteuses avec ces histoires d'échange, surtout quand ils pouvaient écouler par-dessus le marché un faux par-ci par-là.

Pour sa contribution Hans Wendland reçut six des onze tableaux, dont *Madame Stumpf et sa fille* de Corot, la *Nature morte* de Braque et *Madame Camus au piano* de Degas, que je pus admirer tous trois de mes yeux dans sa suite au Crillon, avant qu'il ne les fasse passer discrètement en Suisse pour les revendre. La raison pour laquelle Wendland ne descendait soudain plus seulement au Ritz mais parfois au Crillon tenait peut-être à la géographie. Car le Crillon était situé place de la Concorde, juste entre le quartier des galeries, le Jeu de Paume et la galerie de Rochlitz, rue de Rivoli.

*

Est-ce fin mars ou début avril que j'ai rendu visite à Hans Wendland à l'hôtel Crillon ? Mon agenda ne me renseigne pas précisément sur ce point, à la date du 20 mars j'ai simplement noté : *Appeler Wendland, anniversaire Charlotte, se voir.* En tout cas je me souviens d'une soirée étonnamment douce qui annonçait le printemps. Wendland avait réservé la plus grande suite de l'hôtel pour fêter dignement l'anniversaire de Charlotte. Elle jouissait d'une vaste terrasse donnant sur la place de la Concorde. Les deux chambres et leurs salles de bains étaient dotées d'un salon de réception d'une centaine de mètres carrés au moins, où trônait un étincelant piano à queue noir. Je finis par entrer après avoir frappé plusieurs fois et trouvai Charlotte au piano en train d'interpréter le nocturne de Chopin en mi bémol majeur op. 9 n° 2. Je m'arrêtai quelques longues secondes sur le seuil de la pièce. Dans une robe de satin brillant vert d'eau qui ondoyait sur son corps, elle avait tout d'une sirène. Quand j'étais entré, elle m'avait adressé un sourire complice teinté de mélancolie, tout en continuant à jouer sans une faute. Charlotte correspondait en tout point à l'idéal féminin de l'époque. Et elle avait assimilé à la perfection ce mélange de naïveté idéaliste et d'élégance, pimenté d'une touche de sensualité un peu perverse, que les hommes prisaient alors beaucoup.

À la vue de ce ravissant spectacle, je me demandai une fois de plus comment Wendland avait réussi à séduire une femme comme Charlotte. Le mobilier Louis XVI en bois d'acacia qui composait le décor était somptueux : sièges à dossier médaillon et sofas couverts de tapisserie de Beauvais, tables néoclassiques, commodes à pieds cannelés et guéridons chargés de vases, de coupes de fruits ou de confiseries, sans oublier un seau à champagne en argent. Un environnement avec lequel ne pouvait nullement rivaliser un minuscule atelier de peintre à Montmartre, même si, tout au fond d'elle-même, Charlotte – j'en eus la certitude quand nos regards se croisèrent à mon entrée dans la pièce – aurait bien échangé tout ce luxe contre l'authenticité charmante de ma mansarde. Du moins pour quelques fragiles heures illicites. Puis je remarquai derrière son dos exquis les trois toiles évoquées plus haut, posées contre le mur en face des hautes fenêtres : *Madame Camus au piano* de Degas, une *Nature morte* de Braque et un Corot donc.

Déjà Wendland arrivait de la chambre à coucher à grand bruit dans un peignoir lie de vin, un peu à l'affût mais affichant un étonnement ravi et ignorant résolument que son irruption étouffait dans l'œuf un lien ténu naissant entre Charlotte et moi. Tout comme un brusque changement d'aiguillage modifie la trajectoire du train, quelque chose avait, en un rien de temps, modifié l'expression de Charlotte. En un clin d'œil elle avait réussi à reprendre le « visage-Hans » que je lui connaissais. Elle était redevenue la jeune femme mutine, soucieuse de plaire à son paternel époux en lui témoignant une soumission convenue, tout en jouant les séductrices et en flattant son orgueil de mâle assuré d'une possession exclusive. L'exercice a l'air compliqué, mais à force il lui était devenu une seconde nature.

Ce soir-là au Crillon, j'avais un cadeau d'anniversaire pour Charlotte, une amulette avec une miniature peinte à la main du début du XIXe siècle. Je l'avais dégottée au marché noir et elle m'avait immédiatement fait penser à la jeune femme. Elle représentait une délicieuse tête féminine aux boucles blondes relevées en chignon. La ressemblance était confondante. On ne put me dire de qui la petite gouache était le portrait et, en sortant le médaillon de son écrin d'or pour l'examiner de près, je ne trouvai aucun indice. En temps normal ce genre de cadeau eût été fort dispendieux. Mais en cette période où les objets précieux étaient souvent de provenance douteuse ou cédés à vil prix par leurs détenteurs acculés à la fuite, on pouvait acquérir bijoux et objets d'art au marché noir à des prix abordables. C'était la délicate attention qui comptait bien évidemment, et Charlotte ne demanda pas d'où je tenais cette amulette. Elle se contenta d'être enchantée. Et Hans, lui aussi, se dit ravi du cadeau. Il avait donné, les jours précédents, une soirée d'anniversaire pour laquelle j'avais prétendu être empêché (j'évitais, on le sait, toute vie sociale sous les traits d'Isidor), mon petit présent l'emportait sur tous les autres, déclara-t-il. Ce que son épouse confirma énergiquement, le regard appuyé et la tendre bise sur les joues que je reçus me dédommagèrent largement de ma peine. Tout comme les commandes qui suivirent.

Nous nous étions installés sur la terrasse, Hans avait apporté le champagne et les coupes, et nous avons trinqué à Charlotte dans la douceur de cette soirée printanière. Devant nous s'étendait la place de la Concorde où cyclistes, automobilistes et calèches circulaient au mépris de toutes les règles de la circulation – même les piétons traversaient comme bon leur semblait – sans jamais se heurter les uns aux autres. En arrière-plan, le pont de la Concorde qui enjambait les eaux vert-noir de la Seine menait directement au temple à colonnades de la Démocratie où siégeait jadis, avant la capitulation et le déménagement à Vichy, le Parlement français. La coupole dorée du dôme des Invalides brillait dans le crépuscule.

« Nous nous connaissons depuis assez longtemps maintenant, nous pouvons nous faire confiance », commença benoîtement Hans en ôtant la bouteille du seau et en remplissant les coupes. « Et tu sais comment c'est dans la vie, du moins comment ce devrait être : on se tient les coudes, on s'entraide tant qu'on peut, c'est la loi de l'amitié, mais aussi, dirais-je, un principe raisonnable en affaires, car il est garant de bonnes et durables relations. Une main lave l'autre, dit le proverbe ! » Je crois que c'est par ce genre de préambule pompeusement jovial que Hans entreprit de me parler du marchand autrichien Friedrich Welz et de me préparer à une affaire qui allait me valoir des commandes régulières au cours des années suivantes. C'était par ce genre de coup qu'il tissait autour de ses connaissances ou de ses relations d'affaires un maillage serré de gratitude et d'obligations. En me procurant des commandes, il s'assurait de moi et de mon indulgence quant à ses activités – lesquelles n'étaient pas toujours d'une probité sans faille. Il me rendait ainsi complice également de ce gigantesque commerce d'objets d'art confisqués. De même qu'en mettant son ami et partenaire d'affaires Friedrich Welz en relation avec un bon faussaire susceptible de lui fournir de temps à autre quelques pièces « de complément » (qui dégageaient une marge particulièrement avantageuse) il instaurait avec lui un même lien de servitudes réciproques.

À l'instar de Hans Wendland, Friedrich Welz profitait de l'aubaine pour faire des affaires dans un domaine où s'ouvrait un marché très prometteur. Aujourd'hui on dirait que c'était la partie louche d'un marché voyou à bien des égards, qui incluait des œuvres d'art provenant de la spoliation. Mais à l'époque, nombreux étaient ceux qui ne considéraient pas les œuvres saisies comme du butin volé, elles étaient pour eux des objets arrivés sur le marché à la faveur d'un dispositif législatif clair – encore qu'arbitraire. Ils ne se posaient donc pas la question du droit, et encore moins de la morale. Par-dessus le marché, Welz vendait accessoirement quelques faux et s'était spécialisé dans le XIXe siècle français qui était mon domaine de prédilection. Entre le printemps 1941 et la fin de l'année 1943 je peignis pour lui quelques tableaux : dans le style de Courbet, Degas ou Corot. Comme j'en avais l'habitude. Huit ou neuf en tout, je crois. Et si mon temps n'avait été aussi compté, j'en aurais peint davantage. Le hasard a voulu que par mes relations avec Wendland puis avec Welz j'avais plutôt affaire aux marchés suisse et autrichien qu'au marché allemand. Cela ne me dérangeait pas, bien au contraire. Je me félicitais que les choses se soient présentées ainsi.

Hans Wendland vendait entre autres en Suisse des tableaux que son compère Rochlitz allait choisir au Jeu de Paume dans les œuvres « disponibles ». C'est à Wendland que revient aussi l'idée futée de faire autant que possible passer les objets d'art par la valise diplomatique, pour contourner la douane suisse et éviter toute trace fâcheuse d'ordre administratif. Tout cela s'arrangeait sans trop de problèmes grâce à ses contacts et à sa philosophie d'une main qui lave l'autre. Pour Friedrich Welz les problèmes de douane étaient probablement plus simples, l'Autriche faisant partie du Reich depuis l'Anschluss de 1938. Autant que je sache, Welz ne s'impliquait guère directement dans les transactions d'échange avec le Jeu de Paume, il se contentait de profiter royalement des conditions d'achat très avantageuses qu'offrait ce marché de l'art inondé d'œuvres volées. Il venait plus rarement à Paris que Wendland et agissait surtout par le truchement d'intermédiaires, dont un certain Rudolf Holzapfel.

Le soir suivant, donc immédiatement après notre conversation sur la terrasse de l'hôtel de Crillon, Hans me faisait rencontrer Friedrich Welz. Et quelque temps après, je faisais la connaissance de Holzapfel. Je crois même me rappeler avoir vu deux fois Welz avant qu'il ne me présente Holzapfel. Car Welz tenait à avoir un partenaire sûr, il m'examina attentivement, posa de nombreuses questions et sonda mes opinions. J'eus presque l'impression d'être soumis à un entretien d'embauche. Welz cherchait quelqu'un qui, comme lui, sache nager dans le sens du courant et ne craigne pas de faire des affaires en ces temps troublés, autrement dit, quelqu'un pour qui toute affaire restait moralement neutre, pour la bonne raison que par définition les affaires n'avaient rien à voir avec la morale. Je laisse à mes contemporains le soin de me juger. Quoi qu'il en soit, après m'avoir soumis à un interrogatoire en règle et comme je lui étais recommandé par Hans Wendland, Welz m'accorda sa confiance. Après m'avoir présenté à son partenaire Holzapfel installé à Paris, il se retira de nouveau à Salzbourg.

La plupart du temps j'avais donc affaire à Holzapfel. Nous nous sommes vite tutoyés. Je n'avais pas la moindre envie de m'occuper personnellement de la vente de mes tableaux et me félicitais d'avoir trouvé un duo aussi dynamique pour lequel je pouvais, par-dessus le marché, peindre ce que j'aimais. Et je me sentais agréablement éloigné de l'Autriche et des clients de Welz. Je dois d'ailleurs confesser qu'à vrai dire je ne pensais jamais aux acheteurs qui étaient au bout de la chaîne, je me bornais à faire mon travail. Raison de plus pour entretenir des contacts amicaux avec Holzapfel. Notre collaboration exempte de complications m'était agréable à tous égards. Puisqu'on ne me demandait que de peindre mes peintres préférés – je m'étais en effet récusé d'emblée pour les scènes de chasses de Weenix, les Titien, les Vermeer ou quoi que ce soit d'approchant.

Car peindre des faux de maîtres anciens était tout un art. Ils risquaient d'être soumis à expertise avant la vente, il fallait donc respecter des règles élémentaires très sophistiquées. Quelle légèreté, en effet, d'employer là par paresse un blanc de Titane en tube au lieu du bon vieux blanc de plomb. De même pour le bleu cobalt arrivé sur le marché au début du XIXe, qui devait donc, théoriquement, être banni de la palette du faussaire. Je dis bien théoriquement, puisque le faux Vermeer de Han van Meegeren avait trouvé preneur malgré le bleu cobalt et après de grandioses « expertises » – en la personne de Göring. Le vieillissement des couleurs et le vernis constituaient une entreprise qui mettait les nerfs à rude épreuve, la moindre erreur pouvant réduire à néant des semaines de labeur. De mémorables tentatives avec le four de ma cuisine m'ont laissé de cuisants souvenirs. Si je copiais parfois les maîtres anciens c'était donc pour apprendre d'eux et m'approprier leurs techniques, non pour écouler mes copies. Dans le cas contraire il m'aurait fallu débusquer une très vieille toile ou au moins une toile faite main à trame irrégulière, à laquelle j'aurais dû m'efforcer de donner l'apparence de l'ancien ou au dos de laquelle j'aurais dû en maroufler une autre – la vieille astuce de la doublure. Sans parler du châssis. Et puis, plus un tableau était ancien, plus il pouvait avoir eu de propriétaires qui y laissaient leurs marques et autres tampons de collectionneur pas toujours faciles à imiter. C'est pourquoi le tableau parfaitement falsifié devait aussi être doté d'une « biographie » plausible historiquement, l'invention de son histoire étant même la condition première de sa commercialisation. Tout ça était trop compliqué pour moi. Je préférais les artistes relativement récents, morts depuis peu ou même encore vivants, et dont la liste des œuvres n'était pas close ou le catalogue raisonné n'existait pas encore. À cette période-là, même pour un Courbet ou un Corot, on n'y regardait pas de si près. Et il y avait soudain une foule de profiteurs incultes qui s'empressaient d'acheter de l'art. Cela ne m'empêchait toutefois pas de sauvegarder les apparences et je m'efforçais toujours de faire du bon travail, j'avais même un souci d'exactitude qui n'aurait pas été nécessaire à cette époque-là.

Qu'il eût ou non une toile terminée à récupérer, Rudolf prit bientôt l'habitude de débarquer rue Lepic sur le coup de midi le samedi, une ou deux fois par mois. Nous bavardions un moment en prenant un café, et il regardait mon travail. Puis nous descendions déjeuner au café Coquet où nos agapes se concluaient par un cognac que nous portait Marcel.

Officiellement, Friedrich Welz achetait mes tableaux à la galerie Holzapfel située avenue des Peupliers au bois de Boulogne, loin de toute l'effervescence du milieu de l'art, une galerie qui leur servait en fait à « blanchir » les faux. À titre d'exemple : Quand je livrais à Holzapfel pour 2 500 reichsmarks un magnifique *Paysage avec cascade* de Courbet de 40 x 50 cm évidemment signé, Friedrich Welz le lui rachetait 3 500 reichsmarks. Holzapfel empochait de surcroît une commission sur la revente de la toile en Autriche. Tous les faux que j'ai peints au cours de l'année 1941 pour Holzapfel, ou plus exactement pour Welz, atterrirent d'abord dans l'exposition *Art français du XIXe siècle* que ce dernier avait organisée toute l'année dans sa galerie salzbourgeoise. Au dire de Rudolf, le succès en était considérable et beaucoup de toiles se vendaient comme des petits pains. L'écoulement était donc impressionnant, ce qui expliquait sans doute en partie qu'on ait parfois besoin de quelques copies pour le réassort du stock.

Pour achever mon exemple du *Paysage avec cascade* de Courbet, le tableau fut finalement vendu 12 000 reichsmarks à un client très intéressé, la Landesgalerie Salzburg, qui, comme beaucoup de musées désireux d'enrichir leur fonds, profitait des opportunités du moment : une grande offre à des prix très accessibles. La Landesgalerie Salzburg a accroché mon tableau au moins jusqu'à la fin des années quarante, fermement convaincue de détenir un authentique Courbet. J'ai par la suite cessé de suivre sa trace ainsi que celle de mes autres toiles.

Bien entendu, mes commanditaires Welz et Holzapfel ne vendaient pas que des faux, loin de là, ils proposaient généralement des originaux qui, à cette époque toutefois, pouvaient fort bien provenir des spoliations. L'honorable marchand Welz restait dans l'ombre de son intermédiaire Holzapfel, et pouvait, si le vent tournait, se défausser sur lui. Holzapfel, quant à lui, assurait ses arrières en entretenant d'excellents contacts avec les milieux nazis. Immédiatement après la guerre, sa situation menaçant de devenir précaire, il émigra aux États-Unis. Nous avions alors déjà cessé d'avoir des contacts. Et Welz put, lui, après-guerre, arguer du fait qu'il s'était fourni chez les meilleurs galeristes de Paris à qui il croyait sincèrement pouvoir faire confiance. Il fut relâché faute de preuves après une brève détention et réintégra comme une fleur le milieu de l'art salzbourgeois en tant que marchand d'art, éditeur, collectionneur, mécène et honorable citoyen. Et qu'en fut-il d'Isidor Schweig qui avait peint quelques faux pour le duo Welz & Holzapfel ? Eh bien après la guerre, Isidor Schweig n'existait plus. Il avait vendu les quelques toiles restées rue Lepic, à l'exception d'une seule, et définitivement réendossé l'habit de Viktor Emanuel Wagfall.

Photo 11

La vue sur la place de la Concorde de la terrasse de l'hôtel Crillon : à gauche on apercevait les Tuileries avec l'Orangerie et le Jeu de Paume, en arrière-plan de la vaste place, la Seine avec le bâtiment de l'Assemblée nationale, et du côté droit les marronniers vert tendre en bourgeons de l'avenue des Champs-Élysées. De ce côté-là, la photo devient un peu floue, les cimes printanières des marronniers se fondant en un frais brouillard vert qui contraste avec les teintes minérales des pavés, l'ocre blond des bâtiments et les arbres encore dénudés du jardin des Tuileries. En y regardant à deux fois on distingue, en surimpression, les contours d'une tête masculine. Un visage souriant aux yeux, aux sourcils et aux cheveux foncés flotte dans l'image, comme si son fantôme essayait de s'y matérialiser, ou comme si quelque esprit planait au-dessus de la place de la Concorde.

À l'instar des tableaux, les photographies peuvent raconter une histoire qui dépasse le cadre de la photo. Elles recèlent, elles aussi, malgré la réalité de ce qui a été reproduit, une tendance singulière, carrément opiniâtre, à la fiction. Le choix des outils et des techniques (caméra, couleur, exposition, grain, mise au point), du cadrage, de la lumière ou de l'ombre, et enfin de l'instant où l'on appuie sur le déclencheur, donne à la scène représentée son orientation définitive et entraîne la photo dans une histoire possible. Quand le photographe a terminé son travail, c'est à celui qui regarde d'accepter ou non l'invitation. L'histoire esquissée dans le cliché lui permet d'imaginer l'invisible en marge de ce qui est visible et de s'aventurer au-delà du cadre donné. Karolin ne s'intéressait pas à la réalité de ce qui était représenté, à une vérité visuelle ou sociale, mais au récit que pouvait suggérer une photo.

C'est pourquoi elle avait une préférence pour les séries. Même si chaque photo portait en elle, indépendamment des autres, une histoire plus ou moins évidente, la série enrichissait encore chacune d'entre elles en la faisant interagir avec les autres. Dans le projet *My home is my castle* consacré aux maisons et à leurs propriétaires, elle avait demandé aux occupants l'autorisation de les photographier devant chez eux dans une posture qu'ils choisiraient eux-mêmes. La juxtaposition des quelque vingt photos finalement retenues avait révélé l'intensité du mimétisme entre l'architecture, la décoration de la maison et le rayonnement de ses occupants. Il y avait même des analogies de formes, comme cette maison grise, nue et massive qui correspondait si bien à l'homme grisonnant, planté jambes écartées devant sa propriété avec une assurance feinte.

Et voilà qu'une fois de plus Karolin avait entrepris une série sur le mur de son bureau, des photos destinées à raconter une histoire, qu'elle aimantait dans un certain ordre sur une barre de métal. Au-dessous, elle avait scotché des feuilles écrites, des petits mots, des dessins ou des post-it avec une phrase. Ce qui ne l'empêchait pas, cette fois aussi, de remplir des carnets Moleskine. Elle écrivait parce que les notes de son père la contraignaient en quelque sorte aux mots, et pourtant elle en revenait toujours à l'image. Une série de photos qui aboutirait finalement à l'*Odalisque assise*, puis à la vue de Paris dans la fenêtre de son bureau. Cette fois c'était l'histoire d'une quête des origines.

D'où venons-nous ? Que sommes-nous ? Où allons-nous ? tel était le titre d'une toile de Paul Gauguin – impossible de ne pas se poser cette question et de ne pas faire sienne, un jour ou l'autre, cette quête-là. Il s'agissait de repérer les traces de son père ici à Paris, de partir sur la piste de son histoire et, ce faisant, de la sienne. Mais elle ne pouvait suivre que les traces qu'il avait laissées, et au lieu de livrer des indices clairs, celles-ci comportaient surtout des blancs ou du brouillage – ce qui n'était pas contradictoire, loin de là. Ce pouvait même être une caractéristique des traces que d'être semées pour brouiller les pistes. Viktor avait laissé à ses enfants le legs tardif de cet Isidor Schweig ambigu qui leur ouvrait soudain sur lui une perspective nouvelle. Faites-en quelque chose, s'était-il sans doute dit, non sans malice, à vous de jouer, c'est à vous maintenant de donner votre version du monde, de tisser les fils du passé dans la trame de votre avenir. C'était tout de même plus passionnant de s'éclipser sur une énigme que sur une définition : nazi – pas nazi ? Peintre – pas peintre ? Copiste ? Faussaire ? Viktor et Isidor. Plus Karolin avançait dans ses recherches, moins elle en savait sur lui. Peut-être la tentative de résoudre l'énigme la faisait-elle juste tourner en rond, un petit tour autour de l'histoire de Viktor et Isidor pour se retrouver finalement, non devant lui, le père enfin dévoilé, mais devant nulle autre qu'elle-même.

Cela faisait des années qu'elle n'avait plus mis les pieds dans le quartier qu'on appelait autrefois la « Florence française ». Une expression qu'elle n'avait jamais entendue, avant de la découvrir dans les carnets de Viktor. Elle descendit de nouveau place de la Concorde et, en émergeant de la bouche de métro sur l'escalator, aperçut le Jeu de Paume se profiler sur son éminence derrière les premières rangées d'arbres encore dénudées du jardin des Tuileries. Il y avait du printemps dans l'air, les fragiles premières feuilles allaient éclore dans quelques jours. Quand elle passa devant l'hôtel Crillon, Karolin en contempla l'élégante façade et vit au-dessus des arcades du rez-de-chaussée la terrasse où Viktor ou plutôt Isidor s'était assis autrefois en compagnie de Hans Wendland et de Charlotte. Au printemps 1941. Son père avait eu vingt-sept ans le 4 avril. C'est derrière ces grandes fenêtres que devait se trouver la suite où il avait admiré les tableaux de Braque et de Corot, et surtout le *Madame Camus au piano* d'Edgar Degas, avant que Wendland ne les fasse passer en Suisse.

Karolin avait présenté sa carte de presse, elle voulait prendre quelques photos du haut de cette terrasse. On finit par la faire accompagner à l'étage, et quand elle sortit, elle fut frappée que rien d'essentiel n'ait modifié la physionomie de la ville depuis 1944. Aucun bâtiment n'avait été ajouté. La vue était en tout point identique à celle dont avait joui son père (son père-Isidor), lorsqu'il y était avec Hans et Charlotte. Seules les voitures, les bicyclettes n'étaient plus les mêmes, la mode, la circulation, les bruits de fond avaient changé. Elle s'imagina les gigantesques drapeaux rouge et noir aux croix gammées flottant au vent le long de la rue de Rivoli. Des barrières avec des militaires et des hommes de la sûreté en faction protégeant les intérêts allemands. Le Crillon hébergeait aussi les bureaux du gouverneur militaire de Paris – il fallait que Hans Wendland ait eu d'excellents contacts pour pouvoir y loger. L'Hôtel de la Marine avait, en bonne logique, été occupé par le ministère allemand de la Marine. Rue de Rivoli, à un jet de pierres de là, le gouverneur du Grand-Paris s'était installé à l'hôtel Meurice. De l'autre côté de la place de la Concorde, un peu plus haut en remontant les Champs-Élysées, se trouvaient le commandement en chef de la Wehrmacht et les services de la propagande du Grand-Paris. Le Crillon était donc situé au cœur du dispositif du pouvoir nazi.

Aux abords de l'ambassade américaine, après avoir tourné dans la rue Boissy d'Anglas et en approchant du palais de l'Élysée, Karolin se retrouva de nouveau comme dans une zone occupée tant était massif le déploiement policier autour de la présidence de la République – si n'est que ça se passait dans le présent et qu'il s'agissait maintenant de sécuriser le centre du pouvoir français et les ambassades voisines. Vers l'Élysée commençait jadis le quartier des galeries. Au 86 rue du Faubourg-Saint-Honoré avait officié Alexandre Popoff, un marchand spécialisé dans la porcelaine, l'art russe et les antiquités en tous genres. À l'époque de l'Occupation il avait entretenu des relations avec des intermédiaires allemands. Il avait eu, entre autres, affaire au marchand d'art berlinois Werner Grote-Hasenbalg, expert en tapis d'Orient et en Gobelins, qui se procurait à Paris des pièces précieuses pour ses clients allemands (entrepreneurs, parvenus du système nazi avides de paraître, ministères, etc.).

Non loin de là, Sotheby's France avait toujours son siège dans le bâtiment de l'ancienne galerie Charpentier, dans laquelle se déroulaient pendant les années de l'Occupation des ventes aux enchères devant une salle remplie de beau monde. Mais à part Sotheby's, cette partie de la rue du Faubourg-Saint-Honoré était plutôt dédiée à la mode qu'à l'art. Ce n'est qu'après le ministère de l'Intérieur, place Beauvau, que l'atmosphère se transformait peu à peu. Les boutiques de mode cédaient la place à d'élégants magasins d'antiquités, à des galeries d'art ou des libraires aux précieux livres anciens. On sentait flotter dans l'air comme une réminiscence de la « Florence française ».

Pendant toutes ces années qu'elle avait passées à Paris, Karolin avait rarement arpenté ces rues-là. Elle ignorait donc que la galerie Bernheim, si célèbre autrefois, existait encore[1]. À sa grande surprise rien ne semblait y avoir changé, à l'exception des artistes exposés bien entendu. Même l'enseigne au-dessus de l'entrée datait visiblement de la période insouciante d'avant la fatidique année 1940. *Bernheim Jeune* et *Tableaux Modernes** y lisait-on. Tout était resté comme du temps où les frères Josse et Gaston Bernheim avaient dû fuir précipitamment les occupants nazis, et que leur galerie avait été pillée et mise sous séquestre. Et sans doute est-ce comme cela que se présentait la galerie quand le père de Karolin l'avait connue en 1936, pendant son premier séjour à Paris. À l'instar de Karolin aujourd'hui, Viktor était entré par le lourd portail art déco et s'était retrouvé dans la grande salle d'exposition qui résonnait. Elle était sobre, dénuée d'ornements, avec un sol de marbre beige clair et un plafond à caissons de verre opale dont l'éclairage tamisé diffusait une lumière douce d'un blanc gris. À l'extrémité de l'espace carré qui faisait face à l'entrée se trouvait un salon un peu plus intime en forme de rotonde où l'on exposait de plus petits formats. Un escalier menait aux salles d'exposition du premier étage. Tout l'aménagement intérieur était de style art déco des années vingt: balustrades de fer forgé, mains courantes de laiton, fauteuils rectilignes et mobilier sans fioritures.

C'est ici que le père de Karolin avait dû voir exposés les aquarelles de Raoul Dufy en 1936 et des tableaux de Bonnard, Chagall, Matisse ou des néo-impressionnistes Paul Signac et Henri-Edmond Cross, qui, tous, étaient sous contrat avec les frères Bernheim-Jeune. Auguste Renoir, leur ami de longue date, avait fait les portraits de toute la famille, et peut-être pouvait-on voir autrefois sur le mur d'un bureau par une

1. Ouverte en 1863, la galerie Bernheim-Jeune a fermé ses portes en 2019. Au cours de l'année 2024 Sotheby's France s'installera dans ce bâtiment.

porte entrouverte *Madame Josse Bernheim-Jeune et son fils Henry* ou *Madame Gaston Bernheim de Villers.* Édouard Vuillard, lui aussi, avait peint une bonne dizaine de portraits des frères et de leur famille, il s'en trouvait certainement un ou deux dans les salles d'exposition plus confidentielles du premier étage. Un étonnant double portrait des frères Bernheim-Jeune par Pierre Bonnard est aujourd'hui exposé au musée d'Orsay. On les y voit tous les deux dans leur bureau, assis à une table jonchée d'un fatras de papiers. Viktor, ou plutôt Isidor, avait-il pu le voir accroché ici ? Il passait en tout cas régulièrement chez Bernheim-Jeune étudier d'autres toiles de Bonnard que celles qu'il pouvait voir chez Georges Wildenstein ou Paul Rosenberg dans la rue La Boétie toute proche.

Dès le début de l'automne 1940 l'ambassade d'Allemagne saisissait les œuvres chez Bernheim-Jeune, puis l'ERR avait pris le relais. Le Commissariat général aux questions juives avait dépossédé les frères Bernheim de l'immeuble, et tout ce qu'il contenait avait été déclaré abandonné. Le butin avait été transporté au Jeu de Paume. Josse et Gaston Bernheim avaient fui en zone libre avec leur femme et leurs enfants déjà adultes. Ils avaient au moins pu mettre quelques tableaux en sûreté en Suisse. Gaston avait survécu à la guerre et aux persécutions, mais son fils Claude, déporté à Auschwitz, n'en était jamais revenu. Josse Bernheim était mort en 1941 à Lyon. Ses deux fils Jean et Henry avaient réussi à survivre à cette sinistre période. Leurs descendants n'avaient rien changé à l'agencement ni à l'ameublement de la galerie, l'esprit de Josse et de Gaston hantait encore ces murs.

Karolin ne pouvait s'imaginer qu'à l'automne ou pendant l'hiver 1940 son père ne fût allé au moins une fois rue du Faubourg-Saint-Honoré s'enquérir du sort des galeristes juifs et de leurs collections. Il devait avoir vu de ses yeux les entrées barricadées, les portes scellées ainsi que les sentinelles en faction devant les galeries juives. À ce moment-là il savait déjà que les œuvres confisquées étaient inventoriées et entreposées au Jeu de Paume. N'était-il pas révolté par la situation dans laquelle se trouvait le quartier des galeries ? Le sort des marchands d'art juifs l'avait-il ému ou ne s'était-il intéressé qu'à celui de leurs œuvres ?

Quand elle se retrouva dans la galerie Bernheim-Jeune au milieu de la grande salle d'exposition dépouillée du rez-de-chaussée, Karolin se représenta d'autres tableaux bien différents sur les murs légèrement jaunis. Elle y vit en esprit ceux qui y étaient jadis. De Paul Cézanne : *Portrait du peintre aux longs cheveux*; ou de Jean-Baptiste Corot : *Venise, gondole sur le Grand Canal (Saint-Georges-Majeur au fond).* Et un Van Gogh : *Vase d'iris sur fond jaune* avec à côté, *La Goulue et son partenaire* de Toulouse-Lautrec, et enfin une *Odalisque en culotte rouge* de Matisse. Juste quelques visions fugitives, quelques tableaux qu'elle tentait de sauver en y pensant, symboliquement, et en hommage à tous les autres qui avaient été volés. Parce que rien de déterminant n'avait changé dans la galerie Bernheim-Jeune, le passé dans ces salles était quelque chose de concret, de tangible, il semblait se nicher dans chaque particule, tel un esprit malin fascinant que le temps, aussi long fût-il, aurait échoué à éliminer complètement. Le lieu vibrait des tensions entre d'irréductibles extrêmes, entre cette magie créatrice que les peintres modernes avaient fixée sur la toile et l'abjection d'individus exclusivement mus par l'appât du gain. Karolin s'assit dans un fauteuil et ferma les yeux. Elle savait ce qui s'était produit ici jadis, pouvait s'imaginer les détails, les scènes de pillage bruyantes qui résonnaient dans l'espace à moitié vide, les voix zélées et les bribes de mots allemands, les claquements de bottes et le fracas des caisses de transport. Des jeunes hommes en uniforme impeccable levaient le bras pour le salut nazi, le cheveu ras (mais une boucle sur le front).

Sur le sol volaient des papiers, des documents, des livres et des classeurs, les armoires béaient grand ouvertes, partout des caisses et du papier d'emballage. Les porteurs entraient et sortaient. Devant la porte on chargeait les Cézanne, les Corot, les Van Gogh et les Matisse dans un camion. Tout cela était à présent réputé abandonné, « *herrenlos* » : « sans maître ». Les maîtres de maison étaient partis. Où ? Cette question, chacun aurait pu se la poser. « Partis, voilà ! », c'était tout. Ils avaient été chassés avec morgue, sans une hésitation, remplacés par la sauvagerie de ces nouveaux maîtres en uniforme rutilant et leur insatiable cupidité.

Partout s'étaient déroulés les mêmes scénarios, en Allemagne, en Pologne, en Ukraine, aux Pays-Bas, en Belgique et en France : privation de droits, persécution, déportation, puis le pillage méthodique de tout ce qui était laissé sur place, objets d'art, bijoux, instruments de musique, jusqu'à la moindre chose, meuble, vêtement, brosse à cheveux, tasse à café. Les morceaux du butin étaient répartis selon la hiérarchie, aux grands le premier choix, aux petits l'ordinaire : baquets, pantalons, jupons, torchons. Chaque Allemand obtenait quelque chose à picorer. Qui ne se servait pas était suspect. Karolin pensa aux oiseaux de Hitchcock, une pluie d'oiseaux noirs si nombreux que le ciel en était complètement obscurci. S'abattant sur les étoiles jaunes. L'abjection générale avait dû imprégner jusqu'aux os les gens qui émergeaient des décombres de cette époque et qui s'en étaient arrangés « *tant bien que mal* », et avaient survécu. Karolin sentait grouiller sous sa peau l'héritage pourri des pères allemands, des mères allemandes – son « peuple ».

Et nous, que léguerons-nous à nos enfants ? Assise toute seule dans la grande salle silencieuse, Karolin pensait au monde que sa génération allait laisser. Incontestablement l'héritage serait tout sauf glorieux. Et après, parce qu'il y aurait peut-être tout de même encore un après, les voix de la majorité silencieuse soudain frappée d'impuissance s'écrieraient de nouveau que « ça » on ne le savait pas, que « ça », avant, on n'avait pu se l'imaginer. Et pourtant les désastres sont toujours collectifs et en fin de compte toujours la somme de toutes les paresses délibérées et de toutes les lâchetés individuelles.

Cahiers

Cette soirée-là du printemps 1941 nous avons causé – Hans, Charlotte et moi – encore un moment sur la terrasse, puis la fraîcheur nocturne nous a chassés vers l'intérieur. Je me revois nonchalamment assis en tailleur sur un moelleux tapis d'Orient, avec, appuyés au mur devant moi, les trois tableaux que Hans venait d'apporter du Jeu de Paume dans le cadre d'une transaction avec l'ERR. Je les ai contemplés, pris en main et l'un après l'autre, calés sous le faisceau lumineux d'un lampadaire pour étudier la touche du pinceau – sentiment exquis. J'ai bientôt reposé la nature morte de Braque, mais *Madame Stumpf et sa fille* de Corot était une révélation. Il m'arrivait trop rarement de pouvoir toucher des originaux, les retourner, en éprouver du doigt la structure de la couleur et la consistance des différentes couches. Une telle opportunité ne se présentait pas tous les jours. Hans allait les emporter en Suisse d'ici peu, je tenais à peu près sûrement l'unique chance de ma vie d'examiner ce tableau de près.

Charlotte et Hans étaient lovés l'un contre l'autre sur le petit banc du piano, l'instrument dans leur dos, et regardaient par-dessus mon épaule *Madame Camus au piano* que je levais vers la lumière. Le tableau qui reflétait si bien la situation de Charlotte à mon arrivée m'émouvait. Un instant plus tôt je la regardais jouer, étonné et troublé par la complicité que j'avais lue dans son regard. Maintenant sur la toile devant moi se trouvait *Madame Camus* assise au piano, et son regard interrogateur, plutôt méfiant, était d'une merveilleuse spontanéité. J'avais l'impression de voir le tapis sous moi se soulever doucement en ondoyant au-dessus du sol.

À première vue le portrait de Degas paraît sombre et sévère, mais quand on le regarde bien, on s'aperçoit qu'il est très personnel. Le caractère intime de la scène, le naturel du regard interrogatif que madame Camus pose sur celui qui fait irruption dans son salon de piano confèrent à ces nombreux tons de brun et de noir une chaleur nouvelle. On voit en arrière-plan quelques partitions pêle-mêle. Elle a probablement été dérangée en jouant, car elle semble se tourner un peu à contrecœur vers l'observateur. Un coussin, heureusement un peu plus coloré, gît par terre, on a l'impression que quelqu'un y était sans doute assis un moment plus tôt et l'écoutait jouer. Les mauvaises langues vont m'accuser de projeter mes désirs sur le tableau, dire que j'imagine la scène parce que j'aurais bien aimé être assis, moi, sur ce coussin aux pieds de Charlotte en train de jouer. Mais non, en examinant le tableau cinquante ans plus tard, cette fois, hélas, juste dans un album de reproductions, mon intuition passée se confirme. Quel sens le coussin aurait-il eu sinon, situé là où il était. Tel qu'il était posé sur le parquet, à côté du siège de piano, il n'aurait même pas pu réchauffer les pieds de la pianiste. Sur le piano sont posées deux figurines colorées, l'une projette une ombre plus longue qu'elle, suggérant la présence hors cadre d'un bougeoir ou d'une lampe.

À certains endroits, la touche du pinceau est soignée, à d'autres elle est presque grossière. Les mains sont juste esquissées, on dirait des moignons, ce qui paraît surprenant pour représenter une pianiste et n'est certainement pas fortuit. On ne peut attribuer une décision esthétique de cet ordre à une exécution hâtive ou une négligence sans faire injure au peintre. D'autant que les notes des partitions ouvertes sont particulièrement nettes et que le cadre richement ouvragé du miroir vénitien accroché au-dessus du piano (et où ne se reflète qu'un mur nu) ainsi que les motifs du tapis et du coussin sont peints avec grand soin et abondance de détails. Il me semble impossible de supposer qu'Edgar Degas ait été incapable de peindre les mains « correctement », alors qu'il réussit dans la même toile à rendre avec une finesse remarquable un regard d'une telle subtilité émotionnelle sur le visage pâle de madame Camus. L'imprécision de ces mains suscite un trouble diffus chez le spectateur. Elles sont comme une menace pour la pianiste, elles semblent même mener une vie propre, comme si elles n'appartenaient pas entièrement à la dame dont on fait le portrait.

Mon interprétation du tableau suscita l'enthousiasme de Charlotte. C'est précisément à cause de ces mains semblables à des moignons que le tableau fut refusé au Salon annuel, peu après avoir été peint en 1869. Or, selon moi, ce sont justement ces mains qui attestent le génie de Degas. À peu près au centre, sur la poitrine de la pianiste, là où est censé battre son cœur, chatoie un nœud de couleur bleue. La toile est un chef-d'œuvre. Degas n'exécutait d'ailleurs jamais de portraits sur commande, mais il peignait souvent, spontanément, des amis, des parents, des proches. Madame Camus, quant à elle, était l'épouse d'un de ses meilleurs amis et une pianiste fort douée. Impensable donc, qu'elle n'ait pas eu une relation particulière à ses propres mains.

À l'époque je ne pouvais pas encore connaître toute l'histoire du tableau. Je ne savais même pas au sein de quelle collection il avait été confisqué. Wendland était certainement au courant, mais il se gardait de me confier trop de détails sur les procédés de l'ERR. Il ne pouvait deviner que j'apprenais bien des choses par un canal très différent – qui était celui de Rose Valland. Le portrait de madame Camus, je le sais aujourd'hui, avait appartenu à Alphonse Kann, qui l'avait acheté en 1918 aux héritiers de Degas immédiatement après la mort de celui-ci. Alphonse Kann était issu d'une riche famille de banquiers et suffisamment pourvu pour cesser à trente ans toute activité professionnelle et se consacrer aux aspects esthétiques de l'existence. C'était un camarade de lycée de Marcel Proust avec qui il était resté ami. On le retrouve dans le personnage de Swann de la *Recherche*. Mondain, raffiné, ce dandy parisien aux fréquentations peu conventionnelles évoluait aussi dans la meilleure société, un homme de vaste culture, fin connaisseur et amateur d'art passionné.

Toutes les collections ne furent pas aussi aisées à confisquer que celle d'Alphonse Kann. Ayant compris dès 1938 qu'il devenait périlleux de rester en France, il s'était exilé à Londres où il vécut jusqu'à sa mort, dix ans plus tard, sans regagner Paris une seule fois, laissant une collection phénoménale dans sa villa de Saint-Germain-en-Laye. À l'automne 1940, les sbires de l'ERR n'eurent donc qu'à passer la vider avec des camions.

D'après les inventaires de l'ERR, on y enleva plus de 1200 objets, toiles de maîtres anciens et de peintres modernes, Gobelins, pièces d'art oriental, manuscrits précieux. Les historiens de l'art que Göring avait chargés de mettre immédiatement à part les perles de la collection pour lui-même et pour Hitler eurent, à commencer par Bruno Lohse, toutes les peines du monde à en dresser l'inventaire. Il y avait tant d'objets d'art dérobés chaque jour à la bourgeoisie juive que les collaborateurs de l'ERR censés les classer, les mesurer, les examiner, les photographier et en dresser la liste ne s'en sortaient carrément plus. *Madame Camus au piano* reçut de l'ERR le numéro d'inventaire KA 989. J'ai sûrement remarqué l'inscription en l'examinant et bien sûr en retournant la toile chez Hans Wendland (noter les détails tels que tampons, inscriptions ou sceaux était pour moi affaire de routine), mais j'étais alors loin de soupçonner que KA signifiait collection Alphonse Kann.

À l'instar de nombre de toiles, après avoir été saisi, le portrait de madame Camus par Degas atterrit au Jeu de Paume. Là, l'ERR l'échangea avec onze autres toiles contre deux œuvres de maîtres anciens destinées à la collection privée d'Hermann Göring : le Jan Weenix et ce Titien douteux que j'ai déjà évoqué. *Madame Camus* était donc à présent la propriété du marchand d'art Hans Wendland qui la fit passer en Suisse par la valise diplomatique. Résidant lui-même à Lugano, Wendland travaillait beaucoup avec un galeriste de Luzern nommé Theodor Fischer. Il vendit *Madame Camus* à Fischer, qui le présenta à un client fortuné : le marchand de canons Emil G. Bührle. D'origine allemande, celui-ci avait acheté les forges Oerlikon près de Zurich et acquis en 1936 la nationalité suisse. Bien évidemment ses affaires florissaient à l'envi en cette période de guerre, il devint même en quelques années l'homme le plus fortuné de la république helvète. Le richissime Bührle qui avait à son actif quelques semestres d'histoire de l'art dans sa jeunesse entendait sans doute sublimer son métier peu glorieux, en collectionnant de l'art à ses moments perdus.

Grâce à sa collection, Bührle est resté une figure reconnue de l'histoire helvète, aujourd'hui encore on rend hommage à sa magnifique fondation zurichoise. En achetant *Madame Camus au piano* il acquit bien l'une des œuvres majeures de Degas. Le marchand d'armes avait du goût et il était bien conseillé, puisqu'il fit l'acquisition des meilleurs Corot, Pissarro et Manet que Hans Wendland et donc Theodor

Fischer purent récolter en échangeant des œuvres avec le Jeu de Paume. Quiconque prétendait s'y connaître ne pouvait avoir de doute quant à l'origine de ce genre de tableaux. Ils avaient été estampillés par les chasseurs d'art allemands et portaient en général le sigle de leur collection d'origine. Aujourd'hui encore on peut admirer à Zurich à la fondation du marchand d'armes Bührle des tableaux provenant de la spoliation des Juifs. Après de longues tentatives et de non moins longues procédures, quelques tableaux qui s'y trouvaient furent restitués à leurs légitimes propriétaires ou à leurs ayants droit. D'autres furent rachetés à ces derniers, légalement cette fois. Après avoir retrouvé la piste de *Madame Camus*, les héritiers d'Alphonse Kann furent finalement indemnisés eux aussi dans les années cinquante – de fort mauvais gré toutefois et seulement après avoir intenté puis gagné leur procès. La fondation Bührle est donc aujourd'hui légitime propriétaire du tableau.

Il n'empêche qu'à Zurich il y a quelques années, en arpentant les salles du musée Bührle, mon corps a été le théâtre d'un étrange phénomène. Je regardais ces solides paysages de Cézanne (qu'on aurait crus sculptés au pinceau dans la couleur), ces Degas aériens et ces Bonnard élégiaques dont je connaissais parfois l'histoire, quand, soudain, chacun de ces tableaux s'est mué en une plainte que je déposais contre moi-même et qui était aussi une accusation. Et quand je me suis retrouvé devant *Madame Camus*, ce tableau qui m'était particulièrement cher et que j'avais eu en main des décennies plus tôt, j'ai été pris d'un hoquet incoercible. Je suffoquais littéralement. Impossible de réprimer la chose. Ce regard énigmatique, ces mains floues. Comme si elle allait fondre sur moi en brandissant ses extrémités glaçantes où poussaient à présent des doigts qui se boursouflaient, prêts à agripper mon cou. Je me suis précipité dans les toilettes et enfermé dans une cabine pour me dérober à la vue des visiteurs. Je sentais brusquement, dans chaque cellule de mon corps livré à l'irrationnel, comme une réminiscence physique de l'espace régi par la cupidité et l'arbitraire où j'avais, où nous avions, vécu tout naturellement autrefois. Et autrefois, ça ne m'avait pas pris à la gorge.

Longtemps après la guerre, alors que tout était fini et que l'Holocauste était depuis longtemps nommé, commenté, expliqué, discuté dans les moindres détails, et qu'avec les procès, les spoliations étaient devenues une affaire publique, on continuait à marchander, dissimuler, mentir. Personne n'avait été au courant de rien. Tout le monde avait pensé agir en connaissance de cause et en accord avec sa conscience. Les coupables étaient toujours les autres. Emil Bührle avait fait confiance à son marchand d'art Theodor Fischer, et Fischer n'avait aucune raison de douter de son intermédiaire Hans Wendland, qui, de son côté, se fournissait en toute innocence chez son marchand parisien Gustav Rochlitz.

J'ai donc revu *Madame Camus au piano* au début des années quatre-vingt-dix à la fondation Bührle de Zurich. Après mon brusque malaise, je suis revenu dans la salle examiner vraiment le tableau. Il m'a paru encore plus obscur que dans mon souvenir, plus sombre aussi que la reproduction de mon album. Peut-être d'inévitables particules de poussière avaient-elles terni sa surface avec le temps, ou mon souvenir était-il trompeur. La partition ouverte, claire, presque lumineuse, tranchait sur l'atmosphère sombre du tableau, et les touches du piano formaient une ligne jaune-blanc, qui, tel un sabre, découpait la toile en deux moitiés. Le cou blanc, effilé, de madame Camus, le front blafard – de nouveau j'ai croisé son regard étrange et de nouveau ses moignons nerveux, terribles, me stupéfièrent. Au-dessus du piano, le miroir ne reflétait que le mur vide d'un brun poisseux. Il flottait dans l'air comme une menace, quelque chose restait dans l'ombre, bien caché. Le peintre et le modèle, m'imaginai-je, partageaient un secret, que jamais nul n'avait appris, excepté le tableau lui-même. Le secret était inscrit dans le tableau, il lui avait été confié, et le tableau n'existait que pour en témoigner. Sans le divulguer.

Photo 12

Rue La Boétie, numéro 57. Un hôtel particulier du XVIIIe siècle à deux étages, haut de plafond, avec de grandes fenêtres cintrées. Les deux ailes donnent directement sur la rue, le corps du bâtiment avec perron se dresse dans une cour intérieure fermée par une grille en fer forgé. Des échafaudages masquent l'aile gauche, une poussière de ponçage flotte dans l'air. Le portail de l'avant-cour est ouvert. Un ouvrier monte les marches du perron, chargé d'un lourd sac blanc. Un autre, assis jambes ballantes sur l'échafaudage, mord dans un sandwich. Un passant marche sur le trottoir au-dessous de lui, il porte un ciré jaune. L'aile droite de la maison est libre d'échafaudage, et quelqu'un a accroché une banderole jaune vif sur les grilles d'une fenêtre du rez-de-chaussée. Dessus est écrit en grandes lettres noires : Servitude volontaire* ?

Karolin avait tourné dans la rue La Boétie en revenant de chez Bernheim-Jeune. Comme souvent à Paris, l'atmosphère changeait d'une rangée de rues à l'autre, en l'espace de quelques pas elle avait peu à peu franchi une frontière invisible, passant du standing du quartier des ministères à une ambiance plus anodine. Dans les années vingt et trente cette rue avait été la voie sacrée menant aux lieux cultes de l'art moderne, c'est là qu'avaient été portés les coups fatals à l'académisme du XIXe siècle. Elle abritait les galeries Paul Rosenberg (au 21), Georges Wildenstein (au 57) et Paul Guillaume (au 59), elle avait été vivante, moderne, une rue d'avant-garde. Picasso qui était très lié à Paul Rosenberg – ils se surnommaient réciproquement Pic et Rosi – y vécut des années (au numéro 23). Il y avait emménagé en 1918 avec Olga Khokhlova et installé son atelier dans un vaste duplex. Pour abriter ses amours secrètes avec Marie-Thérèse Walter, il loua en 1930 un appartement au numéro 44. C'était pratique. Combien de fois n'a-t-il pas traversé la rue pour se faufiler discrètement du 23 au 44 mine de rien, comme s'il allait chez le boulanger? En 1935, quand Olga découvrit qu'il l'avait systématiquement trompée des années durant et que, par-dessus le marché, sa rivale attendait un enfant de lui, ce fut le début de la fin de leur histoire commune. En 1937, Picasso déménagea rue des Grands-Augustins. Entre-temps Dora Maar était devenue sa compagne officielle. Il conserva toutefois quelque temps encore l'appartement du 44 rue La Boétie, y compris sa relation avec Marie-Thérèse.

En déambulant dans la rue, Karolin n'y vit plus une seule galerie. Il y régnait l'animation habituelle des quartiers où se côtoient agences immobilières, salons de coiffure, boutiques de fringues et de téléphonie, succursales de banques, snacks et cafés tristounets. Des groupes d'employés en costume-cravate fumaient devant l'entrée de leur boîte. Mais l'énorme bâtiment art déco de la poste existait toujours. Il datait des années vingt, et, au fil des temps, sa façade avait pris une teinte grisâtre. C'est ici, sur le trottoir près de la poste alors flambant neuve, qu'Isidor Schweig était tombé par hasard dans les bras d'Adèle Bertin – ou inversement. Il revenait de la galerie Wildenstein en compagnie de Rose Valland, quand il avait vu Adèle remonter la rue en sens inverse (Karolin se la représentait dans un chemisier d'été jaune d'or). Isidor venait juste de contempler une première fois de près les tableaux et les sculptures des surréalistes. Max Ernst et Salvador Dalí? Naturellement ça l'avait bouleversé. Il s'était habitué à Picasso et Braque, ça faisait longtemps qu'il était assez ouvert pour ça, mais qu'en était-il des cauchemars et des paysages à la sexualité subversive de Dalí ? Quand Isidor vit tout à coup arriver en face de lui la mystérieuse femme convoitée du café Coquet, il fut comme foudroyé par cette rencontre inattendue. Une jubilation inconnue s'empara de lui. Il avait vingt-deux ans. Il voulait être peintre. L'avenir était un vaste champ sur lequel il ne se posait pas de questions désagréables, car, là, en 1936, il était à Paris, qui était assurément la plus belle ville du monde. Ce qui allait advenir n'était pas imaginable.

Rue La Boétie, Karolin avait l'impression que les fantômes se bousculaient dans sa tête : elle voyait Isidor, Rose et Adèle devant l'énorme bâtisse de la poste, puis Paul Rosenberg et Pablo Picasso devant les immeubles du 21 et du 23. Elle ne se lassait pas de faire et de refaire le chemin séparant le numéro 23 du 44, que Picasso avait parcouru maintes et maintes fois pour aller chez sa maîtresse. Peut-être le jeune peintre Isidor l'avait-il croisé ici dans la rue, en 1936. En déambulant, Karolin avait fait des photos. Devant le numéro 57, l'ancienne galerie de Georges Wildenstein, elle attendit le moment propice avant d'appuyer sur le déclencheur. C'est alors que l'homme au ciré remonta la rue. Le jaune du ciré produisit le genre de situation qu'elle cherchait pour sa photo. La banderole jaune avec l'inscription *Servitude volontaire ?** était suspendue à la façade de l'immeuble comme un pense-bête, entre autres parce que le gros point d'interrogation vous forçait à réfléchir à ces deux mots. Quelqu'un avait voulu évoquer l'homme qui avait donné son nom à la rue, cet Étienne de La Boétie qui, au milieu du XVIe siècle, avait rédigé un *Discours de la servitude volontaire.* Dans les années vingt, Nathan Wildenstein avait légué l'immeuble avec sa galerie à son fils Georges. Après la guerre, celui-ci avait pu en reprendre possession et continuer à tenir la galerie jusqu'en 1960. Georges était mort en 1963. Maintenant on restaurait le bâtiment, Karolin découvrit qu'on avait collé à côté de la sonnette une étiquette discrète sur laquelle figurait *Wildenstein Institute.*

Comme tous les marchands juifs, à l'invasion allemande Georges Wildenstein avait dû abandonner sa galerie. Il s'était réfugié dans le sud de la France, non sans avoir tenté de protéger sa collection de la cupidité nazie en plaçant le maximum d'œuvres dans des trésors de banques et des cachettes en zone libre, ou en les expédiant à temps à l'étranger. Wildenstein possédait depuis longtemps une galerie à New York, ce qui avait facilité le transfert d'une partie de ses œuvres de valeur. Il avait d'abord espéré pouvoir sauver les pièces de sa collection demeurées en France en nouant indirectement avec les Allemands des relations d'affaires qui profiteraient aux deux parties. C'était un marchand français nommé Roger Dequoy qui jouait les hommes de paille. Il remplissait la condition nécessaire de n'être pas juif et il avait été employé chez Wildenstein. Dequoy avait donc pris la gérance de la galerie. Au début il était resté en contact avec son patron, mais bientôt il avait commencé à agir en son nom pour ses clients allemands. L'« aryanisation » forcée des entreprises et des biens juifs lui avait ensuite permis de s'approprier légalement toute l'affaire du galeriste. Wildenstein n'avait plus le choix, il avait dû tout lui abandonner. Et la galerie du 57 rue La Boétie prit le nom de « Dequoy & Co ».

Viktor dans ses cahiers avait toujours défendu Wildenstein. Ils ne s'étaient rencontrés qu'à quelques occasions et toujours avec la distance qu'imposait entre eux l'écart social, mais Viktor en avait fait son mentor. C'est Georges Wildenstein, ce passionné d'art, cet éminent galeriste en possession d'une collection inestimable, qui avait éveillé aux subtilités le jeune peintre venu d'Allemagne, l'avait sensibilisé aux incomparables constellations de couleurs de Bonnard, à la sensualité de celles de Matisse et à la touche passionnée du pinceau de Courbet. Il l'avait introduit dans la coulisse, lui avait transmis des connaissances insolites et fait saisir des choses qu'il n'était pas en mesure de voir auparavant. C'est précisément *L'Origine du monde* de Courbet, même si ce n'était qu'en photographie, que Wildenstein avait montré au jeune homme. C'est ici, au 57 rue La Boétie, que le galeriste avait tiré la photo d'un tiroir comme un lapin de son chapeau. Le geste avait une portée infiniment plus forte qu'un tour de marchand ou un coup de bluff. Pour la première fois Isidor avait compris que toute véritable œuvre d'art devait receler un mystère non élucidé. Et pour la première fois il avait pris conscience de ce que le corps humain avait de mystérieux, et qu'il se devait de le transposer dans sa peinture. Un corps tel celui que Courbet avait porté sur la toile, on pouvait le peindre, mais encore fallait-il qu'il se mette à vivre sous le pinceau. C'est peu de temps après qu'Isidor Schweig avait été chargé par Hans Wendland de copier *L'Origine du monde*.

La copie avait disparu sans laisser de traces. C'est Adèle qui avait posé. Il y avait forcément un détail au plus profond de l'intime par lequel la copie se différenciait de l'original. Pour la première et unique fois de sa vie, Isidor avait été réellement subjugué, le peintre en lui avait été fasciné par *L'Origine du monde*, l'homme par Adèle Bertin. Adèle était demeurée une énigme, le premier amour concret et physique, la première chute dans un gouffre sentimental vertigineux. La femme avait disparu un beau jour de manière aussi inattendue qu'elle était arrivée, elle s'était dérobée, évanouie dans la nature. Un abandon incompréhensible.

Cahiers

On voit déjà des ballots de paille dans les champs. En plein été ils sont le premier signe de l'automne qui approche. Le temps passe comme l'éclair. Bientôt les poires seront mûres, puis viendront les pommes. Anna fera de la compote et des gâteaux. Pendant quelques semaines on aura droit tous les jours à l'Apfelstreuselkuchen, son gâteau-crumble aux pommes d'après la recette de la voisine disparue depuis longtemps qui était déjà vieille quand nous étions encore jeunes.

Ce matin, alors que je prenais le petit déjeuner avec Anna – moi en bout de table, c'est ma place, elle à la sienne à ma gauche – je feignais de regarder par la fenêtre (la grande fenêtre d'en face qui donne sur le jardin), absorbé dans mes pensées, et l'observais du coin de l'œil étaler le beurre et la confiture sur son pain, puis reprendre le journal et se remettre à lire. C'est toujours une belle femme, fière, obstinée, le cheveu argenté, mais belle pour son âge. Et je pensais à l'absurdité de ces trop longues unions. Au tout début le plus simple est de faire l'amour, en tout cas ça l'est plus que de se parler ou de partager le quotidien. Après une longue route commune, quand on est enfin venu à bout (ou qu'on devrait l'être) de tous les obstacles, les malentendus et les doutes de la vie de couple, qu'on a acquis une certaine sérénité et appris à vivre avec l'autre, c'est exactement le contraire. Au crépuscule d'une longue union tout me semble relativement peu compliqué en comparaison du début, sauf faire l'amour. Je pensais à l'absurdité confondante qu'Anna et moi *n'ayons pas dormi ensemble* – j'aime cet euphémisme un peu vieillot – depuis plus de vingt ans. Depuis près d'un quart de siècle même, si je compte bien. La dernière fois c'était vers 1972, après, elle n'a plus voulu. Sans doute parce qu'elle ne voulait plus me pardonner. Le nombre d'années paraît grotesque, nous sommes en 1996.

Et c'est pour ça, à cause de ce quart de siècle, qu'au petit déjeuner, ce matin, j'ai tenté de l'approcher d'une main hésitante. Je voulais lui effleurer tendrement la joue, lui demander pardon. Prononcer les mots justes et les accompagner du geste correspondant, d'un geste vrai. Je voulais lui demander de me pardonner tout de même, finalement, de l'avoir trompée autrefois, d'abord comme ça, comme les hommes trompent leur femme, une envie, une occasion, un besoin soudain, et plus tard parce qu'elle ne me laissait plus venir dans sa chambre. Quand je l'ai regardée en esquissant le geste d'approcher doucement le dos de ma main gauche de sa joue (je cherchais encore vainement les mots justes), elle a levé les yeux de son journal, surprise, et s'est reculée brusquement. Elle n'était pas habituée. J'ai interrompu mon geste, laissé retomber ma main, souri, mais je n'ai pas réussi à refaire le geste et à l'achever, à toucher sa peau presque translucide tant elle est fine, la peau de ma femme qui a vieilli. Je voulais aussi la remercier de tout ce qu'elle avait fait pour moi dans la vie. Et aussi pour les enfants. Mais c'était comme si les mots qui venaient de se former – trop tard – dans ma tête me restaient eux aussi dans la gorge tout comme ce geste resté en suspens et qu'ils retombaient eux aussi dans ce gouffre étrange des non-dits de toute une vie. Peut-être l'occasion se représentera-t-elle. J'aimerais bien dormir une fois encore au plus près du corps d'Anna. En guise d'adieu.

Quand les hommes sont seuls, ils aiment se complaire dans le regret. Sur eux-mêmes, leur vie, leurs méfaits. Mais toujours trop tard, juste un peu trop tard pour pouvoir encore y changer quelque chose.

Pourquoi ne vais-je pas me promener tranquillement dans les champs, m'asseoir sur un ballot de paille et regarder le ciel tout bonnement ? Pourquoi, nom d'un chien, est-ce que j'écris ces cahiers ? Mes *Confessions**! Pourquoi ne pas garder mon secret dissimulé dans un tableau comme Edgar Degas avec *Madame Camus* ? La faute en incombe à ma vanité, naturellement. Je voudrais tout de même qu'on sache un jour qui j'étais, qui j'ai été, aussi et entre autres, dans cette vie. Je voudrais bien extirper quand même quelque chose de ce gouffre où sont tombés les non-dits de ma vie.

Sans doute n'est-ce pas en fin de compte ni pour Anna ni même pour les enfants que j'écris toutes ces pages, cette ultime confession de ma vérité. Pas pour m'excuser du mensonge de ma vie avant qu'il ne soit trop tard. De toute manière il est trop tard. Ce n'est même pas seulement pour me tourner vers mes souvenirs, sortir de l'ombre en couchant noir sur blanc sur le papier ce qui, sinon, inéluctablement, se dissiperait avec moi dans le néant. Je les écris surtout à cause d'une toile, une seule toile mystérieuse dont l'ambivalence renvoie à celle de mon existence. La personne qui la trouvera doit au moins connaître son histoire, tel est mon plan. C'est par cette voie-là que je peux m'approcher une dernière fois d'Adèle, lancer en pensée vers elle, au-dessus du temps écoulé, une ultime passerelle. Ma solitude me pousse vers ce qui fut jadis. Et là, dans le paysage intérieur de mon passé, je tente de débusquer le lieu où je peux rejoindre Adèle une dernière fois.

Notre souvenir n'est pas seulement une trace de ce qui advint autrefois, une sorte de reproduction mémorisée de ce que fut la réalité et le vécu d'un moi immuable, toujours semblable à lui-même. Nous nous souvenons en priorité de ce qui nous a réellement changés. Nous n'avons de souvenirs marquants que des événements et des gens qui, d'une manière ou d'une autre, ont pesé sur notre trajectoire, l'ont stimulée et donc modifiée. Nous ne nous rappelons généralement pas, oublions même souvent ce qui nous a laissés indifférents, et si d'aventure, nous en gardons quelque réminiscence, elle est aussi anodine que cet événement qui n'a suscité en nous rien d'essentiel. En revanche, quand je me souviens d'un événement qui m'a tellement frappé qu'il a pu insuffler quelque changement en moi, c'est finalement le moi déjà changé qui se souvient, si bien que l'événement dont je me souviens ne peut être identique à celui qui a déclenché mon souvenir. Le souvenir est surtout la trace fragile, impétueuse, douloureuse, qu'a laissée en nous un événement qui nous a changés. C'est d'un regard nouveau donc, que nous le considérons. Et à chaque événement de notre vie, une nouvelle métamorphose recouvre cet ancien souvenir, couche après couche, jusqu'à ce que tous les anciens souvenirs semblent s'être « estompés », et ils ne s'estompent que parce que le poids de ce palimpseste de changements et de souvenirs est devenu si lourd qu'il crée une distance infinie entre mon moi présent et mon très vieux moi d'avant.

Quand je souhaite convoquer le souvenir d'Adèle, assis à mon bureau devant la fenêtre qui donne sur le jardin inondé de soleil, avec, à ma gauche sur l'étagère, les photos de famille d'une moitié de vie et à l'oreille le bruit familier des pas d'Anna qui résonnent allégrement dans l'escalier (à soixante-dix ans passés elle le monte encore en bondissant comme un cabri), je réalise soudain la distance infinie qui me sépare de l'homme qui prenait jadis dans ses bras le corps odorant d'Adèle et qui, sa peau contre la sienne, ses membres emmêlés aux siens, n'avait d'autre désir que de se fondre entièrement en elle. Que je suis loin désormais de cet homme qui enfouissait jadis son visage lisse dans sa lourde chevelure brune. C'est comme si j'avais été un autre. Je ne pourrais donc livrer un récit plus vrai d'Adèle, de l'époque d'Adèle, de la perte et de la disparition d'Adèle, que ne le ferait un narrateur. J'avais tant espéré me rapprocher peu à peu d'elle, mais force me fut de constater chaque fois que j'ai tenté de ressusciter en mon for intérieur les pensées, les sentiments, les situations du passé, que son apparition ressemblait à une chimère trompeuse, à l'esprit qui s'échappe capricieusement de la bouteille tel un voile de brume, pour se retirer ensuite, imprévisible, et redisparaître on ne sait combien de temps.

Le souvenir le plus prégnant que j'aie d'Adèle est plutôt lié à son odeur. Sans pouvoir sentir bien sûr sa peau ni son corps dans la réalité, quand je me concentre, je sens son parfum revivre en moi. Le souvenir en est étonnamment vivant. C'est par cette trace de son odeur que je m'approche à tâtons des images et des sentiments d'antan, comme Thésée parvient, en suivant le fil d'Ariane, à s'extirper péniblement du fond du labyrinthe pour retrouver la lumière du monde. Un jour – je ne sais plus dans quelle situation elle l'a fait pour la première fois – Adèle a enfoui son nez dans ce pli entre ma joue et l'aile du nez. Et elle a chuchoté : « Isidor, je crois que c'est là que je sens le mieux ton odeur. » Et une autre fois elle m'a dit : « Si tu aimes mon odeur, tu ne m'oublieras jamais. » Le geste de humer les ailes de son nez à elle devint alors pour moi une addiction, je ne me lassais pas de raviver ce sentiment parfaitement exquis de pelotonner nos nez l'un contre l'autre et d'inspirer tout doucement. C'était comme si les particules de son parfum venaient effleurer telle une plume certains neurones de mon cerveau, les caresser et les chatouiller très doucement.

*

J'avais beau vivre de nouveau à Paris, les premiers mois je pensais rarement à Adèle. Bien des choses s'étaient passées depuis qu'elle avait disparu sans un mot en 1936, les années s'étaient écoulées, le monde – le vaste monde et mon petit monde à moi – avait radicalement changé. Le présent m'occupait trop pour que les pensées chagrines d'hier y aient encore leur place. L'avenir s'ouvrait devant moi.

Ma double vie était fatigante, je me suis souvent demandé après coup où j'avais puisé l'énergie et la force de vivre deux vies en une seule. Les chemins de fer dans la journée, cinq ou même six jours par semaine : un univers de tampons et de stylos-plumes, de tables de bois rayées, de sièges de cuir éculés et d'armoires à dossiers poussiéreuses aux portes grinçantes ; les dossiers gris, les secrétaires aux lèvres rouges et aux jolis ongles frappant les claviers métalliques. Ça sentait le carbone, le papier et le parfum. Les téléphones sonnaient. Le courrier arrivait. Des hommes en uniforme et des femmes coiffées de petits bibis coquins entraient et sortaient. Nous étions presque tous jeunes, célibataires, le jour nous échangions des plaisanteries en collègues, la nuit des silhouettes erraient dans les couloirs obscurs de l'hôtel Terminus Est dont les portes s'ouvraient sans faire de bruit. Nous étions parfaitement conscients d'avoir tiré le gros lot. À bonne distance de la vraie guerre nous nous amusions dans une des plus belles villes du monde, sur laquelle, au moins jusqu'au printemps 1944, les bombes tombaient rarement. Et quand l'Europe entière criait famine, que la France elle-même était exsangue (on lui imposait de verser à l'Allemagne 20 millions de reichsmarks par jour) et que la population souffrait d'un rationnement drastique, nous, nous mangions à notre faim, car nous étions les occupants et non les occupés.

Ensuite ma seconde vie – le soir, au plus tard à six heures, le dimanche ou des week-ends entiers – je m'éclipsais rue de Valenciennes, me changeais dans ma remise comme si je pouvais me glisser dans une autre peau, puis sautais sur mon vélo et pédalais vers l'existence de mon alter ego à Montmartre. Ce deuxième moi était-il dans l'ombre du premier ou n'était-il pas plutôt sa lumière ? En tout cas il était la couleur. Dans mon atelier au divan rouge sombre, avec ses tubes, ses godets, son vase jaune sur la table de bois ronde où, depuis longtemps, manquaient les fleurs, m'attendaient le chevalet et le tableau entamé. Par la fenêtre mes yeux glissaient sur les toits gris argent et leur foule de cheminées en terre cuite, pour se perdre dans l'étendue du ciel. Ma palette embaumait la résine et l'huile, l'évier sentait l'essence de térébenthine, et à côté de lui s'étalaient pinceaux, chiffons, couteaux, sans parler de la brosse et de la pierre ponce pour me nettoyer les mains à l'aube d'une nouvelle journée dans un autre monde. De vivre deux vies à la fois je me sentais riche et plein d'expérience. C'était la seule possibilité qui me restait, l'unique solution trouvée à mon dilemme. Ne mener qu'une vie de peintre, mon éducation me l'interdisait, qui parlait en moi la voix de mon père. Mais me contenter d'une vie d'inspecteur des chemins de fer, une autre voix en moi ne le permettait pas, qui venait, elle, de mon enfance.

J'avais confié à Rose Valland que rien ne me plairait davantage que de voir un jour le Jeu de Paume de l'intérieur. Dans ma ferveur insouciante et aussi pour la faire rire, je lui proposai de venir la chercher un jour en fin d'après-midi, en me faisant passer pour son fiancé et d'en profiter pour demander à visiter le musée. Rose jugea l'idée fort comique, mais parfaitement invraisemblable, elle trouverait mieux, m'assura-t-elle. Un soir du début d'été 1941, elle tint parole, je pénétrai dans le sacro-saint dépôt sévèrement gardé du Jeu de Paume. Rose qui avait enfin trouvé un prétexte m'y faisait venir très officiellement, pour restaurer un portrait de jeune fille de Renoir endommagé lors de la saisie. Avait-il été piétiné ou cogné ou abîmé lors d'une bagarre ? Il me fallut en tout cas plusieurs heures pour le remettre dans un état acceptable et en restaurer la couleur écaillée et éraflée. Rose m'avait présenté aux experts de l'ERR comme un peintre de ses amis qui excellait à ce genre de restauration délicate. Et de plus il était allemand ! Sa proposition fut agréée, elle me fit donc tenir une autorisation à mon nom avec laquelle je devrais me présenter au jour et à l'heure dits.

Nous avions convenu d'une fin d'après-midi, pour me donner la possibilité d'explorer les lieux tranquillement une fois partis les derniers collaborateurs de l'ERR. Après les heures de travail il ne restait, normalement, que les gardes de l'entrée. Ce soir-là je rencontrai même Bruno Lohse. Le favori de Göring entre tous les experts. Sa spécialité était la peinture hollandaise des XVIIe et XVIIIe siècles, ce qui coïncidait parfaitement avec les préférences du Reichsmarschall. Quand Rose me présenta, il me fit une impression tout à fait positive. Lohse était ce type d'homme que nous nommions alors le plus sérieusement du monde en Allemagne un « homme de culture », ce qui signifiait en gros plus cultivé que la moyenne, docteur es quelque chose et à l'aise dans le monde. Le contraire d'un parvenu comme Kurt von Behr ou d'un béotien obsédé par l'art comme Hermann Göring. Lohse était mince, de haute stature – je devais lever un peu la tête en face de lui – et très élégamment vêtu. Il portait ses cheveux fins strictement peignés en arrière, une seule boucle retombant sur le front, qu'il avait haut. Le charme de ses traits harmonieux à la bouche sensuelle était toutefois entaché d'une fâcheuse disharmonie : il avait un œil plus petit que l'autre et une paupière tombante. Pendant notre entretien je m'efforçai de paraître réservé, voire un peu gauche, et m'abstins de toute expression technique. Je n'avais nulle envie d'éveiller l'attention ou la curiosité de gens comme Bruno Lohse. Je savais que, dans le ciel franco-allemand de l'art, il faisait partie des stars montantes, mais la marque de fabrique de mon travail était justement la discrétion : rester dans l'ombre.

Pour Göring, Bruno Lohse qui parlait un excellent français était ici l'homme idéal : un nazi convaincu – entré dans la SS dès 1933, puis au NSDAP en 1937 –, qui alliait un solide bagage en histoire de l'art à une connaissance intime du mode de fonctionnement de l'armée, de la SS et de la Sûreté. Ce qui présentait des avantages notables pour les saisies, puisqu'elles étaient effectuées par les SS et les militaires. Lorsque Göring fit la connaissance de l'historien de l'art Bruno Lohse en février 1941, il remua ciel et terre pour le sortir de l'unité de la Wehrmacht où il croupissait sur le front de l'Est et le transférer à Paris à l'ERR. Il devait y renforcer le « groupe de travail Louvre » complètement surmené. Lohse fut également chargé d'organiser au Jeu de Paume une de ces expositions à l'usage exclusif de Göring, où ce dernier avait coutume de venir se servir. Ainsi commença pour Lohse une brillante carrière. Impressionné par ses connaissances, le Reichsmarschall lui accorda sa confiance, outre qu'il lui vouait probablement une sympathie innée. Après cette visite à Paris aussi édifiante que lucrative, Göring s'arrangea en tout cas pour faire verser Lohse dans sa Luftwaffe. Puis il fit de lui son chargé de mission à Paris et son intermédiaire en France pour les transactions. Kurt von Behr fut donc prié de le nommer « représentant à Paris du Reichsmarschall dans le groupe spécial Beaux-Arts de l'ERR ». Leurs intérêts communs se retrouvaient ainsi inextricablement liés : Bruno Lohse échappait grâce à Göring aux affres du service sur le front de l'Est et pouvait exercer son cher métier dans la capitale mondiale de l'art, tandis que Göring avait, au sein de l'ERR, un homme fiable, doté de solides compétences et qui connaissait le marché de l'art parisien pour avoir assez longuement séjourné à Paris dans les années trente.

Ayant rapidement gagné en influence, Bruno Lohse contrôla bientôt l'ensemble des confiscations, débusquant sans relâche de nouvelles œuvres et de nouvelles collections, incitant à la délation, recrutant des indicateurs, initiant des échanges et organisant les achats – l'obtention de conditions favorables n'allant pas toujours en l'occurrence sans pression ni chantage. Il réunit pour Göring au Jeu de Paume un choix d'œuvres de toute première qualité, sans parler des centaines de tableaux dépréciés ou « dégénérés » qu'il échangeait contre des tableaux vendus sur le marché. Mais Bruno Lohse travaillait aussi pour la « mission spéciale Linz » et, à titre d'exemple, organisa secrètement dans des circonstances rocambolesques le rapt de la collection Schloss qui se trouvait en zone libre et intéressait Hitler pour son projet de musée.

J'ignorais tout ceci à l'époque, et ce soir-là, Bruno Lohse me parut plutôt sympathique. Il avait, comme moi, trouvé une planque à Paris pour échapper au front de l'Est. Avant de finir sa journée, il vint jeter un coup d'œil dans le petit cagibi où, sous le regard critique de Rose, j'étais en train de préparer sur ma palette le mélange de couleurs pour la restauration du portrait de jeune fille de Renoir. J'avais apporté le matériel nécessaire – petits tubes de peinture à l'huile, pinceaux, beurre à peindre, essence de térébenthine, etc.

Je ne fus pas peu surpris quand Lohse nous déclara sans ambages que *Le Bal du Moulin de la galette* de Renoir l'avait profondément impressionné. Renoir avait réussi, dit-il, à rendre l'atmosphère de gaîté et de délassement d'une fête populaire dans une immédiateté comparable à celle d'un instantané en photographie. Il vanta la vie que donnaient à la scène les reflets de la lumière sur la piste ou les vêtements des couples de danseurs, « La lumière danse réellement avec les danseurs », dit-il. Et, ajouta-t-il, la spontanéité qu'exprimaient les visages de cette foule l'émouvait – malgré la touche à vrai dire grossière du pinceau qui pouvait choquer de prime abord, mais qui, à l'examiner attentivement à une légère distance, était tout à fait convaincante. C'est à peu près les termes qu'il employa et il émit, qui plus est, une appréciation positive sur un tableau de Chagall qui se trouvait contre le mur à côté de nous.

Si le degré de « dégénérescence » de Renoir donnait bien matière à discussion, en ce qui concernait Chagall le doute n'était plus permis. Sa peinture était catégoriquement condamnée et, par-dessus le marché, l'homme était un Juif russe. Je m'étonnai que Lohse ne débite absolument pas le credo national-socialiste en matière d'art. Par prudence je n'abondai pourtant pas dans son sens et bredouillai au-dessus de ma palette une vague remarque qui aurait pu valoir pour n'importe quel peintre : « Oui, oui, dans une œuvre, les jeux d'ombre et de lumière ainsi que l'expressivité des couleurs sont susceptibles d'éveiller en nous le sentiment du sublime, même si le reste de l'exécution peut sembler discutable à tout esprit sain »... ou une ânerie du même genre. Réprimant son fou rire, Rose Valland qui arborait pour changer une de ses inénarrables robes à fleurettes affichait une mine impénétrable et s'activait fébrilement dans ses fiches. Même s'il ne s'agissait que de goûts artistiques, exprimer des opinions fâcheuses pouvait avoir des conséquences funestes, quand on n'était pas en position de force ou sous la protection de quelque cadre influent du parti. L'éloge étonnamment libre que fit Lohse de Chagall confirmait son importance à l'ERR et dans le commerce de l'art. Visiblement il pouvait se permettre cette opinion – et ne l'avait sans doute exprimée que pour me le faire savoir.

Quand Lohse a été parti lui aussi, il n'est plus resté que les gardiens. Nous avions donc le bâtiment pour nous, mais nous nous gardâmes bien de tenir des propos trop personnels. C'était la première fois que je voyais Rose dans son milieu professionnel, et je crois qu'elle a savouré ma stupeur quand nous avons refait tranquillement le tour des hautes et vastes salles. Celle « des martyrs » m'a subjugué. Les tableaux étaient accrochés pêle-mêle tout près les uns des autres ou avaient été posés ou empilés manifestement n'importe comment là où il y avait de la place. Je me rappelle avoir aperçu d'un seul coup d'œil plusieurs toiles de Degas, de Picasso et de Matisse, ainsi que des Modigliani, des Chagall, des Sisley et des Vuillard, Max Ernst et Kokoschka.

Dans les autres salles, on avait pris un peu plus soin des œuvres accrochées à peu près par époque. J'y ai admiré de petits Fragonard et de grands Boucher, des Gainsborough, des Hubert Robert, des Delacroix et des Ingres, je vis des tableaux de la Renaissance et du Moyen Âge, des Vierges à l'enfant, des grottes et des paysages idéalistes, des canaux vénitiens et des intérieurs hollandais, des vaches dans de gras pâturages et d'héroïques vaisseaux de guerre sur une mer déchaînée, de nobles portraits d'hommes et de gracieux portraits de femmes, torses musculeux et poitrines délicates. Il y avait de riches Gobelins et des meubles précieux, des sculptures et des médaillons, des bijoux et des ouvrages d'horlogerie. Cela faisait un drôle d'effet de se retrouver dans tout cet art qui – désormais déclaré « sans maître » – avait été trimballé dans ce no man's land.

C'est à ce moment-là que j'ai réellement saisi l'enjeu de cette entreprise, la valeur inimaginable entassée ici. Les rumeurs que j'avais glanées çà et là prenaient corps, les choses devenaient tangibles. Et je n'en revenais pas de constater combien c'était simple en fin de compte. On envoyait des camions là où il y avait des maisons, des hôtels et des appartements abandonnés, on les vidait, et on déposait les tableaux et les autres œuvres ici, les bibliothèques là, les meubles et les ustensiles autre part. On se servait, on échangeait, on vendait, on s'équipait, on expédiait ça dans le Reich. Et ce par les trains des chemins de fer allemands ou français, autrement dit « mes » trains. À la mine de Rose je compris qu'elle se considérait comme vouée à surveiller ces d'œuvres d'art, une gardienne du Graal en quelque sorte. Et c'est là que je réalisai pleinement combien elle devait souffrir de ce qui s'y passait.

Tout en parcourant les salles avec moi, Rose m'indiquait à voix basse quel tableau provenait de quelle collection ou de quel marchand. Des camions continuaient à arriver chaque jour inlassablement au musée. Sous le contrôle de soldats de la Wehrmacht ou de la Luftwaffe, les transporteurs déchargeaient leur précieux butin à la première place libre en criant : « Ça vient des Rothschild » ou « Ça vient de la rue La Boétie ». Un bazar comme elle n'en avait jamais vu, un sabbat de l'art, dit Rose Valland. Les experts en blouse blanche étaient dépassés, ils commettaient des erreurs, c'était inévitable. Il fallait parfois noter *Origine inconnue*, parce qu'on était vraiment incapable de reconstituer d'où provenait telle ou telle œuvre.

Ce ne fut toutefois pas le cas de la collection des Rothschild, elle était si fabuleuse qu'elle fut confisquée et inventoriée avec les précautions qui s'imposaient, puis Hitler eut, comme d'habitude, le privilège de se servir en premier, et aussitôt après le Führer vint Göring, le deuxième homme du régime. Ce qui restait ensuite, un reste tout de même conséquent, fut expédié en Allemagne ou gardé en dépôt au Jeu de Paume pour d'imminentes transactions d'échanges. La saisie des biens de la dynastie de banquiers se déroula selon des règles qui avaient fait leurs preuves, puis elle fit figure de modèle pour toutes celles qui allaient suivre.

La légendaire collection Rothschild, sur laquelle on se rua le jour même de la capitulation de la France, comprenait les œuvres d'art des quatre membres de la famille résidant à Paris : le baron Édouard de Rothschild, chef de la dynastie, qui dirigeait la banque, ainsi que Robert, Maurice et Henri de Rothschild. D'après l'inventaire de l'ERR, la collection se composait, outre une riche bibliothèque de livres précieux, d'exactement 5 009 œuvres, dont des bijoux historiques, des Gobelins, des miniatures du XVe siècle et un nombre époustouflant de tableaux des plus grands maîtres de l'histoire de l'art. Les Rothschild avaient senti venir le danger bien avant la capitulation, ils ne se faisaient guère d'illusions sur les intentions allemandes en cas de victoire sur la France. Une partie importante de la collection fut mise en sécurité (pensaient-ils) à l'extérieur de la capitale. Les œuvres furent déposées dans les trésors des banques, leurs châteaux en province, ou cédées fictivement aux musées nationaux et placées en sûreté dans les dépôts du Louvre. Édouard et Robert de Rothschild s'enfuirent aux États-Unis, Maurice se réfugia au Canada, et Henri erra de la Suisse au Portugal avec sa famille et sa chère collection Chardin, pour s'installer finalement en Angleterre.

L'impitoyable mécanique des confiscations était comme faite sur mesure pour la collection Rothschild. Inexorablement les lois des occupants et du régime de Vichy entrèrent en vigueur les unes après les autres. Les Rothschild en fuite furent déchus de leur nationalité, et Vichy put bientôt annoncer l'expropriation de toute la famille des banquiers juifs. À partir de là il ne s'agissait plus que d'évacuer un dernier malentendu possible en déterminant à qui revenait la propriété des Juifs expropriés de France – Vichy ou Berlin ? Le gouvernement français apprit vite à ses dépens qui faisait la loi dans le pays, en deux temps trois mouvements les possessions des Rothschild furent déclarées « propriété du Reich allemand », et sans perdre de temps, les spécialistes de l'ERR commencèrent à pister les œuvres de la précieuse collection.

Ils constatèrent alors que les trésors des Rothschild avaient été dispersés aux quatre vents, car les murs des maisons parisiennes confisquées étaient vides. Au 2, rue Saint-Florentin, chez Édouard de Rothschild, *L'Astronome* de Vermeer ne se trouvait plus sous la *Femme au chat* d'un primitif flamand, et *La Vierge à l'enfant* de Hans Memling manquait aussi, qui avait orné ce même mur tendu de soie précieuse. Au 23, avenue de Marigny où demeurait Robert de Rothschild on chercha en vain, par exemple, le triptyque de Jan van Eyck *La Vierge et l'enfant avec saints et donateurs*, et le *Portrait de Lady Alston* de Gainsborough manquait, lui aussi, au-dessus de la fragile commode Louis XV à marqueterie de Sèvres. Sur quoi on écréma les unes après les autres les résidences des Rothschild en province, depuis leurs châteaux en Normandie jusqu'aux vignobles de Bordeaux. Et c'est là qu'on trouva et put enfin charger les camions par caisses entières. Avec l'aide de rabatteurs grassement payés, on parvint aussi à mettre la main sur le reste de la collection disséminée dans diverses résidences en province ou dans des trésors de banques.

Début février 1941, l'affaire était dans le sac, pratiquement toutes les collections des Rothschild étaient saisies, inventoriées et déposées au Jeu de Paume. Dûment conseillés par leurs experts, Hitler et Göring s'attribuèrent les plus belles pièces. Chaque œuvre reçut un coup de tampon : H comme Hitler ou G comme Göring, puis on emballa les caisses correspondantes, avant de les numéroter avec la froide efficacité qui préside à la logique bureaucratique. Dix-neuf caisses de H1 à H19 pour Hitler, destinées avec leur fabuleux contenu à enrichir sa collection privée et surtout son futur musée de Linz. Les caisses G1 à G23 étaient, elles, pour Göring et sa collection personnelle de Carinhall. *L'Astronome* de Vermeer que Göring aurait tant aimé posséder se retrouva, bien évidemment, dans une caisse H, la numéro 13 pour être précis, et sûrement en noble compagnie. Le maréchal du Reich dut se contenter du deuxième choix, ce qui lui valut tout de même entre autres pièces de qualité une très belle *Allégorie de la vertu* de Cranach. Le butin Rothschild fut acheminé en Allemagne à la mi-février par le train spécial de Hermann Göring. Les caisses H furent déchargées à Munich et entreposées dans le Führerbau, les caisses G continuèrent sur Berlin, puis poursuivirent leur route en camion jusqu'à Carinhall.

Rose ne pouvait voir sans réagir toutes ces toiles, ces dessins, ces chefs-d'œuvre, transportés en Allemagne ou bradés dans des échanges. Elle les avait pris sous sa protection, elle se sentait secrètement responsable, non seulement des œuvres mais de leurs propriétaires légitimes, puisqu'elle était le seul témoin non-allemand de ce qui se passait. Je m'étonnais que les collaborateurs de l'ERR fassent confiance à une Française au point de la laisser continuer à travailler seule, le soir, au Jeu de Paume. Mais qu'aurait bien pu faire Rose pour empêcher les spoliations ? Les Allemands régnaient sur le pays et, depuis

Vichy, l'État français du maréchal Pétain qui n'était plus une république, son parlement s'étant pour ainsi dire autodissous par décret, collaborait très officiellement et très activement. En gardant secrètement la trace de la provenance et de la destination de nombre d'œuvres confisquées, Rose travaillait pour un après qu'elle imaginait, espérant, convaincue même, qu'il y en aurait un. Mais quand je vis de l'intérieur la plaque tournante du Jeu de Paume, en ce début de printemps 1941 la situation semblait plutôt préluder à un Troisième Reich millénaire qu'à cette descente rapide au royaume de l'obscurité humaine qui nous attendait en réalité.

Quelque temps plus tard – ce devait être un dimanche après-midi chez moi à l'atelier – Rose me prit complètement au dépourvu, elle me demanda incidemment en me regardant peindre, si ça me dirait de faire une copie pour elle de temps à autre. Pour une Française ma bonne vieille Rose était parfois très directe, et je m'immobilisai sans doute, interloqué. Rose s'expliqua alors un peu plus avant : j'étais le seul copiste (pour ne pas dire faussaire) qu'elle connaissait, et qui plus est, je travaillais bien. Il ne s'agissait de rien de moins que de sauver, un, deux, trois tableaux entre mille, l'idée lui en était passée par la tête une nuit, au cours de ces insomnies qui la prenaient souvent. En échange, puisqu'elle ne pouvait pas me payer, elle s'efforcerait de me faire venir au Jeu de Paume pour des travaux de restauration bien rémunérés. Franchement, je n'avais aucune raison d'accéder à sa demande, bien au contraire, grâce à Wendland et Rochlitz je ne manquais pas de commandes, en particulier pour mes deux « gaillards » (leur surnom à usage interne), le duo Holzapfel & Welz, qui fournissait avec une benoîte régularité le marché autrichien en tableaux du XIXe pas toujours vrais. « Sauver » des tableaux, soit une goutte d'eau dans l'océan, je n'en avais vraiment pas le temps. Je crois que j'ai d'abord accepté la demande de Rose juste parce que j'étais trop lâche pour lui opposer un refus catégorique. Il aurait signifié que je refusais de servir la cause de l'amitié tout autant que celle de l'art. J'aurais perdu la face. Du moins celle d'Isidor. Et puis bien sûr les paroles de Rose me flattaient. Et enfin, sans doute désirais-je surtout être « quelqu'un de bien », différent de ces occupants allemands. Je souhaitais mettre en scène une certaine image de moi – pour Rose et aussi pour moi.

C'est ainsi que, quelque temps après, Rose m'a apporté un petit tableau de Gustave Courbet. Elle l'a déposé un vendredi soir chez moi rue Lepic en me disant que je pouvais garder l'original jusqu'au dimanche soir, ce qui me laissait juste le temps de préparer mon travail : photographier le tableau des deux côtés (j'avais un fantastique petit Leica III et pouvais faire développer mes pellicules place Clichy), en exécuter au millimètre près un dessin avec esquisse des détails, procéder au choix des couleurs et aux essais pour leurs mélanges, les superpositions des couches et la touche du pinceau. Enfin il fallait réfléchir au moyen d'imiter, avec le matériel dont je disposais ou que je pouvais confectionner, les marquages et les traces des propriétaires antérieurs qui figuraient au dos du tableau et l'aspect vieilli du châssis et de la toile. Tôt le lundi matin, Rose réintroduisit en douce l'original au Jeu de Paume, le réinséra dans son cadre en stuc et le réaccrocha dans la cohue des tableaux du XIXe siècle.

Il s'agissait d'un sujet étrangement émouvant, un chevreuil mort qui gisait dans une clairière à l'orée d'un bois, ses pattes coiffées de petits sabots, déployées dans la lumière orangée du crépuscule, sa petite tête courbée sur la nuque. Le chevreuil avait des membres si fins, si gracieux, on sentait littéralement sous la touche du pinceau de Courbet le poil soyeux de sa robe roux-brun, légèrement tachetée. À sa gorge offerte et à l'oreille, le fin pelage était d'un rose délicat, duveteux, taché de beige clair par endroit. Le chevreuil mort, sur lequel on ne distinguait aucune trace de chasse violente, se trouvait dans une clairière grossièrement esquissée, à l'arrière-plan se dessinait un buisson rougi par le soleil, devant, une tache d'ombre, sans doute celle d'une cime, assombrissait la clairière – je revois encore nettement tous ces détails. Le tableau qui ne faisait guère plus de 30 x 40 cm était signé en bas à droite, mais sans doute faute de place des seules initiales G. C., suivies du nombre 57 qui renvoyait à l'année 1857.

Pour ce Courbet, j'étais décidé à me donner plus de peine que pour les commandes de Rochlitz ou de Holzapfel. Je broyai même à l'ancienne des pigments que j'achetai chez Charbonnel, quai de Montebello. Rien que le plaisir de broyer la couleur en valait la peine. La toile et le châssis devaient être travaillés pour qu'ils aient l'air d'être rongés par le temps. Pour ce faire existaient des subterfuges couramment employés par les faussaires. L'un d'eux – et non le plus mauvais – consistait à avoir en réserve un vieux tableau insignifiant de même dimension, susceptible d'être repeint. À Paris ce genre de croûtes se trouvaient souvent à Drouot, et j'en avais un petit assortiment dans mon atelier. On repeignait le tableau ou on utilisait au moins son cadre. Tous les faussaires font ce genre de provisions qui peuvent servir un jour. En 1937 j'avais déjà trouvé aux Puces deux ballots de vieilles toiles qui avaient bien trente-cinq à quarante ans d'âge. Le père du vendeur était peintre amateur. Le genre de trésors qu'on ne laisse pas passer et qui vous rendent de sacrés services pendant des années.

Tout ceci est une science en soi et suppose, pour chaque tableau, un travail préalable, mûrement réfléchi. Pour cette petite scène de chasse qui devait pouvoir résister à une expertise rapide, je vieillis une toile tissée main (donner de la rugosité, jaunir, empoussiérer) et confectionnai un châssis à partir de celui d'un vieux tableau sans valeur dont les clous rouillés faisaient bien mon affaire. Je n'avais heureusement pas à inventer les marques au dos du tableau, mais juste à les reproduire d'après l'original. Ce n'en est pas moins assez calé. Si je me souviens bien après toutes ces années, en haut à gauche se trouvait un morceau de papier à dessin sur lequel figurait dans différentes écritures et couleurs d'encre : *Gustave Courbet 1819-1877 Biche morte*, et puis : *Chevreuil mort*. Une marque rouge ovale était grattée aux deux tiers, les restes d'un papier gras noir collaient tout autour du châssis, et la toile au verso était bizarrement rayée, comme si on était passé dessus avec une râpe fine. Je fis moult essais avant de trouver la bonne méthode pour imiter ces traces de la vie du tableau sans qu'elles paraissent rajoutées artificiellement. Par chance, je pouvais partir du principe que personne n'allait examiner ma copie à la loupe. À ce moment-là tout le monde achetait rapidement, même les curateurs des musées ne posaient pas trop de questions, tant ils désiraient profiter des aubaines du moment.

Quelques semaines plus tard j'avais terminé mon Courbet, la peinture et le vernis avaient assez séché dans mon four pour permettre à mon faux d'affronter l'œil de l'expert. Rose est venue chercher la copie chez moi, l'a rapportée en douce au Jeu de Paume dans son sac de voyage, substituée à l'original dans son cadre de stuc doré et enlevé le vrai Courbet le jour même. Elle a gardé celui-ci chez elle jusqu'à ce que ses propriétaires, la famille d'une chanteuse lyrique juive qui était apparemment de ses relations, fût revenue de son exil américain. Je n'ai aucune idée de ce qu'il advint ensuite de mon faux et n'en ai jamais retrouvé la moindre trace.

À l'automne 1941 j'ai copié une autre toile pour Rose, un paysage de ruines de tout petit format de Hubert Robert.

Comme pour le Courbet, Rose savait que j'avais l'expérience de ce genre de copie. Le romantisme d'une nature foisonnante et la mélancolie qu'exhalaient les vieilles pierres délabrées correspondaient bien à mon tempérament. De son vivant déjà, le peintre était surnommé « Robert des Ruines ». Il faut toutefois lui rendre justice : Hubert Robert a peint aussi nombre de bâtiments absolument intacts et de ravissants paysages de fantaisie dans le style néo-classique idéalisant de son époque. De nouveau, Rose m'apporta l'original dans son sac de voyage, me le laissa le temps d'un week-end, et l'échangea derechef quelques semaines plus tard sur place au Jeu de Paume contre l'original. Mais, cette fois-là, Rose faillit se faire pincer. Un collaborateur de l'ERR arrivé au dépôt plus tôt que d'habitude ce matin-là surgit dans son minuscule bureau alors qu'elle était en train d'insérer ma copie dans le cadre et que l'original était encore sur la table. Ayant entendu ses pas avant qu'il ne franchît le seuil de la pièce, elle eut juste le temps de retourner le véritable Hubert Robert et de glisser un dossier par-dessus. L'aventure se termina bien, mais elle avait frôlé la catastrophe de très près. Après ça, il n'y eut plus de commande de Rose pendant un certain temps.

L'année 1941 et la première moitié de 1942 passèrent en un éclair. Mais peut-être ma mémoire me trompe-t-elle, car à cette époque ma vie était depuis longtemps réglée comme du papier à musique. Mes deux mondes fonctionnaient en parallèles sans heurt, encore que non sans épuisement. Je m'étais un peu lié avec un collègue des chemins de fer, et une jolie secrétaire – prénommée Hilde – était tombée amoureuse de moi. Ces deux contacts me suffisaient amplement. Je n'allais rue Lepic, malgré l'abondance des commandes, qu'à peu près trois soirs par semaine en plus des week-ends. Quand il faisait vraiment mauvais, je prenais un taxi ou le métro – en première car les banquettes y étaient rembourrées et non de bois comme dans les wagons de seconde.

Les autres soirs, je sortais avec des collègues ou, quelquefois, des supérieurs au restaurant ou au cabaret, nous fréquentions surtout la Vie parisienne, rue Sainte Anne, où les officiers allemands tirés à quatre épingles se retrouvaient devant une bouteille de champagne ou le Bœuf sur le toit, rue du Colisée, dont le public était beaucoup plus mélangé. De temps à autre nous allions aussi au cinéma, soit sur les Champs-Élysées soit sur les Grands Boulevards. On y donnait tous les films de propagande allemands, je me souviens du *Président Krüger* ou des *Aventures fantastiques du baron Münchhausen*. Le film de propagande antisémite *Le Juif Süss*, sûrement le plus caricatural que les studios de l'UFA aient jamais produit, fut bien accueilli en France également, avec toutefois un nombre de spectateurs beaucoup plus réduit qu'en Allemagne. Il n'empêche : une partie de la population française était aussi profondément antisémite que les millions d'Allemands qui applaudirent ce film en grondant « À bas les Juifs » lors du générique. *La Ville dorée* de Veit Harlan était le premier film en couleur qu'on voyait en France et il fit sensation. Mais nous allions voir aussi des films français. Après la sortie de *Pontcarral, Colonel d'Empire*, toutes les jeunes femmes se mirent à vouloir des boucles blondes floues comme Suzy Carrier. Hilde, elle aussi, fila chez le coiffeur.

Les actualités qui précédaient le film étaient produites par les occupants allemands – avec le point de vue, pour ne pas dire l'idéologie, correspondant. Au début de l'Occupation elles avaient été huées dans beaucoup de salles. Après quoi il fut ordonné par décret de les passer en laissant la salle éclairée. Les ouvreuses reçurent la déplaisante consigne de débusquer les crieurs récalcitrants et de les expulser. Dehors ils étaient cueillis par les SS, ce qui découragea bientôt les spectateurs de couvrir les actualités de leurs cris.

Mais ce qui m'est surtout resté en mémoire, c'est un certain soir de 1942 où se produisit une chose qui, pour la première fois, me mit dans un état proche de la panique. Nous étions allés prendre l'apéritif après le bureau avec quelques collègues, puis avions dîné ensemble. Il était près de minuit, mais Hilde me persuada d'aller danser avec les autres dans une salle de bal près de l'Opéra. J'étais en uniforme et d'humeur joyeuse, en partie sans doute grâce au champagne et au vin. Je n'ai jamais été un danseur hors pair, mais je ne m'en sortais pas mal, et surtout j'aimais ça. Hilde jubilait de m'avoir enfin tout à elle pour une longue nuit de danse. Notre liaison n'était pas simple à vivre pour elle. Je la tenais à distance, d'une part à cause du peu de temps que me laissait ma double vie, de l'autre parce que je n'avais pas envie de me lier.

La salle était somptueuse et remplie pour moitié au moins d'Allemands. La grande piste de danse était entourée de tables serrées les unes contre les autres, les cadres dorés des immenses glaces fixées aux murs et les bijoux des danseuses étincelaient dans la lumière des bougies et des lustres. On nous donna une des dernières tables libres au fond de la salle, tout près de l'orchestre. Il régnait un tel bruit qu'on s'entendait à peine. Hilde m'attira bientôt vers la piste de danse et nous tournoyâmes au moins une heure sans revenir à notre table trop bruyante. Hilde dansait très bien, son élan était contagieux. Soudain je croisai par-dessus son épaule le regard d'un homme que je ne connaissais que trop bien : Hans Wendland, avec, dans ses bras, Charlotte, dont je voyais les cheveux blond vénitien retomber souplement sur une robe blanc crème fort élégante. J'ignore la tête que j'ai dû faire à ce moment-là. Surprise, terrifiée ? Complètement désemparé dans mon uniforme, je tentai tant bien que mal de me ressaisir au plus vite. Mais comment me comporter avec Hans ? Dire bonjour en souriant, le saluer d'un signe de la main ? Et après la prochaine virevolte, comment affronter le regard de Charlotte, la saluer ? Avec une Hilde dans les bras (pourquoi pas) et un uniforme truffé d'insignes clinquants ?

Une fraction de seconde je fus envahi d'une envie de fuite irrépressible, dans le même temps mes jambes étaient de coton, prêtes à fléchir sur place. Et si Hans et Charlotte m'appelaient Isidor ? Ah, Isidor, mon cher, quelle surprise de te voir ici ! Un petit bonjour sur la piste de danse, bises de Charlotte : *Ce cher Isidor, mais quel plaisir** *!* Hilde m'aurait fixé de deux yeux bleus ébahis – Isidor ? Et le scandale aurait éclaté. Mais il n'en fut rien, et le dénouement, en fin de compte, n'avait rien d'étonnant. Après une infime mais vraiment infime seconde de stupeur, Hans Wendland prit la situation en main. De ses doigts qui reposaient sur l'épaule de Charlotte, il esquissa un petit signe, en me lançant un clin d'œil, me sourit même, puis il resserra son étreinte, embrassa sa Charlotte et disparut avec elle de mon champ de vision. Sauvé, je me détournai moi aussi. Enlaçai solidement Hilde et lui chuchotai que c'était merveilleux de danser comme ça avec elle, mais que j'arrêterais bien, maintenant. Ne pourrions-nous pas rentrer ensemble à l'hôtel, lui susurrai-je à l'oreille. Et nous quittâmes la salle de bal. Quand je rencontrai Hans Wendland quelque temps après, il fit une remarque sur les intérêts et les passions qui nous unissaient et qu'il importait de sauvegarder envers et contre tout, et nous en restâmes là, l'incident ne fut plus jamais évoqué.

C'est en mai ou en juin 1942 qu'on a commencé à voir dans les rues de Paris des étoiles jaunes solidement cousues sur le côté gauche des vestes et des manteaux. Le mot « Juif » ressortait en lettres noires – inévitablement on détournait les yeux. Un jour j'ai entendu une femme dire à une jeune fille qui portait l'étoile jaune: «Je souhaite te témoigner ma considération au nom de tous les Français.» Elle s'est inclinée légèrement devant elle en posant une main sur son cœur. Je ne l'ai jamais oubliée, ni le regard de la jeune fille. Je voyais parfois des réactions hargneuses ou des enfants sans étoile jaune se moquer de ceux qui en portaient. Mais de manière générale nous nous étions tellement habitués à tout que de telles scènes de rue ne nous étonnaient plus ni ne nous choquaient. L'incitation à la haine nous était familière depuis des années, nous vérifiions en France, une fois de plus, comme la mise au ban d'un groupe de la population fonctionne bien, pourvu qu'elle ait été graduellement, méthodiquement, mise en scène par une suite ininterrompue de lois instituant le harcèlement, des contrôles de police systématiques et des pancartes omniprésentes, *Interdit aux Juifs*, *Réservés aux Juifs*, *Les Juifs dehors* sur les magasins et sur les portes, dans les bureaux et les administrations. Les Juifs n'avaient droit qu'au dernier wagon de métro. Les cafés, les restaurants, les cabarets et les cinémas leur étaient désormais interdits. Puis les restaurants tenus par des Juifs furent signalés par des écriteaux *Seulement pour les Juifs* et bien entendu, personne d'autre n'y mettait plus les pieds.

C'est à la même époque qu'ont commencé les déportations régulières de la population juive qui était restée dans le pays, d'abord à partir de Paris, de sa banlieue et de la zone occupée, puis bientôt de la zone libre du centre et du sud de la France, en direction de l'Allemagne ou de l'est de l'Europe. Mais ce qui se passait au bout des voies, nous les gens des chemins de fer l'ignorions, nous ne nous en doutions même pas, c'était au-delà de ce que nous pouvions nous imaginer. Et sûrement aussi de ce que nous voulions savoir. Nous n'y réfléchissions pas. Nous ne pouvions pas saisir l'ensemble des différentes étapes, tant nous étions absorbés par la part de l'entreprise qui nous revenait quotidiennement : ça s'appelait « Déplacement vers l'Est » ou « Service du travail à Auschwitz ». Je ne savais même pas où était Auschwitz, encore moins ce qui s'y passait. Je faisais mon travail, recevais des courriers et des consignes, dictais à mon tour des courriers et des instructions, contrôlais les paiements des salaires, surveillais les mesures que prenait la SNCF en matière de personnel, procédais à de nouveaux recrutements, renvoyais en Allemagne les collaborateurs incompétents de nos services Paris-Nord/Est ou ceux qui ne parvenaient pas à s'adapter.

*

Chaque jour me trouve dans mon enfer, avec les condamnés à souffrir. Je fais partie de cette horde d'affligés que décrit Dante. Qui sont immergés jusqu'au cou dans la vase fumante du Styx d'encre. Dans les bouches embourbées desquels les mots et les chiffres se tarissent en gargouillant. Mots-borborygmes, grommellements indistincts. Nombre de jours ont passé. Dans une sorte de stupeur intérieure, paralysé. Même quand je me promenais, elle était là, pesant sur mon cœur, cette incapacité angoissante à faire plus que mettre un pied devant l'autre. Je ne peux pas fuir mon enfer, il me faut l'affronter. Chaque jour les mots s'étranglent doucement, opiniâtrement, dans ma gorge. *Chi del fango ingozza,* ceux qui avalent la fange, ainsi que Dante nomme les tristes habitants du Styx. Cela m'a marqué, *chi del fango ingozza,* ceux qu'étrangle la vase ingurgitée ! Ces dernières années, chaque fois que je m'apprêtais à prononcer une phrase importante, il me semblait qu'un flot de vase et de boue allait jaillir de ma bouche. Quand je voulais revenir à certains points sensibles de mon passé, j'avais l'impression de patauger à contre-courant dans un fleuve de boue. Chaque pas demande un effort surhumain.

Impossible de dire : Écoutez bien tous, votre père, ton mari, chère Anna, a omis toute sa vie de vous dire que… l'occasion ne s'est pas présentée jusqu'ici, malheureusement, de vous dire… En raison d'une incapacité intime je n'ai longtemps pas trouvé le moyen de… En raison d'une insuffisance personnelle… C'est, avouons-le, impardonnable de cacher certaines choses de sa vie à ceux qui… Moi-même j'ai, c'est incompréhensible, omis de vous raconter une longue histoire que j'ai vécue…

À présent mon cœur est triste. Le pire châtiment serait qu'il n'y ait plus d'espoir de ne-plus-être. Ceux qui se donnent la mort, les suicidés, Dante les chasse, il expulse furieusement leurs corps dans la forêt dévastée des renégats, les transforme en une broussaille terrifiante. Leur chair pend aux arbres et aux branches sans feuilles et leur âme reste enchaînée, prisonnière à jamais de l'hôte végétal, tandis que les oiseaux hideux du malheur, les harpies, dévorent sans fin tout ce branchage désolé.

Se transformer en arbre. Non pas un arbre qui serait une idée comme dans le livre, ou un concept, mais un arbre véritable, un arbre de la forêt. Avec de longues racines qui plongent profondément dans le sol, car c'est en cela que réside ma déficience majeure. C'est comme si je n'étais pas enraciné dans la vie. Quand on dérive comme sable au vent et qu'on souhaite s'échapper comme un rien, se fondre dans le néant, peut-être nourrit-on le secret désir de se dresser vers le ciel, vers la lumière, en étant solidement amarré au sol. Avec, dans mes branches, des oiseaux. Qui iront gazouiller dans ma cime. Un arbre est une splendeur, quelle que soit la saison, surtout l'hiver, dépouillé de feuilles, quand la peau de son écorce est complètement visible, humide et noire, et que, jusqu'à la plus petite de ses branches, sa ramure forme une œuvre d'art. La manière dont ses branches s'ordonnent : c'est le vrai visage de l'arbre. Les feuilles masquent. Mais elles bruissent dans la brise d'été et leurs couleurs ocre, safran, terra cotta, nous réconcilient avec l'automne, qu'elles seules nous rendent supportable. Voilà pour les arbres. Dans une autre vie j'aimerais bien renaître arbre, platane imposant ou tilleul odorant. Mais je n'en suis pas encore là, il n'empêche que cette seule pensée m'insuffle un peu de courage. Moi, Viktor Wagfall qui barbotte dans la fange, *chi del fango ingozza*, n'ai pas encore terminé mon histoire d'Isidor Schweig.

Photo 13

Le mémorial de l'ancien Vélodrome d'Hiver, boulevard de Grenelle : une minuscule aire de verdure coincée entre le boulevard bruyant et de tristes blocs d'immeubles des années soixante. Une couronne blanche avec une étoile de David bleue est posée devant une plaque commémorative, sur laquelle on lit : « Les 16 et 17 juillet 1942, 13 152 Juifs furent arrêtés dans Paris et sa banlieue, déportés, et assassinés à Auschwitz. Dans le Vélodrome d'Hiver qui s'élevait ici 4 115 enfants, 2 916 femmes, 1 129 hommes furent parqués dans des conditions inhumaines par la police du régime de Vichy, sur ordre des occupants nazis. Que ceux qui ont tenté de leur venir en aide soient remerciés. Passant, souviens-toi ! »

Les cahiers de Viktor s'interrompent brusquement au milieu de l'année 1942. Il n'a pas eu la force d'aller jusqu'à la fin de la guerre ou du moins jusqu'à la fin de l'Occupation de la France, donc de sa présence à Paris. Son père Viktor Wagfall écrivait qu'à la Reichsbahn, il travaillait au service du personnel. Et Karolin ne laissait de s'étonner qu'elle ne lui ait jamais demandé, qu'elle n'ait jamais eu l'idée tant qu'il vivait, de lui demander ce qu'il avait fait à Paris exactement. Et comment c'était, autrefois, de vivre dans cette ville, comment la Reichsbahn était organisée, quel genre de tâche il devait y remplir.

Maintenant qu'il était bien trop tard, elle réalisait qu'elle ne lui avait jamais posé une seule question précise. À Paris, les chemins de fer allemands coopéraient étroitement avec l'armée, la SS, le service de la Sécurité (SD) et son Judenreferat, le « bureau des Juifs ». Les cheminots allemands de la zone occupée étaient, de fait, placés sous les ordres de l'armée. Quelle que fût son affectation, un fonctionnaire comme Viktor Wagfall était subordonné à la direction des transports de l'armée allemande, et c'est de ce service (qui ne perdit qu'en juin 1942 son titre explicitement militaire) qu'il recevait ses ordres. Que son père eût porté l'uniforme ne lui serait pas venu à l'esprit non plus, jamais il n'en avait parlé, c'était donc resté impensé, impensable. Karolin n'avait pas posé une seule question précise, se conformant inconsciemment, tacitement, au tabou. Il y avait des sujets qu'on n'abordait pas, non parce qu'ils étaient importuns, gênants, désagréables, mais parce qu'ils étaient intouchables et indicibles. Il n'y avait pas besoin de censure, d'emblée, avant toute forme de contrôle conscient, Karolin n'avait pas demandé à savoir exactement. Elle s'était arrangée des certitudes que semait d'une main légère une légende familiale peu regardante.

Quelles sortes de lettres dictait son père dans son bureau parisien ? Quelles affaires réglait-il au téléphone et avec qui ? Quelles informations traitait-il ? Qu'est-ce que racontaient les officiers, collègues et autres occupants, en prenant un verre ? Et comment parlait-il d'ailleurs autrefois, le père de Karolin ? Avait-il adopté le jargon national-socialiste, leur assurance bravache et leurs euphémismes cyniques ? Se pouvait-il que la langue qu'il parlait alors n'eût rien à voir avec celle qu'elle lui connaissait et dans laquelle il écrivait ses mémoires mélancoliques, des décennies plus tard ? Et comment se sentait-il, quand une partie de la population, un groupe bien précis de ses semblables, était chaque jour publiquement stigmatisé, dépossédé et finalement chassé, sans parler des déportations, des camps de la mort et des assassinats ? Comment faisait-on pour assister à tout ça ? Il y aurait eu des questions intéressantes.

Et enfin, derrière toutes celles qui n'avaient jamais été posées à son père et au passé, se profilait une dernière question : si le père de Karolin, un homme en apparence estimable, épris d'art, un homme doux et bon en fin de compte – c'est ainsi qu'elle le connaissait – avait pu s'habituer à tout ça, était-il possible alors qu'elle-même et une autre génération à une autre époque puissent également s'habituer à des situations comparables ?

En ces jours brûlants de l'été 1942, à l'époque où s'interrompt le récit de Viktor et où il met un terme abrupt à ses cahiers, il se passait d'autres choses à Paris que le quotidien harassant de sa double vie entre Viktor Wagfall et Isidor Schweig. C'est à ce moment qu'eut lieu la rafle de Juifs la plus massive de toute l'Occupation, un coup d'éclat qui a donné le signal de la déportation systématique des Juifs de Paris, de la banlieue et de la zone occupée, puis bientôt de la zone libre du centre et du sud. Pas un écolier français qui n'ait entendu parler de la « rafle du Vel' d'Hiv' ». C'est l'un des événements décisifs de l'Occupation et maintenant un symbole de la déportation et de l'extermination des Juifs de France comme de la collaboration effective des autorités françaises avec l'occupant allemand. Cette opération de masse avait été soigneusement préparée, le 16 et le 17 juillet 1942, les gendarmes reçurent la consigne de s'emparer des Juifs à leur domicile parisien, de les arrêter et de les parquer, au Vélodrome d'Hiver pour les uns, et, pour les autres, au camp d'internement et de transit de Drancy au nord-est de Paris, qui existait depuis 1941. Les familles avec enfants furent amenées au Vélodrome d'Hiver, les célibataires et les couples à Drancy.

Avant la rafle déjà des rumeurs avaient dû se propager. L'organisation d'une opération de cette ampleur n'avait pu se faire sans qu'il y ait des indiscrétions. La descente avait commencé à l'aube et avait duré des heures. Pendant qu'on arrêtait hommes, femmes et enfants, les poussait dans les camions, les voisins étaient aux fenêtres, dans la rue les passants s'interrogeaient. Où vont-ils ? Pourquoi faut-il que les enfants partent aussi et quel profit peut-on bien tirer des vieillards dans les camps de travail allemands ? Au Vélodrome d'Hiver avec son haut plafond de verre et ses gradins escarpés, jusqu'à huit mille personnes furent pendant plusieurs jours internées, entassées dans des conditions insupportables, gardées par des policiers, une poignée d'infirmières et des auxiliaires (pas un Allemand, ils restaient en retrait), avant d'être transportées en bus ou en métro à Drancy. Puis en chemin de fer, dans des wagons à bestiaux ou de marchandises, vers l'Est.

Les cheminots allemands à Paris, dont par conséquent son père, connaissaient forcément, ne serait-ce qu'en terme d'organisation, le camp de transit de Drancy par lequel sont passés des milliers de Juifs pendant ces journées de juillet 1942. Ce fut, dans toutes ces années, la station de transit majeure pour les déportés. Les trains vers l'est de l'Europe partaient de la gare du Bourget-Drancy ou de la gare voisine de Bobigny ; toutes deux n'étaient qu'à cinq ou six kilomètres de la gare de l'Est. Lorsque Karolin a tapé sur le moteur de recherche ces quatre mots – Déportation, France, Drancy et Auschwitz – elle est tombée sur une page web avec un tableau étonnamment précis. C'était *La liste chronologique des déportations des Juifs de France : 1942-1944* qui répertoriait 79 convois de train en renseignant les rubriques suivantes :

Date
Lieu de départ
Destination
Nombre de déportés
Gazés à l'arrivée

Nombre d'hommes restants à l'arrivée
Nombre de femmes restantes à l'arrivée

Comme toutes les listes de l'époque nazie, dans sa clarté brutale et méticuleuse celle-ci est sidérante. Les convois comportaient environ mille déportés, une centaine par wagon, donc dix wagons par locomotive. Le matériel nécessaire à la déportation réclamé par la direction des transports de la Wehrmacht au nom du « bureau des Juifs de la police de sûreté et du service de la sécurité » à Paris devait être mis à disposition au jour et à l'heure dits à la gare de départ indiquée. Le terminus était presque toujours Auschwitz. Sous le commandement de cheminots allemands et en collaboration avec la SNCF, les trains étaient réservés, préparés pour le voyage et mis à disposition avec le personnel nécessaire. La Reichsbahn et la SNCF étaient responsables des feuilles de route, de l'organisation des voies (quel train devait rouler sur quelle ligne et quand), des locomotives, des wagons et du personnel du train. Exactement comme pour n'importe quel autre transport, si ce n'est que, pour les déportations, des unités de SS se chargeaient des tâches de surveillance. L'équipe française (le conducteur de la locomotive, le chauffagiste et des gendarmes détachés) allait jusqu'à la frontière française, ensuite les Allemands prenaient le relais.

Administrativement, les trains de la déportation étaient donc gérés comme les autres trains. La SNCF facturait les frais de la déportation comme toute autre prestation, la Reichsbahn faisait pareil en ce qui concerne le trajet à partir de la frontière allemande. Le règlement de ces frais passait par une agence écran, la filiale parisienne d'une entreprise allemande, l'« Agence de voyages de l'Europe continentale » : « Mitteleuropäisches Reisebüro » ou « MER », située avenue de l'Opéra et où l'on vendait par ailleurs toutes sortes de billets. Cette agence refacturait à son tour les prestations au commanditaire, la « police de la sûreté et les services de sécurité », directement liés au commandement militaire allemand en France. Mais la « dépense » ne grevait pas le budget de la Reichswehr, elle était finalement prélevée sur les indemnités versées par la France à l'occupant. Les conditions du « Service du travail à Auschwitz » et du « Déplacement » des Juifs avaient été négociées avec le gouvernement de Vichy. Était à la charge de l'État français une somme de 700 reichsmarks par personne déportée, et le coût du transport était facturé au tarif voyageur de 3e classe. Les trains étaient considérés comme des « trains spéciaux » de voyageurs. Le MER, en bon comptable, ne chiffrait que l'aller. Les enfants de moins de quatre ans partaient au tarif en vigueur, donc gratuitement, aux camps de la mort, les enfants de moins de dix ans à demi-tarif. On pouvait aussi accorder un tarif spécial aux groupes, lut Karolin dans une étude sur *Les Chemins de fer allemands : Des origines à nos jours.* Après 1945, les Alliés décidèrent d'exproprier et de dissoudre les filiales étrangères du MER. Ses activités furent donc limitées à l'Allemagne et son nom modifié en Deutsches Reisebüro (Agence de voyage allemande) ou DER, ce qui permit d'occulter bien vite le passé peu reluisant de l'entreprise.

À partir de Paris et du camp de transit de Drancy, plus de soixante-deux mille hommes, femmes et enfants juifs furent déportés à Auschwitz, dans soixante convois, en l'espace de deux ans – de l'été 1942 à l'été 1944. Le poste responsable de l'organisation de ces transports était le bureau de la Reichsbahn de Paris Nord/Est où travaillait, entre autres, Viktor Wagfall. Quatorze mille autres Juifs furent déportés à partir d'autres gares. Karolin s'efforça de se représenter ce nombre : soixante-seize mille, la population de toute une ville avec ses crèches, ses écoles et ses maisons de retraite. Toute une ville de la taille de Constance, de La Rochelle, de Pise.

Cahiers

Cela s'est produit pendant l'été 1942. Par un dimanche magnifiquement ensoleillé, j'ai laissé les pinceaux dans leur verre, enfilé mes chaussures les plus confortables et dévalé l'escalier, cinq étages dont les trois derniers étaient recouverts d'un chemin de velours pourpre qui étouffait les pas. En bas je croisai mademoiselle Vignier qui revenait des courses, un panier au bras. On ne voyait plus grand-chose dans les devantures et les queues devant les magasins s'allongeaient de mois en mois – aucune comparaison avec la profusion que j'avais connue en 1936 ou même encore en 1940. Mademoiselle Vignier avait mis sa coiffure au goût du jour et coupé son abondante chevelure qu'elle ramenait autrefois en chignon. À présent ses cheveux ondulaient sagement – grâce aux bigoudis, je suppose – en boucles souples sur ses épaules. Elle portait des lunettes de soleil dernier cri à montures de plastique blanches toutes rondes. Le plastique était une grande nouveauté, et je me dis que ses lunettes venaient probablement de son amie, employée dans l'atelier d'un grand couturier.

Pauline Vignier était sans doute la seule concierge parisienne à arborer des lunettes de soleil à la pointe de la mode. Elle me montra en riant son panier à moitié vide. « C'est à vous qu'on doit ça », me lança-t-elle. Mais je savais bien qu'en disant vous, elle ne me comptait pas au nombre des occupants, envers et contre tout j'étais et demeurais Isidor le peintre. Mais Pauline Vignier avait son franc-parler, surtout quand il s'agissait de nourriture, et il n'y avait dans son panier qu'un petit morceau de beurre, un doigt de saucisson rachitique, deux œufs, un bon morceau de camembert (sur lequel elle s'extasia positivement), deux tomates, de la chicorée et un petit sachet de farine. Elle devait s'en contenter jusqu'au jeudi. Je lui portais parfois des délices maintenant rarissimes – du chocolat, par exemple – hors de prix au marché noir. Non pour acheter mademoiselle Vignier par des sucreries, mais parce que je l'aimais vraiment bien. J'adorais l'entendre me lancer d'un air taquin « Monsieur Isidooor » et voir s'éclaircir en même temps son drôle de petit minois. Je l'appelais Pauline depuis belle lurette, ou plutôt « Mademoiselle Pauline » tout en la voussoyant, l'ingénieuse solution intermédiaire des Français, quand le « vous » avec le nom de famille sonne par trop guindé et le « tu » avec le prénom tout de même trop familier.

J'enfourchai mon vélo laissé rue Lepic devant la maison et entrepris de cahoter, parfois très désagréablement jusqu'au staccato, sur le pavé parisien, les selles de bicyclette étant à l'époque fort dures. Je laissai derrière moi la place Blanche avec le café Coquet et les ailes effectivement rouges du Moulin Rouge, passé au croisement devant l'avenue Rachel en jetant mon coup d'œil habituel à la boutique d'Adèle, où, depuis longtemps maintenant, officiait un autre fleuriste. Place Clichy, la brasserie Wepler avait été transformée en foyer de soldats allemands. L'inscription *Soldatenheim* flanquée de l'aigle impérial et de la croix gammée s'étalait noir sur blanc en lettres géantes sur la façade aveugle du cinéma. Je descendis le boulevard des Batignolles en roulant sur l'allée centrale, plus lisse que la chaussée, où l'on pouvait slalomer sous deux rangées d'ormes (à moins que ce ne fussent des tilleuls) entre les piétons et les acrobates. C'est là que Léo le Breton, « Le Roi de l'haltérophilie », avait sa place attitrée, puis venaient des jongleurs ou un funambule. Les passants se groupaient autour des artistes de foire qui commentaient leurs prestations d'une voix vibrante.

Des mois auparavant, ici même sur le boulevard, j'avais admiré un clown, ou plutôt un mime affublé d'un nez de clown, dont le numéro m'avait étrangement ému. Il était triste et poétique à la fois, telle une plume fragile virevoltant longuement au moindre coup de vent, avant de tomber enfin pourtant sur le sol – où quelqu'un pouvait alors marcher dessus, distraitement, par mégarde. La plupart des gens passaient devant le mime en lui jetant un regard rapide, leur désintérêt flagrant me blessait. J'avais, ensuite, toujours espéré le revoir et fait parfois, exprès, un détour par le boulevard des Batignolles. Je me sentais redevable envers lui d'un sourire et de quelques pièces d'encouragement. Ce jour-là, je cherchai une fois de plus des yeux la frêle silhouette du mime dans son habit blanc, en me demandant où il pouvait bien être en ce moment. Par la suite, je ne l'ai jamais revu non plus.

De la place des Ternes je gagnai l'avenue de Wagram et effectuai un tour d'honneur pour saluer l'Arc de triomphe. Il y avait des cyclistes partout, à cause de la pénurie d'essence chronique le vélo était, avec la voiture à cheval ou la charrette à âne, devenu un moyen de locomotion prisé, et, par conséquent, un objet de prix. Une chance d'avoir acheté le mien dès l'été 1940. Les femmes roulaient même en corsaire, en short ou en pantalon d'homme retenus à la taille par une ceinture. Des vélo-taxis ou des tandems-taxis attendaient au bord de la chaussée le moment de convoyer leur client dans une remorque plus ou moins confortable. Celles-ci étaient bricolées tant bien que mal, souvent à partir de pièces d'automobiles récupérées. Aucune ne ressemblait à sa voisine.

Certains vélos-taxis remorquaient de vraies mini-cabines entièrement fermées avec une porte, un toit et une fenêtre. Les conducteurs étaient généralement de jeunes hommes, mais j'avais vu aussi des couples ou des femmes pédaler sur des tandems-taxis. Pour remplacer l'essence devenue rare, les voitures étaient équipées de bouteilles de gaz fixées sur le toit ou d'une sorte de monstre de carburateur alimenté au charbon de bois, monté à l'arrière du véhicule, ou fixé sur une remorque et relié au moteur par un gros tuyau.

Je décidai de descendre les Champs-Élysées, puis de rouler sur les bords de Seine. J'atteignis le Grand Palais quasiment en roue libre, agréablement rafraîchi par l'air de la course. Un petit sentier de verdure se faufilait le long du fleuve entre le haut mur du quai et un autre plus petit, en bas tout près de l'eau. L'été, les berges de la Seine étaient une des promenades préférées des Parisiens. Je poussai mon vélo entre la foule des flâneurs. Les Françaises avaient le don plaisant de faire de mauvaise fortune vertu. Le tissu étant rationné, tout morceau d'étoffe, toute chute de tissu, tout reste de vêtement passé de mode, tout ruban, avait une valeur inestimable. Et l'assemblage de tout ceci produisait souvent d'étonnantes créations. Comme il n'y avait plus non plus de cuir pour les chaussures et les semelles, je voyais maintenant des sandales à brides en caoutchouc. Les talons étaient taillés dans du bois qu'on évidait pour l'alléger.

Il faisait si chaud que les bords de Seine s'étaient transformés en une piscine à ciel ouvert assiégée par des gens en costumes de bain, les uns prenant le soleil sur les serviettes ou les couvertures qu'ils avaient apportées, les autres assis en groupe sur le mur du quai en balançant leurs jambes. Je me souviens avoir été fort surpris de ce mélange de nonchalance et d'audace en plein milieu de la ville, la première fois que j'étais venu ici par un jour d'été, puis ensuite avec

Adèle (je la revois, des gouttes d'eau perlant sur sa peau bronzée, d'autres suspendues à ses cils tels des diamants, ses yeux clignant au soleil, sa chevelure mouillée brillante, noire et lourde). On pouvait encore nager dans la Seine à cette époque, on se laissait porter un peu en aval ou on tentait de remonter le courant. Quelques marches aménagées dans le mur du quai à peu près tous les cent mètres vous permettaient de sortir de l'eau.

Je posai mon vélo et m'assis sur le mur. J'aurais aimé me laisser porter dans l'eau fraîche jusqu'à la Concorde, en passant sous le Pont du Carrousel et en suivant le mur du quai pour ne pas me retrouver entre les bateaux et les péniches qui montaient ou descendaient le fleuve. J'aurais regagné la rive au-dessous des Tuileries et serais revenu à pied à mon vélo. Mais je n'avais pas mes affaires de bain. Je me contentai donc de regarder un groupe de garçons de douze ou treize ans qui plongeaient du pont les uns après les autres, puis remontaient sur la rive et passaient dans la foule, un gobelet de cuir attaché à leur caleçon de bain pour récolter quelques pièces, rançon de leur courage.

Une jeune femme en maillot rouge pâle tentait de persuader un des garçons de quelque chose, puis elle écarta en riant ses cheveux mouillés de son front d'un geste éminemment maternel. Sa main recourbée s'attarda de longues secondes sur sa tête, les doigts pris comme un peigne dans ses cheveux en désordre. Le garçon avait le nez bien trop près de ses seins, ses yeux rayonnaient au soleil, il n'aurait pas demandé mieux que de se laisser séduire par cette gracieuse femme en maillot et d'apprendre d'elle comment c'était l'amour. Il jouait les nonchalants, une main sur la hanche, mais il était trop jeune. Deux hommes assis tout près sur le mur essayaient d'attirer l'attention de la jeune femme, ils bombaient le torse et faisaient mine de lutter l'un contre l'autre. Après s'être donné un signal, ils se mirent soudain en position et plongèrent simultanément dans l'eau côte à côte. En émergeant des flots, ils secouèrent leurs cheveux trempés comme des chiots. À l'arrière-plan, trois dames en chapeaux de paille pique-niquaient sur une couverture au-dessous du grand mur du quai. Un dimanche après-midi de rêve, ensoleillé, paresseux, euphorique, irréel comme les tons d'un pastel, léger comme les pointillés dansants d'une toile de Georges Seurat. Le monde n'avait pas de poids – ou du moins semblait tel. Sur la tour Eiffel on avait fixé un V de la victoire géant, visible de loin, qui surmontait une banderole *L'Allemagne vainqueur sur tous les fronts.* Un V qui me rappelait Viktor.

Je n'avais pas l'habitude des longues balades dans Paris ou ses environs, j'avais beaucoup trop à faire pour cela, et c'est donc totalement épuisé et avec un bon coup de soleil qu'en fin d'après-midi je grimpai péniblement les derniers mètres jusqu'à la rue Lepic. En bas dans le hall, derrière la porte à petite fenêtre battante de la loge, j'entendis la voix de mademoiselle Vignier, puis une autre, qui était celle de Rose Valland. Rose avait voulu me faire une visite surprise, et ne m'ayant pas trouvé à l'atelier était allée toquer chez Pauline pour m'attendre en papotant devant une tasse de chicorée.

Rose avait son grand sac de voyage que je ne connaissais que trop bien, puisqu'elle y transportait les tableaux qu'elle m'apportait du Jeu de Paume. En montant l'escalier avec elle, je me demandais ce qu'elle pouvait bien me ramener cette fois-ci. Un Courbet ? Un Renoir ? Elle posa sans un mot son sac dans l'entrée, comme si son contenu ne me regardait pas et qu'il était tout à fait anodin. Mais bien sûr elle n'était pas venue jusqu'à Montmartre pour faire prendre l'air à son sac. Bizarrement j'avais toujours une sorte de trac avant d'entamer une nouvelle toile. En montant les escaliers avec Rose à côté du sac mystérieux, une tension intérieure couvait déjà en moi, comme à l'approche d'un orage.

Je suppose que c'est ce que ressentent les acteurs avant la représentation. Et que leur trac ressemble à mon angoisse diffuse, à cette nervosité anxieuse. Cela m'excitait beaucoup, mais chaque fois, entamer un nouveau tableau me semblait une gageure impossible. Allais-je réussir ? Combien de temps allais-je devoir y travailler avant d'être à peu près satisfait ? J'essayais de me rassurer et je me disais : jusqu'ici tu y es toujours arrivé, pourquoi échouerais-tu ? Chaque peintre avait son humeur intime bien à lui, apportait ses conflits personnels dans sa toile, dans la touche de son pinceau, et tout ça se transmettait inéluctablement à moi, le copiste, l'imitateur, je le ressentais en mon for intérieur et devais tenir bon face au peintre que je copiais, tout comme on doit supporter un colocataire temporaire particulièrement obstiné. Chaque tableau avait aussi sa complexité propre qui me placerait à coup sûr devant des obstacles insoupçonnés.

Rose avait l'air fourbue. L'ERR avait cédé de nombreux Matisse ces derniers temps, plus que jamais jusque-là, m'annonça-t-elle. Elle s'assit à ma table, tira un paquet bleu de Gauloises de son sac à main, alluma une cigarette et soupira qu'un verre de vin ne lui ferait pas de mal. Je débouchai un petit touraine qui me semblait apte à conclure amicalement avec Rose cet après-midi de dimanche brûlant et anesthésier un peu ma tension intérieure. Kurt von Behr avait été remplacé, soi-disant parce qu'il agissait trop de son propre chef d'une part, de l'autre parce que les spécialistes qui lui étaient subordonnés l'accusaient d'être incompétent et de manquer de respect vis-à-vis des œuvres d'art entreposées au Jeu de Paume. Cela s'était su à Berlin et avait filtré en haut lieu. Qui plus est, Kurt von Behr défendait fidèlement les intérêts de Göring, ce qui aggravait encore son cas. Von Behr avait senti le vent tourner et eu la sagesse de demander un changement d'affectation avant qu'il ne soit trop tard. C'est ainsi qu'avec l'accord du Reichsleiter Alfred Rosenberg, il avait pris tout récemment en charge « L'Action M » en France et dans les pays du Benelux.

L'Action M ? Rose qui épiait les conversations au Jeu de Paume était mieux informée que moi. Le M signifiait « Meubles » et l'action ne consistait ni plus ni moins qu'à répondre à la demande allemande en matière de biens d'équipement et d'ameublement et à saisir les meubles et les accessoires des résidences juives désormais inhabitées. À l'été 1942, le projet n'en était, en France, qu'aux balbutiements, mais l'idée avait fait son chemin et sa mise en place était déjà rodée pour avoir été expérimentée en Allemagne et dans d'autres pays occupés. On commençait par demander à des agents recenseurs ou des indicateurs de repérer les appartements abandonnés, on en forçait l'entrée, on faisait l'inventaire des objets, puis on refermait les portes comme si de rien n'était et apposait des scellés. La consigne était de laisser passer quelques mois avant de venir enlever les biens, pour éviter les contestations et les erreurs. À l'issue de cette période, les commandos de transport rappliquaient. De la vaisselle aux vêtements, on apportait tout ce qui était de valeur ou tout bonnement utilisable dans d'immenses dépôts, où des Juifs recrutés de force les examinaient, les classaient méthodiquement et les inventoriaient, puis on les expédiait en Allemagne.

Peu de temps après la Reichsbahn m'informait officiellement de l'Action M, car nous avions à affréter des trains spéciaux pour le transfert des objets. La grossièreté de ce rapt de mobilier convenait sûrement mieux à Kurt von Behr que d'avoir à louvoyer dans le domaine de l'art. Robert Scholz lui succéda avec le titre de directeur du groupe spécial

Beaux-Arts à l'ERR et il prit aussi la direction du dépôt du Jeu de Paume. Comme Scholz voulait rester à Berlin, c'est le chargé de mission à Paris, à savoir Bruno Lohse, qui présidait depuis quelques semaines aux destinées du Jeu de Paume et s'occupait de la poursuite des saisies. Sur le papier, dans les fichiers, et pour ce qui était de l'emballage, le traitement des œuvres d'art s'en trouvait certes amélioré, mais ça n'empêchait pas Kurt von Behr de continuer, au nom de Göring, à utiliser ses contacts pour conclure des affaires avec les marchands d'art, soupira Rose. Et de son côté, Bruno Lohse, qui se sentait conforté par cette promotion, s'employait plus que jamais à enrichir la collection personnelle de Göring. C'est pourquoi, déplorait Rose, la situation était encore plus catastrophique qu'avant. Rien qu'en mai et en juin, il y avait déjà eu six échanges, soit pour Göring, soit pour la chancellerie du Reich. Outre des tableaux de Corot et de Renoir (dont le portrait de femme que j'avais restauré), de Pissarro et de Picasso, on avait échangé sept toiles de Matisse. On échangeait chaque fois quatre à cinq œuvres modernes contre un tableau plus ou moins quelconque de l'époque baroque italienne ou française ou d'un maître hollandais de seconde zone.

C'était pour en arriver à Matisse que Rose me racontait tout cela. Au deuxième verre de touraine elle entra dans le vif du sujet. Elle avait dans son sac, me dit-elle, un tableau sur lequel un marchand – un certain Gustav Rochlitz – avait jeté son dévolu. Il s'agissait d'un Matisse. Le tableau serait sûrement négocié lors d'un prochain échange. Et ce Matisse, Rose ne voulait pas le lâcher, il lui fallait le sauver. Entre tous les tableaux du maître niçois – une cinquantaine ? une soixantaine ? – qui, depuis le début, avaient été disséminés aux quatre vents dans le cadre de marchandages suspects et avaient disparu sans laisser de traces, celui-là ne devait pas s'évanouir dans la nature. Pour que l'original puisse être conservé, il fallait en glisser une copie au Jeu de Paume en vue des prochaines négociations avec Rochlitz.

Si elle l'avait pu, Rose aurait fait copier chacune des œuvres confisquées – peu importait par qui – pour la sauver. Ce qui était impossible, soit. Mais quand quatre cents tableaux étaient expédiés au dépôt d'art du château de Neuschwanstein ou à l'abbaye de Banz, Rose le supportait moins mal que de voir, impuissante, remettre à Gustav Rochlitz ou tout autre marchand d'art une dizaine de toiles juste destinées à être échangées. Tout simplement parce qu'elle perdait alors la trace des tableaux. Les caisses entreposées dans un dépôt en Allemagne étaient provisoirement en sécurité, personne n'ayant pour le moment le temps de s'en occuper. Il était clair qu'on attendrait la fin de la guerre pour décider du sort de toutes ces œuvres d'art. Mais à qui Rochlitz, Wendland et consort allaient-ils vendre les toiles qu'ils sortiraient du Jeu de Paume ? Il était impossible d'en suivre la piste. Chaque œuvre du dépôt de l'ERR que récupérait un marchand d'art dans le cadre d'un échange était revendue à un inconnu quelque part en France, en Allemagne, en Suisse, en Autriche ou en Amérique. Rose Valland, qui était d'un naturel aussi optimiste qu'inflexible, partait du principe que le « Royaume millénaire » des nazis serait de durée bien plus limitée que certains ne voulaient l'admettre, et qu'un jour les tableaux pourraient être rendus à leurs légitimes propriétaires. À l'issue de cette horrible période, on pouvait raisonnablement penser, se disait-elle, pouvoir retrouver des centaines d'œuvres dans un dépôt allemand et les récupérer, alors que retrouver un seul des tableaux revendus par un marchand ne pouvait être que le fruit du hasard, surtout si l'acquéreur était une personne privée, que la vente ait eu lieu en catimini et n'ait été enregistrée nulle part.

Rose avait d'incontestables qualités humaines. Elle savait faire preuve de respect et de sensibilité sans tomber dans la sensiblerie. Elle encaissait bien les coups, sans penser pour autant que ses semblables devaient être aussi résistants qu'elle. Et Rose avait des convictions esthétiques et morales qu'elle ne défendait pas qu'en théorie, elle était capable de les mettre en pratique. Mais toutes ces excellentes qualités que j'avais, par ailleurs, appris à estimer restèrent, cette fois-là, lettre morte. Elle avait probablement mal jugé la situation et mes sentiments – toujours est-il qu'elle se leva soudain pour aller dans l'entrée prendre le Matisse en question dans son sac de voyage. Resté à la table avec mon verre, je l'entendis actionner les languettes, ouvrir le sac, puis je perçus un bruit de papier froissé. Et sans autre forme de procès elle me mit la toile littéralement sous le nez. Je reculai en poussant un cri. Comme si elle m'avait donné un coup de poignard. Sur la toile, qui était indéniablement un Matisse, on voyait une jeune femme vêtue d'une culotte orientale bouffante et d'une veste abondamment brodée, assise par terre une jambe repliée, dont le regard pensif errait au loin, la tête légèrement inclinée, pleine d'une grâce naturelle encore inconsciente. Son épaisse chevelure sombre tressée reposait sur une de ses épaules. Il n'y avait aucun doute : la femme que Matisse avait peinte sur son tableau ne représentait nulle autre qu'Adèle. Mon Adèle.

*

À ce moment-là je sus qu'Adèle n'était plus en vie. Ça n'avait rien à voir avec la toile, qui m'aurait, par exemple, fait penser au portrait d'une morte ou suggéré quelque autre idée morbide, je n'avais pas non plus levé les yeux sur Rose et lu quelque indice dans l'expression de son visage.

Devant moi il n'y avait que le tableau. Rose me l'avait mis sous les yeux, puis l'avait posé sur la table. Cette fraction de seconde ne m'avait pas non plus apporté d'information inédite. C'était simplement une intuition qui avait valeur de certitude, pour la première fois depuis sa disparition un sentiment d'une évidence déchirante me disait qu'Adèle n'était plus. Qu'elle était morte depuis longtemps. Il peut arriver qu'on apprenne inconsciemment une chose qu'au plus profond de soi on se refusait à admettre. Avant cet instant-là, la possibilité de sa mort ne m'était jamais vraiment venue à l'esprit. La possibilité qu'elle fût mortelle. Adèle était immortelle, elle était jeune, le sang pulsait dans ses veines, elle était aussi vivante que ses yeux, et rien ne pouvait troubler son regard, nulle mort n'avait le droit de bannir à jamais la vie de ces yeux-là, de ternir ces yeux-là. Adèle avait disparu, certes, elle m'avait quitté, blessé dans ma fierté, eu ses (mauvaises) raisons de filer à l'anglaise, mais tout le reste était demeuré impensable.

J'étais la proie d'un étrange phénomène. Un flot de sentiments inconnus, une vague sombre me submergeait, et le premier instant passé, immédiatement après avoir crié, à la fin de ce cri les larmes me vinrent aux yeux, et en même temps j'éclatai de rire, j'hoquetai de joie, parce que, sur la toile de Matisse, Adèle était une telle merveille de grâce, elle était tellement irrésistible que, malgré cette brusque certitude de son absence définitive qui me déchirait le cœur, je ressentais de la joie à la voir si parfaite, si vraie, sur ce tableau. Mon corps tremblait, mû par une force imprévisible et irrépressible.

Rose était consternée. Elle ne s'attendait pas à pareille réaction. Je dois dire à sa décharge que mon attitude des années précédentes qui suggérait une forme d'insensibilité et une grande distance vis-à-vis de ces événements ne lui permettait guère de prévoir ni même d'envisager un tel bouleversement. Elle s'était placée un peu en biais derrière moi, pour pouvoir regarder, elle aussi, le tableau posé sur la table. Sans doute s'attendait-elle à un cri de surprise, puis à quelques questions logiques, adaptées à la situation : Mais que vient faire Adèle sur cette toile ? Et d'ailleurs est-ce que c'est vraiment Adèle ? Quand est-ce que le tableau a été peint ? D'où vient-il ? Au lieu de quoi elle se retrouvait devant un homme ayant perdu toute trace de contenance, qui sanglotait et hoquetait entre le rire et les larmes, éperdument.

Debout derrière ma chaise Rose s'inclina, me serra dans ses bras, et posa sa tête contre la mienne, sa joue contre la mienne. Je n'avais pas honte de tomber le masque ainsi, c'était même une délivrance. Comme si j'avais comprimé et enfoui des années en moi quelque chose qui se libérait d'un seul coup. Cela me réconfortait que Rose m'étreigne doucement. Elle me berçait comme un enfant, et je me calmai peu à peu, ouvris les yeux et commençai à regarder la toile posée devant nous sur la table. Mais elle continuait à me tenir enlacé et à nous bercer tous les deux, nous approchant et nous éloignant tour à tour du tableau. De près je voyais les traits d'Adèle grossièrement esquissés par Matisse. Puis je reprenais de la distance si bien que j'embrassais du regard son attitude, ses bras qui entouraient ses genoux et une main qui enserrait souplement l'autre avant-bras.

« Il vient de la collection Paul Rosenberg », dit enfin Rose, en constatant que je reprenais mes esprits. « Von Behr et Lohse ont découvert l'été dernier qu'avant de s'enfuir en Amérique Paul Rosenberg avait caché une partie de sa collection dans le trésor d'une banque de Libourne. Libourne est près de Bordeaux mais elle n'est pas en zone libre, c'est encore la zone occupée Ouest. Quelque temps après, ils se sont rendus à cette banque avec des camions et un ordre de réquisition, et ils ont tout raflé, sorti les 162 tableaux de la chambre forte de la banque, et que je te convoie tout ça à Paris, au Jeu de Paume ! » Et Rose d'énumérer les toiles qui lui revenaient en mémoire : un autoportrait de Van Gogh, une marine de Seurat, *Le Garçon au gilet rouge* et *L'Arlequin* de Cézanne, *Jeune Fille au tricot rouge lisant* de Corot, des dessins d'Ingres et des esquisses de Delacroix, sans compter quinze toiles de Matisse au bas mot, dont l'*Odalisque assise*, qui était à présent devant nous sur la table.

La toile était datée de 1928, huit ans avant que je ne fasse la connaissance d'Adèle. Elle devait avoir dans les seize ans, quand elle avait posé pour Matisse. Ses traits gardaient quelque chose de la très jeune fille, de presque enfantin. Ça n'avait rien d'impossible en fin de compte. Matisse vivait à Nice, et à cette époque Adèle habitait chez ses parents à Grasse, qui n'est pas très éloignée. Il n'empêche qu'elle ne m'en avait jamais parlé. Une fois seulement, ça me revenait à présent, elle avait mentionné tout à fait incidemment avoir posé pour un peintre un bref laps de temps, il y avait des années de ça, parce qu'il lui fallait gagner de l'argent. Une expérience intéressante mais fatigante. Elle n'avait pas évoqué le nom de Matisse qui était déjà connu à ce moment-là, sinon j'aurais aussitôt dressé l'oreille et voulu en savoir davantage. L'avait-elle tu parce qu'elle craignait de me rendre jaloux d'un peintre hors du commun, que je considérais comme une de mes références ? Je demandai à Rose si elle savait quelque chose à ce sujet, Adèle lui en avait peut-être dit plus qu'à moi. « Non, bien sûr que non », répondit-elle aussitôt, avant d'ajouter après un instant d'hésitation : « En tout cas en ce qui concerne ce tableau. Tu es d'accord pour en faire une copie ? »

Question superflue. J'étais d'accord, bien entendu, je m'étais ressaisi peu à peu et sentais déjà le trac m'envahir de nouveau, cette excitation mêlée d'angoisse qui s'incrustait avec la pugnacité d'une tique dans mon plexus solaire. Rose dit qu'elle pouvait me laisser le tableau quelques jours, jusqu'au week-end suivant au plus tard. Plus il restait dehors, plus son absence risquait d'être remarquée au Jeu de Paume. Il régnait certes toujours une effroyable pagaille dans la « salle des martyrs », où les Matisse s'entassaient pêle-mêle, mais quelqu'un pouvait débarquer à tout moment pour se faire une idée du fonds disponible en vue d'un échange, quelqu'un comme Gustav Rochlitz par exemple. Rochlitz était certes parti en Suisse, elle avait surpris une conversation à ce propos. De plus, nous étions en été, les congés avaient commencé, et après plusieurs mois de surmenage, il régnait au Jeu de Paume une atmosphère de sieste après la fièvre. Elle m'aurait apporté le tableau bien plus tôt, si cela n'avait été aussi périlleux. Depuis quelques semaines, sa préoccupation majeure était que l'*Odalisque assise* soit cédée dans le cadre d'un échange. Elle avait fait tout ce qu'elle pouvait pour l'éviter. Elle avait dissimulé la toile derrière d'autres – loin des yeux loin du cœur. Jusqu'au moment où, peu avant son départ pour la Suisse, Rochlitz avait consulté une nouvelle fois la liste des tableaux de la collection Paul Rosenberg et tiqué en voyant mentionnée *Odalisque assise.* Il s'était fait apporter la toile, l'avait examinée longuement, et malheureusement, elle ne lui avait que trop plu. À présent le temps pressait.

Je décidai d'aller au bureau le lendemain matin délivrer quelques consignes et demander un congé immédiat d'une semaine pour un imprévu d'ordre privé. On me l'accorderait : depuis l'été 1940 je n'avais pris que trois semaines de vacances. Le seul problème, mais qui était de taille, risquait d'être Hilde, ma petite amie, qui allait sûrement faire une crise de jalousie et s'imaginer que je la trompais avec une nouvelle conquête. Mes soirées et mes week-ends rue Lepic m'obligeaient à inventer sans cesse des échappatoires, ça l'avait rendue si méfiante que cette liaison commençait à me peser. D'ailleurs Hilde n'avait pas tout à fait tort. Je me préparais à un *tête-à-tête** de plusieurs jours avec Adèle – et avec Matisse qui m'inspirait à tous égards une franche admiration. C'était le défi le plus ardu que j'aie jamais eu à relever jusque-là : être à la hauteur de Matisse, et surtout d'Adèle.

Rose est restée chez moi tard ce soir-là. Nous avons mangé un bout de fromage et un morceau de saucisson en vidant la bouteille de vin. Par les portes du balcon grand ouvertes nous parvenaient les habituelles rumeurs de la rue, voitures qui passaient, klaxons, crissements de freins, martèlement de sabots sur le pavé, cris, rires, dans un appartement voisin un enfant a pleuré, puis des chiens ont aboyé en bas sur la place Blanche.

Je redoutais l'instant qui approchait inexorablement où je me retrouverais seul avec le tableau de Matisse, seul avec le regard pensif d'Adèle où se lisaient une sensualité encore inconsciente et une idée de mélancolie. Comment allais-je affronter Adèle ? Comment le pinceau dans ma main allait-il la traiter ? Elle avait les yeux baissés et regardait vaguement un point situé hors cadre : les yeux sombres n'étaient que deux petites taches noires, puis venait la zone gris-noir des paupières, et sous l'œil gauche, une ombre légère. Tout n'était qu'esquissé, en quelques touches, quelques lignes – et pourtant ce regard exprimait des sentiments complexes. Le personnage avait l'air pensif, il s'en dégageait une certaine nostalgie, mais aussi une impression d'accord profond avec soi, une présence forte et sereine.

Matisse avait peint au plus près du corps d'Adèle, car elle occupait la moitié du tableau qui faisait 46 x 55 cm, un format assez courant. Elle était assise au premier plan bien droite, sur un tapis aux rayures irrégulières dans lesquelles se succédaient le blanc, le brun et le bleu, et qui occupait la moitié inférieure de l'image. Si l'on traçait une ligne imaginaire entre le coin inférieur gauche et le coin supérieur droit, Adèle était dans le triangle de droite, tandis qu'en arrière-plan, un fauteuil assez volumineux, richement orné, et une carafe haute, bleu et blanc, dominaient le triangle gauche. La perspective naissait de la disposition du personnage et des objets, ainsi que du motif à rayures du tapis dans le tiers inférieur du tableau et du revêtement mural à losanges rouges et bleus parsemés de fleurs des deux tiers supérieurs.

Le maintien de l'odalisque exprimait un mélange de réserve et de sérénité. On la voyait un peu de biais, une jambe tendue sur le sol, l'autre repliée devant elle et le buste très légèrement appuyé contre cette jambe que les bras entouraient souplement. Les doigts de la main qui ceignait l'avant-bras étaient longs et minces, au majeur elle portait une pierre rouge. L'autre main qui pendait négligemment mais non moins gracieusement, Matisse n'avait fait que l'esquisser, ce qui évoquait pour moi le Degas et les mains de sa *Madame Camus au piano*. Le pied que dégageait la culotte bouffante bleu-vert avait été, lui aussi, négligé, à peine esquissé en quelques touches. Le buste d'Adèle s'inclinait légèrement contre sa jambe repliée, mais elle se tournait à demi vers le spectateur. La veste bleu-noir brodée d'or tombait comme un velours rigide, ouverte, mais elle ne découvrait ni les seins ni le ventre. Un collier de perles ornait son cou. Si gracieuse et attirante qu'elle fût, la jeune fille n'avait rien d'érotique. Elle restait très juvénile, presque enfantine dans son innocence d'adolescente qui s'essaie à être femme. Dans les années vingt, Matisse avait peint nombre d'odalisques, des portraits de femmes teintés d'exotisme et des nus dans des décors mauresques. Aucune n'avait été peinte avec cette réserve dénuée de sensualité, cette distance respectueuse, cette tendresse toute paternelle.

En fin de compte copier un Matisse était plus difficile que copier un Velázquez. Une toile de Velázquez demandait certes du temps et de la patience, c'était un travail minutieux, seules plusieurs couches de couleur vous donnaient l'effet de profondeur voulu, et chaque détail était peint avec la dernière précision. Mais je crois que, finalement, la *Vénus au miroir* avait été, sinon plus rapide, du moins effectivement plus facile à copier que l'*Odalisque assise*. La touche de Matisse possédait une énergie très particulière, qu'à l'instar de certaines signatures il était quasiment impossible d'imiter parfaitement. Un Matisse, il fallait le peindre rapidement, comme en extase. Picasso était plus facile, mais je n'ai jamais éprouvé le besoin d'aller au-delà d'une première tentative. Plutôt par manque d'affinité stylistique qu'intimidé par le génie de l'artiste. Même si je lui vouais une admiration sincère et que son travail me fascinait, sa peinture ne résonnait pas physiquement en moi, en moi en tant que peintre dont les outils sont le pinceau et la couleur. Alors que je n'ai jamais aperçu Matisse, j'ai croisé plusieurs fois Picasso de loin, dans des vernissages, dans le quartier de la rue La Boétie où il habitait dans les années trente, au café ou au restaurant. Quand j'y réfléchis : j'ai toujours évité soigneusement les occasions de faire la connaissance d'un peintre renommé. Pour des raisons aisément compréhensibles, cela m'aurait paru déplacé. J'étais un homme de l'ombre qui aimait rester en retrait des événements et observer, si possible sans se faire remarquer.

J'ai copié Matisse avec une passion particulière. Ses couleurs m'avaient toujours plu, surtout quand il eut abandonné les tons purs des fauves et qu'à la faveur de ses voyages au Maroc et en Algérie, sa palette fut devenue de plus en plus subtile. Au début, la vitalité de ses couleurs et de son pinceau avait été pour moi un choc, tout comme cette manière qu'il a de créer des perspectives dans le tableau par de somptueux motifs. Chez Matisse une tapisserie est tout autre chose qu'un simple fond, il la traite comme un sujet important du tableau. Copier Matisse, peindre comme lui, n'était possible qu'en mobilisant toute mon énergie.

Ma version définitive de l'*Odalisque assise* fut finalement terminée après cinq jours et cinq nuits de travail acharné. J'avais commencé par effectuer de nombreuses esquisses, puis fait plusieurs essais d'huiles sur toile. Pour Matisse il fallait un long travail préalable avant de réussir à maîtriser sa touche rapide et nerveuse et de venir à bout du sujet (au sens littéral du terme). Il fallait connaître chaque millimètre carré du tableau et, en même temps, pouvoir imiter la main de Matisse, reproduire les gestes du maître. C'est alors seulement que je pus attaquer la toile définitive, dont l'exécution fut, en comparaison, relativement rapide. À la fin, tout (ou presque) collait, et j'étais certain que seul un connaisseur extrêmement minutieux et doté d'une sensibilité hors du commun serait en mesure de distinguer la copie de l'original. La toile provenait de mes réserves, le bois du châssis auquel je donnai encore un peu de patine, également. Je procédais à certains endroits par des repeints, avec lesquels je décalais la posture du personnage de quelques millimètres et corrigeais sa position, comme le suggéraient les couches de peinture de l'original. J'avais apposé aussi au dos de la toile le tampon *P.R.* qui servait aux gens de l'ERR à marquer au Jeu de Paume les tableaux de la collection Paul Rosenberg. Un artisan l'avait confectionné d'après mes indications, et je possédais déjà un tampon encreur du type de ceux qu'on utilisait à l'ERR. Je consacrai le sixième jour au processus particulièrement délicat du séchage.

Lorsque Rose Valland revint chez moi le dimanche suivant, elle ne réussit pas à déterminer lequel des deux tableaux était la copie à rapporter au Jeu de Paume et lequel était l'original à conserver : pour Paul Rosenberg, pour la postérité, pour un « après » – dans l'espoir qu'il y aurait le plus vite possible un après. Bien entendu elle exigea d'avoir le fin mot de l'énigme. Mais soudain, sans y avoir seulement pensé et encore moins l'avoir projeté, je m'aperçus qu'en fin de compte cette histoire d'original et de copie était indifférente. Quand bien même je savais moi quelle était la copie et quel était l'original, la distinction n'avait plus d'importance. Soudain, d'une seconde à l'autre, il m'a semblé complètement accessoire de se poser même la question de la copie et de l'original, quand deux tableaux avaient l'air quasiment identiques, et surtout, avaient le même rayonnement. Et poussant le raisonnement jusqu'au bout, j'ai compris que rien – si ce n'était Adèle – n'avait plus d'importance pour moi. Cela n'avait pas de sens de vouloir « sauver » un tableau entre mille, de restituer éventuellement un Matisse parmi tous ceux qui avaient été dérobés. Vu l'époque dans laquelle nous nous trouvions, c'était réellement absurde. Soudain il m'apparut évident que c'est moi qui garderais le tableau restant, tout simplement parce qu'il m'était impossible de m'en séparer. Je ne voulais, je ne pouvais le rendre à Paul Rosenberg, son propriétaire légitime. Il m'était impossible de laisser repartir Adèle une seconde fois, sans la retenir par tous les moyens dont je disposais. Ne serait-ce que symboliquement, en gardant pour moi le tableau, un de ces deux tableaux pratiquement identiques. Peu importe lequel.

Qu'aurait pu dire Rose ? Qu'aurait-elle pu faire ? Elle ne tenta même pas de me convaincre, de me faire changer d'avis en douceur, elle se contenta de hocher la tête à plusieurs reprises, comme désarmée, même pas surprise et peut-être même secrètement d'accord avec ma décision. Et elle demanda: «Et maintenant? Quel est celui que je dois rapporter? – Celui que tu veux, Rose, c'est pareil, tu peux choisir celui que tu veux.» Et j'ajoutai, plus pour moi que pour Rose: «Il ne s'agit plus de savoir si c'est un vrai ou un faux Matisse.» Il s'agissait de mon souvenir d'Adèle. La situation était étrange. D'un point de vue actuel, elle paraît totalement surréaliste. Mais en cet été 1942? D'innombrables œuvres d'art avaient été dérobées aux demeures juives, volées à leurs collections, sans accord, sans paiement. Elles étaient aussi radicalement niées que leurs propriétaires, du pur matériau qui pouvait être déplacé, transporté de-ci de-là. Matisse «dégénéré» avait encore une certaine valeur marchande, parce que quelque part, au-delà d'une frontière absurde, il existait des béotiens non germaniques disposés à l'acheter. Rose et moi nous étions habitués ces deux dernières années, chacun à sa manière, à ce que la valeur de l'art fût devenue arbitraire, et que l'art fût traité sans aucune considération juridique ni esthétique. Sans parler de morale.

Ce dimanche d'août 1942, Rose m'a regardé avec gravité mais sans surprise, puis elle s'est penchée sur les deux tableaux de l'*Odalisque assise* que j'avais posés sur la table côte à côte. Plusieurs minutes se sont écoulées dans un silence complet. Enfin elle en a choisi un, l'a tenu à bout de bras devant elle pour l'évaluer une dernière fois et a marmonné d'une voix hésitante: «En espérant que c'est la copie, hum, ou plutôt l'original? Je ne sais plus non plus.» Je me suis emparé de la toile et l'ai empaquetée dans le papier d'emballage que j'avais déjà étalé sur la table. Rose a fait prestement disparaître le précieux paquet dans son sac rembourré d'étoffe, m'a embrassé sur les deux joues comme d'habitude et s'en est allée. Sur le seuil, elle s'est retournée une dernière fois et a esquissé un geste de marin parfaitement incongru, la paume de la main posée en visière, en me lançant un *Bon vent** dont je ne sais s'il était sincère ou ironique et si elle me souhaitait bon ou mauvais vent. En cet été 1942 le vent commençait à tourner pour le Reich millénaire.

Quelle que soit la personne qui trouvera un jour la toile avec mes cahiers : ce n'est pas simplement un trésor susceptible d'avoir une valeur sur le marché de l'art. De toute manière il faudra d'abord la faire expertiser sérieusement pour savoir s'il s'agit de l'original ou de la copie. Est-ce la véritable *Odalisque assise* – l'*Oriental Woman seated on the Floor*, comme l'indique le cartel – qui est exposée aujourd'hui, en 1996, au Seattle Art Museum ? De toute manière, le tableau, dont mon dénicheur inconnu pourra en quelque sorte dire un jour qu'il est sien, signifie infiniment plus qu'un éventuel atout financier. Quelle que soit la personne qui a maintenant l'*Odalisque assise* entre les mains ou devant elle sur une table ou accrochée sur un mur : je souhaiterais qu'elle la considère comme une toile tissée d'histoires et par l'Histoire, de sentiments et de sensations, que cette personne se plonge dans ce tableau et son personnage – et qu'elle y trouve Adèle.

Dans le secret de la toile, que ce soit Matisse ou le faussaire qui l'ait tendue sur le châssis, quelle que soit la main qui a pressé la couleur des petits tubes pour l'étaler sur la palette, quel que soit le peintre – génie de la peinture ou imitateur de talent – qui tenait le pinceau, l'*Odalisque assise* raconte Adèle, une jeune femme qui parlait aux plantes et aux fleurs et qui fut mon premier amour à moi Viktor Emanuel Wagfall alias Isidor Schweig. Adèle qui, en 1936, pendant la guerre civile en Espagne, est partie se battre aux côtés des Républicains et n'est jamais revenue. Adèle qui a gagné Barcelone en secret avec son frère Fernando, pour adhérer au Partido Socialista Unificado de Cataluña et combattre les fascistes.

Mais peu de jours après son arrivée survint un accident tragique, un accident dont l'absurdité totale ne peut avoir d'autre signification que d'être un symbole de la guerre. Lors d'un exercice, Adèle et un de ses camarades furent tués par l'explosion d'une grenade mal dégoupillée. Elle se trouvait au milieu d'un groupe de jeunes gens, presque encore des enfants, venus de leurs villages de montagne et tout fiers d'arborer leurs armes, de vieux fusils rouillés et quelques grenades, vestiges de l'autre guerre, celle d'avant. Le jour suivant ils devaient tous être envoyés au front, quelque part en Aragon, et là, ils s'exerçaient au tir. Et à lancer des grenades.

Jusqu'à ce soir d'été 1942, où Rose Valland m'apporta l'*Odalisque assise* à l'atelier et me dévoila enfin, après toutes ces années, le secret de la disparition d'Adèle, je ne savais rien de tout cela.

Photo 14

Le salon de lecture dans la vieille maison. Viktor est allongé sur le divan, la tête posée sur plusieurs petits coussins. Les yeux sont fermés, le visage a l'air détendu, comme s'il dormait. Il y a un journal par terre à côté de lui, à l'arrière-plan, la porte à deux battants qui donne sur l'entrée est ouverte.

Viktor dessinait étonnamment bien, en effet. Karolin se souvenait que ça l'avait quelquefois étonnée, mais ce talent ayant toujours fait partie de son père au même titre que ses cheveux gris bientôt déjà blancs, elle le considérait tout simplement comme un don du ciel sans plus. D'autant qu'il était extrêmement rare qu'il se mette à dessiner ou à crayonner quelque chose. Ou alors c'était comme par inadvertance, quasiment malgré lui. Par exemple, quand il était perdu dans ses pensées et qu'un crayon lui titillait irrésistiblement le bout des doigts (ça donnait alors une esquisse de scène estivale au jardin ou un portrait d'ami…), ou parce qu'il était furieux, elle l'avait vu une fois tromper sa colère en s'emparant d'un stylo-bille qui traînait, et au lieu de donner du poing sur la table, excédé, ou de lever la main pour administrer une gifle, esquisser en quelques lignes dures, impatientes mais vigoureuses, la silhouette d'un cheval au galop sur un journal replié. Un autre jour il l'avait aidée à peindre une gouache qu'elle devait rendre le lendemain. Le sujet en était « l'autoportrait », et en quelques coups de pinceaux alertes il avait rectifié le dessin des yeux et du nez. Normalement, il ne s'occupait jamais de la scolarité de ses enfants, c'était le terrain d'Anna, le hasard avait donc conçu, cette fois-là, une double exception en le faisant venir par extraordinaire dans la chambre de Karolin, à moins qu'elle ne lui ait, elle, demandé de l'aide, tant elle était dépitée de la gaucherie de son autoportrait.

Pour la première fois son père la touchait. Avec toutes ses contradictions. C'était même à cause d'elles que Karolin croyait appréhender quelque chose de sa réalité. Aujourd'hui seulement. Avant jamais : il était impossible de se sentir proche de lui. Il aurait eu plus de cent ans maintenant, sa perception du monde et son expérience de la vie auraient embrassé tout un siècle. Pour la première fois elle se sentait capable de surmonter un mur intérieur, de formuler les questions jamais posées et d'accepter les réponses, même déplaisantes. Maintenant qu'il était trop tard, elle aurait pu rompre le silence et demander : Est-ce que tu as été membre du NSDAP pour avancer dans ta carrière ? Qu'est-ce que tu faisais à la Reichsbahn ? Comment c'était, la vie d'occupant à Paris ? Comment parliez-vous, quand vous étiez entre vous, entre occupants, entre nazis, entre cheminots qui transportiez des personnes privées de leurs droits dans des trains soi-disant « spéciaux » ? Comment s'exprimait-on entre amateurs d'art, et avec des gens comme Wendland, Rochlitz, Holzapfel qui marchandaient le prix des œuvres d'art volées aux Juifs ?

Maintenant elle aurait enfin été prête à poser toutes ces questions – pour comprendre son histoire à elle. Peu importait les réponses qu'il aurait données, et la réalité de ce qu'avait été sa vie à Paris. Il ne s'agissait plus de juger, mais de trouver dans ce *père*[*] un *repère*[*] , le point à partir duquel elle pourrait déployer les composantes de sa vie, de sa pensée et de ses sentiments. Il ne s'agissait pas de bien ou de mal, de baisser ou de lever le pouce, il ne s'agissait pas de traces de culpabilité ou de preuves d'innocence. Il s'agissait de son origine objective à elle, qui était au-delà d'une culpabilité subjective. Il était certes trop tard pour poser toutes ces questions à son père, mais elle voulait tout de même tenter d'identifier cette origine et d'en apprécier la teneur. Depuis qu'elle avait lu ses cahiers, depuis que l'*Odalisque* était accrochée à côté de son bureau et qu'elle avait enfin pris conscience d'avoir marché depuis des années déjà dans les traces de son père – quoi qu'il ait pu vivre et voir à Paris, quel qu'ait été l'homme qu'il avait été dans le passé, quelle que fût sa vérité à lui – elle lui était plus proche que jamais. Plus proche par son amour filial blessé, plus proche par ce qu'elle saisissait de cette époque-là, mais plus proche aussi de lui par les doutes et le malaise qui l'étreignaient, elle. Dans sa géographie intime elle tournait en mots, en images et en pensées autour d'un lieu flou qui avait pour nom *père*. Elle instaurait des liens secrets, entre Viktor et Isidor, entre Isidor et elle-même.

Les sentiments de la fille envers le père étaient aussi contradictoires que lui-même avait été l'homme de l'ambivalence et de la dissimulation. Nombre d'enfants nés de cette génération des « exécutants consentants » ont grandi pendant les décennies suivantes sur le terrain mouvant de la rupture. Psychiquement fragilisés par cette fracture dans leurs références intimes, ils se mouvaient sur une faille de San Andreas susceptible de s'ouvrir à tout moment. Comment vouer un amour confiant, inconditionnel, à ces parents qui n'avaient pas conscience d'avoir pris part aux crimes et qui, plus tard, refusaient de prendre part au deuil et d'assumer leur culpabilité ? Comment apprendre d'eux sans réserve ? Et surtout : quoi ? C'était tout le déchirement de la génération d'après, la fracture avec laquelle elle avait grandi. Comment se construire, comment s'enraciner solidement dans la vie sans exemples fiables ? Tout ça faisait la solitude de sa génération. L'inscription généalogique dans l'histoire ressemblait à une chute dans un abîme. Il ne pouvait y avoir de récit familial commun où puiser une origine dans laquelle se reconnaître. Et quand récit il y avait, c'était avec des omissions, des fioritures, des évitements. D'emblée il était fiction.

Réécrire l'histoire de son père plus honnêtement, en collant à la réalité, était impossible. Il était trop tard, les témoins, les indices manquaient, et surtout l'auteur lui-même manquait. C'était donc Karolin qui tentait enfin, trop tard, de retrouver des traces, de rassembler des bribes et de reconstituer un tout forcément fragmentaire. En fin de compte, cela revenait presque à édifier une ruine. Et c'est en appui sur cette ruine qu'elle pouvait bâtir sa propre histoire. Plus sûrement, plus solidement qu'avant, puisqu'elle savait où se trouvaient les failles et les faiblesses.

Dans son bureau elle avait aimanté petit à petit sur une barre métallique de plusieurs mètres une série de photos, le produit de ses recherches sur Viktor alias Isidor. La série débutait à l'angle gauche de la pièce par la photo *La Ville dans la fenêtre* et allait bientôt atteindre sa table et l'*Odalisque assise*, accrochée tout à fait à droite. Les photos que Karolin avait sélectionnées mais qui n'avaient pas encore de position définitive sur la barre gisaient en tas, pêle-mêle, sur le sol. Il y avait encore de la place pour quelques-unes d'entre elles à gauche du tableau. Le titre provisoire de sa série était toujours *Rien sur mon père ?**. Mais elle savait déjà qu'elle n'allait pas le garder.

Maintenant la dernière photo de Viktor y était également. La sœur de Karolin l'avait prise après avoir trouvé leur père sur le divan du salon de lecture. Seule Alicia habitait à proximité à l'époque, elle avait une clé de la vieille maison. Anna étant en voyage, elle était passée prendre un café et s'assurer que tout allait bien. Comme d'habitude elle avait d'abord sonné, et personne n'ouvrant, était entrée avec sa clé. Leur père gisait dans le salon de lecture, son journal avait glissé par terre. Sur la photo, Viktor avait les mains croisées sur le ventre, les traits de son visage étaient détendus, on aurait presque dit qu'il souriait tout doucement.

Que s'était-il passé les heures précédentes, avant le moment où il s'était allongé dans le salon de lecture, sur le divan au motif floral ? Comment avait été sa dernière journée ? Qu'avait-il fait, quels gestes, avec quels sentiments ? Pour la première fois elle se représentait concrètement cette dernière journée, voyait les objets et les couleurs autour de lui, la vieille demeure et le jardin. Elle avait une connaissance intime des odeurs de la maison et des habitudes de son père : sa façon d'aller chercher le journal, le matin, dans la boîte, en coinçant du pied le paillasson dans la porte d'entrée, de plonger son couteau dans le pot de confiture de mûres, de monter et descendre l'escalier, en se hissant pensivement à la rampe et en redescendant les marches d'un pas lourd. Les bruits de la vieille maison bourdonnaient dans son souvenir, le tic-tac de l'horloge et le gong de la pendule à chaque heure, le léger tintement de la porte vitrée dans l'entrée, le craquement du parquet dans son bureau.

Longtemps, il lui avait été désagréable de répondre aux gens qui demandaient si son père était encore en vie, puis, compatissants, de quoi il était mort : « Il s'est suicidé. » Ou, en fille compréhensive : « Il s'est donné la mort. » Ou encore d'éluder, parce que la vérité lui semblait presque brutale et discourtoise pour le malheureux qui avait innocemment posé la question : « Ah, il avait plus de quatre-vingts ans… » Les expressions comme « se supprimer » ou « se tuer » rendaient un son dur, impitoyable, quelqu'un avait commis un acte de violence sur quelqu'un. Quand elle pensait à son père, c'étaient d'autres mots qui lui venaient à l'esprit. Elle aurait voulu dire quelque chose comme : il a lâché prise. La phrase lui semblait plus appropriée que les formules convenues. Et en effet, quand, après avoir longuement hésité, longuement *caressé* cette idée inconcevable, peut-être après des tentatives interrompues, différées faute de courage, on se suicidait, dans quelle mesure était-on vraiment actif ? Était-ce tout à fait activement qu'on mettait fin à son être, à son mal-être ? N'était-ce pas plutôt qu'on se laissait aller, qu'on s'abandonnait progressivement à une autre instance en soi : la douleur, la dépression, la mélancolie (« cette amante très chère », disait Viktor). Ou une indicible culpabilité. Oui, c'était probablement ça : un lent glissement qui aboutissait peu à peu à la mise en œuvre d'une pensée effroyable et libératrice en même temps. On disait « mettre fin à ses jours », mais cela s'apparentait davantage à une reddition qu'à une action. Et à présent Karolin se demandait, tard, trop tard, comment son père avait vécu sa décision de renoncer, de renoncer à soi.

En examinant la dernière photo de Viktor, une autre pensée lui vint à l'esprit. Mettre fin à ses jours était aussi une suprême mise en scène. Il fallait décider comment et où, décider du dernier geste, du dernier lieu, de la dernière parole. Une œuvre d'art intime qu'on installait aux dépens de la vie. Ou au prix de la vie. En triomphant audacieusement de cette chose plus forte que nous, de cette autre mort dont on ne pouvait décider soi-même et qui vous surprend. Une fois sa décision prise, rien ni personne ne pouvait plus lui faire quoi que ce soit à lui, Viktor. Nulle maladie, nul mal dévorant ne pouvaient plus l'affecter, nulle souffrance, nulle dépression le terrasser sournoisement. Même la mort, cette intruse, était désarmée, elle ne s'avancerait plus arbitrairement, à son gré, sur son canasson brinquebalant en brandissant sa faux.

C'étaient bien plus ceux qui restaient qui ressentaient sa violence. Le suicidé ne défiait pas que sa propre mort, il nous entraînait tous dans son questionnement inquiet, dans l'élaboration de sa réponse radicale. Capituler devenait sournoisement une possibilité. Soudain nous étions, nous aussi, confrontés à cette pensée. Pour ceux qui restaient, le suicide était une provocation. Quelqu'un avait défié le mystère, lui avait opposé son propre rythme, avait osé ne pas attendre le destin, mais imposer ses propres conditions. C'était la transgression d'une loi non écrite censée nous lier tous: la mort doit nous surprendre et non le contraire. Agir de son propre chef était une transgression symbolique de ce principe de soumission au destin qui gouvernait le monde. Proscrire cette loi était ressenti comme un acte violemment impie.

Bien qu'elle comprît qu'on puisse mettre fin à ses jours et qu'elle pût concevoir les raisons de son père, dans un repli archaïque de sa conscience Karolin avait éprouvé un sentiment de trahison. À ce mélange de chagrin, de perte, de colère et de compréhension qu'elle ressentait se mêlait subrepticement ce sentiment. Comme d'un contrat qui aurait été rompu, d'un serment de fidélité bafoué. Ce sentiment confus de trahison venait de cette décision de Viktor de ne plus assumer sa famille, son rôle de père et encore moins de modèle, et, finalement, son devoir de réponse. Il n'avait pas attendu qu'un des trois enfants, Alicia ou Lars ou Karolin, soit prêt à lui poser les questions décisives sur la vie – sur sa vie et en même temps sur la leur. Il s'était dérobé, parce qu'il ne voulait pas répondre. Peut-être était-ce précisément ça qu'il redoutait: les questions de ses enfants, qui n'étaient rien d'autre que celles qu'il se posait à lui-même. Peut-être étaient-ce ses propres réponses qu'il avait redoutées.

Cahiers

Ça fait des jours que je n'ai plus mis les pieds dehors, plus écrit une ligne. Rien. La nuit, la température atteint déjà le zéro et tombe quelquefois à moins deux. Le jardin sommeille sous un vernis argenté de gelée blanche et s'éveille dans un voile de brume matinale. Il pleut souvent une sorte de neige mouillée, puis de crachin glacé, avant que tout ne s'embrume de nouveau, les arbres sont nus à présent, leurs troncs noirs d'humidité, les buissons hérissés, la prairie boueuse. Mais au moins verte. Nous sommes déjà début novembre, la Toussaint est passée. Anna veut prendre le large, ça la déprime autant de me voir rôder comme un spectre dans la maison, que ce mois de novembre sinistre qui n'est que le début d'un hiver interminable. Le pire est encore à venir, les journées les plus courtes, les semaines les plus froides et l'habituel cirque de Noël. Elle s'est organisé un voyage à la mi-novembre sur je ne sais quelle île où il fera plus chaud.

Nous nous voyons dans la salle à manger aux repas, nous croisons parfois dans l'entrée ou dans l'escalier. Deux fantômes policés qui tentent de ne pas se heurter, s'effacent l'un devant l'autre dans l'escalier ou au seuil de la cuisine quand menace une collision. Ne pas se toucher. Anna fait son job : les courses, la cuisine, la tenue de la maison et les rapports avec la femme de ménage. Je fais le mien : la gestion de nos biens, l'entretien de la voiture, les consignes au jardinier. Finalement Anna s'est occupée toute seule de faire repeindre les volets et les pans de bois de la façade. Elle m'a bassiné avec ça un temps cet été, et j'ai clos la discussion un beau jour : je me chargerais volontiers de régler le peintre, pour le reste à elle de décider. Puis mes démangeaisons se sont aggravées de nouveau, ma bonne vieille neurodermite, mon eczéma s'est remis à migrer du pli du coude à la cheville, de l'abdomen à la peau sensible des aisselles. Ce qu'un être humain peut être fatigué ! Qu'il peut être fatigué, la nuit, étendu éveillé, à se poser des questions.

Chaque matin au réveil je pense à la phrase de Beckett : « Je serai quand même bientôt tout à fait mort enfin. » C'est ainsi que commence *Malone meurt*. Bientôt tout à fait mort enfin. Ce qu'un être humain peut être fatigué ! Je pense à Pierre Bonnard, à ses personnages dans la baignoire, figés dans l'eau froide, comme exposés dans sa morgue toute personnelle, bleu-vert-jaune dans la chambre froide du mélancolique souvenir.

À vrai dire, initialement mes cahiers devaient aller jusqu'à la fin de la guerre, la fin pour la France en tout cas, en août 1944, quand nous avons tous décampé – l'Allemand tellement droit dans ses bottes détalant devant ses méfaits. J'étais, moi aussi, dans cette meute de rats traqués, parmi les derniers civils à quitter Paris, le 19 août 1944. Nous sautions dans les camions et les automobiles de la Wehrmacht qui fuyaient vers l'Est, parce qu'il était devenu trop dangereux de prendre le train. Je voulais au moins en arriver, dans mes cahiers, au dernier train rempli d'œuvres d'art, le train numéro 40.044 que nous (je dis bien « nous », je ne voudrais pas me défiler), les gens de la Reichsbahn, avons encore tenté, début août 1944, de faire sortir du pays avec sa précieuse cargaison – 148 caisses d'œuvres d'art. Un dernier convoi de notre butin devait encore passer la frontière, avant qu'il ne soit trop tard. Mais il s'est arrêté juste après Paris, la Résistance a réussi à l'empêcher de poursuivre sa route.

Je suis remonté au grenier, pendant qu'Anna faisait les courses. C'est devenu un rituel ces derniers temps. Dès que je suis seul à la maison, je rends visite à ma bien-aimée peinte dans la caisse de vêtements, Adèle, ma douce odalisque assise sur un tapis rayé devant un fauteuil turc, qui tourne un peu la tête, pensive, comme si elle cherchait une réponse à une question très difficile. Dès qu'Anna est sortie de l'allée avec la voiture, j'attends cinq ou dix minutes en haut, à la fenêtre de la salle de bains d'où je peux voir le portail sur la rue sans être vu, pour m'assurer qu'elle ne revient pas tout à coup parce qu'elle a oublié quelque chose. Puis je sors le long crochet de la niche à côté de l'armoire à linge du palier, ouvre la trappe du plafond et déplie jusqu'au sol l'échelle qui y est fixée. Je monte dessus, non sans mal – ça n'a rien d'une partie de plaisir de grimper à ce fichu grenier – et me fraie un passage jusqu'à la caisse.

Chaque geste, chaque pas, je les ai répétés d'innombrables fois. Ouvrir la caisse, extirper mon tableau sous les vêtements. M'asseoir sur une petite table basse remisée qui traîne à côté, le tableau sur mes genoux, la lampe de poche dans une main, la loupe dans l'autre. Je peux ainsi en examiner de très près chaque millimètre carré, suivre chaque trait du pinceau. Le relief du pinceau-brosse chatoie par endroit sous la loupe dans le faisceau de lumière, les mélanges de couleurs en apparence imprécis redeviennent expressifs dès que je prends un peu de distance. J'inspecte ainsi Adèle qui, de près à la loupe, ressemble à peine à Adèle, mais qui, dès que je m'éloigne et tiens le tableau à bras tendu devant moi, redevient Adèle, l'Adèle que je croyais connaître. Je pourrais ouvrir le cadre, ôter du châssis la toile de l'odalisque, dégager le véritable joyau, mais je ne le fais pas, aujourd'hui non plus. Il me suffit de savoir qu'il existe.

Au bout d'un moment – je garde toujours ma montre à l'œil pour être en bas avant le retour d'Anna, calculé au plus tôt – je remets ma loupe dans ma poche de pantalon, enfouis la lampe de poche et le tableau dans le coffre sous les vêtements et redescends l'échelle branlante avec moult précautions, la replie en trois et la reloge avec le long crochet dans la trappe du plafond où elle est happée puis maintenue par quatre paire d'aimants, je pousse le verrou de sécurité, range le long crochet dans la niche à côté de l'armoire et me faufile dans mon bureau à pas de loup, même quand il n'y a personne. Tout secret requiert un luxe de précautions.

Anna a toujours trouvé étrange qu'un homme comme moi puisse s'intéresser à l'art en général et à la peinture en particulier. Ça ne l'a jamais surprise en revanche que je garde une bibliothèque pleine de livres d'art dans mon bureau et qu'il y ait en bas dans le salon de lecture encore quelques rayonnages garnis de gros livres d'art. Ils sont depuis le début un attribut naturel de notre culture bourgeoise, et elle y a elle-même ajouté pas mal de catalogues d'expositions.

Les voilà maintenant tous, les livres et les catalogues sur Matisse, je les ai ouverts sur la table, par terre, sur la commode, et vais de l'un à l'autre. Un des plus remarquables présente ses voyages en Orient, *Matisse, Orientalische Reisen*. Ce sont ses voyages au Maroc, en Tunisie et en Algérie qui lui ont inspiré ses odalisques, sans oublier les tableaux subtils peints par Ingres. Longtemps avant Matisse, Ingres s'est intéressé au thème de l'esclave du harem turc, dans *La Grande Odalisque*, par exemple. Puis Édouard Manet s'est inscrit lui aussi dans l'histoire des odalisques peintes avec son imposante *Olympia*, mais chez Matisse, même si l'allusion orientale demeure, l'odalisque est tout autre chose qu'une provocation des sens ou une image fantasmée de la féminité, elle est aussi plus qu'un nu à la note exotique. Les odalisques de Matisse sont des femmes à part entière et non des fantasmes. Ce qui leur donne toute leur présence, c'est le fait qu'elles n'aient pas été peintes dans la perspective du monocle qui est celle du XIXe siècle. Elles sont sûres d'elles, paisibles, naturelles, leur maintien et leur expression sont libres et sans affectation. Matisse est au-delà de la projection masculine de la femme orientale, ses odalisques il les laisse *être* tout simplement.

Lasse et comblée, repue, l'*Odalisque couchée aux magnolias* repose nonchalamment sur un canapé à rayures jaune-vert absinthe, les lèvres rouges, des fleurs de magnolia pareilles à des oiseaux bizarres à côté d'elle, une coupe de pêches juteuses à portée de main. À l'arrière-plan, des grappes de fleurs bleues ornent la tapisserie dont la luxuriance ne le cède en rien à celle de la femme allongée sur le divan. Dans *Odalisques jouant aux dames*, elles sont deux, l'une est pratiquement nue, l'autre vêtue. Dans chaque tableau, les tapisseries richement ornées et les étoffes précieuses – velours brodé, moire scintillante, satin et soie chatoyante – ont au moins autant d'importance que le personnage en soi. On sent littéralement les parfums lourds, enivrants, en suspens dans l'air : l'ambre rare aux effluves animales, le cèdre épicé, le santal, la fleur de Neroli et le musc puissant. Les odalisques de Matisse se suffisent à elles-mêmes, oisives, tout au plus occupées à un jeu ou à déguster quelque pâtisserie collante qui fond lentement en bouche et à siroter du thé. Elles ont sur la langue le goût du miel, de la cannelle et de la fleur d'oranger.

C'était l'évidence même : Adèle avait posé pour Matisse dans son atelier de Nice. Sur des tapis colorés, un divan de velours ou dans un fauteuil turc, parmi les accessoires et les étoffes exotiques, tentures murales, vêtements et costumes que le peintre épris de tissus découvrait sur les marchés, dénichait chez les brocanteurs ou rapportait de ses voyages en Afrique. Des heures durant, des jours durant, elle avait été chez lui. Elle avait posé pour le génial Matisse, dans l'intimité lourde de tensions de l'atelier du peintre.

Dans les années d'après la guerre, quand on a commencé à voir des expositions, des livres et des catalogues sur Matisse et que j'ai pu voyager un peu, j'ai débusqué petit à petit cinq autres toiles du maître pour lesquelles avait posé Adèle. On la reconnaît à sa tresse, elle a l'air encore très jeune, une jeune fille sur le point de devenir femme. Matisse ne la dévêt pas, au contraire, il la couvre de la veste de velours abondamment décorée, enfouit sa féminité naissante dans une culotte de velours. Ces six tableaux avec Adèle en odalisque ont été peints en quelques semaines, fin 1927-début 1928, dans une phase où Matisse cherchait un nouveau modèle, une nouvelle muse. Après des années de collaboration avec Henriette Darricarrère, pour une fois il n'avait plus de modèle attitré.

Dans quel ordre les six toiles ont-elles été peintes ? Je n'ai pas trouvé de réponse à cette question. Sur trois d'entre elles, Adèle est seule, sur les trois autres elle est avec une autre femme, qui, elle, est nue, alors qu'Adèle reste vêtue de la même culotte bouffante bleu-vert et de la veste de velours bleu-noir brodée d'or. Parfois, la veste est ouverte, on lui voit alors un bustier fait d'une étoffe enroulée. Sur un des six tableaux, un bracelet de perles entoure sa cheville, sur d'autres, elle porte au cou un collier de perles. Tantôt elle est assise par terre, bien droite, tantôt elle s'appuie contre le fauteuil turc, tantôt elle est étendue sur de gros coussins à côté de l'autre femme nue. Elles ont joué aux dames, le damier est encore à côté d'elles. Sur cinq des six tableaux on voit la carafe bleu et blanc, sur quatre d'entre eux une assiette de pâtisseries et un gobelet, à côté d'elles sur le sol, un peu en retrait. Le fauteuil turc apparaît deux fois.

Les tableaux ont tous les six en arrière-plan la même tapisserie à grands motifs. Leur dimension varie, mais à l'exception d'un seul, ils sont tous peints en format paysage. Sur deux d'entre eux on remarque combien Matisse était peu satisfait de son travail. Et sûrement encore en train de chercher. On dirait qu'une pression intérieure le pousse à se hâter, fouette son pinceau. Je l'imagine se lever de son trépied devant le chevalet, déplacer les objets de-ci de-là, le damier, la carafe, un coussin, le fauteuil, puis modifier la position de ses modèles. Il s'empare des bras, les place autour des genoux, les glisse sous la tête ; touche des épaules, délivre des consignes de maintien, de regard. Les six tableaux sont dispersés dans le monde entier, dans des musées ou des collections privées.

L'*Odalisque assise,* « mon » odalisque assise est, elle, je l'ai déjà dit, exposée au Seattle Art Museum ; l'*Odalisque au fauteuil (turc)* au Musée d'art moderne de Paris ; l'*Odalisque assise, la jambe gauche repliée, avec fond ornemental et damier,* au Baltimore Museum of Art. Le musée d'art moderne de Stockholm possède *Deux odalisques dont l'une dévêtue avec fond ornemental et damier,* tandis que l'*Odalisque jouant aux dames* et *Deux modèles se reposant* se trouvent dans des collections privées. Des années pouvaient s'écouler avant que je ne découvre un nouveau tableau avec Adèle. Et chaque fois, à chaque toile, j'éprouvais un sentiment grandissant de – défiance. Ce n'était pas de la jalousie, ce qui aurait été bien ridicule. C'était une défiance qui me travaillait comme un lent poison et me poussait à commander tout livre récemment paru, acheter tout nouveau catalogue, suivre les enchères, visiter les expositions, toujours en quête d'autres tableaux sur lesquels je me retrouverais subitement face à

Adèle, cette Adèle toutefois que je ne connaissais pas, qui s'était dérobée, et m'avait dissimulé des pans de sa vie. Matisse avait passé des heures, des jours avec elle dans l'espace restreint de son atelier, pas seulement pour un tableau mais au moins pour six, et peut-être plus, des tableaux que je ne connaissais simplement pas ou qui avaient disparu. Lui : à son chevalet, plissant les yeux. Elle : livrée à son regard et son pinceau. Pourquoi Adèle ne m'en avait-elle jamais rien dit ? Avait-elle voulu à l'époque me protéger d'une éventuelle jalousie vis-à-vis du grand peintre ou cela lui avait-il paru sans importance ? Et chaque fois que, dans les années soixante, soixante-dix, quatre-vingt, je découvrais au cours de mes recherches une autre « Odalisque » avec Adèle, une troisième, une quatrième, une cinquième, mon cœur se mettait à battre sous l'emprise d'un vertige mêlé d'effroi.

Photo 15

La photographie d'un cliché en noir et blanc de Rose Valland en gros plan, trouvée dans un catalogue. La légende annonce que la photo a été prise au lac de Constance après la guerre, Rose doit donc avoir la cinquantaine. Elle est assise à la proue d'un petit bateau, à l'arrière-plan le lac scintillant se ride sous la brise, la rive ponctuée de quelques maisons au pied de collines verdoyantes semble éloignée. Rose qui porte un tailleur clair avec un chemisier blanc est en train d'allumer une cigarette, elle a relevé d'une main le couvercle du briquet et, de l'autre, actionne la petite mollette d'allumage. Derrière les grandes lunettes rondes ses yeux sont baissés sur le briquet et la cigarette. C'est une photo très personnelle. Le bateau pourrait être une barque, on n'en voit que la proue et, outre Rose, il n'y a probablement dedans qu'une autre personne, celle qui ramait encore à l'instant et a posé les rames pour prendre la photo.

Karolin avait passé la journée à formuler un courrier destiné à la spécialiste de Matisse Louise Bergell. Il était maintenant terminé. Elle y joignit des photos A4 d'excellente qualité qu'elle avait préparées exprès quelques jours auparavant : Une vue d'ensemble de l'*Odalisque assise,* six gros plans des détails, deux macro-photos grâce auxquelles on pouvait étudier la touche du pinceau, l'empâtement, la teinte et le mélange des couleurs, ainsi que la signature, et enfin un cliché du dos du tableau. Dans sa lettre, Karolin relatait toute l'histoire tissée autour du tableau au fil des ans, celle de son père et du manuscrit caché trouvé avec la toile dans leur maison familiale, celle de sa deuxième vie de peintre en tant qu'Isidor Schweig, et enfin celle d'Adèle Bertin et de sa mort. Elle rapportait que Rose Valland avait découvert au dépôt nazi du Jeu de Paume le Matisse encore inconnu de l'*Odalisque assise* de la collection Paul Rosenberg, identifié Adèle dans le personnage de l'odalisque et subtilisé la toile pour en commander une copie à Isidor et ainsi sauver l'original. Karolin concluait en priant Louise Bergell de bien vouloir effectuer une première expertise à l'aide des photos qu'elle joignait à sa lettre, *aussi mystérieuse et fantastique que puisse vous paraître l'histoire de ce tableau,* avait-elle ajouté.

Les questions qu'elle voulait poser à la spécialiste de Matisse ne lui laissaient pas de repos, elle attendait au moins autant qu'elle le redoutait un éclaircissement définitif. Indéniablement il existait deux tableaux semblables, deux *Odalisque assise,* mais lequel était l'original, lequel était la copie ? La réponse de Louise Bergell à chacune de ses questions la renseignerait aussi sur son père : si l'on examinait en détail la touche du pinceau, le tableau était-il absolument identique à son jumeau américain ? Et s'il s'agissait clairement d'une copie, était-elle d'une qualité exceptionnelle ou reflétait-elle le travail d'un faussaire médiocre ? En tout cas il ne s'agissait pas d'un faux bâclé, Karolin s'y connaissait assez pour l'affirmer. Et Louise Bergell connaissait-elle le nom du modèle qui avait posé là pour Matisse ?

Karolin était à son bureau, la ville grise et blanche s'étalait devant elle, vaste océan d'immeubles qui s'étendait jusqu'à l'horizon. Le soleil, un peu à l'ouest de la tour Eiffel, était déjà bas ; presque insensiblement sa courbe quotidienne s'était prolongée au cours des dernières semaines, la nuit tombait à plus de six heures du soir. Le passage à l'heure d'été était imminent. Karolin fixa la photo de Rose Valland sur la barre métallique. Elle l'avait trouvée dans la plaquette d'une exposition intitulée *La Dame du Jeu de Paume* et photographiée avec un trépied au macro objectif. Sur sa photo les plis de la veste de tailleur gagnaient en netteté, attirant inexorablement le regard sur les mains tenant le briquet, le geste typique d'allumer une cigarette et la grosse cigarette très blanche sans filtre au coin des lèvres (Gauloise, Gitane Vizir ou Balto ?), alors que l'arrière-plan avec l'eau du lac qui miroitait et les montagnes était flou. Ce contraste entre la netteté du personnage – mains, visage, vêtements – et l'arrière-plan grossièrement flou lui plaisait. Et elle aimait particulièrement les mains élégantes de Rose, qui attiraient immédiatement le regard. Elles étaient étonnamment longues et fines en comparaison de son corps plutôt robuste. Au petit doigt elle portait une chevalière. D'innombrables tableaux étaient passés entre ces mains et avaient été sauvés ou retrouvés après la guerre grâce à leur intervention. Karolin pensa au respect, à la dévotion avec laquelle Rose avait dû toucher ces œuvres au Jeu de Paume.

Entre la photo de Rose Valland en bateau et la toile de l'*Odalisque assise* léguée à Karolin, il ne restait de la place que pour deux ou trois photos, selon la manière dont elle organiserait sa série. Dans l'histoire d'Isidor Schweig, Rose était une figure majeure. Elle l'avait conseillé, critiqué, elle était son bon ange et sa mauvaise conscience. C'est grâce à elle que l'odalisque ornait à présent le mur de Karolin.

Quatre ans durant, Rose Valland avait réussi à se maintenir à son poste au Jeu de Paume, sans être démasquée ni disparaître un beau jour mystérieusement parce qu'elle en savait beaucoup trop. Pendant ces quatre années, elle évoluait chaque jour au milieu des gardes SS et des sbires de la Gestapo en charge des saisies, sans parler des historiens de l'art, des photographes et des fonctionnaires allemands qui grouillaient dans le musée. Bruno Lohse avoua après la guerre lors d'un interrogatoire, qu'il avait été prévu de déporter Rose Valland au besoin en territoire allemand et de l'exécuter. Le pillage des œuvres d'art était un objectif stratégique de première importance avec lequel on ne plaisantait pas. Rose Valland avait dû faire montre d'une exceptionnelle maîtrise de soi, d'un sang-froid exemplaire, de roublardise, de présence d'esprit, et surtout il fallait qu'elle ait été absolument convaincue de l'action qu'elle menait. Pour trouver le courage d'aller se mettre tous les jours dans la gueule du loup, il fallait qu'elle ait fait passer l'art et les valeurs auxquelles elle adhérait avant sa propre personne.

Dans son manuscrit, le père de Karolin évoquait un dernier train rempli d'œuvres d'art, dont on avait encore tenté, juste avant la reddition, de transférer le précieux chargement dans un dépôt outre-Rhin. Il s'agissait du train numéro 40.044. Si l'inspecteur principal des chemins de fer allemands Viktor Wagfall avait appris à l'époque que c'était sa vieille amie (ou plus exactement celle d'Isidor Schweig) Rose Valland qui avait avisé la Résistance du départ imminent d'un train avec, parmi d'autres, cinq wagons bourrés d'œuvres d'art, de quel côté se serait-il trouvé ? Comment vivait-il la division de sa personne, la schizophrénie de sa position entre le fonctionnaire qui servait l'appareil nazi à la Reichsbahn et l'artiste familier des marchands d'art juifs ?

Karolin se disait qu'il ne se serait sans doute mis d'aucun des deux côtés. Il n'aurait pu approuver en toute conscience les activités d'espionnage de Rose, mais il n'était pas non plus du côté de ceux qui avaient mis en place le pillage des œuvres d'art. À vrai dire il n'avait absolument pas d'opinion. Karolin ne voyait pas d'autre explication, sinon que son père avait été un homme sans opinion. Il avait ménagé soigneusement ses deux rôles, ses « deux ego », les avait protégés en les isolant scrupuleusement l'un de l'autre, et ainsi ils pouvaient s'annuler réciproquement: plus un moins un égale zéro. Viktor le bourgeois était là pour légitimer l'existence bohème d'Isidor, et Isidor l'artiste réhabilitait la contribution de Viktor à l'engrenage nazi. Pendant toutes ces années son père s'était installé dans un petit système personnel qui assurait sa survie morale, tout en l'abritant des dangers qu'aurait inéluctablement comportés une prise de position tranchée. Il tenait absolument à sa vie d'Isidor rue Lepic, elle était son alibi intime, son refuge dans une morale de l'esthétique. Mais il n'envisageait pas une seconde de déserter et d'abandonner son poste à la Reichsbahn, sûrement parce qu'il redoutait les conséquences personnelles et sociales qu'aurait eu un tel geste. À la fois Isidor et Viktor, avec cette identité variable et une double vie assurément géniale dans le Paris de l'Occupation, le père de Karolin avait pu être des deux côtés à la fois et en même temps d'aucun.

La Reichsbahn s'était occupée, comme toujours avec l'aide de la SNCF, de mettre le train 40.044 à disposition en temps et en heure: le 1er août 1944, à la gare du Nord. Le convoi comptait cinquante-deux voitures. Quarante-sept wagons de marchandises commandées par l'« Action M » étaient remplis de meubles et d'objets volés dans les intérieurs juifs, ils devaient transporter dans le Reich quelques dernières affaires utilisables. Les cinq wagons restants étaient réservés à l'art et à l'ERR. Sur le quai de la gare du Nord on avait chargé 148 caisses sur lesquelles était imprimé au pochoir: *Cézanne*, *Monet*, *Dufy* ou *Foujita*, ainsi que les initiales *P.R.* pour la collection du marchand d'art juif Paul Rosenberg. Dans ces caisses se trouvaient des tableaux de Renoir, de Degas, de Picasso ou de Gauguin.

Le train aurait dû partir le plus rapidement possible pour franchir la frontière allemande avant la Libération de Paris. Pour les occupants, la situation était à présent critique. Les Alliés avançaient inexorablement et marchaient sur Paris, et les actions ciblant les voies ferrées étaient particulièrement prisées de la Résistance en raison de leur efficacité. Qui plus est, la SNCF était depuis longtemps infiltrée de résistants ou de leurs sympathisants. Partout dans le pays, des ponts de chemin de fer sautaient, des voies étaient sabotées, des trains retardés sous divers prétextes par les cheminots français. Quelques trains sont tout de même parvenus à passer la frontière, lentement, mais sans dommage. Par exemple le numéro 14.166 parti de Lyon avec 430 Juifs dont des enfants et des prisonniers politiques le 11 août 1944 et arrivé le 18 au camp de concentration alsacien de Natzweiler-Struthof. De là ce train a continué sans encombre jusqu'à Auschwitz. Et un autre, qui transportait cette fois le bourreau des Juifs Alois Brunner et son commando spécial de la Gestapo, a pu quitter Paris le 17 août et parvenir en Allemagne quelques jours après. Pour prévenir les attaques du convoi qui assurait sa fuite de tout acte de sabotage, Brunner avait pris en otage 51 détenus de « son » camp de prisonniers de Drancy. Mais le terminus de leur wagon était Buchenwald.

Comment, dans quelles circonstances, le père de Karolin était-il rentré en Allemagne ? Encore une question que Karolin ne lui avait jamais posée et ne s'était jamais posée non plus. Elle faisait partie du lot des questions non posées car jamais pensées. Des questions qui étaient restées derrière le mur de silence. Comment, dans le chaos du Paris qu'on se disputait en ce mois d'août 1944, son père avait-il pu filer au dernier moment ? Vers la fin, il était de plus en plus difficile de trouver un moyen de transport.

Contrairement aux deux derniers trains macabres qui passèrent la frontière et atteignirent sans encombre les camps de concentration, le numéro 40.044 bourré d'objets d'art et de meubles cumula les empêchements. D'abord les gens de l'Action meubles mirent plusieurs jours à charger les 47 wagons. Ce qui laissa à la Résistance alertée par Rose Valland le temps de préparer un plan d'action. Le train enfin scellé finit par quitter Paris après une éprouvante course d'obstacles. Le 12 août, après avoir parcouru péniblement quelques kilomètres, il se retrouva bloqué à Aubervilliers en raison d'une grève générale. Quand il put enfin repartir, les cheminots trouvèrent, de gare en gare, des prétextes pour le retarder. Le 24 août il avait parcouru une dizaine de kilomètres, lorsqu'il fut pris d'assaut en gare d'Aulnay-sous-Bois par un groupe de FFI. Bilan : deux morts, trois blessés et un incendie qu'on put maîtriser de justesse dans un des wagons. Entre-temps, Paris était presque complètement libéré, et les cheminots français mirent un terme définitif au voyage par un déraillement contrôlé sur une voie de garage. Un certain Alexandre Rosenberg faisait partie de l'unité FFI qui avait attaqué le train. L'ironie du sort voulut que se trouvent entre autres dans un des wagons des caisses marquées des initiales P.R. Sans le savoir et encore moins l'avoir projeté, Alexandre Rosenberg avait sauvé une partie de la collection de son père Paul.

Le lendemain, le 25 août, von Choltitz capitula devant le général Leclerc et signa les ordres de reddition et de cessez-le-feu. Au Jeu de Paume, avec sa bravoure coutumière Rose Valland était restée à son poste, envers et contre tout, jusqu'aux derniers jours de l'Occupation. Elle était seule face au danger, mais elle avait l'habitude. L'ERR avait vidé le dépôt du Jeu de Paume début août et fait transporter le reste du butin au Louvre gardé par la Wehrmacht et la SS. Le dernier rapport d'activité avait été dicté et envoyé à Berlin, il mentionnait les chiffres définitifs : 21 903 œuvres d'art de 203 collections juives avaient été confisquées. Tous les experts sans exception s'étaient carapatés. À la mi-août la surveillance militaire du Jeu de Paume avait été suspendue, il ne s'y trouvait plus rien qui intéressât l'occupant. La collection des artistes contemporains étrangers dont Rose Valland avait la responsabilité et dont une bonne partie avait passé les quatre années de l'Occupation à la cave n'éveillait nulle convoitise.

Entre le 19 et le 25 août 1944, Paris se souleva. Les groupes de résistants qui venaient de l'intérieur et les Alliés qui arrivaient de l'extérieur avec la division Leclerc forcèrent dans leur retranchement les occupants restants, environ vingt mille soldats de la Wehrmacht tout de même. Leur ligne de défense passait précisément par le jardin des Tuileries et le long du Jeu de Paume. À l'intérieur du musée Rose Valland veillait avec deux gardes français sur sa collection. Jamais elle n'aurait abandonné ses tableaux, surtout aussi près du dénouement. De sa fenêtre, Rose pouvait voir les soldats allemands ériger sous la pluie battante d'un orage estival une barrière de barbelés juste derrière le musée. Elle entendait des coups de fusil et des coups de canons, des cris, des ordres, des tanks et des camions aller et venir. Mais ce que redoutaient le plus les trois derniers témoins du pillage des œuvres c'est que Kurt von Behr n'ait, avant de s'enfuir, l'idée d'envoyer un commando au musée pour les exécuter.

La première fois qu'elle avait lu les douze cahiers noircis d'une écriture serrée du « faussaire mélancolique » qu'était son père, Karolin avait dû s'avouer qu'elle en savait moins qu'elle ne le croyait sur le Troisième Reich, la guerre et l'Occupation. Elle pensait s'y connaître assez bien en l'occurrence, d'autant qu'elle en avait lu l'histoire du point de vue allemand et du point de vue français. Or combien de fois ces derniers mois n'avait-elle constaté ses lacunes ! Elle avait consulté moult ouvrages, fouillé toujours plus avant dans les dédales de l'Internet et passé au peigne fin d'innombrables sites. Elle parcourait maintenant Paris avec d'autres yeux. Et le regard qu'elle jetait sur la ville de sa fenêtre avait changé, lui aussi. Ce n'était plus seulement l'endroit où elle avait librement inscrit sa propre histoire. Qu'elle le veuille ou non, sa vie à Paris était maintenant imbriquée dans celle de son père. Tout était vrai, ce qu'écrivait Viktor Emanuel Wagfall était effectivement exact – du moins en ce qui concernait les faits historiques.

Nulle part, toutefois, elle ne trouva trace d'Isidor Schweig, ce qui ne l'étonna guère dans la mesure où ce pseudonyme devait précisément servir à dissimuler la double vie de son père. Et aussi quel faussaire irait chercher la publicité ? Une seule fois, elle tomba, dans une biographie de Rose Valland, sur une rumeur d'après laquelle celle-ci aurait eu, pendant et peu après la guerre, une *liaison** avec un faussaire. Mais on ne mentionnait aucun nom, et la biographe présentait ces bruits comme des calomnies destinées à discréditer la personne de Rose Valland et à remettre en question sa fiabilité. Évidemment Karolin pensa sur-le-champ à Isidor Schweig. Et si, derrière la rumeur, se cachait une once de vérité, sinon une *liaison,* du moins une connaissance ? D'ailleurs avoir connu un faussaire n'aurait nullement entaché la gloire posthume bien méritée de la gardienne du Jeu de Paume, ça n'aurait rien changé, en tout cas, à sa résistance héroïque et à l'aide décisive qu'elle avait fournie à la recherche des objets d'art pillés jusque dans les années soixante. Et si, donc, le faussaire en question n'avait été autre qu'Isidor Schweig ?

Après la guerre, son père avait eu, une dernière fois, la possibilité de choisir : entre la raison et la passion, le gagne-pain assuré et la peinture. Il aurait même pu se payer le luxe d'une opinion. Autour de lui tout n'était que cendres et ruines. Plus rien n'était sauf. Ni l'obéissance, ni l'honneur, ni la pureté de l'âme face à on ne sait quel Dieu, ni, surtout, la morale. À vrai dire ç'aurait été le moment ou jamais de désobéir enfin.

Viktor alias Isidor écrivait qu'il avait encore rencontré Rose une unique fois après la guerre. Lui avait-il demandé conseil ? Ou l'avait-il priée au nom de leur ancienne amitié d'oublier une fois pour toutes l'existence d'Isidor Schweig ? Lui avait-il laissé ce qui restait de ses toiles ? À un moment donné, un, deux, trois ans après la guerre, il avait dû se décider définitivement contre Isidor. Viktor avait gagné. Karolin aurait beaucoup donné pour savoir aussi ce qu'il était advenu de l'atelier de la rue Lepic. En août 1944, quand son père avait dû s'enfuir précipitamment de Paris avec les derniers employés de la Reichsbahn, il devait être quasiment impossible de vider en vitesse l'appartement et de donner son congé, et encore plus d'expédier ce qui s'y trouvait en Allemagne. Il avait probablement mis sous enveloppe in extremis les loyers à venir pour le propriétaire, tout comme il l'avait fait en 1937. Et gratifié la concierge d'un généreux pourboire, avec force saucisson et chocolat, pour qu'elle veille personnellement sur son atelier.

Plus tard, quand la guerre fut vraiment terminée dans le reste du monde, il avait dû revenir à Paris – son dernier voyage en tant qu'Isidor. Il s'agissait de tirer les conséquences de sa décision, d'éliminer toute trace matérielle du peintre Schweig, les tubes de couleurs, le chevalet, tous les clous rouillés, les vieux cadres et les rouleaux de toiles, et enfin de se débarrasser d'une manière ou d'une autre des copies et des faux qui y étaient restés. Et aussi : du vase jaune ventru qui rappelait les bouquets d'Adèle, de la nappe des pique-niques devant la cheminée, des esquisses en trois couleurs pour la *Vénus au miroir* de Velázquez. Et ainsi de suite. Viktor avait éliminé tout ça. Il avait éliminé Isidor.

À l'exception d'une toile, d'une seule et unique peinture qu'il avait emportée avec lui dans sa valise en Allemagne. C'était le legs d'Isidor à Viktor, la somme de la vie d'Isidor et la preuve de son existence, résumées en une toile. Il était censé avoir rapporté aussi en Allemagne ses carnets de notes et ses cahiers d'esquisses, en tout cas il le mentionnait dans ses mémoires. Mais l'automne précédent Karolin n'en avait plus trouvé trace, bien qu'elle ait fouillé la vieille maison de l'ultime poutre du grenier au dernier recoin de cave.

Et Rose Valland? Rose consacra tout le reste de sa vie à débusquer et restituer les œuvres d'art volées par les nazis. Spécialiste avérée de la spoliation des collections d'art, elle fut intégrée à l'armée française sous le grade de capitaine et partit en Allemagne dès la capitulation, en mai 1945. Elle y travailla avec les Américains et les Britanniques (la collaboration avec l'Union soviétique en matière de restitution des œuvres d'art se révéla compliquée), résida un temps à Berlin et eut pendant des années un bureau à Baden-Baden, au quartier général des forces françaises d'occupation. C'est après la guerre aussi qu'elle rencontra l'amour de sa vie, Joyce Heer, une interprète américaine. Karolin s'imaginait que la photo de Rose Valland en bateau sur le lac de Constance, à présent la quinzième de sa série sur la barre métallique, avait été prise par Joyce.

Cahiers

Mes sentiments envers Adèle étaient-ils aussi forts autrefois en 1936, quand elle n'était pas qu'un tableau dans ma vie, mais bien là en chair et en os, avec toute la chaleur et la plénitude de son corps, son rire, ses silences et ses contradictions ? Ou est-ce devenu plus tard, après l'issue fatale, ce douloureux amour perdu ? Si bien que ce serait surtout une représentation a posteriori, un souvenir mis en scène, dans lequel je me serais précipité ultérieurement. Et vers lequel le vieillard que je suis maintenant grimpe en fidèle pèlerin au grenier poussiéreux, pour extirper son tableau du reliquaire d'une caisse de vieilles nippes puant la naphtaline. Il n'y avait plus moyen de réparer, de recommencer de zéro et d'obtenir une deuxième chance par quelque longue missive ou un coup de téléphone impromptu. Notre histoire était définitivement terminée. Il n'y avait plus rien à faire, sauf à contempler, plein de nostalgie, un tableau à la faible lueur d'une lampe de poche et à entamer la route vers les contrées douteuses du souvenir.

Ces dernières années, Adèle avait surgi parfois dans mon esprit lorsque je contemplais le jardin en regardant par la fenêtre, assis à mon bureau, ou que mes yeux sondaient, le soir, l'obscurité nocturne. Tantôt elle se dirigeait vers moi son sourire malicieux aux lèvres, tantôt je la voyais assise, jambes croisées, avec cette expression pensive. Soudain ma fenêtre devenait une scène de théâtre imaginaire ou la toile d'un tableau que je déroulais en pensée. Une autre fois, m'apparut dans la vitre, tel un mirage, la grande pièce de la rue Lepic avec la table ronde en bois, la commode, le divan, la cheminée au rebord de marbre surplombée par le miroir dans son cadre doré et le chevalet à côté d'elle. En face de moi, les battants de la porte étaient ouverts sur le balcon où sinuaient dans leurs pots d'argile des plantes grimpantes aux fleurs violettes et jaunes, rouges et orange. Et Adèle s'affairait sur ce balcon fantôme, supprimant les fleurs fanées, arrosant les plantes avec le petit arrosoir de fer gris. Ses cheveux brillaient dans la lumière du soleil. Quand elle se baissait, ses fesses rondes se dessinaient sous le tissu de la jupe, j'apercevais la naissance de ses seins dans le décolleté de son chemisier, et sa tresse lui glissait sur l'épaule. Elle se retournait maintenant vers moi en riant, l'arrosoir à la main. Combien de fois n'ai-je vu cette scène, ici, dans la vieille maison, des dizaines d'années après, comme si Adèle ressuscitait soudain à ma fenêtre, pendant de longues minutes, jusqu'à ce que ces images se dissipent à nouveau pour faire place au sentiment consternant du réveil.

Une fois de plus je rumine la question : le cours de notre vie aurait-il été différent si Adèle m'avait dévoilé son plan de s'enrôler dans cette guerre civile insensée ? Si elle m'avait fait confiance. Peut-être a-t-elle gardé le silence, parce qu'elle savait que ça ne changerait rien. Qu'elle, Adèle, suivrait son plan quoi qu'il arrive et que moi, Isidor l'Allemand, sans bien le savoir encore, je serais bientôt du côté de l'ennemi. Que l'homme qu'elle pressentait déjà en moi retournerait bientôt en Allemagne. L'homme que j'étais, en fin de compte : Viktor et non Isidor. Mais qui *est*-on au fait ? N'est-ce pas, en dernière instance, nos actes qui témoignent de ce que nous sommes ? Le courage d'Adèle aurait-il pu être contagieux, sa capacité d'indignation me convaincre, son inflexible détermination me transformer en citoyen qui se bat pour ses principes ? Aurais-je pu, à un moment donné, prendre une autre voie, devenir à ses côtés un homme d'action, un homme engagé ?

Ce soir d'été 1942, en m'apportant l'*Odalisque assise* à l'atelier, Rose Valland m'avait avoué l'indicible, la mort absurde d'Adèle. Elle m'avait expliqué qu'Adèle n'avait pas osé me parler de ses plans et qu'elle pensait ainsi nous faciliter les adieux. Naturellement Adèle croyait revenir au bout de quelques mois, si possible avec une victoire et la défaite des troupes franquistes ! Elle avait gagné l'Espagne avec son frère Fernando et un groupe de jeunes Français, comme beaucoup d'Anglais, de Hollandais, d'Allemands, de Belges, d'Italiens et de Portugais y étaient partis aussi, pour prêter main-forte à la population et se battre pour une cause ou l'autre dans cette guerre civile en pleine escalade. Les jeunes gens épris de liberté contre les tenants de l'autorité, les socialistes et les communistes contre les nationalistes fascistes et les monarchistes catholiques. Adèle et ses compagnons croyaient revenir au pays, non seulement indemnes, mais victorieux. Ils avaient à peine conscience des risques. De la guerre ils ne connaissaient encore que le mot, ils en ignoraient la réalité.

C'est donc à Rose qu'Adèle s'était confiée et non à moi. Au bout de quelques semaines, comme elle n'avait toujours pas de nouvelles contrairement à ce qui était convenu, Rose s'était renseignée et avait appris par son frère Fernando ce qui était arrivé. La mort d'Adèle était tellement invraisemblable, cet accident à la grenade si absurde et si violent que Rose n'avait d'abord pas osé m'avouer cette horreur. Elle l'avait gardée pour elle, et je suis convaincu que ça lui avait pesé. Elle avait sans cesse différé l'annonce de la nouvelle – entre-temps j'avais quitté brusquement Paris et j'étais reparti à Stuttgart – et il lui était devenu de plus en plus difficile d'avouer ce qui n'avait pas été dit. Le temps passant, il lui était devenu impossible de trouver les mots. Elle avait déchiré plusieurs lettres. Et quand elle m'avait rendu visite à Stuttgart en 1938, elle avait eu l'impression que j'étais dans un autre monde depuis longtemps. Et puis, n'était-il pas quelquefois plus facile de vivre sans tout savoir ? À mon retour à Paris à l'été 1940, c'est, entre autres, parce qu'elle se sentait profondément redevable à mon égard à cause de ce secret qu'elle détenait sur Adèle qu'elle avait gardé le contact avec moi, bien que je fasse maintenant partie du camp ennemi. Puis à l'automne 1941, on avait livré par caisses entières au Jeu de Paume des tableaux de la collection de Paul Rosenberg. Mais là encore les mois avaient passé. Jusqu'à ce qu'un beau matin du printemps 1942, alors qu'on avait déjà pratiquement terminé l'inventaire de la collection Rosenberg, elle avait vu un historien du « groupe de travail Louvre » manipuler un tableau auquel elle avait jeté un coup d'œil en passant – et qui l'avait clouée sur place. C'était un Matisse, sans nul doute, mais, surtout, le personnage qu'elle voyait sur la toile, cette jeune femme à la longue tresse noire… ne pouvait être qu'Adèle.

Je n'ai cessé de me poser la question de ce que signifie vraiment se souvenir. Dans quelle mesure puis-je faire confiance à mon souvenir, quand il s'agit d'événements et de sensations qui remontent à cinquante, soixante années, voire plus ? Où l'évocation sentimentale vient-elle fausser l'image que je garde, le temps brouiller les pistes de la mémoire, le refoulement gommer les derniers indices qui pourraient me mettre sur la voie de l'événement passé ? Qui peut croire – et le croyais-je au début lorsque j'ai écrit les premiers chapitres de mes cahiers – que ce dont je me souvenais était identique à l'événement véritable ou à ce que j'ai réellement vécu.

Pouvait-on se souvenir *exactement*, des décennies plus tard, et rapporter ce qui s'est *vraiment* passé à un moment donné ?

Se souvenir, s'efforcer sérieusement de se souvenir, suppose d'abord un dur travail sur soi. Sans cesse je suis confronté à ma propre négligence, à l'insouciance avec laquelle je suis disposé à croire innocemment les images et les pensées qui me viennent à propos d'une situation ou d'un moment. Sans cesse je dois m'interrompre en me demandant si je ne suis pas en train de me raconter des bobards, d'enjoliver, d'accorder trop d'importance ou pas assez à telle ou telle chose. Était-ce ainsi ? Ou n'était-ce pas un tout petit peu différent ? Le souvenir n'est pas le reflet mécanique de ce qu'on a vécu, c'est bien plus un art, dans la mesure où, forcément, il recrée l'événement dont il est question.

Le passé dont je me souviens ne coïncide pas parfaitement avec le passé que j'ai vécu. Et plus j'y réfléchis, plus j'en arrive à penser que l'activité créatrice qui est celle du souvenir ressemble au travail du faussaire dans la mesure où l'on désire retrouver aussi exactement que possible, copier de manière aussi vraie que possible, l'événement « original » et que, pourtant, on ne réussit jamais à reproduire exactement. Mais là se trouve aussi la limite du parallèle. Dans ma recherche de la vérité, je me retrouve inévitablement pris dans la confusion de la réinvention. Se peut-il qu'au lieu de clarifier les choses une bonne fois, de mettre une fois pour toutes au jour les non-dits, j'aie échafaudé sur les ruines de mon passé une construction nouvelle faite de « poésie et vérité » ?

Bien entendu il faut me demander, et forcément la question s'impose à moi qui suis si près de la fin : que pouvais-je savoir à l'époque, qu'est-ce que, aujourd'hui, je pense avoir su autrefois, ou plutôt, n'avoir pas encore su ? Les collaborateurs de la Reichsbahn apprenaient pas mal de choses, des quatre coins de ce quadrillage de voies ferrées qu'était le Reich on colportait des nouvelles, des bavardages, des rumeurs. Quel pouvait vraiment être le niveau d'informations à tel ou tel moment? La vérité c'est que je ne peux plus affirmer de bonne foi aujourd'hui n'avoir rien su, rien pressenti, mais que je ne peux pas non plus dire que j'étais au courant de toutes ces horreurs. Ce qui est sûr c'est que pour les événements indicibles, innommables, il n'existait pas de mots précis, on usait tout au plus de circonlocutions. On ne pouvait pas poser de questions précises sur ce qui était si imprécis, sur ces non-dits, donc on ne posait pas de questions. Ceux qui n'étaient pas directement témoins de l'extermination n'étaient pas contraints de se demander ce que signifiaient réellement une rafle dans le voisinage, la perte des biens, de la profession et de la dignité, le « déplacement vers l'Est » ou le « service de travail à Auschwitz », ce que recouvraient vraiment ces mots et ces actes. Nous acceptions ces formules creuses en guise d'explications, sans empressement ni soulagement. Je les acceptais, moi, si je me souviens bien, avec indifférence.

Photo 16

Numéro 6, rue Lepic : devant le portail de l'entrée (une structure en fer forgé noire qui protège une vitre opale) un homme tape d'une main une combinaison de chiffres sur un digicode fixé au mur de droite du porche, l'autre déjà posée sur le bouton de la porte, prête à la pousser dès que le code l'aura déverrouillée. À droite de la porte et de l'homme s'amoncellent les piles colorées d'un marchand de primeurs : tomates, poivrons, oranges et fraises hors saison.

La rue Lepic part de la place Blanche et grimpe, en dessinant de larges boucles, le flanc sud-ouest de la colline de Montmartre. Elle se termine en haut sur la butte, peu avant la place du Tertre, à un jet de pierres du Sacré-Cœur. Dans son tiers inférieur, jusqu'à la rue des Abbesses, elle est commerçante, animée par des boutiques et des magasins d'alimentation dont les devantures colonisent les trottoirs, puis elle mène à un quartier d'habitation relativement tranquille. Le numéro 6 se situe dans la partie inférieure de la rue.

D'après les recherches de Karolin, le café Coquet devait se trouver là en bas sur la place Blanche, au coin de la rue Lepic et du boulevard de Clichy, dans l'étroit bâtiment à deux étages qui abritait maintenant un sex-shop, ultime prolongement du quartier de Pigalle. En s'efforçant de faire abstraction de la décoration correspondante, Karolin tentait d'imaginer le café Coquet avec sa grande salle du rez-de-chaussée et sa rangée de tables alignées sur toute la longueur, derrière un large front de baies vitrées qui s'ouvraient du côté du boulevard. En sortant de la station de métro Blanche, son père avait traversé la rue ici, dans la canicule estivale, mis le cap sur le café et cette salle ouverte baignée de soleil, pleine de gens qui causaient, de tintements de verres et de tasses, où le serveur Marcel se frayait un passage entre les sièges, tenant son plateau en équilibre sur une paume. La jeune femme au chemisier jaune d'or, Adèle, devait être assise là, tout de suite à droite près du trottoir, à la première rangée de tables.

De la place Blanche, Karolin n'avait eu qu'à remonter un peu la rue Lepic en passant devant un traiteur asiatique et un marchand de primeurs pour se retrouver devant la maison où son père, alias Isidor Schweig, avait habité jadis. Son atelier devait être tout en haut, elle leva la tête pour compter les étages. La façade était l'une des plus belles de ce tronçon de la rue. Les autres immeubles étaient simplement recouverts d'un crépi lisse peint en beige clair, tandis que le numéro 6 était en pierre de taille blonde et arborait corniches décoratives et balcons de fer forgé. La porte d'entrée était fermée, pour entrer il fallait le code. Karolin traversa la rue, et du trottoir d'en face, regarda le cinquième étage où se trouvait autrefois le balcon d'Isidor. Elle prit une photo.

Il n'y avait plus qu'à attendre devant l'immeuble que quelqu'un ouvre la porte. Elle eut de la chance. Au bout de quelques minutes elle vit de loin un homme de belle taille – sa haute stature attirait l'œil – remonter la rue Lepic, passer devant le marchand de légumes et se diriger vers la porte d'entrée. Elle vit que, comme elle attendait manifestement devant, il l'avait remarquée lui aussi. Elle avait encore son appareil en main, et quand le type tapa le code, elle appuya discrètement sur le déclencheur. Il avait fait le 6, le 4, le 2 et un 0. La porte s'ouvrit en bourdonnant, ce devait être la même que des décennies plus tôt, si ce n'est qu'autrefois il n'y avait pas de code mais des concierges qui surveillaient de leur loge les visiteurs qui entraient. Sur ce bouton de porte en laiton son père avait posé une main qui n'avait encore ni petites rides ni taches de vieillesse. Le portail aux barreaux en fer forgé devant la vitre de verre opale retomba lourdement dans ses gonds derrière Karolin.

De jolis carreaux anciens rouge foncé, bleus et ocres sur fond blanc ornaient le hall d'entrée, des boîtes à lettres flambant neuves et un grand panneau de sonnettes couvraient le mur de gauche, puis venait une autre porte (cadre de bois massif autour de carreaux de verre transparent) que l'homme – visiblement il habitait l'immeuble – ouvrit avec un trousseau de clés qui tintaient. Il portait une veste de cuir noire, une chemise claire, des jeans, et sous son bras une serviette d'où dépassaient des papiers ou des documents et un journal, il avait une écharpe soyeuse bleu vif autour du cou. Il lui tint courtoisement la porte avec un sourire aimable pour qu'elle n'ait pas l'impression gênante d'être une intruse. À Paris, le sourire aimable avec lequel on laisse gentiment entrer une personne étrangère dans une maison sécurisée par un code fait lui aussi quasiment partie des codes. Il signifie en gros : tout va bien, vous n'avez pas l'air d'un cambrioleur.

Quand il lui tint la porte, leurs yeux se croisèrent. À gauche devait se trouver autrefois la loge de la concierge, le royaume de Pauline Vignier. Ça faisait longtemps qu'elle avait probablement été transformée en logement d'étudiant où la lumière pénétrait à peine en plein midi. La deuxième porte se referma elle aussi avec un cliquetis derrière l'homme de l'immeuble et Karolin. Il s'engagea dans l'escalier, et elle le suivit sans bien savoir où elle voulait aller. Au cinquième, ça allait de soi, mais que ferait-elle là-haut dans le couloir face à plusieurs portes d'appartements closes? Un moelleux tapis rouge amortissait chaque pas, des fenêtres de verre coloré laissaient filtrer dans la cage d'escalier une belle lumière chaudement tamisée. Au deuxième étage l'homme, devant elle, s'arrêta sur le palier, chercha une clé dans son trousseau et se tourna vers elle. Des marches du dessous, elle leva la tête vers lui. Sa façon de pencher un peu la tête en la regardant d'un air gentiment ironique avait un petit quelque chose de drôle. Elle s'immobilisa pour ne pas se heurter à lui, tant le palier était étroit.

Comment souriait-il? Un peu moqueusement mais sans dérision, un sourire ouvert mais avec la bonne distance, discret, léger, drôle mais pas béat, beau mais pas *trop* beau, sur des traits finalement exempts de défauts. Le truc, ce qui fascinait Karolin et la figeait sur sa marche d'escalier, c'est que, pas vraiment franchement, mais d'une certaine manière, il ressemblait à son père. Il lui rappelait de loin les photos de Viktor, d'un Viktor alias Isidor qu'elle n'avait jamais connu, l'homme qui était sur les photos du début des années cinquante, avant sa naissance à elle. L'homme ressemblait vaguement mais indiscutablement à une image familière qu'elle portait en elle.

Il ne pouvait être une réincarnation ni un fils naturel de son père, ça c'était totalement inepte, n'empêche qu'elle était envahie d'un sentiment quasiment archaïque de déjà-vu. « En fait je ne sais pas ce que je viens faire ici », s'entendit-elle dire pour meubler le silence. Le sourire de l'homme se teintait maintenant d'indulgence. Karolin chercha désespérément d'autres mots susceptibles de conférer à sa phrase un minimum de sens: « Hum, c'est-à-dire que..., mon père a habité ici autrefois, mais c'était il y a longtemps, au cinquième étage, pendant la guerre. En fait, je voulais juste monter une fois cet escalier. » Et là, il dit enfin quelque chose lui aussi. Du genre:

« Moi qui croyais que vous étiez un paparazzi ! » – en étirant malicieusement le mot et en désignant son appareil d'un signe de tête. « Vous ne voudriez pas prendre d'abord un café, ici au deuxième, avant de continuer votre ascension ? J'avais prévu de m'en faire un. » Ou avait-il dit sobrement, brièvement : « Donc vous n'êtes pas un paparazzi ! Que diriez-vous d'un café ? » Ou alors il n'avait rien dit, juste tenu la porte, et Karolin s'était glissée sous son bras levé, était entrée dans l'appartement, le frôlant presque, mine de rien, comme s'il l'avait mise dans un état impossible à décrire. Même après coup. Qui tenait du rêve éveillé ou de l'hypnose. Vétiver de Guerlain, son parfum. La porte s'était refermée, cette fois avec un tout petit clic.

Ce qui s'est passé ensuite : il s'est passé qu'ils ont bu un café, un peu plus tard dégusté des fromages sur d'épaisses tranches d'un pain bis moelleux à souhait en vidant une bouteille de vin, encore un peu plus tard, bu un nouveau café, entre-temps la grande aiguille de la pendule avait fait cinq fois le tour du cadran, et à cinq heures de l'après-midi ils sont montés au cinquième étage, ont sonné chez un certain Vincent, ça doit être l'appartement où se trouvait l'atelier d'Isidor, a dit Antoine (l'homme du palier s'appelait Antoine). Il était conçu exactement comme Karolin l'avait décrit et la vue du balcon correspondait. Vincent était chez lui et a ouvert la porte, Antoine et Vincent se connaissaient bien, bises, présentations : « C'est Karolin », puis Antoine a raconté une histoire à Vincent, celle d'Isidor et d'Adèle, et aussi celle de Viktor, que Karolin – entre autres – lui avait narrées au cours des cinq heures précédentes, succinctement bien entendu, mais c'est passionnant, s'est exclamé Vincent, et qu'elle pouvait venir voir l'appartement, et qu'il allait regarder ses quatre murs d'un œil différent maintenant, et qui sait, peut-être percevoir dedans de mystérieuses vibrations désormais, les fantômes du passé.

Karolin est entrée dans la chambre à coucher, elle donnait bien sur l'arrière-cour, les toits gris de Paris avec leurs lucarnes, leurs cheminées en terre cuite et un bout de ciel au-dessus, il y avait du plancher, il craquait par endroits, sans doute comme autrefois, à droite de la chambre se trouvait une cuisine, et à gauche une salle de bains, les toilettes avaient été installées en rapetissant la chambre, autrefois elles étaient encore à l'extérieur, sur le palier, un WC pour trois petits logements, en face de la chambre c'était le séjour de Vincent, qui donnait sur le balcon et la rue Lepic, avec le même plancher à larges lames et aussi une cheminée, un plafond en stuc, des boiseries aux murs, d'un mètre de hauteur environ, Karolin reconnaissait tout, c'était comme Viktor avait décrit son atelier d'Isidor, juste bien plus vaste qu'elle ne se l'était imaginé, c'est ici qu'il y avait eu le divan grenat, et là, la table ronde avec les tubes, les pinceaux, les flacons et les petits pots, là-bas la commode Louis-Philippe, sur le chambranle de la cheminée un vase jaune, des toiles roulées par terre à côté de la porte, des châssis déjà entoilés contre le mur, près du chevalet. Karolin a ouvert (Je peux ?) la porte à deux battants du balcon, elle est sortie dans l'air printanier, on avait une vue plongeante sur la rue et la place Blanche à gauche, elle a aperçu aussi les ailes du Moulin Rouge, et la pointe de la tour Eiffel émergeait derrière des toits à l'horizon, une vue de carte postale pour amoureux de Paris, effectivement ce devait bien être l'atelier d'Isidor, et c'est ici, à la balustrade de ce balcon qu'il s'appuyait pour guetter Adèle et lui faire signe de loin, quand elle apparaissait sur le boulevard avant de traverser la rue Lepic. Adèle.

Karolin est restée un moment encore sur le balcon à regarder les toits de la ville. Elle entendait les voix d'Antoine et de Vincent qui bavardaient dans le séjour. Jamais elle ne parviendrait à savoir qui était vraiment Adèle. Était-elle la jeune femme qui avait posé pour l'*Odalisque assise* de Matisse ? Une seule chose lui semblait certaine : il y avait eu à Paris pour son père, Viktor ou Isidor qu'importait, un premier amour bien trop bref. Cette sorte d'amour qui marque à jamais le corps de son sceau et laisse une cicatrice. Quel sentiment vertigineux de se trouver, des décennies plus tard, exactement là où son père avait vécu autrefois. C'était à la fois concret et irréel de se représenter sa vie ici, à cet endroit. Elle a compté les années, pris la mesure du temps passé. Jamais elle ne pourrait se rapprocher davantage de lui qu'ici. Or, si paradoxal que cela paraisse, justement ici où elle était, à vrai dire, arrivée au but, dans cet atelier de la rue Lepic devenu presque un mythe, elle lui était plus éloignée que jamais. Car, la vie et l'époque de son père s'étaient peu à peu, ces dernières semaines, à force de tenter de les reconstituer, détachées d'elle. Elle pouvait enfin extirper son père d'elle-même et le laisser rejoindre le passé.

Après un dernier regard sur les toits dans le soleil couchant, elle est revenue dans le séjour et a remercié Vincent de l'avoir laissée voir l'appartement. Antoine a tapoté amicalement l'épaule de Vincent, puis ils ont redescendu l'escalier ensemble – pas plus loin que le deuxième étage.

Cahiers

Je me souviens d'un rêve dont j'ai émergé épuisé, ce matin. J'étais dans le jardin, non, d'abord j'étais dehors dans la rue devant le portail blanc, et comme il était verrouillé, j'ai dû grimper par-dessus comme les enfants le faisaient autrefois pour s'amuser. J'ai posé un pied sur la première traverse entre les barres d'acier, puis l'autre. En appui sur la poignée à côté de la serrure, j'avais assez de prise pour me hisser au-dessus du portail, en veillant à ne pas m'empaler en haut sur les pointes des barres de fer ou à ne pas me blesser avec. Mon corps était lourd, j'avais l'impression de peser des tonnes. Le plus bizarre est que, tout à coup, le portail avait l'air bien plus haut, comme s'il s'était élevé en même temps que moi. J'hésitais à sauter de l'autre côté, c'était trop haut, mon vieux corps peut-être trop fragile pour encaisser le choc. Finalement je me laissai lentement glisser comme un sac de plomb le long des barres pointues en m'agrippant à elles. Enfin je me suis retrouvé dans l'allée.

Tout avait changé. La maison était abandonnée, les volets fermés, des lambeaux de peinture s'écaillaient sur la façade, n'adhérant au bois qu'à de rares endroits, les pans de bois avaient souffert aussi, les poutres tannées, dénudées par les intempéries, se fissuraient. La vigne vierge de la façade s'était attaquée au toit et envahissait les tuiles, des montagnes de feuilles mortes recouvraient l'escalier et la petite véranda à côté de l'entrée. Le chemin entre le portail et la maison était impraticable. Des arbustes, des broussailles, des herbes folles et des orties masquaient complètement le gravier blanc, je me suis frayé un passage et m'aperçus que j'étais en short, les orties me brûlaient la peau, les épines me déchiraient. La prairie était aussi envahie par la végétation que l'allée, les arbres et les buissons avaient pris le dessus. Je m'étonnais de la hauteur du thuya devenu gigantesque et des trois jeunes bouleaux qui avaient poussé dans les fils électriques. La haie s'était transformée en un mur de fourrés, le pommier, en revanche, était nu, sans une seule feuille, sans un fruit. Je faillis marcher sur un énorme serpent noir luisant. La panique me prit. Je me figeai dans les buissons, n'osant faire un pas. Que s'était-il passé, où était Anna et où est-ce que j'habitais, puisque, visiblement, je n'habitais plus ici dans ma maison ? Ma peur du serpent se mua en une tristesse accablante, je me frayai un chemin jusqu'au bout du jardin, dans les taillis qui résistaient et me fouettaient les jambes. Mon corps brûlait. La remise à outils s'était effondrée, la glycine proliférait au-dessus du tas de décombres. Derrière la remise se dressait un divan grenat, mais brusquement le même divan se trouvait dans une salle de verre semblable à une serre. Mon sentiment de tristesse était violent, il me serrait le cœur.

Mais déjà la maison et le jardin glissaient hors du rêve. Sur le sofa se lovait le serpent noir luisant. Il n'avait pas l'air menaçant. Il dormait. J'étais Isidor, le faussaire mélancolique qui copiait éternellement ses peintres préférés. J'étais Isidor Schweig, et c'était bien. Le serpent sur le canapé dormait du sommeil lourd d'un corps épuisé, comme Adèle dormait, paisiblement, chaude et lourde. Très loin quelqu'un chantait une vieille mélodie que je me rappelai aussitôt. Je m'assis sur le divan à côté du serpent, qui était juste la tresse noire d'Adèle. La chanson au loin résonnait comme un écho dans mon corps : *Mon jardin est rempli de fleurs. Mes yeux sont pleins de souvenirs. Mais mon cœur est vide, mon cœur est vide**.

Photo 17

Une tombe entièrement recouverte de mousse au cimetière de Montmartre.

Une série de dix-sept photographies encore de tailles différentes s'alignait sur le mur de la pièce jusqu'au tableau. Avant l'*Odalisque assise* il y avait tout juste la place d'une seule photo sur la cimaise de Karolin. Elle était presque arrivée à Adèle. Et à la fin d'une quête. Non à la fin objective d'une quête personnelle (une quête pouvait-elle avoir une fin objective ?), c'était plutôt une fin provisoire – dont elle avait décidé elle. Elle l'appelait maintenant *Finding A !*, ayant renoncé au titre antérieur. La série devait s'appeler *Finding A* point d'exclamation et non *Rien sur mon père* point d'interrogation. Parce qu'elle avait décidé elle que son enquête était terminée, elle n'hésita pas une seconde à échanger deux photos. Si elle avait respecté un ordre chronologique, celle-là, le numéro 17, aurait dû se trouver avant la précédente, celle d'Antoine à la porte de l'immeuble dans la rue Lepic, tapant le digicode.

Car, en effet, avant d'aller rue Lepic où était arrivé ce qu'on sait, elle s'était promenée au cimetière de Montmartre. Elle n'était pas sortie du métro à Blanche mais à Place de Clichy, avait farfouillé un moment dans une grande librairie qui se trouvait sur cette place et était entrée au cimetière par l'avenue Rachel. Elle était surprise que ce bref cul-de-sac porte le nom d'« avenue » et se demandait dans quel immeuble se trouvait autrefois la boutique de fleurs d'Adèle. Or voilà qu'au numéro 9 il y avait réellement un fleuriste.

Karolin n'avait pas de but précis en flânant dans le cimetière, ni de raison particulière de se promener à cet endroit. Elle voulait tout au plus revenir sur la tombe de Heinrich Heine, mais elle ne savait plus exactement dans quelle partie du cimetière elle se trouvait. Elle pensait se rappeler qu'elle était plutôt vers le nord et prit l'allée correspondante. Par hasard elle passa là où reposait Edgar Degas, étrangement sur la tombe était inscrit *Famille de Gas.*

Comme elle marchait sur un petit sentier entre les rangées de tombes, lisant ici une inscription, observant là un arrangement de plantes ou souriant d'une décoration kitch, son regard tomba sur une sépulture toute simple, manifestement oubliée, dont la pierre tombale était totalement recouverte de mousse. Karolin adorait la mousse, la tombe lui plut aussitôt. Elle se pencha pour caresser la verdure veloutée, humide. Ça lui faisait penser à son père qui effleurait parfois de la main la mousse humide des souches au bord du chemin pendant leurs promenades dominicales, autrefois, quand elle était petite. Elle l'imitait toujours, d'où vraisemblablement son amour de la mousse. C'est alors seulement qu'elle leva les yeux et que son regard tomba sur le nom gravé sur la stèle à la tête de la tombe :

Adèle Bertin
2 avril 1912 – 28 décembre 1936

Cahiers

Anna vient de partir. Le taxi arrivé trop tôt attendait déjà devant l'allée, elle a dû expédier en vitesse ses derniers préparatifs. Nos adieux n'ont pas traîné comme je le redoutais. Elle était charmante dans son manteau d'hiver anthracite, avec ses lèvres fardées de rose et sa moelleuse écharpe mauve en angora. Sa peau fine et si claire laissait transparaître par endroits des veinules bleu-gris. Dans dix jours elle ne ramènerait des vacances sur son île que quelques taches de rousseur sur le front, le nez et les joues. J'ai porté sa valise jusqu'au taxi devant le portail, le chauffeur l'a prise et placée dans le coffre. Qu'aurions-nous pu nous dire ? « Bon voyage, fais attention à toi » et « Tu sais que le congélateur est plein, cuisine-toi de vrais repas ». Nous nous sommes embrassés sur les deux joues, je l'ai regardée encore une fois furtivement dans les yeux, des yeux vert-brun tirant plus sur le vert. Ses yeux pour la dernière fois. Le chauffeur a ouvert la porte de la voiture, puis l'a refermée doucement sur le corps svelte d'Anna. J'ai fait signe jusqu'à ce que la voiture disparaisse dans le virage.

Maintenant je suis prêt.

Photo 18

*Le tableau de l'*Odalisque assise *est posé sur le bureau devant la fenêtre qui donne sur la ville. Dispersés tout autour : les montants du cadre qu'on a ôté, un tournevis, des gants de coton blancs, une pince. Sur l'écran de l'ordinateur portable on voit le titre du manuscrit de Viktor Wagfall :* Cahiers d'un faussaire mélancolique.

Une semaine plus tard, la lettre de Louise Bergell était dans la boîte à lettres de Karolin :

Chère madame,

Vous imaginez ma stupéfaction à la réception de votre courrier du 23 mars.

Vous me demandez donc mon avis sur un tableau qui se trouve en votre possession, et auquel vous attribuez le titre : « *Odalisque assise (La tristesse)* d'Henri Matisse, 1928 ». Je ne suis pas confrontée tous les jours à l'existence d'une toile qui pourrait être l'exacte réplique d'un tableau connu et dûment authentifié. L'histoire que vous avez relatée à son propos et les clichés que vous avez joints à votre courrier m'ont même quelque peu troublée. Autant que j'en puisse juger d'après les différentes photos, il s'agit d'une exécution qui ressemble à s'y méprendre à une œuvre d'Henri Matisse. Je reconnais son pinceau, que ce soit dans les traits du visage, le maintien du personnage ou le traitement des couches de l'ornementation, et il s'en dégage une force d'expression picturale qui correspond de manière troublante à celle du peintre niçois.

Même la signature prête à confusion et pourrait sans problème soutenir un examen minutieux.

Mais sans pouvoir l'affirmer catégoriquement, n'ayant examiné le tableau que sur du matériel photographique, je suis pratiquement certaine qu'il ne s'agit pas d'une œuvre originale de Matisse. J'ai soigneusement comparé vos photos avec le matériel iconographique de nos archives, à savoir les photos du tableau que je tiens pour l'original et qui se trouve actuellement en Amérique dans une collection privée. Les marques qui figurent au dos de votre toile – le tampon de l'ERR et celui de la collection Paul Rosenberg – correspondent. L'excellente imitation indique un faussaire exercé, doté d'un parfait savoir-faire.

Mais ceci mis à part, si vous examinez les clichés de nos photos d'archives que je joins à mon courrier, vous constaterez entre les deux tableaux deux différences visibles à l'œil nu. Premièrement, sur le tableau qui est en votre possession, la forme du visage du personnage est moins ronde, le menton doit être plus long que sur l'original. La bouche est plus largee. Deuxièmement, dans le tableau que je considère être l'original, le pied a été négligé, il est esquissé très vaguement, rien n'y est précisément dessiné. Mais l'auteur de la copie semble n'avoir pu prendre son parti de cette « négligence ». Il n'a certes accordé à ce pied lui aussi que quelques coups de pinceau, mais il n'a pu s'empêcher d'en ébaucher furtivement la voûte et les orteils.

En tant que spécialiste de Matisse, j'ai eu l'occasion à la fin des années quatre-vingt-dix d'examiner de très près l'*Odalisque assise* de 1928 qui faisait alors partie de la collection permanente du Seattle Art Museum et pu apporter une preuve que je pense irréfutable de son authenticité. Pour le tableau qui se trouve en votre possession, nous pouvons écarter l'hypothèse d'une seconde exécution d'Henri Matisse sur le même sujet, car, dans ce cas, Matisse aurait certainement procédé à des modifications assez significatives et cédé au besoin de se renouveler dans le traitement de son sujet, en modifiant par exemple la position du personnage ou l'arrière-plan. Je veux dire par là que les deux tableaux se ressemblent trop – jusqu'aux tampons au dos de la toile – pour qu'il puisse dans les deux cas s'agir d'un Matisse.

Pour ce qui est de votre question sur la jeune femme qui a posé pour ce tableau, je regrette vivement de ne pouvoir vous renseigner précisément. Vous savez peut-être que Matisse faisait habituellement preuve d'une certaine constance dans ses relations avec ses modèles. Elles s'appelaient Greta Moll, Loulou Brouty, Antoinette Arnoud, Henriette Darricarrère ou Lydia Delectorskaya. Mais pour une série de tableaux qui fut peinte au tournant de l'année 1927-1928, une jeune femme a posé dont nous ne savons malheureusement rien. Elle semble n'avoir travaillé pour Matisse que pendant une brève période. Le nom d'Adèle Bertin ne me dit rien. Par conséquent, si vous pouviez me communiquer tous les renseignements dont vous disposez sur cette jeune femme, je vous en serais vivement reconnaissante.

En ce qui concerne la provenance de l'*Odalisque assise*, je peux heureusement vous en dire plus. Pendant les années trente, la toile a intégré à un moment donné la collection du marchand d'art Paul Rosenberg auquel Matisse fut lié un temps par un contrat d'exclusivité. En 1940, Rosenberg l'a cachée avec 161 autres œuvres de sa collection dans la chambre forte de la Banque Nationale pour le Commerce et l'Industrie de Libourne. Les chasseurs d'art nazis ont pillé cette chambre forte en août 1941. Tous les tableaux furent entreposés au Jeu de Paume pour qu'on en dresse l'inventaire. Dans le cadre d'un échange contre une toile de la Renaissance française, l'*Odalisque* ainsi que quelques autres tableaux modernes devinrent, l'année suivante, la propriété d'un marchand d'art allemand, Gustav Rochlitz, qui la revendit certainement.

Jusqu'en 1951, nous n'en avons pas d'autres traces. C'est à cette date qu'on retrouve l'*Odalisque assise* chez le marchand d'art Drouant-David. Dans la même année celui-ci revendit le tableau à un collègue américain, la galerie Knoedler & Co à New York, qui, à son tour, le céda à l'un de ses clients : l'industriel Prentice Bloedel. Dans le cadre d'une donation, la famille Bloedel l'a léguée en

1991 au Seattle Art Museum, où le tableau fut, pour la première fois, exposé au public.

À la fin des années quatre-vingt-dix, un petit-fils des Bloedel a reconnu le tableau dans un catalogue où figurait la liste des œuvres d'art pillées par les nazis. Il a aussitôt compris que l'*Odalisque assise* acquise autrefois en toute bonne foi par sa famille était un tableau volé et informé les propriétaires légitimes de sa découverte. J'ai donc été invitée à la fin des années quatre-vingt-dix à me rendre à Seattle pour des recherches complémentaires et une expertise de l'œuvre. Bien entendu, le musée de Seattle s'est déclaré disposé à la restituer à ses légitimes propriétaires, à savoir les ayants droit de Paul Rosenberg, mais n'en a pas moins intenté un procès à la galerie new-yorkaise Knoedler & Co qui portait initialement la responsabilité de la vente d'un tableau de provenance douteuse. Comme cela se fait dans le commerce de l'art, on s'est accordé sur un arrangement. La galerie Knoedler & Co a accepté de verser un dédommagement d'un montant inconnu au Seattle Art Museum qui avait restitué la toile à ses légitimes propriétaires.

Au dernier acte connu de l'histoire de ce tableau, les héritiers Rosenberg ont vendu l'*Odalisque assise* en 2000. Pour un prix qui n'a pas été rendu public, le tableau a intégré la collection du propriétaire d'hôtels et de casinos Stephen A. Wynn. Il fut un temps accroché à l'hôtel Bellagio de Las Vegas, dans une élégante galerie d'art située derrière le complexe de la piscine.

J'espère que ces renseignements pourront vous être utiles même s'ils sont peut-être décevants. Je reste à votre disposition.

Bien sincèrement, Louise Bergell

Karolin avait décacheté l'enveloppe dans l'ascenseur sans plus attendre, elle était sur le palier devant sa porte quand elle lut la dernière phrase. *Décevants*, écrivait Bergell. Elle aurait dû être déçue, hantée par un sentiment compréhensible de contrariété, de frustration, de déception. Un Matisse, ç'aurait pu être un véritable Matisse. Elle aurait pu se trouver en possession d'un tableau d'une valeur inouïe.

Elle alla dans son bureau et alluma les deux spots qui éclairaient le mur aux photos. En bas dans la ville devant la fenêtre d'innombrables lueurs chatoyaient, et soudain la tour Eiffel s'illumina comme un sapin de Noël de petites lumières clignotantes, un spectacle répété à chaque heure pleine une fois la nuit tombée. Sur la barre fixée à son mur il y avait dix-huit clichés, en noir et blanc ou en couleur, puis venait l'*Odalisque assise.* L'odalisque de Karolin. Au cours de tous ces mois, elle avait peu à peu conçu de la tendresse pour cette toile, et même un sentiment prégnant de parenté ou peut-être un peu amoureux, à l'égard de cette jeune femme. Depuis des mois, chaque jour, elle contemplait sa toile. Chaque jour elle lui rappelait l'histoire de son père. Et d'Adèle Bertin.

Eh bien non ! Elle éprouvait divers sentiments, mais nulle déception. Au contraire, elle soupirait de soulagement. De cette odalisque-là, elle ne voulait plus se séparer. Si elle avait été le véritable Matisse, il aurait fallu la rendre à son légitime propriétaire.

Karolin se laissa choir sur son siège de bureau. Elle ne jeta qu'un coup d'œil rapide aux photos du « vrai Matisse » qu'avait jointes Louise Bergell, et elle les mit de côté. Le ciel dans la fenêtre rayonnait d'un bleu noir et, au-dessous, Notre-Dame éclairée ressemblait à un grand insecte paisible, tapi dans un nid scintillant de cubes illuminés. Dans son océan de lumières nocturnes Paris avait l'air si désirable, si attirant. Karolin se serait bien immergée maintenant dans la ville comme dans la mer tiède d'une nuit d'été.

Elle décida d'appeler Louise Bergell le lendemain matin, pour convenir d'une rencontre. Elle voulait faire la connaissance de la spécialiste de Matisse, et surtout lui montrer son tableau (SON tableau). Elle voulait parler avec elle d'Henri Matisse, de Viktor Wagfall alias Isidor Schweig et des deux odalisques. Et aussi, bien sûr, d'Adèle Bertin. Karolin lui raconterait son projet: une vingtaine de clichés et un tableau d'après Matisse, accompagnés de textes, de post-it et d'un plan de la ville redessiné. Une enquête qui se déroulait entre l'Allemagne et la France, entre les générations et les époques. La dernière photo avant l'odalisque deviendrait peut-être un collage avec des bribes de sa lettre (elle la survola) : *réplique d'un tableau... force d'expression picturale... esquissé très vaguement... le nom d'Adèle Bertin... pas d'autres traces... derrière le complexe de la piscine... peut-être décevants...*

C'était sans doute la première fois que Karolin était fière de quelque chose qui ait affaire avec son père. Avec sa série et le tableau au mur elle se sentait riche, elle éprouvait un sentiment de plénitude, ses jambes semblaient avoir retrouvé le contact avec la terre.

Elle avait envie d'appeler Antoine. Antoine de la rue Lepic. Mais d'abord, elle alla chercher un tournevis à la cuisine dans sa boîte à outils, enfila les gants blancs et monta sur son siège de bureau pour décrocher l'*Odalisque assise.* Elle dévissa les charnières du cadre. Il fallait l'ôter pour transporter la toile plus facilement. De toute façon il ne lui plaisait pas, quand elle aurait vu Louise Bergell, elle referait encadrer son odalisque. Elle retira les montants et dégagea doucement le châssis. C'était agréable d'avoir en main le tableau sans l'ornement du cadre. Elle le tourna et le retourna, le palpa de ses mains gantées, examina les tampons au verso et le tint devant sa lampe de bureau. La toile était bizarre. Elle était assez épaisse et totalement opaque à la lumière. Au dos, à chaque angle du châssis, elle faisait un drôle de pli boursouflé que le cadre avait presque entièrement dissimulé.

La toile était-elle double ? Karolin passa le bout des doigts sous le bord qui dépassait d'un ou deux millimètres du bois du châssis – aucun doute, il y avait deux couches de toile tendues là. Il fallait enlever les clous qui la maintenaient sur le châssis. Elle alla chercher une pince dans la caisse à outils et extirpa l'un après l'autre les clous à grosses têtes. Après les avoir retirés sur un côté, elle eut une intuition.

Elle se rappelait une phrase du manuscrit de son père qu'elle avait retranscrite récemment. La phrase l'avait frappée, mais pas au point d'éveiller ses soupçons. À taper machinalement sur les touches du clavier elle laissait quelquefois son esprit vagabonder, se concentrait moins sur le contenu. Son père avait écrit quelque chose comme « ouvrir le cadre », « sortir le joyau ». Soudain les mots jaillirent dans son esprit. Elle alla reprendre le texte sur son ordinateur et tapa le mot «joyau» dans «recherche». La phrase exacte apparut à l'écran : *Je pourrais ouvrir le cadre, ôter du châssis la toile de l'odalisque, dégager le véritable joyau, mais je ne le fais pas.*

Et là, tout à coup, elle saisit que le joyau véritable se trouvait derrière l'*Odalisque.* C'était le tableau qui avait toujours vécu caché, était toujours resté un mystère bien gardé, dissimulé derrière des tentures ou un double cadre.

Elle dégagea doucement la toile du châssis, en frotta le bord de ses doigts gantés et sépara deux couches plaquées l'une contre l'autre. Sous la toile avec l'odalisque en apparut une autre. Une incroyable peinture. Depuis plus d'un demi-siècle prise en sandwich entre les deux toiles qui constituaient l'*Odalisque.* Sous les yeux de Karolin s'esquissaient maintenant la courbe harmonieuse du ventre, les cuisses ouvertes, la toison brun foncé, les lèvres roses et la chemise retroussée que délimitait le cadrage de la peinture.

Une huile de 46 sur 55 centimètres, avait écrit Viktor Wagfall dans ses cahiers. Le même format que l'*Odalisque assise*! « Quelque part dans le monde… Dissimulée derrière un paysage bucolique dans le bureau d'un collectionneur, voilée d'une tenture de velours ou gardée par les portes closes d'un mystérieux cabinet érotique… »

Sur son bureau devant la fenêtre donnant sur la ville, Karolin venait de poser une toile qui ressemblait à s'y méprendre à *L'Origine du monde* de Courbet.

Note de l'auteure

La fiction, l'Histoire – et des remerciements

Je ne veux pas ici commencer à démêler le vrai du faux, détailler où l'histoire documentée se termine et où la fiction commence. *Le Temps des faussaires* reste un roman. Mais je voudrais donner des indications sur quelques sources et inspirations.

L'étincelle initiale a été la lecture du livre *Le Musée disparu* du journaliste Hector Feliciano. C'était la première recherche approfondie sur la spoliation par l'Allemagne nazie des collections juives sur le sol français. Cette lecture m'a sidérée : j'ai découvert l'ampleur, le côté prémédité et systématique de ce vol à grande échelle, mais aussi l'avidité avec laquelle le pillage avait été mené. Au début des années 2010, ce n'était pas un sujet aussi médiatisé qu'aujourd'hui, ni en Allemagne ni en France. En lisant ce livre, j'ai su que je tenais l'un des fils rouges du roman que je voulais écrire.

J'ai commencé à me documenter sur le sujet et plus particulièrement sur certains personnages clés de l'époque, comme Rose Valland, ou, à l'opposé, ces marchands et experts aussi corrompus qu'avides de profit, qui gravitaient autour de Hitler, de Göring ou de l'ERR d'Alfred Rosenberg et venaient tous à Paris pour faire des affaires, tels Hans Wendland ou Gustav Rochlitz. Il était impossible de ne pas introduire ces personnages réels dans ce roman.

Le peintre et faussaire Isidor Schweig, avec son double Viktor Wagfall, est un personnage fictif. Mais des faux circulaient à l'époque, peut-être plus qu'à d'autres, et il en découle que des faussaires ont dû être à l'œuvre. Je me suis intéressée à des faussaires comme Eric Hebborn, Han van Meegeren, Guy Ribes ou Wolfgang Beltracchi, et j'ai étudié leurs techniques.

Adèle Bertin est également un personnage fictif. Je ne connais pas le nom de la jeune femme qui a posé en 1928 pour Henri Matisse et *L'Odalisque assise*, elle ne faisait pas partie des modèles bien connues du peintre. C'est le tableau qui a inspiré Adèle et son histoire. Et une fois qu'elle avait pris une certaine place dans le roman naissant, j'ai décidé de ne pas essayer d'en savoir plus sur le modèle réel. Le fait que la fiction s'inscrive soudainement dans ce tableau me plaisait. Peut-être les experts de Matisse connaissent-ils l'identité de la jeune femme à la tresse dont l'expression pensive a donné son second titre, *La Tristesse*, à cette toile. Mais j'ai décidé que cela resterait une autre histoire, celle de l'histoire de l'art et non celle de ce roman.

En revanche, pour Rose Valland, témoin de la spoliation, espionne secrète et grande figure de la restitution, il importait de m'approcher au mieux de sa réalité, de donner une vision d'elle plausible. Les publications sur cette courageuse attachée de conservation au Jeu de Paume, qui s'est trouvée pendant les quatre années de l'Occupation dans l'œil du cyclone de la spoliation, étaient alors encore assez rares. Corinne Bouchoux a écrit une première biographie, *Rose Valland – La résistance au musée*, parue en 2006. Et Valland elle-même avait livré, avec *Le Front de l'art*, le récit de son expérience, de ses observations et actions pendant l'Occupation et les années qui ont suivi. Par ailleurs, en 2013 le Centre d'histoire de la résistance et de la déportation à Lyon a organisé une première exposition autour de Rose Valland.

La base de données *Rose Valland* (MNR-Jeu de Paume) du ministère de la Culture français, qui regroupe des œuvres d'art retrouvées après la guerre n'ayant pu être restituées, publie une notice détaillée pour chacune des œuvres et renseigne leurs parcours, allant jusqu'à mentionner le prix des transactions. Un certain nombre de tableaux qui sont passés entre les mains de Rudolf Holzapfel, puis de Friedrich Welz, personnages réels du roman, sont déclarés « faux », « apocryphe » ou « attribué à ». Que ces marchands, tout comme Wendland ou Rochlitz, aient trafiqué avec quelques faux ou des œuvres avec des fausses attributions se laisse déduire…

Une phrase dans l'ouvrage de Corinne Bouchoux mentionne une rumeur selon laquelle Rose Valland aurait connu un faussaire à cette époque-là. Dans le roman, Karolin l'évoque. Selon la biographe, cette rumeur aurait été répandue après guerre pour nuire à la réputation de Valland dont les rigoureuses recherches autour des collections spoliées dérangeaient probablement quelques personnes du monde de l'art français ayant collaboré avec l'appareil nazi. Cette petite phrase était comme une porte d'entrée dans la fiction, par laquelle mon imagination pouvait se faufiler dans cette époque trouble. Il m'importait avant tout, en introduisant le personnage d'un faussaire ami de Rose Valland, de ne pas entacher l'intégrité de la « dame du Jeu de Paume », mais bien au contraire, lui donner chair, cœur, et aussi ce côté non conformiste que je croyais déceler en elle.

Au cours de la dernière décennie, le nom de Rose Valland s'est fait connaître d'un plus large public. Les travaux la concernant, mais aussi ceux autour de la spoliation des collections juives se multiplient. L'historienne d'art Emmanuelle Polack, par exemple, a largement contribué à une prise de conscience. Son important ouvrage *Le Marché de l'art sous l'Occupation* est sorti en 2019 – je n'ai pu le lire qu'après la publication de mon roman en Allemagne.

Un dernier point, et non des moindres, à mentionner est l'histoire du tableau *L'Origine du monde* de Courbet qui joue un rôle assez central dans ce roman : Elle a été magistralement reconstruite et racontée dans le livre *Le Roman de l'Origine* de Bernard Teyssèdre. En plus de cinq cents pages, le philosophe et écrivain raconte tout sur cette passionnante œuvre. C'était la source pour les chapitres autour de cette peinture.

Pour l'édition française de ce roman, nous étions d'accord avec mon éditrice qu'il nous fallait le resserrer par rapport à la version allemande. C'est une chance de connaître intimement les deux pays, l'Allemagne et la France (ainsi que les deux langues), et il était important pour moi d'adapter mon roman d'un pays à l'autre – les connaissances historiques, par exemple, ne sont pas les mêmes en France qu'en Allemagne, le rapport à la ville de Paris non plus. Je suis infiniment reconnaissante à Élisabeth Landes pour son important travail de traductrice. Avec grande connaissance, musicalité et sensibilité, elle a transposé jusqu'aux moindres nuances ce roman vers le français. Je remercie de tout cœur Sylvie Mouchès pour son subtil et patient accompagnement de cette version française et nos multiples échanges autour de ce roman. C'est un honneur et un vrai plaisir d'être édité par Liana Levi – je la remercie pour sa confiance – et que mon roman soit porté par son équipe forte et engagée : un chaleureux merci. Et enfin je remercie vivement mes agents Deborah Druba à Paris et Axel Haase à Berlin, qui ont cru en ce roman et, pour Deborah, en sa publication en France.

Paris, en février 2023

CET OUVRAGE A ÉTÉ ACHEVÉ D'IMPRIMER
SUR ROTO-PAGE
PAR L'IMPRIMERIE FLOCH À MAYENNE
EN MARS 2023

N° d'édition : 593. N° d'impression : 102247
Dépôt légal : avril 2023
Imprimé en France